Scarlet
스칼-렛

임테이션

러브

임테이션
Imitation
LoVE 러브

신영범재 장편 소설

SCARLET ROMANCE STORY

Contents

프롤로그	· 7
1.	· 11
2.	· 28
3.	· 56
4.	· 85
5.	· 105
6.	· 143
7.	· 163
8.	· 206
9.	· 225
10.	· 259
11.	· 285
12.	· 308
13.	· 337
14.	· 368
15.	· 391
에필로그	· 410

프롤로그

 찰칵, 하는 소리와 함께 문이 조용히 열렸다. 안으로 들어온 사람은 중키에 머리를 하나로 단정하게 묶은 여자다. 매일 보는 얼굴이지만 그는 하던 일을 멈추고 그녀를 유심히 바라보았다. 자세히 보면 둥근 얼굴형에 커다란 눈이 귀엽다고 해 줄 수도 있겠는데 늘 무표정한 얼굴 때문에 딱딱하고 나이가 들어 보였다.
 이 여자가 몇 살이더라? 그녀의 이력서를 떠올려 보려 했지만 기억이 나질 않았다. 어쨌든 대학을 졸업하고 바로 들어왔다고 했으니 서른 정도? 아버지가 본사로 들어간 후 그가 동양전자의 사장으로 부임하면서부터 같이 일을 해 온 부하 직원이었다. 3년이 넘는 기간을 쭉 봐 온 여자지만 처음과 달라진 게 하나도 없다. 매일 어둡고 칙칙한 톤의 투피스 정장, 그리고 한 올 흐트러짐 없이 깔끔하게 묶은 머리, 조곤조곤한 말투가 가끔은 지루하고 단조롭기까지 했다.
 장점이라면 어떤 상황에서도 흔들리지 않는 침착함이라고 할까? 그래서 여자임에도 불구하고 업무를 하는 데 아무런 불편함을 느끼지 않았다. 자신을 보고도 선망의 시선이라든가, 혹은 기대감이라든가 하는 눈빛을 한 번도 보내지 않은 여자라서. 그랬다면 이미 예전에 나가떨어졌을 테지.

발자국 소리가 나지 않게 여자가 찬찬한 걸음으로 책상 앞으로 다가섰다.

"부르셨습니까?"

"아, 음."

"……."

불필요한 말도 하지 않는다. 그의 눈이 가늘어지며 물끄러미 바라보는데도 당황함이 전혀 없이 똑바로 눈을 마주한다. 다른 여자라면 부끄러움에 어쩔 줄을 모를 텐데. 익숙해서인가, 아니면 그를 남자로 느끼지 않아서인가? 둘 중 어느 쪽이라도 그와는 상관이 없을 테지만 갑자기 궁금해졌다.

어제 할아버지로부터 최종 통보를 받은 후 머리가 빠개지도록 궁리를 했지만 해결책 따위는 없었다. 그런 복잡한 기분으로 출근을 해서 사무실로 들어서는데, 너무나 침착하고 평온한 얼굴로 사무실을 정리하며 미소도 짓지 않고 '안녕하세요, 사장님' 하고 인사를 건네는 그녀를 본 순간 정신이 번쩍 들었다. 바로 이 여자다. 유레카라는 말이 저절로 입에서 튀어나올 뻔했던 것이다. 아니다, 올레인가?

"김 비서."

"네. 필요하신 거라도 있으세요?"

당신이, 당신이 필요해! 촌스럽고, 무뚝뚝하지만 절대 감정에 흔들리지 않는 목석같은 여자인 당신이!

"애인 있나?"

"……."

뜬금없는 질문에도 당황하지 않고 무표정하게 그를 마주한다. 좋았어. 수더분한 외모와 달리 항상 선주의 눈빛은 도전적인 뭔가를 띠고 있어 아주 마음에 들었다.

"아침 회의 시간이 10분밖에 남지 않았습니다."

"애인, 없나?"

자신의 질문을 그녀가 깨끗하게 무시했지만 그는 집요하게 물었다. 그제야 그녀의 뺨이 조금 상기된다. 마음을 진정시키려는 듯 심호흡을 하더니 평상시와 같은 눈빛으로, 아니 조금은 책망의 눈빛으로 쳐다본다. 갈수록 마음에 드는군. 절대로 흔들리지 않겠어.

"제 대답이 업무와 관련이 있다면 대답하겠습니다만……."

"있어. 그것도 아주 많이."

할아버지와의 거래대로라면 그의 결혼은 동양그룹 자체의 권력 구조를 완전히 바꿀 수도 있었다. 그러니, 아주 밀접한 연관이 있다.

"네?"

그제야 그녀의 목소리가 조금 흔들린다. 의심스러운 듯 가늘게 뜬 눈이 그를 노려본다.

"아주 큰 관련이 있으니까 대답해 줬으면 하는데."

그의 말을 믿을 수 없는지 그녀가 내키지 않는 표정으로 입을 열었다.

"없습니다."

"좋았어!"

"네?"

갑자기 그의 얼굴에 미소가 번져 가자 이번에는 진짜 당황한 듯 그녀가 눈살을 찌푸렸다. 한참을 그런 그녀의 반응을 지켜보던 그가 웃음을 거두었다.

"김선주 씨."

"……."

그녀의 미간에 더욱 깊은 주름이 간다. 다시 웃음이 나오는 걸 참고 그는 그녀를 똑바로 쳐다보았다.

"나하고 결혼해 주겠나?"

훅 하고 숨을 들이쉬는 소리에도 그는 미동도 없이 그녀를 유심히 쳐다보았다. 방 안의 공기가 갑자기 팽창하며 터질 듯한 진공상태가 된다. 숨이 막힐 것 같은 무거운 침묵이 두 사람을 내리눌렀다. 그의 등 뒤에서 들어오는 빛이 눈부신 듯 그녀가 눈을 가늘게 떴다. 마치 그를 정신 나간 사람인 양 바라보았다.

"나하고 결혼해 줘."

그녀의 반응에도 아랑곳없이 그가 단조로운 음성으로 다시 말했다. 순간, 그녀는 눈을 질끈 감고 말았다.

1.

"야, 쌍주! 안 일어나!"

갑작스런 고함에 이은 철썩 하는 경쾌한 마찰음과 함께 아이들의 비명 소리가 방 안을 울렸다. 쌍주라고 불린 아이들은 쌍둥이로, 이름이 해주와 미주라 아기 때부터 가족들이 그렇게 부르고 있었다. 비명만 지를 뿐 자리에서 미적대는 쌍주를 향해 선주가 다시 소리를 질렀다.

"어제 일찍 자라고 했지? 꼭 말 안 듣고 늦잠이야. 빨리 일어나서 씻어. 안 그럼 지각이야!"

"아우, 진짜. 귀청 떨어지겠음!"

"정말. 저러니 시집을 못 가지. 귀 아파 죽겠네."

"뭐! 이것들이 한 대씩 더 맞아야 정신 차리지?"

언니의 엄포에 아이들이 꺅, 하는 비명을 지르며 욕실을 향해 달려갔다. 그 모습에 선주는 고개를 절레절레 저었다. 그녀는 아이들이 어지럽힌 침대를 재빨리 정리한 후 주방으로 나갔다. 아버지인 재형이 보글보글 끓고 있는 된장찌개를 식탁 위에 올려놓고 있었다.

"아, 아빠. 제가 한다니까요. 어서 앉으세요. 제가 차릴게요."

"괜찮아. 다 끓었어. 너부터 어서 먹고 나가. 해주하고 미주는 내가 챙겨서 보내마."

"괜찮아요. 오늘은 좀 느긋하게 가죠, 뭐."

"그래도 돼? 지금도 늦은 거 아니냐?"

매일 일곱 시 전에 집을 나가는 딸이 여덟 시가 다 되도록 집에서 미적대고 있었다. 무슨 일이 있나? 평소와 다른 아침이라 그는 어리둥절하면서도 걱정이 됐다.

"너, 혹시 무슨 일 있는 건 아니지?"

걱정스런 아빠의 음성에 선주는 웃음을 보였다. 생각을 하면 골치만 아플 것 같아 머리 한구석에 묻어 두었던 어제의 일이 다시 선명하게 떠올랐다. 정말 미친 거 아닐까? 조금 이상한 성격인 건 알았지만, 어제는 확실히 더 이상했다. 평소 필요 없는 대화 따위는 절대 하지 않고 자신의 속내를 드러내 보이지 않는다. 게다가 다른 사람의 실수에는 가차 없이 독설을 퍼붓는 인간이었다.

그것이 어쩌면 그녀에 대한 불만을 드러낸 게 아닐까 하는 그런 생각이 문득 떠올랐다. 자신이 뭔가 큰 실수를 했을 수도 있다. 민석현 사장의 심기를 불편하게 한 뭔가 중요한 일이! 문제는 그게 뭔지 어제부터 오늘까지 머리를 싸매고 생각해 봐도 떠오르지가 않는다는 것이다. 뭐냐고, 도대체! 불만이 있으면 차라리 직접적으로 말하지. 결혼해 줘, 라니? 자신을 자르려는 심보가 아니고는 절대로 그런 말을 할 리가 없다. 하지만 아무리 생각해도 뭐 때문에 틀어진 건지 알 수가 없었다. 그녀는 궁금한 듯 쳐다보는 아빠의 걱정스런 표정에 간신히 나오는 한숨을 참았다.

"그럴 일이 뭐가 있어요? 오늘 사장님이 늦게 출근하신대서."

이건 사실이다. 어제 아침 그녀에게 폭탄을 투하하고는 바로 부산으로 출장을 갔으니까 거짓말은 아니다. 서울에서, 그리고 회사 내에서의 업무는 반드시 그녀가 수행했지만 출장이나 업무 시간 이외의 수행은 기획실의 이찬우 실장이 해 왔으니 특별히 이상한 점은 없다. 그런데도 어제 아침 이후로 묘하게 걸렸다. 실수를 찾아내서 빨리 사과하지 않으면 자신의 안녕을 보장할 수가 없다는 사실만이 그녀에게는 중요했다.

처음 동양전자에 입사하고 그녀가 원했던 건 기획업무였다. 하지만 그녀의 희망과는 상관없이 비서실로 발령이 났을 때는 상당히 실망했었다. 여자 비서는 스케줄 관리나 손님이 오면 차 심부름에, 전화 응대가 주 업무였고, 실질적인 업무적인 지원은 기획실에서 했기 때문이었다.

승진과는 거리가 멀어진 데다 사장이라는 직함이 주는 어려움이 선주로서는 달갑지 않았다. 딱히 건방진 스타일은 아니지만 누군가에게 굽실대는 것 같은 상황은 딱 질색인 그녀였다.

입사 당시 상사는 지금 민석현 사장의 아버지인 민준건 사장이었다. 그녀의 예상과는 달리 민준건 사장은 매너 있고, 일하는 데 까다롭지 않았다. 그 밑에서 그녀는 자신의 능력을 마음껏 펼칠 수 있었고, 덕분에 기획실에서 해 오던 중요한 업무까지 그녀가 직접 할 수 있었다. 그런데 3년 전, 동양그룹의 민정만 회장이 경영에서 한발 물러서며 준건이 동양그룹의 부회장으로 자리를 옮겼다. 그런 그를 대신해 본사의 기획실에 있던 석현이 동양전자의 새로운 사장으로 취임을 했다.

처음 그를 봤을 때는 그녀 역시 가슴이 두근거리기도 했었다. 동양그룹 오너의 손자라는 엄청난 배경만으로도 헉 소리가 날 정도인데, 심지어는 큰 키에 잘생긴 얼굴, 호리호리하고 단단한 몸매에 중저음의 목소리는 회사의 전 여직원을 한 방에 홀렸다. 그와 눈이라도 마주치면 마치 자신이 로맨스 소설의 여주인공이라도 된 듯한 판타지에 빠져들게 만들었다 다만, 문제는 그 못돼 처먹은 성격에 있었다.

석현이 사장으로 부임한 후 일주일간 선주는 그의 목소리를 직접적으로 들은 적이 한 번도 없을 정도였다. 비서실에 멍하니 앉아 있는 그녀를 알면서도 그녀를 무시하고 찬우를 불러들여 업무 지시를 했던 것이다. 어려운 업무도 아니었고, 민준건 사장이 있는 동안 그녀가 쭉 해 오던 업무를 말이다. 심지어 출퇴근 시 선주의 인사에도 시선 하나 주지 않고 무시한 건 불평할 만한 거리에도 들어가지 않았다. 그가 동양그룹 본사 기획실에 있었을 때도 여직원에 대한 차별 대우로 인해 말들이 많았다고 했다. 그래서 본사 기획실에는 여직원이 하나도 없다는 소문이 자자했었다. 하지만 누가 감히 그를 대적할 수 있었을까? 동양그룹의 차기 후계자인 남자를 말이다.

어쨌든 한 달이 넘도록 그녀에게는 말 한 마디 걸지 않으면서 매일 일은 산더미처럼 던져 주며 야근을 시켜 댔다. 하지만 선주는 한 마디의 불평도 없이 그 모든 일을 묵묵히 해냈다. 그가 인사를 받아 주지 않아도 늘 같은 자세로 인사를 했고, 필요치 않아 해도 아침마다 업무 보고를 꼭 했던 것이다. 그리고 육 개월이 넘어서자 겨우 출퇴근 인사는 받아 주는 정도는 되었다.

그 후 차츰 기획실로 넘어갔던 일들이 그녀에게 맡겨졌고, 업무와 관련된 일은 서로 격의 없이 나누게 되었던 것이다. 다만, 그동안의 일들로 선주는 그를 전혀 남자로서 의식하지 않게 되었다. 천만다행이 아닐 수 없다. 가끔 사원 식당에서 석현을 보고 여직원들이 동경에 찬 말을 중얼거릴 때면 그녀는 속으로 어이가 없어 혼자서 피식피식 웃곤 했다. 한번 당해 보라지. 외모 따위는 눈에 들어오지도 않게 될 거다, 아마.

어쨌든 한때 그녀를 말려 죽이려 들었던 사장이지만 그 후로는 제법 상사와 부하 직원으로서 원만하게 지내 왔다고 여겼는데 도대체! 왜! 무슨 이유로! 그런 말도 안 되는 제안을, 아니 독설을 퍼붓는단 말인가? 동양그룹의 차기 회장이 될 사람이 자기 같은 비서와 결혼을 한다고? 세상이 비웃을 일이었다. 그런 사람이 머리에 총을 맞지 않고서야 하찮은 미물에 불과한 자신에게 청혼을 할 이유가 없다. 한마디로 미친 거지. 그렇지 않고서야 이런 일은 일어날 수가 없는 거다.

다시 그 생각을 떠올리자 머리가 지끈거리며 아파 와 선주는 관자놀이를 지그시 눌렀다.

혼자서 몸을 꼿꼿이 세웠다 금방 풀이 죽었다, 또 한숨을 푹 쉬다 이젠 이마를 꾹꾹 눌러 대는 딸의 모습에 재형이 인상을 썼지만 선주는 그것조차 신경 쓸 겨를이 없었다. 겨우 정신을 차린 건 우당탕거리며 주방으로 뛰어든 쌍주 때문이었다.

"밥 줘! 늦었어!"

"나도 늦었어!"

두 아이의 고함 소리에 금방 정신이 없어진다. 선주도 서둘러 식사를 끝내고 쌍주와 함께 집을 나섰다. 다른 때와 달리 학교 앞까지 바래다주는 언니에 아이들이 발을 굴리며 좋아했다.

"언니, 학교까지 같이 가는 거야?"

"그래."

"왜? 회사는 안 가?"

"너네 데려다 주고 갈 거야."

"대박. 언니가 이렇게 데려다 주니까 이상하다."

"그치? 내일도 데려다 줄 거야?"

해주의 질문에 선주는 한숨을 푹 쉬었다. 어쩌면 매일 데려다 주게 될지도 몰라. 그 생각을 하자 가슴이 짓눌린 것처럼 무거워졌다. 선주

바로 아래는 남동생, 혁주는 대학생으로 현재 군복무 중이었다. 혁주와 한참 터울을 두고 해주와 미주, 쌍둥이 자매가 있었다. 일명, 쌍주인 두 아이는 이제 겨우 초등학교 5학년이었다.

이삿짐센터에서 일하는 아버지의 월급만으로는 빠듯한 살림인데, 그나마 선주가 취직한 후로는 매달 생활하는 데 큰 어려움 없이 평범하게 살게 되었던 것이다. 그동안 빚을 갚는 데 아버지의 월급 전부와 그녀의 월급 반 이상이 다 들어갔다. 겨우 남은 건 지금 사는 전셋집의 전세비가 전부였다. 이 년 전부터 조금씩 저축은 하고 있지만 뭔가를 시작하기엔 턱도 없었다.

어휴, 이 어린것들을 어떻게 키운다냐. 선주는 교문 앞에서 열심히 손을 흔드는 동생들에게 손을 흔들며 한숨을 푹 내쉬었다. 사장은 오후에나 출근을 할 테니 회사에 가서도 생각할 시간은 있겠지만, 걱정 때문에 아무것도 안 떠오르는 게 문제였다. 무엇보다 그녀에게는 완벽하게 일 처리한 기억밖에는 없었다. 자기 자랑이 아니라 진심으로 일 처리 하나만은 확실했던 것이다.

망할 인간. 사람을 바싹바싹 말려 죽이는구나. 그녀는 한숨을 푹푹 쉬며 복잡한 출근 지옥철에 몸을 실었다.

아우, 진짜 죽겠네!

평소의 새벽 출근이 아니어서 지하철은 대만원이었다. 그 바람에 옷이 구깃구깃해진 데다 단정하게 묶었던 머리도 잔머리가 조금 비어져 나오고 말았다. 다행히 사장실과 연결된 비서실에는 그녀뿐이었다. 걱정은 그대로지만, 그래도 사장이 없으니 해방감이 느껴졌다. 화장실로 가서 옷매무새를 다듬고 머리까지 깔끔하게 새로 묶었다. 말끔히 정리된 거울 속 자신의 모습에 조금 기분이 좋아졌다.

하늘이 무너져도 솟아날 구멍은 있다고 했다. 그래, 자신 정도의 학벌에, 능력이면 지금이라도 어디든 취직할 수 있다! 하며 주먹을 불끈 쥐던 선주는 푸 하고 한숨을 내쉬었다. 정말? 서른두 살, 어중된 나이의 여자는 재취업에 전혀 적합하지가 않은 게 냉혹한 현실이었다.

대학을 다닐 때 장학금을 받아도 생활비 때문에 한 해씩 쉬어 가며 아르바이트를 해야 했다. 그래서 동기들에 비해 경력이 적은 데다 비서실 경력만으로 동양그룹만 한 대기업으로의 재취업은 어림도 없는 얘기였다. 중소기업이나 알아볼까? 아, 미치겠네. 다시 소용돌이치며 암흑 속으로 빨려 들어가는 망상을 겨우 떨쳐 내고 선주는 비서실로 돌아왔다.

마음을 못 잡고 어영부영하는 사이에 벌써 열한 시를 넘어섰다. 상사가 출근하기 전에 깨끗하게 정리하기 위해 그녀는 사장실 안으로 들어갔다. 비서실의 세 배는 되는 널찍한 공간이다. 두꺼운 원목책상 바로 뒤쪽은 전면이 다 강화유리로 된 투명창이라 한강과 서울 시내가 한눈에 다 보였다. 탁 트인 그 풍경만큼 지금 자신이 봉착한 이 난관도 그렇게 시원하게 뚫렸으면 싶었다.

창에 붙어선 채 선주는 한동안 그 풍경을 내려다보았다. 하지만 생각처럼 시원하게 속이 풀리지가 않는다. 일이나 하자, 김선주. 그녀는 한숨을 푹 쉬며 돌아서다 놀라서 펄쩍 뛰었다. 석현이 바로 뒤에 서서 그녀를 물끄러미 쳐다보고 있었다.

"사, 사장님!"

"뭐 좋은 구경거리라도 있나?"

놀란 그녀의 행동에는 아랑곳없이 석현이 그녀의 어깨 너머로 창밖을 바라보자 선주는 멈칫하며 옆으로 물러섰다. 아직 출근할 시간이 아니었다. 도착 예정 시간을 오후 서너 시로 예상했는데 업무가 간단히 끝난 모양이었다. 아직 자신의 실수도 알아내지 못했는데 말이다. 하지만 선주는 곧바로 평상시의 태도로 돌아가 책상 앞으로 자리를 옮겼다.

"출장은 잘 다녀오셨습니까?"

"아, 응. 그쪽이 늦어서 그냥 올라왔어. 시간 약속 안 지키는 인간들 딱 질색이야."

그러면 그렇지. 저도 모르게 삐딱한 웃음이 나오는 걸 간신히 참았다.

"차 한 잔 드릴까요?"

"됐어."

"네. 그럼 전 나가 보겠습니다."

어쩐지 오늘은 길게 말하는 게 무섭다. 그의 입에서 무슨 기함할 말이 나올지 걱정이 돼서.

"아, 잠깐."

역시, 불길해.

"뭐 필요하신 거라도?"

그녀의 질문에 창밖을 보고 있던 석현이 몸을 돌렸다. 빛을 등지고 있어 얼굴에 그림자가 졌다. 큰 키와 호리호리한 몸이 창으로 들어온 빛 때문에 더 가늘어 보이는데도 왠지 쇠막대기처럼 단단해 보였다. 평소의 날카로운 눈빛이 보이지 않는데도 선주는 왠지 그가 자신을 노려보는 기분이 들었다.

"대답."

"……."

"시간이 더 필요한 건가?"

너무하시네요, 정말. 선주는 한참 침묵을 지키다 심호흡을 했다. 이왕 이렇게 된 거 정면 돌파로 승부를 보자 싶었다.

"사장님."

"대답 주는 건가?"

"저 3년 동안 나름 열심히 사장님을 위해 일했다고 생각합니다."
"으음, 그래서?"
"처음 일 년은 사장님께서 거의 절 죽이려고 하셨죠."
비장한 선주의 말에 석현의 한쪽 눈썹이 치켜 올라갔다.
"내가 그랬나?"
"네. 그랬습니다. 매일 야근에 혼자서는 감당하지 못할 업무량, 시도 때도 없는 호출. 심지어는 주말 근무까지 하루 24시간이 모자랄 정도였습니다. 나름 생명의 위협까지 느꼈지만 제가 한 번이라도 불평한 적 있습니까?"
"없었던 것 같군. 그래서?"
"이러시는 건 부당하다고 생각합니다."
"부당하다?"
"네. 제가 뭘 잘못했는지는 모르겠지만, 그 혹독한 일 년을 버텨 낸 사람한테 너무하다는 생각이 듭니다. 그 일 년으로 사장님도 저에 대해 약간의 신뢰는 생겼다고 생각했습니다. 차라리 화를 내시면 좋겠습니다. 이렇게……."
"……"
말도 안 되는 일로 피를 말리지 말란 말이에요! 선주는 그 말이 나오는 걸 간신히 참고 무덤덤한 표정을 지었다. 지금 화를 내는 건 아무 도움도 되지 않는다.
"사장님이 실수나 경솔한 행동, 용납 못 하시는 건 잘 압니다. 하지만 그래도 제가 사장님을 보필한 기간이 작은 실수 하나로 아무것도 아닌 게 되어 버리는 건 너무한 거 아닌가요? 적어도 한 번의 기회는 더 주는 게 맞다고 생각합니다."
"기회를 달라고? 어떻게?"
"제 업무 처리가 미숙했다면 곧바로 시정하겠습니다. 그러니 지금이라도 말씀해 주세요. 제 머리로는 도저히 생각이 안 나서……."

 선주의 말끝이 흐려졌다. 의미를 알 수 없는 침묵이 흐르는 내내 석현은 물끄러미 그녀를 바라보았다. 그림자가 졌지만 그의 입술이 호를 그리며 휘어지는 게 느껴졌다. 비웃는 건가? 용서의 여지 따위는 정녕 없는 거냐고!

 "김선주 씨."

 낮은 목소리에 선주는 가슴이 뜨끔했다. 하지만 그래도 대답을 해야 할 것 같아 또렷한 목소리로 대꾸를 했다.

 "네, 사장님."

 "내가 평소에 농담을 자주 하는 편이던가?"

 "네? 아, 아닙니다."

 농담은커녕 말도 붙이기 힘든 인간이지. 그런 건 갑자기 왜 물어!

 "그럼 내가 어떤 일에 대해 말을 돌려서 하는 인간이라고 생각하나?"

 "……아닙니다."

 절대 아니죠. 가슴이 두려움으로 죄어들었다.

 "어제 내가 한 말은 진심이었어. 김 비서가 업무에서 실수하는 사람은 아니잖아. 내가 생각했던 것과는 많이 다른 방향으로 고민했군. 그럼, 시간이 더 필요한 건가?"

 "네에?!"

 그녀의 목소리가 삑사리를 내며 뒤집어졌다. 왠지 어질어질한 기분이 든다. 어쩌면 어제의 그 말을 듣고 아직도 악몽 속에 있는 건지도 몰라. 선주는 무심결에 손을 들어 뺨을 아플 정도로 꽉 꼬집었다. 그녀의 행동에 쿡, 하는 웃음소리가 들려왔다. 꿈이라기엔 뺨의 통증도, 웃음소리도 너무나 직접적이고 생생했다.

 "가능한 빨리 대답을 해 줬으면 좋겠군. 시간이 그리 여유롭지 않아서 말이야."

"사장님."

"응?"

"병원 같이 가 드릴까요?"

"뭐? 풉."

진지하게 묻는 그녀의 말에 황당한 표정을 짓던 석현이 갑자기 허리를 숙여 웃어 대기 시작했다. 처음 보는 상사의 그 모습에 선주는 순간 멍해졌다. 어제 아침처럼 진공상태에 있던 선주는 그 웃음소리와 함께 공기의 진동을 느끼자 부르르 몸을 떨었다.

이건 현실이야, 말도 안 되는 현실!

그녀는 웃는 석현을 아연한 표정으로 바라보았다.

슬슬 퇴근 시간이 다가오는데도 선주는 여전히 그 상태 그대로였다. 마치 꿈속을 헤매는 듯한 멍한 느낌.

'오후까지 시간을 주지.'

그 말을 한 뒤로 석현은 사장실에서 꼼짝도 않고 있었다. 도대체 민석현이라는 사람의 머릿속이 가늠이 되질 않는다. 뜬금없이 결혼이라니? 선주는 책상 위에 둔 작은 손거울을 들고 자신의 얼굴을 찬찬히 훑어보았다. 아무리 봐도 예쁘다거나 귀엽다거나, 것도 아니면 세련돼 보인다거나 하는 구석이 없다.

그래, 좋게 봐 주면 조금 복스럽게는 생겼네, 하는 정도? 아우, 진짜! 그건 아빠의 팔불출성 발언이잖아! 뭐지, 대체? 나의 이 얼굴에서 어떤 매력을 발견한 거냐고?! 설마 사장이 그동안 나를 짝사랑이라도 했다는 건가? 헉, 상상하기도 민망하네. 도대체가 말이 안 되는 일이다. 대한민국 여자 누구든 고를 수 있는 남자가 촌스럽고 밋밋하기 그지없는 김선주와 결혼이라니. 이건 분명 뭔가 심각한 문제가 있는 것이다. 미치겠네.

선주가 한숨을 쉬며 고개를 푹 숙이는데 사장실에 들어갔던 찬우가 나왔다. 그녀는 후다닥 일어서 미소를 지었다.

"선주, 주말 잘 보내."

"네. 실장님도요."

찬우와는 대학 선후배 사이였다. 물론 회사 내에서 두 사람이 전혀 티를 내지 않기 때문에 아무도 모르는 일이지만. 찬우가 2년 선배였지만 선주가 생활비 때문에 아르바이트를 하며 거의 매년 휴학을 한 탓에 군대를 갔다 온 그가 오히려 졸업은 그녀보다 2년이 빨랐다. 처음 이곳에 입사해 찬우를 만났을 때는 반가운 마음 반, 속상한 마음 반이었다.

대학 신입생 때 자원봉사 동아리의 가입자를 모으던 찬우를 잠깐 만난 적이 있었다. 아침 강의를 들으러 인문관을 지나는데 그녀를 잡아끌던 그는 대학의 멋진 선배의 표상, 바로 그 자체였다. 반듯하게 잘생긴 얼굴이며 큰 키에 하얀 건치가 드러나는 활짝 웃는 미소가 딱 그랬다.

그 뒤로 가끔 지나치며 인사를 하게 되었고, 두어 번 차를 얻어 마시기도 했다. 아마도 경제학과 같은 동기보다 차를 같이 마신 횟수가 훨씬 많았을 것이다. 그렇게 몇 번 부딪혀 인사를 해도 어색한 사이가 되지 않았을 때 선주는 휴학을 해야 했다. 한동안 그를 보지 못하다 복학을 했을 땐 그가 군 생활 중이었고, 또 그가 복학한 후에는 그녀가 다시 휴학 중이라 졸업 전까지 거의 얼굴을 보지 못한 채 시간이 흘러 자연스럽게 잊혀진 그런 선배였다.

처음 동양전자에 입사해 그를 봤을 때는 선주도 깜짝 놀랐다. 반가워해 주는 그가 고마웠고, 조금 동경하는 마음이 없지 않아 있었다. 물론, 그에게 여자 친구가 있다는 사실을 알자마자 접은 마음이지만.

동료로서, 선배로서 찬우는 그녀에게 신경을 써 주었다. 게다가 가끔씩 둘만 있을 때, 학생 때처럼 이름을 부르며 친밀하게 대해 주는 것도 좋았다.

 찬우가 웃으며 손을 흔들며 나간 후 선주도 퇴근 준비를 서둘렀다. 머리 싸매고 앉아서 고민해 봐야 말도 안 되는 망상 속에 빠져 허우적거리는 게 고작이다. 뭔가 이 말도 안 되는 상황을 타개할 계책이 떠오른 것도 아니라 차라리 집에 가서 청소라도 한바탕하며 몸을 움직이는 게 훨씬 정신 건강에 도움이 될 것 같았다.

 책상을 정리하는데 사장실 문이 열리며 석현이 나왔다. 잘생겼다. 키가 크고 호리호리한 몸에는 완벽한 슈트 차림이 정말 잘 어울린다. 흔히 말하는 선이 고운 꽃미남이 아니라 강한 남자라는 느낌이 물씬 나는 건, 사람을 쏘아보는 강렬한 눈빛과 꽉 다문 입술 때문인 것 같다. 게다가 그가 입은 슈트의 한쪽 소매 가격이 자신의 옷값보다 비쌀 것이다. 저 배경, 저 외모, 저 능력에 나를? 보는 것만으로 어질어질 현기증이 생긴다. 말도 안 되지. 암, 말도 안 되고말고.

 "퇴근해야지?"

 "아, 네."

 "시간 되나?"

 순간 '안 돼요' 하는 말이 나오는 걸 간신히 참고 선주는 고개를 끄덕였다. 그의 의도는 짐작도 안 되지만 적어도 엉망진창이 된 현재 상황을 해결하기 위해서는 대화와 설득이 필요했다. 제발, 정신 좀 차리세요. 사장님!

 "무슨 일로 그러세요?"

 복잡한 머릿속과는 달리 시치미를 떼는 선주를 보고 석현이 피식 웃음을 보였다. 비웃냐, 지금! 아까 그녀를 두고 미친 듯이 그가 웃었을 때부터 왠지 놀림을 당하는 것 같아 몹시 기분이 나빴다. 내가 정말 목구멍이 포도청이라 참는 겁니다. 더럽고 치사하지만.

"몰라서 묻나? 김선주 씨 똑똑한 줄 알았는데."

더 이상 모른 척해도 소용없을 걸 깨닫고 선주는 고개를 끄덕였다.

"사장님."

"왜?"

"한 가지만 약속해 주세요."

"약속?"

"네. 만약 사장님이 이 약속을 하지 않으시면 저는 아무런 대답도 하지 않겠습니다."

"뭐, 좋아. 일단 들어 보고 결정하지. 뭐지, 약속이란 게?"

"제가 어떤 대답을 하든 간에 지금 제 지위나 업무에는 아무런 불이익이 없을 거라고 약속해 주세요."

"불이익이라. 그럼 대답은 no라는 건가?"

얘기가 왜 이렇게 돌아가지? 순간 당황했던 선주는 간신히 고개를 끄덕였다. 아무리 생각해도 그녀의 대답이 바뀔 리는 없었다.

"네."

"유감스럽고 안타깝군."

"죄송합니다. 저도 사장님의 기대에 미치지 못한 점 죄송하게 생각합니다만, 이번 일은 정말……."

그녀의 말에 석현이 무심코 고개를 끄덕인다. 좋았어. 어쨌든 그가 완전히 정신 나간 건 아니었다. 왠지 안심이 되자 웃음이 저절로 나왔다. 그런 선주의 미소에 석현 역시 미소를 지었다. 이 얼마나 훈훈한 상사와 부하의 관계인가? 선주는 왠지 고민했던 자신이 우스울 정도로 한심하게 느껴졌다.

"김선주 씨."

"네, 사장님."

저도 모르게 나온 들뜬 목소리에 선주는 얼굴을 붉혔다. 너무 티를 냈나. 하지만 지금 기분이라면 누구에게라도 웃으며 상냥하게 대할 수 있을 것 같다. 그 사람이 비록 민석현이라도 말이다.

"내 성격에 대해 어떻게 생각하나?"

"네?"

"내 성격. 그동안 김선주 씨가 봐 온 내 성격 말이야."

뜬금없는 질문이지만 선주는 미소를 지우지 않았다. 마음의 짐을 조금이라도 덜어 내고 나니 그가 원하는 대답은 뭐든 해 줄 수 있을 것 같았다.

"그야, 확실하신 성격이시죠. 매사에 빈틈없으시고, 꼼꼼하시고 치밀하시고……."

"……."

입술을 약간 휜 채로 자신을 보는 석현의 표정에 선주는 조금 당황했다. 뭔가 더 감동적인 칭찬이 필요한 시점이라는 판단이 문득 생겼다. 처세술이라면 자신도 뒤지지 않는다는 걸 보여 줄 심산으로 그녀는 입을 열었다.

"에, 또……. 직원들에게도 따뜻하고 인간적이신 것 같은…… 매우 공정하신 분이라고 생각합니다만."

"풉."

머뭇거리는 선주의 말에 석현이 웃음을 터뜨리자 그제야 그녀는 말을 멈추었다. 그의 웃음에 자존심이 조금 상했다. 하지만 어색하고 낯간지러운 칭찬이 썩 나쁜 것 같진 않았다. 석현의 아래서 일한 3년 동안 그가 웃는 모습은 기억 속에 거의 없었으니 말이다. 하지만 웃음 소리가 점점 커지자 선주는 점차로 불쾌해졌다. 그녀의 얼굴에서 어색한 미소가 완전히 사라진 후에야 석현이 웃음을 거두고는 그녀를 쳐다본다. 마치 언제 웃었냐는 듯 그녀를 보는 표정은 단단하게 굳어 있었다.

"김선주 씨."

"네. 사장님."

"내가 치밀하다고 했나? 매사에 빈틈이 없다고도 했지."

"네."

"그렇다면 이 일에서 내가 김선주 씨가 빠져나갈 길을 만들어 놨을까?"

"네에?!"

이 무슨 바보 같은 대답이란 말인가? 하지만 선주는 다른 대답은 떠오르지 않았다. 머리가 하얗게 비어 갔다. 무심결에 흠칫 물러서는데 석현의 입꼬리가 다시 올라간다. 하지만 아까와는 달리 그 미소가 너무 차가워 보여 그녀는 몸을 부르르 떨었다.

"사, 사장님. 아까 분명히 제 대답과 상관없이 어떤 부당한 일도 없을 거라고 약속……."

"내가 약속한다고 말했던가?"

선주는 그 말에 문득 그가 그러마, 하고 얘기한 적이 없다는 걸 그제야 깨달았다. 망할 자식!

"약속은 안 하셨지만 그러겠다는 의미로 받아들였습니다, 전. 그래서 솔직하게 말한 거고요. 만, 만약 이번 일로 해고당한다면 전 노조를 찾아가겠습니다. 부당 해고로! 아무리 제가 힘없는 일개 사원이라도 사장님 마음대로 해고는……."

"누가 해고한다고 했나?"

"네? 하지만 방금……."

"김선주 씨는 잊었나 본데 내가 김선주 씨와 하고 싶은 건 결혼이야. 난 그걸 위해서는 내 힘을 얼마든지 사용할 수 있을 뿐이고."

선주는 그의 대답에 인상을 찡그렸다. 머리가 어질어질해졌다. 뭔가 잘못된 것 같은데 콕 집어 말할 수가 없다.

"저, 저기, 사장님."

"음?"

"저, 사랑하세요?"

"뭐? 풉."

다시 웃음이 터져 나온다. 이번에는 허리가 꺾일 정도로 몸이 앞으로 휜다. 그 바람에 그의 탄탄한 어깨가 그녀에게 닿을 듯 가까워졌다. 선주는 그 어깨를 세게 후려치고 싶은 충동을 간신히 참아 냈다. 어리둥절한 표정으로 서 있는 그녀를 무시하고 한참을 웃던 석현이 고개를 들었다. 이번에는 진짜 웃겼는지 눈가에 잔웃음이 남아 있었다. 그 때문이었을까? 선주는 입술을 깨물고는 그를 똑바로 바라보았다.

"전 사장님이 싫어요. 남자로 생각해 본 적도 없고요."

단호한 그녀의 말에도 그의 미소는 지워지지 않았다. 다만 손을 내밀어 그녀의 어깨를 잡고는 머리를 앞으로 내밀었다. 두 사람의 숨결이 섞일 정도로 다가온 그의 얼굴에 선주는 뒤로 물러서려 했지만 단단한 그의 손아귀 힘 때문에 움직일 수가 없었다.

"그래서야."

"네?"

"김선주 씨는 나를 싫어하니까. 남자로 생각하지 않으니까."

미소가 사라진 그의 얼굴에서는 무슨 생각을 하는지 전혀 읽을 수가 없었다. 그가 정신이 나간 게 아니라면 자신의 정신이 어떻게 된 게 틀림없다. 도대체 이건 뭐지? 그녀는 그런 생각을 하며 멍하니 그를 바라보았다.

2.

 평창동 고급 주택 중에 가장 언덕 높이 있는 집이 바로 그의 할아버지인 민정만 회장댁이었다. 처음 이곳으로 왔을 때 석현이 느낀 건 압도적으로 큰 건물에 대한 두려움이었다. 아니, 어쩌면 자신을 더욱 초라하게 만들었던 이곳에 살고 있는 사람들에 대한 두려움이었을지도.

 그 생각을 떠올리자 피식 웃음이 새어 나왔다. 이제 곧 그들이 지키려고 했던 모든 것들이 그의 것이 될 것이다. 그가 그렇게 하기로 결심한 순간부터 한 번도 의심치 않았던 진실. 이 집의 사람들은 영영 받아들일 수 없겠지만 그는 그들의 감정에 상관없이 그들의 머리 위로 올라가 앉아 그들이 그에게 했던 그대로 똑같이 내리누를 것이다. 오래지 않아.

 그는 잠시 커다란 대문을 쳐다보고는 차에서 내렸다. **일부러 집 안 주차장에 차를 세우지 않은 건 잠시의 방문이라는 걸 은연중에 알리고**

싶어서였다. 이곳에 머물렀던 기간은 힘이 없던 어린 시절로 충분했다. 넓은 정원을 천천히 걸어 들어가니 나이 지긋한 여자가 현관에서 기다리고 있었다.

"오셨습니까? 회장님께서 서재에서 기다리고 계십니다."

그는 고개만 끄덕여 인사를 건네고는 곧장 집 안으로 들어갔다. 일층 복도 끝의 어두침침한 곳에 할아버지의 서재가 있었다. 가족들의 출입이 철저하게 금지되어 있는 곳. 다만, 아들인 준건과 손자 석현에게만 허락된 곳이기도 했다. 다른 사람들의 반발이 심함에도 불구하고 석현이 이 집안의 장자로 인정받은 그 순간부터 민 회장은 그 원칙을 고수하고 있었다.

원목으로 된 두꺼운 문을 두드리자 육중한 문이 의외로 맑고 깊은 소리를 냈다. 대답을 듣지도 않고 석현은 문을 열고 안으로 들어섰다. 민 회장은 책상 앞에 앉아 있었다. 그의 높은 악명과 달리 그의 외모는 귀여운 편에 속했다. 패스트푸드점의 풍뚱한 할아버지를 연상시키는 외모에 속아 자칫 편하게 대했다가 날벼락을 맞은 사람이 한둘이 아니었다.

민 회장을 향해 인사를 하며 안으로 들어서던 석현은 소파에 앉은 다른 손님을 보고 멈칫했다. 돌아보는 얼굴이 자신과 꼭 닮아 있다. 다만 오십 대 후반의 나이를 속일 수는 없는지 눈가에 잔주름과 귀 뒤쪽에 희끗한 흰머리가 보였지만, 오히려 그 조합이 그의 인상을 온화하게 만든다. 마치 늘 웃는 사람처럼.

예기치 못한 사람을 본 석현은 이를 앙다물었다. 그런 그의 반응에도 아랑곳없이 민 회장이 손짓으로 그를 불러들였다.

"앉거라."

"내일 다시 오겠습니다."

"앉아."

느긋하게 차를 마시는 아버지와 생각에 깊이 빠져 있는 민 회장 사이에서 잠시 고민하던 석현은 성큼 소파로 걸어가 준건의 맞은편에 앉아 거침없이 아버지를 쏘아보았다. 하지만 그런 아들의 시선에도 준건은 희미하게 미소를 보일 뿐이었다.

"오랜만이구나."

일순 친밀한 일상적인 부자간의 인사처럼 보인다. 석현은 끓어오르는 화를 참고 시선을 할아버지에게로 돌렸다.

"무슨 일로 부르셨습니까?"

"녀석, 급하기는."

"하실 말씀 없으시면 일어서겠습니다."

성마른 그의 반응에 민 회장이 한숨을 쉬었다. 아들인 준건과 꼭 빼닮은 외모. 그건 바로 그가 가장 사랑했던 여인을 닮았다는 뜻이다. 강인해 보이지만 어딘지 모르게 예민하고 약해 보이는 것도 어쩌면 그가 아들과 손자의 얼굴에서 여인을 떠올리기 때문일 수도 있다. 지금 냉기를 풀풀 풍기고 있는 손자 녀석에게서는 약한 구석이라고는 한 군데도 없는데 말이다.

다만 준건은 얇은 입술이 약간의 신경질을 담고 있는 것이 그녀와 똑같았다. 준건을 집으로 데려왔을 때처럼 석현을 데리고 왔을 때도 집안엔 태풍이 몰아치듯 시끄러웠다. 준건이 자신을 죽이고 이 집안에 순응하고 섞여 들어간 것에 반해 석현은 지금도 물과 기름처럼 겉돌았다. 하지만 두 사람에 대한 가족들의 불편한 감정은 똑같았다. 다만, 그들 중 누구도 준건과 석현에게 정면으로 반박하지 못하는 건 두 사람이 민 씨 성을 물려받은 유일한 남자이기 때문이었다.

민 회장의 슬하에는 바깥에서 들인 준건과 본부인 소생의 두 딸이 전부였고, 준건 역시 석현이 유일한 아들이었다. 출생에 관계없이 민 씨 집안의 유일한 남자라는 이유만으로 두 사람은 간신히 지금의 자리를 지켜 오고 있었다. 하지만 3년 전 민 회장이 협심증 증세를 보여 입원을 하면서 미묘하게 집안의 기류가 바뀌었다. 건강상의 이유로 동양그룹의 경영에서 물러나긴 했지만 여전히 직함은 남아 있었다. 그를 대신해 아들인 준건이 부회장으로서 그룹 전체를 이끌어 나가고 있었다. 그 일로 준건의 두 누이뿐 아니라 사위들과 손주들까지 들썩였다.

어찌 됐든 지난 3년간 준건은 잘 버텨 주었다. 하지만 얼마 전 준건이 경영에서 물러나겠다는 의사를 전해 왔다. 말리고 싶지만 그럴 수 없는 사정에 민 회장은 마음이 돌덩이를 얹은 듯 무거웠다. 아직 다른 가족들은 모르는 이유지만, 아들을 보는 그는 괴롭기만 했다.

석현이 자리를 잡을 때까지 견뎌 주기를 바랐는데. 자신도 최근 들어 기력이 빠졌는지 두 딸과 사위, 외손자들의 공격에 초조해지는 기분은 어쩔 수 없었다. 게다가 석현이 제 아비인 준건을 마주하려고도 하지 않으니 더 애가 탔다.

"지난번 일은 진전이 좀 있냐?"

민 회장의 말에 준건도 궁금한 듯 그를 쳐다봤다.

'네가 원한다면 이 그룹은 네게 될 거다. 다만, 사업이라는 건 사람을 다루는 일이야. 너처럼 강하기만 해서는 사람들을 조율하고 통제할 수는 없다. 그래서 결혼을 하라는 거다. 결혼을 하고 아이를 가지면 너도 사람 사는 게 어떤 건지 조금은 알게 되겠지. 어른이 될게다. 네 속에 있는 미움을 잠재울 여자를 찾아서 올해 안으로 결혼한다면 동양그룹의 내 모든 지분을 너에게 주고, 회사를 차지할 수 있도록 밀어주겠다.'

그게 할아버지의 조건이었다. 석현은 준건과 달리 야심이 있었다. 동양그룹을 가지겠다는 야망. 다만, 그 명분은 회사를 위해서나 할아버지를 위해서가 아니었다. 그를 오랫동안 억압해 왔던 것들을 완벽하게 산산이 부수기 위해 그 힘이 필요했던 것이다. 그래서 그 조건을 받아들였다.

다만, 할아버지의 생각처럼 자신의 증오를 잠재울 그런 여자가 아니라 자신의 앞길을 방해하지 않을 여자, 언제든지 그의 뜻대로 움직여 줄 여자를 고를 생각이었다. 어떤 일이 있어도 그의 지시에 따를 완벽한 그만의 여자. 그런 면에서 김선주는 완벽한 파트너 감이었다. 그동안 그녀가 비서로서 그를 보좌했던 것처럼 결혼 역시 업무의 연장선장으로 생각하면 된다.

물론, 선주가 그의 대답을 듣고는 불같이 화를 내며 사무실을 뛰어나간 후 이틀간 병가를 낸 상태긴 하지만 말이다. 당장은 받아들일 수 없어도 언젠가는 그의 의지대로 움직여 줄 것이다. 그런 면에 있어서 석현은 자신이 매우 인내심이 강하다는 걸 알았다. 지금까지 기다려 온 것처럼, 아니 일개 여자인 김선주의 마음을 돌리기 위한 얄팍한 설득은 필요치도 않을 것이다.

그저 농담으로 치부하기엔 엄청난 유혹일 테니까. 게다가 그가 가지는 건 김선주라는 여자가 아니라 동양그룹이니 서로에게 충분한 메리트가 될 것이다. 그것만 이해한다면 그녀가 이 결혼을 마다할 이유가 없다. 선주 역시 자신의 제안이 평범하기 그지없는 그녀의 인생을 장밋빛으로 바꿔 줄 엄청난 기회가 되리라는 걸 모를 만큼 바보는 아닐 테니 말이다.

"필요하면 내가 알아봐 주마. 너한테 힘을 줄 수 있는 여자를 찾는 건 아무래도 내가 더 낫지 않겠냐? 해광그룹의 손녀가 지금 몇 살이더라?"

"필요 없습니다."

할아버지의 제안을 석현은 단칼에 잘랐다. 어린 시절 그를 둘러싼 여자들은 냉랭하기 짝이 없었다. 아버지의 본부인, 할머니와 고모들, 그리고 심지어는 어린 사촌 계집애들조차 그를 더러운 오물 취급을 해 왔던 것이다. 생모의 온기 따위는 그의 기억 속에 있지도 않았다.

사춘기가 되기 전까지는 자신의 생모가 언젠간 자신을 찾아올지도 모른다는 순진한 착각 속에 빠져 있기도 했다. 하지만 기다림은 점차 절망감으로 바뀌고, 견딜 수 없는 분노로 발전해 갔다. 그에게 여자란 손이 곱을 정도로 차가운 얼음 덩어리에 불과했다. 한 번도 따스함을 준 적 없는.

그런 부류의 여자가 옆에 있다는 것만으로도 피가 차갑게 식는 것 같은 거부감이 든다. 해광그룹이라고? 석현은 코웃음이 나왔다. 이 집 안의 누구도, 심지어는 할아버지도 자신을 마음대로 휘두를 수는 없을 것이다.

"그럼 여자가 있다는 거냐?"

"네."

"그래? 어떤 여자냐?"

"재촉하지 마십시오. 일에는 순서라는 게 있습니다."

"날 속일 생각이라면 일찌감치 그만두는 게 좋을 거다."

"무슨 말씀이십니까?"

"눈 가리고 아웅 할 생각은 하지 말란 말이다. 이 결혼이 사기거나, 네 멋대로 꾸민 일이라면 아무리 너라도 봐줄 생각은 없어."

할아버지의 경고에 석현이 피식 웃었다. 저도 모르게 비웃음이 떠오른다.

"그럴 리가 있겠습니까? 할아버지가 어떤 분이신지 제가 모른다면 몰라도요. 그 때문에 부르신 거면 이만 일어나겠습니다. 조만간 인사시키도록 할 테니 기다리시죠."

"잠깐 기다려라. 얘기 안 끝났다."

"……"

"네 아비가 조만간 회사 경영에서 손을 뗄 거다."

민 회장의 말에 석현의 눈썹이 꿈틀했다. 끝까지 아들에게는 힘을 주시지 않는군요.

"그래서요? 그 일이 저하고 무슨 상관이 있습니까? 원래 하고 싶은 대로 살아오시지 않았습니까?"

그의 도발에도 준건은 미소만 띠고 있었다. 그 표정에 석현은 속이 뒤집히는 걸 느꼈지만 애써 외면을 했다.

"그만두면 당분간 한국을 떠나야 할지도 몰라. 너도 알다시피 준건이 빈자리는 바로 네 자리다. 네가 아무리 내 손자라고 해도 능력이 검증되지 않는다면 이사회의 반발이 만만치는 않을 거다. 노리는 사람들이 많으니."

굳이 설명하지 않아도 뻔한 일이다. 고모들과 사촌들의 협공이 시작되겠지. 그들과의 싸움은 더러운 진탕 속을 뒹구는 것과 똑같았다. 페어플레이 따위는 아예 머릿속에 존재하지 않는 사람들. 오로지 이기는 것에만 최적화된 게임의 캐릭터 같다. 물론 그 역시 마찬가지지만. 이 싸움에서 양보하거나 질 생각은 추호도 없다.

"그래서요?"

"네가 안정된 이미지를 보여 줘야 할 거다. 그러니 결혼도 서두르고, 반드시 유럽 쪽과 이번 신 모니터 판매에 대한 계약도 성사를 시켜야 할 거야. 어떤 약점도 잡혀서는 안 된다. 알겠니?"

"걱정 마십시오."

최근 차세대 디스플레이로 불리는 OLED로 구현된 플렉시블 모니터를 동양전자에서 선보였다. 그동안 플렉시블 디스플레이에 대한 개발은 여러 회사에서 꾸준히 해 오고 있었지만 상용화는 아직 먼 얘기였다. 기술 개발만으로도 엄청난 일이지만 동양전자는 플렉시블 디스플레이를 가진 휴대폰 및 노트북이나 데스크 탑 모니터를 이미 상품화 단계까지 발전시킨 것이다. 언제까지 독점할 수 있는 기술은 아니지만 적어도 최초 상용화한 기업으로서 당분간은 플렉시블 모니터로 얻을 수 있는 이점은 무궁무진했다.

이 프로젝트는 석현이 동양전자의 사장으로 취임하면서부터 집중적으로 개발해 온 거라 더욱더 주목을 받았고, 상용화에 이어 기술 제휴가 아닌 상품 자체의 수출이 이루어진다면 동양전자뿐만 아니라 동양그룹이 세계적인 기업으로 발돋움할 수 있는 계기가 될 것이다. 그동안 유럽이나 미국 시장에서 싼 브랜드로서 인식되던 한국기업에 대한 이미지 또한 바꿀 만큼 영향력이 큰 기술이었다.

얼마 전 유럽에서 열린 통신기기 박람회에서 성공적인 프레젠테이션으로 이미 세계적으로 주목을 받았고, 몇몇 회사로부터 적극적인 제의가 들어와 이번 프로젝트는 순조롭게 진행되고 있었다. 새삼 걱정할 필요가 없는 일이다.

"돌다리도 두드려 보고 건너라고 했다. 무슨 일이든 신중히 하도록 해라."

"말씀 끝나셨으면 그만 나가 보겠습니다."

"아가씨는 다음 주 내로 데려와. 있다는데 차일피일 미룰 필요는 없다. 일단 먼저 얼굴부터 봤으면 하는데."

"알겠습니다. 그럼."

"아비한테 인사라도 하고 가거라. 당분간 얼굴 보기 힘들 거다."

"……."

민 회장의 말에 석현이 준건을 향해 고개만 까딱하고 서재를 나갔다. 그런 손자의 태도에 민 회장이 한숨을 푹 쉬었다.

"저래서 괜찮겠냐?"

"다 제 탓 아니겠습니까?"

"어쩔 수 없는 일도 있는 거다. 너도 날 원망하냐?"

"그럴 리가 있겠습니까? 이미 오래전 일이고, 그 원망을 지금까지

가지고 있으면 전 오래전에 나가떨어졌을 겁니다."

아들의 말에 민 회장이 고개를 끄덕였다.

"저 녀석이 제일 걸리겠구나."

"그렇죠, 뭐. 하지만 저하고는 닮지 않아 강한 놈 아닙니까? 아버지가 잘 받쳐 주십시오."

"그래야지, 그래."

민 회장은 느긋하게 웃는 아들을 보고는 그만 눈을 감았다. 그는 좀 전 쌩하게 나간 석현을 떠올리고는 안쓰러움에 고개를 절레절레 젓고 말았다. 다시 혼자가 되는구나, 네가.

9월 초의 저녁 바람이 어느새 쌀쌀하게 느껴졌다. 어쩌면 저 집을 방문하고 나면 항상 느끼는 그런 썰렁함이 아닐까 싶기도 했다. 떠난다고? 마음대로 하라지. 어차피 아버지에 대한 기대는 눈곱만큼도 없는 그였다. 항상 남처럼 멀뚱멀뚱했던 관계. 차라리 증오가 가득한 새어머니나 할머니의 시선이 오히려 인간적일 만큼 그를 향한 아버지의 시선은 무덤덤함에 가까웠다. 그가 가장 이해하지 못할 인물, 그리고 이해하고 싶지 않은 사람.

석현은 답답함에 한숨을 내쉬었다. 복잡한 일부터 빨리 해결해야 했다. 어쨌든 아버지가 떠나고 나면 표면적으로 그를 지지하는 세력이 줄 수도 있었다. 그들이 치고 들어오기 전에 재빠르게 공격해 들어가야 한다. 그러려면 무엇보다 할아버지께 먼저 인정을 받아야 했다.

김선주, 라. 늘 필요한 말 이외에는 대화를 섞어 본 적이 없었다. 요 근래 두 사람이 나눈 얘기야말로 그동안 두 사람이 나눴던 어떤 대화보다 길고, 심도 있었을 정도로 말이다. 다만, 조금 당황했던 건 의외로 선주가 강경한 태도로 나온 거였다. 가진 것이 아무것도 없는 여자. 그래서 그녀의 드러나지 않은 마음 한구석에는 이 정략적인 결혼에 대해 약간의 기대감이 있지 않을까 하는 경멸의 마음도 없지 않아 있었다. 그런데 이틀간 선주의 태도는 오히려 그를 경멸하는 듯 보였다.

싫다고? 남자로 보지 않는다고? 이쪽 역시 그녀가 생물학적으로 여자인 것은 어쩔 수 없다 치더라도, 심정적으로는 전혀 여자로 느끼지 않기에 그런 제의를 한 것도 사실이지만 왠지 그 말을 듣는 순간 기분이 나빠졌다. 그날 이후로 병가를 낸 선주는 이틀이 넘도록 연락이 없었다.

아까 할아버지의 말을 떠올리자 조급함이 생긴다. 지금 그에게 필요한 건 자신에 대해 아무런 감정을 가지지 않을 여자, 자신 역시 그런 감정이 조금도 생기지 않을 여자, 그리고 무엇보다 자신에게만 충실할 바로 그런 여자가 필요했다. 바로 김선주 같은 여자. 그녀가 필요했다.

"언니, 해주 학교에서 편지 받았다. 연애편지!"
"야! 말하지 말라니까!"

학원에서 돌아오자마자 미주와 해주가 주방으로 뛰어들었다. 미주는 초등학교 5학년이지만 쌍둥이 중 동생이라 그런지 또래에 비해 몸이 작았다. 반면 뒤따라와 미주의 입을 틀어막은 해주는 키가 크고 긴 생머리를 하고 있었다. 까무잡잡한 미주에 비해 살결이 하얘서 눈에 띄는 외모였다. 영락없이 아이들의 엄마를 그대로 닮았다.

선주의 어머니가 돌아가신 후 오랫동안 혼자 지내던 아버지가 재혼을 한 여자가 혁주와 쌍주의 생모였다. 예쁘장한 얼굴에 얌전하고 말이 없었던 새어머니는 아버지의 사업이 망하고, 빚쟁이가 들이닥치자 견딜 수가 없었는지 어느 날 갑자기 사라졌다. 아이들을 부탁한다는 편지 한 통 남기는 인정머리조차 없었다.

당시 대학생이던 선주는 망연자실했지만 빚쟁이들에게 쫓기는 아버지와 사라진 새어머니를 대신해 혁주와 쌍주를 책임져야 했다. 휴학을 밥 먹듯이 하고 아르바이트를 하면서 생활비와 빚을 갚으려 애를 썼다. 아버지 역시 같이 지내진 못해도 막노동으로 번 돈을 저축해서 그녀에게 보내 빚을 갚도록 했다.

적지만 조금씩 갚다 보니 이제 남은 빚은 은행권의 장기상환 부채가 전부였다. 그 덕에 작년부터는 적금도 조금씩 부을 정도의 여유는 생겼다. 물론 빚이 완전히 없으면 더할 나위 없겠지만 어쨌든 딱 지금만큼만 돼도 선주로서는 더 바랄 게 없었다. 그런데 이 잔잔한 호수에 민석현이라는 남자가 뜬금없는 커다란 바윗덩어리를 풍덩 하고 던졌던 것이다. 잔잔한 물결이 이는 게 아니라 호수가 뒤집힐 정도로 강력한 폭풍을 만들어 낸 그런 엄청난 바위를. 생각만으로 지끈지끈 머리가 아파 왔다.

"연애편지 아니야!"

"맞잖아! 너 좋아한다고 했잖아. 너도 얼굴 빨개져 놓고는."

"아니야! 나 걔 안 좋아해."

"언니! 해주는 4반에 오민성이 좋대. 그런데 편지 쓴 애는 같은 반에……."

"야! 입 안 다물어!"

평소 화를 잘 내지 않는 해주가 정말 화가 났는지 입을 삐죽이며 울 듯이 소리를 지르자 선주는 한숨을 푹 쉬었다. 자꾸만 해주를 놀리려는 미주의 머리 위에 손바닥을 올려 꾹 눌렀다. 언니의 그 행동에 미주 역시 불만스러운 듯 그녀를 올려다보았다. 하지만 그녀의 손짓의 의미를 파악하고는 입을 조용히 다물었다. 어릴 때부터 야단치기 전 아이들이 생각할 시간을 주기 위해 꼭 이렇게 머리를 짚었던 것이다.

"미주, 너 자꾸 언니 놀릴래?"

"해주가 왜 언니야?"

"쌍둥이라도 언니, 동생 확실히 하라 그랬지? 넌 해주보다 10분이나 늦게 태어났거든. 그리고 연애편지 받으면 인기 많고 좋은 거지, 왜 놀려?"

"뭘 놀려? 그냥 그렇다고 하는데 쟤가 괜히 오버하는 거지."

"또! 언니라고 못 해?"

"아, 알았어! 맨날 나한테만 난리야."

미주가 조금 까불긴 해도 대드는 일은 잘 없었는데 오늘은 무슨 일인지 홱 토라져 방으로 뛰어간다. 그 모습에 선주는 고개를 저었다. 해주가 걱정스런 얼굴로 그런 언니를 올려다본다. 그녀는 손을 들어 아이의 머리를 쓰다듬어 주었다.

"걱정 마. 곧 풀려. 저녁 먹고 아이스크림 사 준다고 꼬시자."

"응."

해주도 방으로 들어가자 선주는 식사 준비를 서둘러 끝냈다. 오늘은 일이 많은지 아버지도 귀가가 늦었다. 어쩔 수 없이 애들을 먼저 먹이고 아버지 상을 따로 차린 후에 미주의 마음을 풀어 주기 위해 선주는 쌍주와 함께 큰길가에 있는 아이스크림 가게로 향했다. 아이스크림 가게로 들어가 자기들이 먹고 싶은 걸 고르더니 언제 싸웠냐는 듯 두 아이는 재잘대며 얘기를 한다. 그 모습에 선주는 피식 웃음이 났다. 저렇게 모든 일이 쉽게 풀리면 얼마나 좋을까?

"아빠 오실지도 모르니까 들어가자. 아이스크림은 집에 가면서 먹어."

컵에 든 아이스크림을 스푼으로 퍼 먹는 아이들을 몰고 집으로 향하던 그녀 앞에서 갑자기 검은색 승용차가 빵, 하고 클랙슨을 울리며 멈춰 섰다. 어두웠지만 자동차의 모양이 낯설지가 않았다. 아니나 다를까 비상등을 켠 차에서 내린 사람은 키가 훤칠한 익숙한 외모의 남자였다.

순간 저도 모르게 건널목 바로 옆에 있는 전봇대 뒤로 몸을 숨기려 했지만 이미 석현이 성큼 그녀 앞으로 다가온 후였다. 낯선 남자의 갑작스러운 출현에 좀 전까지 떠들며 아이스크림을 먹던 쌍주가 놀라서 눈을 동그랗게 뜬 채로 석현을 뚫어지게 쳐다본다. 당황한 선주 앞으로 온 석현이 보일 듯 말 듯 고개를 까딱했다.

"아프다더니 생각보다는 멀쩡하군. 이틀이나 쉬길래 난 또 꽤 심하게 앓는 줄 알았는데."

뻔히 알면서 하는 말에 선주는 입술을 깨물었다. 그렇다고 그 때문에 겁을 먹어 회사에 나가지 않았다는 걸 들키는 건 죽기보다 싫었다.

"뭐, 좀 쉬었더니 이젠 괜찮아졌어요. 그런데 무슨 일이시죠?"

"문병 겸 할 얘기도 좀 있고 해서."

할 얘기? 가슴이 덜컹 소리를 낸다. 선주는 호기심에 가득 찬 동생들의 시선에 심호흡을 하며 마음을 진정시켰다.

"문병은 됐고요. 얘기는 내일 하시죠. 내일은 꼭 출근할 테니."

평소와 달리 굳은 선주의 말에 동생들이 서로의 옆구리를 쿡쿡 찔러 대자 석현의 시선이 아이들을 향했다.

"동생?"

"내일 얘기해요. 저흰 집으로……."

"타지. 집으로 데려다 줄 테니. 꼬마 아가씨들도 타요."

"괜찮아요. 집 바로 요 앞인데……."

말이 끝나기도 전에 진짜요? 하더니 해주와 미주가 냉큼 석현의 차에 올랐다. 맙소사. 말려 볼 사이도 없이 순식간에 끝난 일이었다. 어정쩡하게 혼자 머뭇거리는데 석현이 팔을 끌어 조수석에 앉힌다.

"헐, 대박."

미주가 평소 말버릇대로 앉아서 쿵쿵거리며 하는 말에 해주도 고개를 끄덕였다.

"이거 외제찬가 봐. 어, 여기 냉장고도 있어."

뒷좌석 앞에 놓인 작은 냉장고를 언제 알아봤는지 미주가 벌컥 열어젖혔다. 옆에 앉은 해주 역시 감탄사를 내뱉었다.

"헐, 완전 대박."

"언니 이것 좀……."

버릇없는 쌍주의 행동에 선주는 아이들을 노려보았다. 평소라면 그냥 잔소리로 그쳤겠지만 옆의 사람 때문에 말이 성마르게 나왔다.

"김해주, 김미주! 가만 못 있어!"

언니의 꾸중에 쌍주가 금세 기가 죽었다. 서로의 팔을 잡으며 툭툭 쳐 대며 모른 척을 하는 모습에 선주는 한숨이 나왔다. 문득 고개를 돌리니 석현이 물끄러미 그녀를 쳐다보고 있었다. 차 안이 좀 어두운 편인데도 자신을 뚫어지게 보는 시선이 느껴졌다. 갑자기 얼굴이 화끈해졌다.

"왜, 왜요?"

익숙지 않은 어색함에 말이 퉁명스럽게 나왔다. 그런 말투에 석현이 피식 웃었다.

"왜 웃으세요?"

"아, 그냥. 김선주 씨가 내 생각하고는 많이 달라서."

그러고 보니 결혼 제의를 받은 후 석현 앞에서 그동안 하지 않던 행동들을 아무 생각 없이 하고 있었다. 회사에서도 그에게 싫다고 소리를 지르질 않나, 쌍주에게도 평소보다 심하게 화를 냈던 것이다. 할 말 이외의 말은 절대 하지 않던 평소 회사에서의 선주와는 너무나 달랐다. 게다가 늘 단정한 무채색의 투피스 정장 차림이었던 것과 달리, 지금 그녀는 조금 붙는 청바지에 오래돼서 목이 늘어진 흰 티셔츠 차림이었다. 머리카락 한 올 흐트러짐 없이 갑갑하게 하나로 묶었던 머리는 느슨하게 틀어 올려져 있어 인상이 상당히 달랐다.

석현은 그녀의 그런 모습을 찬찬히 훑어보았다. 꽤 나이가 들어 보인다고 생각했는데 화장기 없는 얼굴에 편한 차림의 선주는 오히려 학생처럼 보였다. 통통하다고 생각했던 건 조금 큰 듯한 가슴 때문이었나 보다. 딱 맞는 청바지를 입은 늘씬한 다리와 잘록한 허리선을 보니 그다지 몸매가 나빠 보이진 않았다. 오히려 티셔츠 아래로 봉긋 올라온 풍만한 가슴이 꽤 여성적으로 느껴져 석현은 조금 놀랐다. 볼품없던 정장 차림의 선주에게서는 느낄 수 없었던 그런 분위기였다.

조금 곤란한데, 하는 생각을 하던 그는 생각을 고쳐먹었다. 어차피 김선주의 외모가 마음에 들어 결혼 제의를 한 건 아니다. 그리고 아예 볼품이 없는 것보다는 섹시한 외모가 적어도 전시효과는 좀 있지 않을까? 그런 생각에 피식피식 웃는 그를 보고 선주가 인상을 썼다.

"계속 그렇게 계실 거면 저흰 걸어서 가고요."

쏘듯이 하는 말에 그는 다시 웃음을 보이고는 차에 시동을 걸었다. 큰 길목을 지나 골목길로 들어간 차는 좁아진 길 때문에 더 들어가지 못하고 결국 길가에 멈춰 섰다. 석현이 문을 열기 전에 선주가 후다닥 바깥으로 나가더니 동생들을 재촉했다. 차 안에서도 동생들에게 함구령을 내린 그녀였다.

마치 전염병을 피하는 사람처럼 그를 외면하고 동생들을 몰아 집으로 향하는 그녀의 행동에 석현은 인상을 썼다. 자신을 보고도 반가워하지 않을 건 알았지만 이 정도로 싫어할 줄은 몰랐다. 어이없게도 자존심이 상했다.

"데려다주셔서 고맙습니다. 그럼 안녕히 가세요."

"김선주 씨."

고개만 까딱하고 골목길로 들어가려는 선주의 팔을 석현이 재빨리 잡아챘다. 잡힌 팔이 아팠는지 선주가 아, 하는 작은 소리를 냈다. 그는 조금 힘을 뺐지만 손을 놓지는 않았다.

"할 얘기가 있다고 했을 텐데."

"업무와 관련된 얘기가 아니라면 듣지 않겠습니다. 그리고 지금은 업무 시간도 아니니 사장님의 명령 들을 필요도 없고요. 하실 말씀 있으시면 내일 정식으로 근무시간에 해 주세요."

"김선주!"

"놔요. 이러시면 내일 아침에 바로 노조 갑니다, 저. 이거 성희롱이에요."

"말도 안 되는 소리."

"말 안 되는 소리는 사장님이 먼저 하신 것 같은데요."

"그러니까 잠시 시간을 달라는 거 아닌가? 김선주 씨가 납득할 만큼의 합리적인 조건을 제시하지."

조건? 결혼하는 데 무슨 조건? 처음부터 전제 자체가 틀려먹었다. 머리가 꽤 좋고 이성적이다 못해 냉정한 사람이라고 생각했는데 석현의 요 며칠간의 행동은 분별력과는 거리가 멀었다.

"사장님이 뭐라 하시든 전……."

"언니! 왜 안 와?"

"어서 와! 아빠 왔어."

골목 끝 쪽 대문으로 들어갔던 동생들이 갑자기 튀어나와 하는 말에 선주는 입을 다물었다. 대신 석현을 죽일 듯 노려보았지만 그는 그 시선에 아랑곳없이 잡은 손목을 놓질 않았다. 그의 커다란 손에 감싸인 오른쪽 손목에서 작은 미열이 느껴진다. 시간이 지날수록 그 열이 손목을 통해 팔로, 가슴으로, 결국 얼굴까지 올라왔다.

어느새 얼굴이 빨개진 선주는 뒤로 물러섰다. 주춤 그녀가 승복을 하는데도 그녀를 잡은 시선과 손은 단단하고 치밀했다. 그의 손에서 느껴지던 열감이 이번엔 시선을 통해 그녀를 꿰뚫는다. 숨이 막힐 것 같은 긴장감이 느껴졌다. 그녀는 아찔한 그 감각을 털어 내려고 고개를 흔들었다.

"놔주세요."

"잠깐이면 돼."

"알았어요. 아빠 오셨다니까 잠깐만 집에 들어갔다 올게요."

"5분 기다리지. 그 안에 안 나오면 내가 들어갈 테니 그리 알아."

"걱정 마세요."

선주는 그를 뒤로 하고 집으로 뛰어 들어갔다. 동생들의 말대로 아버지가 돌아와 계셨다. 하루 종일 이삿짐을 나르느라 땀을 흘렸는지 땀 냄새가 훅 하고 끼쳐 온다.

"식사하셔야죠?"

"손님 왔다며? 누구냐?"

그새 쌍주가 일렀는지 아버지가 근심 어린 시선으로 바라보자 선주는 억지웃음을 지었다.

"회사 사람이요. 일 때문에 잠깐 왔어요. 제가 능력이 좀 되잖아요."

"그래?"

"네. 식사부터 하세요."

"아니다. 땀을 많이 흘렸더니 찜찜해서 좀 씻고 먹을란다."

"그럼 전 잠깐만 나갔다 올게요. 업무 관련해서 제 도움이 필요한가 봐요."

"그래? 여기까지 찾아올 정도면 엄청 급한가 보다. 지금 회사 양반이 바깥에서 기다리는 거야?"

"네."

"얼른 나가 봐. 밥은 내가 알아서 챙겨 먹을 테니까 걱정 말고."

"죄송해요. 금방 올게요."

"그래, 그래. 어서 나가. 사람 기다리게 하지 말고."

선주는 거의 떠밀리다시피 바깥으로 나왔다. 딱히 들을 말도, 할 말도 없긴 하지만 이 일로 인해서 불이익을 당할 수는 없는 일이다. 노조를 찾아간다, 어쩐다 하긴 해도 말처럼 쉬운 일도 아니고, 사장을 대상으로 통할 리 만무하다. 그러니 스스로 해결하는 수밖에는 뾰족한 방법이 없었다. 대문 바로 앞에서 그가 기다리고 있었다.

"나왔군."

"전 누구처럼 사기는 안 쳐요."

"사기? 그 누구가 나라고?"

"협박하고, 들어줄 것처럼 하더니 딴소리하고. 그게 사기 아닌가요?"

불퉁한 그녀의 말에 석현이 풋, 하는 웃음소리를 냈다. 요 며칠 제정신이 아닌 선주와 마찬가지로 그 역시 제정신이 아닌지 툭 하면 웃어 댄다. 뭐, 나름 신선한 일이긴 한데 상황이 상황이다 보니 반갑지만은 않았다.

"큰길가에 커피숍 있어요. 거기서 얘기해요."

그를 제대로 보지도 않고 선주는 발걸음을 옮겼다. 큰길로 나가 걷는데 시선이 따갑다 느껴질 정도로 사람들이 그를 힐끔거렸다. 옆에 선 그녀가 의식될 정도로. 그녀는 살짝 고개를 돌려 그를 올려다보았다. 잘생긴 것만으로 시선을 끄는 건 아니다. 태생적으로 다 가진 사람 특유의 여유와 힘이 느껴진다. 확실히 옆에 선 자신이나 길거리의 사람들과 구별되는 건 특출한 외모뿐 아니라 그가 풍기는 그 강함에 있었다. 전혀 어울리지가 않아. 선주가 저도 모르게 고개를 젓자 석현의 눈썹이 올라갔다.

"왜?"

"뭘요?"

"뭐가 아니라는 건지 궁금해서."

헉, 독심술까지 하십니까?

"그런 말 한 적 없는데요."

"금방 아니라는 듯 고개를 흔들지 않았나? 이 상황에서 김선주 씨가 아니라고 여길 건 우리 결혼뿐일 테고."

"잘 아시네요. 그러니까 눈치 빠르시고 이해심 넓은 사장님이 이쯤에서 양보하시는 게 어떠세요?"

"글쎄. 눈치 빠른 건 맞는데 이해심 넓은 건 오늘 새로 하는 칭찬인가? 치밀하고 매사에 빈틈이 없다는 게 지금은 더 마음에 들거든."

"그런데 아닌 것 같다는 생각이 들어요. 요즘 사장님 보면."

"어떤 점이?"

"왜 결혼을 하려고 하세요?"

"이런 데서 할 얘기는 아닌 것 같은데. 조금 있다……."

"그게 아니라는 거예요. 대부분의 사람들은요. 결혼이란 걸 하기 위해서 먼저 연애를 해요. 그리고 그 사랑에 확신이 생겼을 때 결혼이라는 걸 하고요. 그런데 사장님은 그게 아니잖아요. 뭐 때문인지 몰라도 지금 사장님은 나사가 열두 개는 빠진 사람 같아요. 제가 아는 사장님이 아니세요."

"김선주 씨도……."

인도 가까이 다가온 차에 석현이 말을 멈추고 그녀를 보호하듯 당겼다. 단단한 그의 몸에 살짝 몸이 부딪쳤다. 행인들이 많은 거리에서 단순히 도와준 것뿐인데 왠지 기분이 이상했다. 지금까지 항상 멀찍이 마주 보던 사람의 직접적인 체온을 느끼는 것이 얼마나 오묘한 경험인지. 선주는 차가 지나가자마자 재빨리 몸을 떼고는 걸음을 재촉했다.

"당신도."

길 건너 커피숍이 보이는 신호등 앞에 섰다. 석현이 아까의 말을 이으려는 듯 입을 열었다. 큰 키와 어둠 때문에 그의 표정을 읽을 수가 없다. 말을 꺼내고는 길 건너를 보던 그가 고개를 돌려 시선을 그녀에게 내렸다. 어둠만큼 까만 눈빛. 너무 깊고 어둡다. 그리고 생소해. 문득 두려움이 느껴진다.

"당신도 내가 알던 사람과는 달라."

순간 침묵이 두 사람을 무겁게 감싼다. 선주는 처음 보는 사람처럼 석현을 마주했다. 자신이 알던 사람인지 의심스러울 정도로 지금 그의 표정은 왠지 약하고 혼란스러워 보였다. 제 속에 있다고 생각지 않았던 동정심이 꿈틀댈 정도로. 지금 누가 누굴? 선주는 약해진 마음을 비웃으며 시선을 돌렸다.

말이 안 된다, 이런 건. 두 사람 사이는 지금 그들의 앞을 막고 있는 빨간 신호등처럼 선명한 접근 금지인데 어째서일까? 예기치 않은 그 감정에 선주는 어이가 없어 고개를 저었다. 또다시 그의 시선을 느낀다. 이번에는 왜냐고 묻지 않았다. 다만, 갑자기 그녀의 손목을 불쑥 잡아당겼다.

"무슨……."

"파란 불. 건너야지."

멍하게 있던 탓에 그사이 불이 바뀐 것도 몰랐다. 파란 불. 그의 손에 이끌려 길을 건너며 선주는 왠지 멍한 기분에 사로잡혀 있었다.

평소라면 선주가 그를 위해 차를 준비했을 텐데 오늘은 석현이 그 일을 했다. 두 사람은 테이블이 몇 개 안 되는 작은 커피숍 안쪽 구석에 자리를 잡았다. 그들 외에도 데이트를 즐기는 학생처럼 보이는 젊은 커플이 맞은편 구석에 이미 자리를 차지하고 있었다.

늦은 저녁이라 두 사람은 커피 대신 홍차를 마셨다. 얼 그레이의 쌉쌀함이 입 안으로 퍼져 갔다. 둘 중 누구도 먼저 입을 열지 않았다. 침묵이 길어질수록 선주는 초조함을 느꼈다.

"사장님."

"……."

할 말이 있다더니 그녀의 부름에 오히려 묻는 듯한 시선이다.

"저 오래 못 있어요."

"그렇군."

"사장님."

그녀의 재촉에도 그는 침묵을 지켰다. 간접 조명으로 인해 그는 마치 동상처럼 보였다. 속이 탄 선주는 차 대신 냉수를 벌컥 마셨다.

"사장님."

"김선주 씨."

"말씀하세요."

"당신이 생각하는 결혼은 뭐지?"

"네?"

이건 또 무슨 소리. 선주는 인상을 썼다. 오늘 밤의 석현은 결혼을 하자 했던 그때와는 또 달랐다. 정말 병원에 가야 하는 것 아닐까?

"난, 내 편이 되어 줄 사람이 필요해. 어떤 상황에서도 나만 믿고 내 말을 따라 줄 수 있는 사람."

"……."

"사랑에 확신이 생겼을 때 하는 게 결혼이라고 했나? 그 사랑이라는 건 얼마나 가는 거지? 그 확신이라는 건 또 뭐에 대한 건데?"

"그야, 그 사람에 대한 믿음 아닐까요?"

"글쎄. 난 김선주 씨를 사랑하진 않지만 내 주변의 어떤 여자보다 믿고 있어. 그렇다면 그건 뭐지? 그것도 사랑이라는 건가?"

주변의 어떤 여자보다 믿는다고? 그건 사랑과는 다른 거라고 생각하면서도 선주는 저도 모르게 얼굴을 붉혔다. 강렬한 시선이 자신을 향하자 마치 고백을 받는 것처럼 두근거린다. 그래, 민석현이라는 남자는 잘생겼으니까. 저런 얼굴로, 저런 시선으로 그런 말을 하면 어떤 여잔들 안 흔들릴까? 이성에 대한 감정이 메말랐다고 생각했던 자신과 같은 무미건조한 여자도 충분히 흔들 만하다.

"곧 본사 부회장으로 자리를 옮길 거야."

좀 전까지 두근댈 정도의 고백타임 같았는데 어느새 그의 목소리가 무미건조해져 있었다. 평소와 달랐던 혼란스럽고 어딘지 약해 보이던 표정도 사라져 있다. 단단하고 강하지만 속을 알 수 없는 남자가 완고한 표정으로 그녀를 바라보았다.

"본사로 들어가면 본격적으로 후계자 자리를 놓고 경쟁이 있을 거야. 그 경쟁에서 우위를 차지하고 싶어. 그러기 위해서는 이 결혼이 꼭 필요해."

동양그룹 민 회장의 유일한 손자가 바로 민석현이라는 사람이 아니었나? 이미 확고한 그 자리를 위해서 결혼이라니. 그것도 아무런 힘도 없는 평범한 자신과 말이다. 선주는 그의 말에 혼란스러워졌다.

"하지만 사장님은 회장님의 유일한 손자시잖아요."

그녀의 말에 석현이 피식 웃는다.

"어쩌면."

"그리고 후계자가 되고 싶으시다면 힘 있는 여자를 만나셔야죠. 저 같은 사람이 아니라 사장님을 도와줄 수 있는 그런 여자요. 사장님 정도면 누구든 고를 수 있을 텐데요."

그의 미소가 커졌다.

"그것도 어쩌면. 하지만 김선주 씨 말대로 난 믿을 만한 사람과 결혼하고 싶거든. 그동안 업무를 같이 해 오면서 당신이 전적으로 신뢰해도 될 만한 사람이라고 느꼈어. 그래서 당신에게 이렇게 청하는 거야. 김선주 씨, 나를 도와줄 생각은 없나?"

"……"

"당신이 손해 보는 일은 없을 거야. 결혼이 아무리 형식적이라도 난 당신을 존중할 테니. 게다가 내가 가진 것들이 당신을 위해서도, 당신 가족들을 위해서도 꽤 도움이 될 거야."

어쩌면, 아니 확실히 엄청난 기회일 것이다. 민석현이라는 남자의 아내가 된다는 건 돈보다도 훨씬 특별한 뭔가를 경험할 수 있는 기회가 될 것이다. 그녀가 모르는 세계. 하지만 그녀의 감정은 어디에 있는 것일까? 그의 감정은? 이 결혼은 꿈처럼 환상적이지만 깨고 나면 백일몽에 지나지 않을 빈껍데기뿐이었다.

"사장님."

"당신 생각하는 어떤 조건이라도 받아들여 주지."

핀트가 어긋나 있다. 그의 생각은.

"결혼이 급한가요?"

"적어도 올해는 넘기지 않았으면 해. 가능하면 바로 하면 더 좋고."

"그럼 서너 달은 여유가 있는 거네요. 사장님의 그 결혼은."

"그런 셈이긴 하지."

"사장님의 말처럼 이 결혼이 저한테 많은 걸 줄지도 모르지만 전 사장님을 생각만큼 신뢰하지 않나 봐요."

"그래? 조금 실망스럽군."

"사장님이 동양그룹을 가지게 되면 전 어떻게 되나요?"

"어떻게 되다니?"

"전 어마어마한 위자료를 챙기고 멋진 청담동 이혼녀가 되는 건가요?"

진지한 선주의 말이 우스웠는지 석현이 다시 웃었다.

"글쎄. 그러고 싶다면 그럴 수도 있겠지. 하지만 당신이 원하지 않으면 그럴 일은 없을 거야. 난 다시 결혼할 생각은 없으니까."

"혹시라도 사장님이나 제가 다른 누군가를 사랑하게 된다면 그때는 어쩌실 생각이세요?"

"난 그럴 일은 없을 것 같은데. 당신은 그럴 것 같은가?"

"어쩌면요."

석현이 고개를 끄덕였다.

"그렇다면 내가 동양그룹의 회장으로서 자리를 제대로 잡게 되면 그때 당신이 원하는 대로 이혼해 주지. 그전에 이혼은 곤란하지만 그 일로 해서 당신을 괴롭히진 않을 거야."

대답 한번 쿨하시네. 마누라가 바람나도 오케이라니.

"멋진 남편이네요."

빈정거리는 선주의 말에도 석현은 어깨를 으쓱할 뿐이었다.

"난 누굴 구속할 생각도, 누군가에게 구속당할 생각도 없는 사람이야."

"알았어요. 그럼 한 가지만 더 물을게요. 이건 진짜 만약인데요. 제가 사장님을 사랑하게 되면 우린 어떻게 되는 거죠?"

순간 그의 몸이 굳어졌다. 어둑한 배경 아래 타오르는 듯한 눈으로 그녀를 쏘아본다. 무거운 침묵과 함께 공기가 진공상태가 된 듯 팽팽해진다. 한동안 그녀가 꼼짝 못 할 정도로 시선을 잡고 있던 석현이 짧은 숨을 토해 내자 공기가 느슨해졌다. 선주 역시 자신이 던졌던 질문의 무게에 질식할 것 같았다. 겨우 그의 시선이 비켜난 틈에 몰래 한숨을 내쉬었다.

"그럴 가능성이 있는 건가?"

현재로서는 가능성 0%. 하지만 왠지 그의 냉담한 반응이 조금 실망스러웠다. 선주는 고개를 저었다.

"전혀요. 현재로서는 그럴 일은 눈곱만큼의 가능성도 없어 보이네요. 다행스럽게도 점점 더 사장님이 싫어지고 있거든요."

그녀의 대답에 굳어졌던 석현의 얼굴이 풀렸다. 무겁게 내리눌렀던 공기의 무게가 순식간에 가벼워졌다.

"그렇다면 그 일은 더 이상 논의할 가치도 없는 거 아닌가?"

"그러네요."

"그래서, 당신의 대답은?"

"모르겠어요."

"……."

"이런 일을 단숨에 결정짓는 건 사장님 같은 분이면 몰라도 저로서는 너무 힘들거든요."

"난 시간이 없어."

"아까 올해 안이면 된다고 하셨잖아요."

"결혼은 그랬지. 하지만 지금 당장은 약혼자라도 필요하거든. 할아버지께서 보길 원하셔."

그가 급히 서두르는 이유가 민 회장의 독촉 때문이었구나. 선주는 한숨을 쉬었다. 사실 이 상황에서 그녀가 선택할 답은 한정적이었다. 예스도 미친 짓이고, 노에 따라오는 결과 역시 그녀를 미치게 할 것이다. 한동안 생각에 잠겼던 선주는 결심한 듯 주먹을 쥐었다.

"사장님."

"김선주 씨."

"조건이 있어요."

"어떤?"

"시간을 좀 가졌으면 좋겠어요. 사장님이 원하시는 시간까지는 대답을 내 볼게요. 그때까지 우리가 서로를 견딜 수 있을지 알아보는 거죠."

"당신의 대답이 부정적이라면? 난 빼도 박도 못 하게 몰릴 텐데. 기한 내에 결혼을 하지 못한다면 난 기회를 잃게 될 거야. 난 다른 여자를 찾는다고 낭비할 시간 따윈 없거든. 그럴 생각도 없고."

"제가 거절하는 건 처음부터 사장님의 선택 사항에는 없었던 거네요."

"이미 알고 있지 않았나?"

그녀의 말대로 치밀하고 빈틈없는 사람. 선주는 거절이 가져올 그 불리함을 선택하지 않기로 했다. 예전에 아버지가 도피 생활 중에 있고, 자신이 혁주와 쌍주를 데리고 있을 때 무슨 일이 있어도 다시는 그런 비참한 가난 속에 있지 않겠다고 결심한 그녀였다. 석현이 가진 힘 정도라면 또다시 자신과 가족을 그때처럼 몰아 버릴 수도 있었다.

"결혼은 할게요."

"결혼을 하겠다고? 그럼 그 쓸모없는 시간은 어떤 대답을 듣기 위한 시간이지?"

"사장님 말씀대로 사장님이 동양그룹을 가진 후 제가 떠날지 말지를 결정하는 시간이에요."

"그건 결혼 후에도 충분히 생각할 수 있을 텐데."

"알아요. 하지만 그럼 결혼 기간 내내 전 괴롭겠죠. 그래서 미리 그 대답을 알면 적어도 업무의 연장으로라도 생각할 수 있잖아요. 사장님의 말대로 그 결혼은 지금 제가 하는 일보다 훨씬 많은 것들을 줄 테니까요. 그리고 이 결혼을 업무로 받아들인다면 저도, 사장님도 더 편하지 않겠어요?"

"좋아. 나의 예상에서 상당히 멀리 오긴 했지만 당신이 왠지 잘해 내리라는 생각이 드는군."

"걱정 마세요. 실망시켜 드리는 일은 없을 거예요. 전 제가 맡은 일은 누구보다 열심히 할 자신은 있거든요. 그것이 가짜 약혼이든, 가짜 결혼이든."

마지막 말은 저도 모르게 빈정거리고 말았다. 하지만 석현은 그런 그녀의 태도를 가볍게 무시하며 손을 내밀었다.

"네?"

"계약 성립, 축하해야지."

그의 말에도 빈정거림이 섞여 있다. 잠시 망설임이 생겼다. 이 손을 잡으면 다시는 뒤를 돌아보지 못할 것 같은 두려움. 하지만 그녀는 그의 손을 잡았다. 의외로 따뜻했다. 단단하고 강한 손. 하지만 그 손의 주인은 차가운 눈으로 그녀를 응시했다. 잠시 뒤 그녀의 손이 스르륵 풀렸다. 왠지 허전함이 느껴졌다.

"나도 하나만 질문해도 되나?"

"네."

"김선주 씨는 왜 이 결혼을 받아들인 거지?"

"왜 그게 궁금하세요?"

"그냥."

"사장님이 협박하셨잖아요. 기억 안 나세요?"

"내가 그랬나? 그런데 요 며칠 사이에 김선주 씨에 대해 하나 느끼게 된 게 있거든."

"뭔데요?"

"어떤 협박에도 굴할 것 같지 않아, 김선주 씨는. 그래서 궁금해."

혼자라면 이런 선택은 없었을 것이다. 아니, 그녀가 돈을 밝히는 여자라면 좋아라 했겠지만 선주는 자신에게 주어진 것 이외에 욕심을 크게 가지는 사람은 아니었다. 오히려 지금 석현이 자신에게 주려고 하는 것들이 무서울 정도로 부담스럽게 느껴질 뿐이다.

"가족이요."

"가족?"

"네. 가족이요. 제가 지켜야 할 사람들이거든요. 그 사람들을 지키려면 저한테는 일이 필요해요. 전 자존심보다는 가족이 더 중요하거든요. 제가 거절하면 사장님 밑에서 계속 일하는 건 힘들잖아요?"

"그건 그렇겠지. 그래도 당신을 해고할 생각은 없었어."

"네? 진짜요?"

"응. 물론 다른 부서로 이동은 시키겠지만. 입막음 확실히 한 후에 말이야. 그걸로도 한몫 두둑이 잡았을 텐데."

웃으며 하는 석현의 말에 선주는 약이 올랐다. 뭐냐! 회사에서 자신의 성격까지 짚어 가며 협박해 놓고. 젠장, 그동안 끙끙 앓은 난 뭐가 되냐고! 선주는 저도 모르게 씩씩댔다.

"아까 대답 물려도 돼요?"

"늦었어, 이젠. 도장 찍었잖아."

"무슨 도장이요?"

"악수. 다른 건 다 참아도 내가 계약 위반 못 참는 건 알지?"

빙글빙글 웃는다. 그에 대해 처음 알게 된 사실. 민석현은 능글맞다, 그것도 아주 많이. 선주는 그의 웃음에 억울해하며 냉수를 벌컥벌컥 마셨다. 석현의 웃음소리가 더 커져 갔다.

3.

 다음 날 출근을 해서 석현의 얼굴을 마주했을 때 선주는 전에 없이 어색함을 느꼈다. 사적인 감정이 없는 결혼을 약속한 거라고, 업무의 연장선이라고 여기려 해도 자꾸만 그에게 시선이 갔다.
 이 결혼의 목적은 둘째 치고라도 도대체 그의 머릿속에는 어떤 생각이 있는지 궁금해진다. 그래서 회의에 따라가서도, 업무를 보조하면서도 그녀는 계속 그를 힐끔거렸다. 반면에 석현의 태도는 결혼을 하자고 하기 전의 무심함으로 돌아가 있었다.
 "나한테 할 말 있나?"
 "네? 아, 아니요."
 회의가 끝나고 나오는 길에 석현이 그녀에게 물었다. 몇 번인가 훔쳐보다 시선을 피하는 걸 들킨 후였다. 뜨끔해진 그녀의 얼굴이 발갛게 달아올랐다.
 "없습니다."

"그럼 이상하다는 듯 흘끔거리는 건 그만하지. 진짜 내가 이상한 사람처럼 느껴져 기분이 별로야."

"아, 죄송합니다."

얼굴이 더 붉어진 그녀에게도 아랑곳없이 그가 사무실로 들어가자 선주는 안도의 한숨을 쉬었다. 자신도 석현처럼 무덤덤할 수 있으면 좋겠는데 생각보다 쉽지가 않다. 휴 하고 한숨을 쉬는데 닫혔던 문이 다시 벌컥 열렸다. 그녀는 화들짝 놀라 몸을 곧추세웠다.

"김선주 씨."

"네?"

"퇴근 후에 잠깐 시간 좀 냈으면 하는데. 혹시 다른 약속이 있나?"

약속은 없지만, 그렇다고 퇴근 후 시간까지 그를 흘끔거리고 싶지는 않았다.

"무슨 일로 그러세요?"

"서로에 대해 알아보기로 한 거 잊었어? 급한 내가 서둘러야지. 하루 종일 내 얼굴만 쳐다본다고 나에 대해 아는 건 아니니까. 나에 대해 좀 알아보라고."

"어……."

"그리고 차 한 잔만 부탁해도 될까?"

"아, 네."

머뭇거리며 대답을 못 하는 사이 석현은 차 심부름만 시키고 사무실로 다시 사라졌다. 도대체 무슨 꿍꿍이지? 그의 말대로 서로에 대해 알아야 하는 건 맞지만 당장 오늘부터라니 당황스럽기만 하다. 차를 준비하는 내내 그녀는 한숨을 내쉬었다.

"배고프지 않으면 잠깐 들렀으면 하는 곳이 있는데."

출퇴근은 운전기사를 대동하는데 오늘은 그녀 때문인지 그가 직접 운전을 했다. 출발하면서 하는 말에 그녀는 고개를 끄덕였다. 단둘이 좁은 차 안에 있어 속이 바싹바싹 타는데 배고픔을 느낄 리 만무하다.

"괜찮아요."

차의 속도가 서서히 빨라졌다. 열린 차창으로 서늘해진 초가을의 바람이 느껴진다. 그녀는 부드러운 가죽시트에 몸을 누이며 한숨을 내쉬었다. 차 안에서 보는 도시는 마치 꿈처럼 아련하기만 해서 지금 옆에 있는 사람처럼 현실로 느껴지지 않는다. 두 사람은 침묵 속에서 빛의 홍수를 빠져나갔다.

스타일리쉬한 긴 머리, 곱상한 얼굴과 헐렁한 흰 셔츠는 마구 입은 것 같지만 철저하게 계산된 세련되고 자유로움의 이미지를 노린 것 같았다. 다만, 그런 차림과는 어울리지 않게 갈색으로 멋지게 태닝한 피부와 울퉁불퉁한 근육질의 몸이 언밸런스해서 선주로서는 부담스럽게 느껴졌다. 하지만 남자의 눈에는 석현만 보이는지 그녀 쪽으로는 시선도 주지 않았다.

"하이, 석현. 기다리고 있었어. 생각보다 빠르네."

"길이 안 막혔어. 부탁한 건?"

"준비해 놨어. 같이 온다는 분은?"

석현의 뒤쪽에 서 있는 그녀를 보지 못했을 리가 없는데 그의 손짓에 그녀의 너머를 살폈다. 석현이 선주의 어깨를 잡아 앞으로 내밀었다. 남자가 인상을 찡그렸다. 설마, 하는 눈빛이 그녀의 몸을 위아래로 쭉 훑었다.

"농담이지?"

"진담. 시간 없어. 빨리 부탁해. 내가 이런 일 싫어하는 거 알잖아."

"여기까지 네가 직접 온 이유를 알긴 알겠다. 이런 일은 딱 질색인 사람이 온다고 했을 때 눈치챘어야 했는데."

남자의 말에 석현이 피식 웃으며 손을 들어 선주를 가리켰다.

"김선주 씨. 여긴 젠. 본명은 아니지만 그렇게 불러 주면 좋아해."

젠이라고 불린 남자가 석현의 그 말에 불만스러운 듯 입을 삐죽거렸다.

"반갑다고는 못하겠지만 어쨌든 잘 왔어요. 나의 직업적인 도전의식을 팍팍 일깨워 주는 사람이 좋거든. 참고로 말하자면 나 꽤 승률이 높은 편이야."

무슨 말인지 알아듣지도 못하겠다. 남자는 덩치와는 어울리지 않게 우아한 몸짓으로 선주의 손을 잡아 그녀를 한 바퀴 휙, 돌렸다. 얼떨결에 춤을 추듯 돈 그녀는 어지러워졌다. 정신없는 그녀의 표정에 젠이 피식, 웃었다.

"비싸게 받을 거야."

"좋을 대로. 난 잠깐 쉴 테니까 두 사람 알아서 볼일 봐."

"그래. 라벤더 차 한 잔 줘? 피곤해 보여."

"이쪽은 신경 쓰지 말고 오늘은 그 아가씨한테 집중해 줘."

스스럼없이 말하며 젠의 어깨를 툭 치고는 석현이 사라졌다. 자신이 어떤 상황에 처했는지 생각해 보기도 전에 그녀는 젠과 단둘만 남게 되었다. 가게 상호명 같은 건 존재하지도 않았다. 전면이 유리로 된 이 텅 빈 것 같은 공간이 뭘 하는 곳인지 선주는 이해가 가질 않아 어리둥절하게 서 있었다.

"선주 씨라고 부를게요. 난 젠이라고 불러요."

"아, 네."

"따라와요. 석현인 기다리는 건 딱 질색인 사람이거든."

"사장님하고 잘 아세요?"

"남들보다는."

우락부락한 몸과 달리 젠의 말투는 묘하게 여성스러워서 뭔가 핀트가 어긋난 인상을 주었다. 다른 때 같았으면 웃겼을 일인데 왠지 자신의 팔을 잡아끄는 그의 행동이 예사롭지 않아 웃음이 나오지 않았다. 아니나 다를까 작은 복도를 지나 젠이 선주를 밀어 넣은 곳은 화장품이 즐비하게 늘어져 있는 파우더 룸이었다.

"머리부터 손본 후에 화장하고 옷은 뒤에 고르는 걸로 해요. 좋아하는 스타일 있어요? 있으면 미리 말해요. 참고하게. 뭐, 딱히 스타일은 없어 보이지만."

부글부글 속이 끓어오른다. 오늘 석현이 자신의 모습을 유심히 봤던가? 기억에는 없다. 오히려 하루 종일 힐끔거린 사람은 자신이지 않았나? 평소에 즐겨 입는 회색 투피스 차림이 마음에 들지 않는다고 한마디도, 아니 눈곱만큼의 티도 내지 않았던 사람이다. 왠지 자존심이 상했다.

"사장님은 어디 계세요?"

"왜?"

"잠깐 할 얘기가 있어서요."

"나중에 해요. 석현이 지금 쉬는 중이니까. 그 녀석이 편하게 쉴 수 있는 시간은 많지 않으니 지금은 방해하지 맙시다."

젠의 말에 선주는 입술을 깨물었다. 잠시 뒤, 검은 원피스 차림의 여자가 들어와 인사를 했다. 헤어 디자이너라고 소개를 한 뒤 그녀의 머리를 부드럽게 만졌다. 불끈 화가 올라왔지만 지금 다른 사람에게 신경질을 내 봤자 문제가 해결될 리가 없다.

"거울 보지 말아요. 나중에 깜짝 놀라게 해 줄 테니. 자신이 그동안 얼마나 끔찍하게 하고 다녔는지 반성할 기회 좀 가져야지."

그 말을 하고는 젠이 사라지자 헤어 디자이너가 그녀에게 웃어 보였다.

"염색 괜찮죠? 헤어 칼라가 너무 까매서 답답하고 촌스러워 보여.

조금 밝게 들어가면 훨씬 어려 보이고 발랄해 보여요. 길이는 이 정도면 살짝 정리만 해서 컬 넣으면 여성스러워지니까 다듬기만 할게요."

 자신의 머리를 요리조리 뜯어 보던 여자의 말에 그녀는 아무 말도 하지 않았다. 그녀에게 선택 사항이라는 게 있긴 있을까? 선주는 그녀가 하는 대로 가만히 있었다. 염색과 파마가 끝나자 이번에는 다른 사람이 들어와 메이크업을 시작했다. 제법 긴 시간인데 선주는 잘 참아 냈다. 자신의 의사 따위는 아랑곳없이 이곳에 던져 놓은 남자에 대한 분노를 간신히 삭이면서 말이다.

 머리 손질과 메이크업이 끝난 후 젠이 다시 들어왔다. 이곳에 온 지 족히 세 시간은 지난 것 같았다. 화장을 끝낸 그녀의 모습에 만족한 듯 젠이 고개를 끄덕였다.

 "생각보다는 좋아졌네. 뭐, 부족한 건 앞으로 차차 고쳐 나가 봅시다. 그나저나 그 끔찍한 옷은 대체 어디서 사는 거예요?"

 끔찍하다는 말 들을 정도는 아닌 것 같은데. 그래도 꽤 비싸게 주고 산 정장이었다. 색깔은 칙칙해도 오랫동안 입을 생각으로 매년 그녀 나름대로 작정하고 백화점에서 한 벌씩 정장을 구입했다. 그렇게 하니 유행도 덜 타고 제법 오래 깨끗하게 입을 수 있는 장점이 있었다. 그런데 단번에 끔찍한 옷으로 분류되다니. 선주는 헛웃음이 나왔다.

 "자, 진짜 신데렐라가 한번 돼 볼래요?"

 신데렐라, 라. 한숨이 저절로 나왔다. 다른 사람들의 시선엔 자신이 저렇게 보일 수밖에 없겠지. 선주는 인상을 쓴 채 그를 따라 다른 방으로 들어갔다. 응접실처럼 보이는 공간이었지만 옷들이 즐비하게 걸려 있었다. 두 사람이 들어가자 세련되게 차려 입은 점원이 다가온다.

 "내가 말한 거 준비해 뒀지?"

 "네. 따라오세요, 사모님. 제가 안내해 드릴게요."

 웃는 젠을 힐끗 노려보고 그녀는 점원을 따라갔다.

"속옷 사이즈는 어떻게 되세요?"

옷이라도 골라 주는 줄 알았는데 뜬금없이 점원이 속옷 사이즈를 물었다.

"네?"

"알려 주시면 바로 준비할게요."

"속옷은 됐어요."

"안 됩니다. 지금 입어 보실 옷은 속옷까지 맞춰 입어야 하는 거라서요."

"80C예요."

"잠깐만 기다리세요."

나갔던 점원이 레이스가 화려하게 장식된 브래지어와 팬티 세트를 여러 벌 가져왔다.

"먼저 이 속옷부터 입으세요. 옷은 옷걸이 바깥쪽에서부터 입으시면 됩니다."

점원의 말에 돌아보니 피팅룸 옆 옷걸이에 따로 옷이 준비되어 있었다. 이게 뭔 짓인지. 부자들은 다 이렇게 옷 사 입나? 신데렐라 같은 소리 하고 있네. 짜증이 점점 올라오는 걸 간신히 참고 선주는 옷을 갈아입었다.

목이 깊게 파인 원피스였다. 새로 입은 속옷 때문인지 가슴이 강조되어 보여 조금 불편했다. 사춘기가 되면서 다른 여자아이들에 비해 조금 큰 가슴이 항상 부담스러워 무심결에 어깨를 움츠리는 버릇이 생겼다. 지나치게 풍만해 보이는 가슴에 다시 옷을 갈아입을까 고민하는데 점원이 들어왔다.

"어머, 잘 어울리세요. 대표님 안목은 진짜 알아줘야 한다니까요. 나가서 거울 보시겠어요?"

피팅룸 앞에 젠이 서 있었다. 멈칫거리는 선주의 태도가 못마땅한지 젠이 어깨를 잡아 쫙 펴 준다.

"어깨 펴요. 그리고 허리도."

그녀의 구부린 허리와 등허리로 그의 커다란 손바닥이 들어와 단단하게 받쳤다. 그 바람에 풍만한 가슴이 더 강조되자 그녀가 인상을 썼지만 젠은 만족스러운 듯 고개를 끄덕였다.

"다 끝났어?"

거울로 몸을 돌리기 전 뒤에서 석현의 목소리가 들려왔다.

"벌써 일어났어? 더 쉬지. 이제 겨우 옷 한 벌 입어 보고 있는데."

"그래? 나도 좀 볼까?"

"김선주 씨 돌아봐요. 민석현한테 자랑해야지. 어쨌든 물주잖아."

싫어요, 라는 말을 뱉기도 전에 근육질의 팔이 가볍게 그녀의 몸을 돌렸다. 익숙지 않은 옷차림에 그녀 스스로가 어색했다. 게다가 깊게 파인 가슴이 신경 쓰여 죽을 지경이었다.

"어때?"

미처 마음의 준비를 하기 전에 그녀는 석현과 마주했다. 생각보다 석현이 훨씬 가까이 있어 두 사람의 시선이 바로 부딪혔다. 돌아선 그녀의 모습에 석현이 눈살을 찌푸리자 선주는 저도 모르게 뒷걸음질을 쳤다.

"이 정도면 어디 가도 빠지진 않겠지?"

"그러네. 수고했어."

그녀의 시선을 잡은 그가 젠에게 말했다. 웃음기 있는 말과는 달리 눈빛이 굳어 있었다. 뭐가 못마땅한 걸까? 시키는 대로 고분고분했는데 말이다. 선주는 울컥 화가 올라왔다.

"됐어요. 저 옷 갈아입고 나올게요."

"어, 이제 겨우 시작인데. 다른 옷으로 갈아입어요. 안에 준비해 둔……."

"싫어요. 이 정도면 충분해요."

갑자기 신경질을 내며 선주가 피팅룸으로 들어갔다. 젠이 어깨를 으쓱하며 친구를 보았다.

"보기보다 성깔 있는데. 어째 잘 참는다 했지. 아까부터 뿔이 나 있더라고."

"그랬어?"

"넌 몰랐냐? 선주 씨한테 여기 온다고 말했어?"

"아니. 좀 놀라게 해 주고 싶어서."

"그건 성공인데 좋은 방향은 아닌 것 같다."

"그런가?"

"하긴, 여자에게 관심 없던 놈이 뭘 알겠냐? 여자는 생각보다 이상한 데서 예민하고 섬세한 법이거든. 근데 이게 잘못 틀어지면 엄청 오래간다."

"……."

석현은 선주의 반응을 떠올리며 한숨을 쉬었다. 주말에 할아버지께 인사를 드릴 예정이었다. 수수하고 실용적인 복장의 그녀가 싫은 건 아니었다. 다만, 검은색 정장의 수수한 그녀는 여자라기보다는 업무를 위한 딱딱한 로봇처럼 느껴지는 게 사실이다. 바로 그 이유로 그녀를 선택한 거긴 하지만 지금부터 그녀가 상대할 사람들은 그런 것들과는 하등 관계가 없는 사람들이었다.

외모와 재력, 집안으로 모든 걸 판단하는 사람들. 선주의 성격이나 인간적인 매력 따위는 그들에게는 쓸모없는 허상일 뿐이다. 다만, 자신보다 약한지 강한지, 혹은 이익을 줄 사람인지 손해를 끼칠 사람인지, 그런 것들이 중요한 거다. 별거 없는 상대라고 생각되면 거침없이 독설을 날리고 상대방이 너덜너덜해질 때까지 빈정대고 짓밟을 인간들이었다.

지금의 선주라면 그들에게는 손쉬운 먹잇감밖에는 되지 않을 것이다. 아까 외모가 완전히 바뀐 선주를 봤을 땐 그도 잠시 놀랐었다. 사무실에서 갑갑한 정장을 입고 무표정하게 앉아 있던 여자와는 전혀 매치가 되지 않아서.

몸매를 드러낸 그녀는 여성스러운 매력을 물씬 풍겼다. 물론 본인은 어색해했지만. 어쨌든 그녀에게 먼저 애길 했어야 했나, 하는 생각이 문득 들었다. 보통의 여자들은 쇼핑을 좋아하는 줄 알았는데.

"어쩔 거야? 인사시킬 수 있겠어?"

"두고 봐야지."

"감당 못 하는 거 아냐? 여자한테 쩔쩔매는 느낌인데. 오래 살다 보니 별일이네. 민석현이 여자 하나를 감당 못 하다니."

"쓸데없는 소리."

"어, 저기 나온다."

굳어진 석현의 목소리에 젠이 몸을 돌려 딴청을 피웠다. 마침 자신의 옷으로 갈아입은 선주가 곧바로 그를 향해 성큼성큼 걸어왔다. 검은색의 익숙한 정장 차림인데 화장과 머리 스타일이 달라져서인지 왠지 평소와 전혀 다르게 보였다. 화가 났기 때문인지 얼굴이 발갛게 상기된 모습조차 묘하게 매력적으로 느껴졌다.

"얘기 좀 하시죠."

석현과 젠이 입을 열기 전, 그녀가 박력 있게 말을 툭 뱉고는 몸을 획 돌려 나가자 젠이 피식, 웃었다.

"볼매네."

"뭔 소리야?"

"볼수록 매력적이라고. 난 막 날 괴롭혀 줄 것 같은 여자가 좋더라."

"미친놈."

석현은 젠의 말에 욕을 해 주고는 빠른 걸음으로 그녀를 뒤쫓아 갔다. 선주는 이미 매장을 떠났는지 보이지 않았다. 순간, 조급증이 생겼다. 다행히 멀리 가지 않고 매장 앞 인도의 가로수 밑에 서서 나무를 죽일 듯 노려보고 있었다. 아마, 부지불식간에 그의 대역 중인 저 나무로서는 억울하지 않을까? 그가 옆으로 가 기척을 했지만 선주는 꼼짝하지 않았다.

"김선주 씨."

그의 부름에 그녀가 천천히 돌아섰다. 이미 어스름이 진 시간이었고, 가로등을 등진 나무 그늘 아래라 더 캄캄했지만 선주의 눈만은 불을 켠 것처럼 반짝였다. 화가 엄청 난 모양이었다.

"사장님."

"소리 지르고 싶지?"

"네?"

겨우 화를 억누르며 입을 여는데 갑자기 석현이 허를 찔렀다. 선주는 저도 모르게 말문이 막혔다.

"싸움 걸 생각이면 자리 옮기지."

"먼저 시작한 사람은 사장님이에요."

"알아. 그러니까 자리 옮겨. 배도 고프고 피곤한 상태로 신경 곤두세우기 싫어서 그래. 그리고 사람들 앞에서 싸우는 것도 꼴사납지 않겠어?"

화가 나 씩씩대는 자신과는 달리 느긋한 석현이 못마땅했다. 하지만 그의 말대로 대로에서 싸울 수는 없었다.

"알았어요."

"좋아. 혹시 먹고 싶은 거 있나? 따로 없으면 내가 안내하고 싶은데."

보나마나 자신의 기를 죽일 끝내주는 고급 레스토랑이겠지. 아까 당한 것만으로도 열 받는데 싸움까지 그의 홈그라운드라면 애초부터 게임이 안 된다.

"저희 집 쪽으로 가요. 24시간 하는 감자탕집 있어요."

"감자탕?"

"네. 싫으세요?"

"아니. 그만 가지."

선주의 집 주변까지 갈 때까지도 두 사람은 한 마디도 하지 않았다. 운전을 하고 있는 사람에게 신경질을 내기도 싫었고 이성적으로 반응하는 석현을 상대하려면 그녀 자신도 냉정하게 현재 상황에 대처해야 했다.

감자탕집에 도착해 안으로 들어가 음식을 시키고도 두 사람은 한동안 말이 없었다. 그러는 사이에 시킨 감자탕이 나오고, 눈앞에서 보글보글 끓기 시작했다. 하지만 두 사람 중 누구도 말을 하거나 수저를 들지 않았다. 선주는 물끄러미 자신을 보는 그의 모습에 한숨이 푹 나왔다.

"사장님."

"아까 일이라면 내가 사과하지."

"네?"

자꾸만 허를 찌른다.

'전 적선 받는 거지가 아닙니다. 제 차림이 마음에 들지 않는다면 먼저 말을 해 주세요. 그럼 적어도 제가 먼저 변화를 시도했을 거예요. 사람 바보로 만들 거면 미리 경고라도 하셔야죠.'

나름대로 머리를 굴려 이성적인 몇 마디를 겨우 생각했는데 그걸 순식간에 소용없게 만들었다. 너무 쉽게 석현이 사과를 하자 기운이 쭉 빠졌다.

"사장님."

"사과 안 받아 줄 건가? 생각해 보니 당신 기분을 내가 무시했던 것 같아. 이 결혼으로 김선주 씨가 누리게 될 작은 이익 정도라고 단순히 생각했던 게 실수였어. 기분 나빴다면 내가 사과하지."

"그동안 제 옷차림이 마음에 들지 않았나요?"

그녀의 질문에 석현이 눈살을 찌푸린다. 못마땅하다기보다는 생각에 빠진 것 같았다.

"글쎄. 특별히 그런 생각을 한 적은 없는 것 같은데."

"그런데 왜 그러셨어요?"

선주의 질문에 석현이 피식 웃음을 지었다. 어느새 보글보글 끓던 감자탕이 졸아 있었다. 음식에서 열기가 후끈 올라오자 선주는 불을 꺼 버렸다.

"아까 얘기했듯이 이 결혼으로 김선주 씨가 누릴 작은 사치 중에 하나라고 생각했어. 지금까지 김선주 씨를 여자로 생각한 적 없기 때문에 당신의 옷차림 역시 관심 없었던 게 사실이야. 아, 물론 그것에 대해 기분 나빠할 필요는 없어. 당신이 아니라 어떤 여자라도 나한테는 마찬가지니까. 다만, 지금은 상황이 바뀌었다고 할까?"

"그럼 이젠 제가 여자로 보인다는 건가요? 그래서 제 복장이 신경 쓰이고?"

다시 웃음이 터져 나왔다.

"김선주 씨야 항상 여자로 보이지."

"네?"

좀 전까지는 여자로 생각하지 않았다더니 이젠 여자로 보인다고? 선주는 석현의 말을 이해 못 해 인상을 썼다.

"당신이 남자는 아니잖아. 다만, 내가 김선주 씨를 여자로 받아들이지 않았다는 거야. 어쩌면 앞으로도 그럴지도 모르지만 우리가 결혼한다면 조금 달라지겠지. 내가 당신을 어떻게 생각하냐보다는, 내 주변에서 당신을 어떻게 보냐가 더 중요하거든. 그 사람들은 당신의 인간성 따위는 안중에도 없는 사람들이야. 보이는 것, 아니 보여 주는 것만 보는 사람들이니까. 그래서 오늘 같은 일이 필요했던 거야. 솔직히 당신의 외적인 면은 나한테는 별 의미가 없어. 난 김선주 씨가 여자이기 전에 나의 동료였으면 좋겠어. 지금까지처럼. 이 결혼에 동의한 이상 김선주 씨가 어떤 상황에서도 내 편에 설 것. 그리고 나를 믿을 것."

"그건 저한테만 해당되는 건가요? 사장님은요?"

"물론 나한테도 해당되는 거야. 결혼은 우리 둘이 같이 하는 거니까."

"그럼 다음부터는 저한테 뭔가를 원할 땐 먼저 얘기해 주세요. 오늘처럼 마구잡이로 끌고 가지 마시고. 사장님의 주변 사람들이 어떻든, 이 결혼을 결심한 이상 저 역시 그 사람들과 부딪혀야 하는 건 알아요. 그런데 사장님 태도를 보면 별로 좋은 사람들은 아닐 것 같다는 생각이 들고요. 그러니 그 사람들과 부딪혀야 할 땐 그냥 그 사람들에 대해 얘기해 주세요. 제가 무방비로 당하는 일이 없도록만 해 주시면 돼요."

"자존심 상했나?"

"상할 자존심이 있었나 싶어요. 솔직히 비참했어요."

선주의 힘없는 대답에 석현이 눈을 가늘게 떴다. 한동안 다시 침묵이 흘렀다.

"김선주 씨."

"……"

그에게 더 이상 화를 내는 게 무의미하게 느껴졌다. 자신과는 다른 세계의 사람. 그래서 사고방식도, 생활방식도 그녀가 쫓아가기엔 힘이 부쳤다. 이상하게 기운이 빠졌다.

"김선주 씨."

"네."

"내가 여자를 안는다면 바로 아내인 김선주 씨가 그 여자가 될 거야."

순간 귀에 이명이 울린다. 단번에 머릿속으로 들어오지 못한 말에 선주는 멍하니 눈만 깜빡이며 석현을 바라보았다.

"난 여자를 좋아하지 않아, 믿지도 않고. 난생처음으로 믿을 수 있겠다 싶은 여자가 바로 당신이야. 그러니 내가 여자를 좋아하게 된다면 그 여잔 바로 김선주, 당신이 될 거야. 어쨌든 우린 부부가 될 테니 그건 법적으로 잠자리를 할 수 있는 권리와 의무를 가지게 되는 거잖아."

헉. 이명이 사라지고 숨이 막혀 온다. 한참을 숨 쉬는 걸 잊었는지 다시 숨을 내쉬었을 때 그녀는 저도 모르게 헐떡대고 말았다.

"같, 같이 자려고요?!"

그러고 보니 그것에 관해서는 생각도 하지 못했다. 업무의 연장인 결혼이라 생각했고 석현도, 자신도 서로에 대해 이성으로 느끼기엔 너무나 큰 갭이 있어 선주로서는 지금 그의 말이 엄청난 충격으로 다가왔다.

갑자기 눈앞에 남자의 몸이 의식이 된다. 슈트에 감싸인 단단한 육체가 뜬금없이 머릿속에 떠올랐다. 맙소사, 미친 거지! 얼굴이 벌겋게 달아올랐다가 다시 창백하게 질려 갔다. 짧은 순간 시시각각 변하는 선주의 얼굴색에 석현이 웃음을 보였다.

"그 말이 그렇게 충격적인가? 대한민국에서 결혼한 부부들, 누구에게나 당연한 일 아니었나?"

"하지만 우린 그런 관계가 아니잖아요!"

"어떤 관계?"

"어, 그, 그러니까 사, 사랑하거나 좋아하거나 그런 관계요."

"꼭 그래야만 하는 건가? 김선주 씨는?"

"그럼 사장님은 상관없다는 건가요?"

"대부분의 남자가 그렇겠지."

"전 꼭 그랬으면 좋겠어요. 그래서 이 결혼에서 그, 그런 건 없었으면 좋겠어요."

떨리지만 단호한 그녀의 말에 석현이 고개를 끄덕였다. 다행히 이 문제에 대해 대수롭게 여기지 않는지 순순히 받아들이는 것 같아 선주는 속으로 안도의 한숨을 내쉬었다. 어쩐지 이 결혼에 대해 다시 생각해 봐야겠다는 생각이 들었다. 결혼이란 감정뿐만 아니라 육체적인 관계까지 얽혀 있는 복잡한 일이라는 걸 이제야 깨닫게 된 것이다.

"우린 좀 더 얘기를 나눠야 할 것 같군."

"무슨……."

"아무래도 여러 가지 문제에 대해 합의점을 찾아야 할 것 같아."

"합의점?"

"그래. 오늘은 늦었으니 그 일에 대해서는 내일 얘기하지. 이건 어떻게 먹는 건가? 배가 고픈데."

석현이 음식으로 시선을 돌리자 선주는 말없이 그를 보았다. 민석현이라는 사람과 얘기를 할수록 왠지 안타까운 기분이 들었다. 그녀가 알던 사람과는 완전히 다른 사람. 다 가진 사람 같은데 어딘지 모르게 비어 보였다.

이상하게 선주는 답답해졌다. 뭐지. 내가 당신을 도울 수 있는 걸까? 어쩐지 예전의 냉담했던 그보다 지금 감자탕집에서 마주 앉은 그가 더 멀게 느껴졌다. 식은 감자탕을 그릇에 담는 그를 선주가 말렸다.

"식었어요. 데워서 먹어요. 이모! 여기 육수 좀 더 주세요."

그의 그릇을 빼앗아 냄비에 붓고는 다시 불을 켰다. 초가을이라 저녁에 기온이 떨어졌다곤 하지만 불 곁은 아직 더웠다. 선주는 차라리 그게 나았다. 자신의 붉어진 얼굴이 이 뜨거운 불 때문이라고 그가 생각하길 바랐다. 알맞게 데워진 감자탕을 그에게 덜어 주었다. 그는 처음 보는 음식일 텐데 아랑곳없이 맛있게 먹었다. 그 때문인지 오늘의 그는 조금 풀어져 보였다. 항상 자로 잰 듯한 그런 자세였는데 약간 구부린 채 감자탕을 먹는 모습을 보자 왠지 우울해진다.

"김선주 씨는 안 먹나? 보기하고 다르게 맛있네."

"많이 드세요."

속이 허했지만 음식이 넘어가지 않았다. 뭔가가 가슴을 뻥 뚫어 버린 느낌. 선주는 내도록 밥알만 세고 있었다.

"헐. 대박."

"언니! 진짜 예뻐."

어제 자느라 그녀를 보지 못했던 쌍주가 변한 언니의 모습에 소리를 질러 댔다.

"쓸데없는 소리 말고 얼른 일어나. 언니는 먼저 출근할 테니까 잘 챙겨 먹고 가. 다시 자지 말고."

"뭐야, 언니 언제 파마했어?"

"언니 완전 예뻐. 연예인 같아."

잔소리를 하는 선주의 말에도 아랑곳없이 쌍주는 그녀 주변을 돌며 난리법석을 떨었다. 아침에 일어나 거울을 보니 달라진 자신의 모습이 생소해 보이긴 했지만 썩 나쁘진 않았다. 돈이 좋긴 좋구나, 하는 생각이 절로 들었다. 초라하게 보이기 싫어 립스틱만 바르던 평소와 달리 화장에 신경을 썼더니 쌍주의 반응이 폭발적이었다.

"언니 연애해?"

미주의 말에 선주는 어이가 없어 웃음이 났다.

"뭔 소리야? 어서 씻기나 해. 언니 바빠."

"언니! 해주 또 편지 받았어."

"누구한테?"

"이번에는 오민성."

"오, 우리 해주 엄청 인기 많네."

"그리고 난 이번 학교 축제 때 춤 춰."

학교의 방과 후 교실에서 댄스 수업을 듣는 미주가 축제 때 춤을 추기로 한 모양이었다. 어릴 때부터 얌전한 해주와는 달리 미주는 곧잘 TV에 나오는 아이돌의 춤도 따라 했다. 그래서 학교서 방과 후에 댄스 수업을 한다는 말에 그녀를 바로 졸라 참여하게 되었던 것이다.

"언니 축제 때 올 거지?"

"언젠데?"

"추석 지나고 10월에."

"평일이면 힘들 텐데."

"휴가 내면 안 돼? 아, 그때처럼 아프다고 하면 되겠다. 그치? 언니, 응?"

"어휴, 알았어. 보고 갈 수 있으면 갈게. 얼른 안 씻어? 해주 너도 어서 가서 씻고. 미주 잘 챙겨서 학교 가. 밥 꼭 먹고 가, 알았지?"

"응. 언니도 어서 가. 늦잖아."

"그래."

동생들을 욕실에 들여보낸 후 선주는 집을 나왔다. 아버지는 아침 이사 때문에 이미 새벽에 출근을 하셨다. 오늘도 출근 시간에 미적미적한 이유는 어제의 이상했던 기분 때문이었다. 목석처럼 단단하고 강한 사람인데 이상하게 어제 이후로 석현이 말랑말랑한 사람으로 변한 느낌이 들어 불편해졌다. 무슨 생각이니? 말랑말랑하다니. 그와는 매치가 안 되는데 그렇게 느껴지는 건 어쩔 수 없다.

아직은 이른 시간이라 출근 지하철은 제법 자리가 있어 편하게 앉아서 갈 수가 있었다. 하지만 열차 안에서도, 회사에 도착하고서도 선주는 혼란스런 기분이었다. 왠지 갈피를 잡지 못하는 느낌. 차라리 처음 업무로 결혼하자 했을 때는 당황스러움만 아니라면 무덤덤했는데 며칠 사이에 뭔가가 복잡해진 것 같았다.

사무실에 들어가 잔뜩 엉킨 기분을 털어 내기 위해 깨끗한 자신의 책상뿐 아니라 사장실 책상까지도 닦고 정리를 했다. 워낙 깔끔한 성격이라 별다른 흐트러짐이 없는 방이었다. 책상의 있지도 않은 먼지를 닦아 내고 나니 딱히 더 할 일도 없다.

이 방의 주인과 얽히다니. 쉽게 넘볼 수 있는 상대였다면 3년간 다른 마음을 충분히 품고도 남았다. 하지만 늘 이 방은 자신과는 다른 세계로 통하는 곳이었을 뿐이다. 그가 그녀를 여자로 느끼지 못하는 것만큼 그 역시도 그녀에게는 남자로는 비현실적 존재였던 것이다. 그만큼 그는 손이 닿지 않는 먼 곳에 있는 사람이었다.

한숨을 푹 쉬고는 그녀는 창가에 섰다. 이곳에 서면 서울의 모든 것이 발아래로 보인다. 그에게 세상은 이렇게 발아래의 것이겠지만 자신은 저 작게 보이는 복잡한 미로 속에 속한 평범한 여자일 뿐이었다. 절대로 위를 보고 살 수 없는. 그렇다고 해서 그것이 불만은 아니지만 어쨌든 그와 자신이 어울리지 않는다는 건 명확한 사실이었다. 그러니 어제 저녁 그녀의 외모를 바꾸려 했던 그가 이해가 가지 않는 건 아니다. 다만, 겉이 변한다고 해서 속까지 변할 수는 없다는 걸 그는 알까?

아, 머리 아파. 결심해 놓고 이건 또 무슨 짓인지. 저지른 일을 되돌리려면 지금밖에 없지만 어쩐지 갈팡질팡이다.

"어, 앗!"

휴우, 크게 한숨을 쉬며 돌아서던 선주는 얼떨결에 큰 소리로 비명을 질렀다. 그녀의 몸에 닿을 듯 서 있는 석현의 모습에 그녀는 창에 몸을 찰싹 붙였다. 놀란 가슴이 벌렁거렸다.

"사, 사장님!"

"아, 놀랐나? 김선주 씨가 하도 유심히 보길래 난 또 뭐 볼만한 게 있나 해서. 뭐, 재미있는 거라도 있나?"

아침부터 기분이 좋은지 석현은 얼굴에 미소를 띠고 있었다. 이게 바로 비현실적이라는 거지. 선주는 체온과 약한 향수 냄새가 느껴질 정도로 가까이 온 그를 피해 책상 앞으로 걸어갔다.

"다, 다음부터는 기척 좀 내 주세요. 진짜 간 떨어지는 줄 알았어요."

"내 방인데?"

"어? 아."

어휴, 정말. 왠지 그에게 계속 말려드는 기분이 들었다. 침착하자. 그녀는 애써 냉정을 찾으려 표정을 가다듬었다.

"차 드릴까요?"

"커피로."

"알겠습니다."

"아침 회의 자료는? 미리 보고 싶은데."

이런, 정신이 없어서 깜박했다.

"아, 죄송합니다. 바로 준비해서 드릴게요."

"그래, 그럼."

평소와 달리 실수를 했는데도 지적하지 않았다. 뭐지, 이 상황은? 이성적으로, 냉정하자 하던 마음과 달리 그녀는 석현을 힐끗거리며 사장실을 나왔다. 한동안 심장이 멋대로 쿵쿵거리며 박자를 밟아 댔다. 진정해라, 가슴아, 제발!

겨우 정신을 차리고 그녀는 커피와 회의 자료를 한꺼번에 준비해 사장실로 들어갔다. 그의 앞에 서류를 두고 찻잔을 놓는데, 서류를 보던 그가 고개를 들어 웃어 보였다.

"고마워."

항상 고개만 까딱 하는 인사가 전부였다. 그런데, 낮고 굵지만 듣기 좋은 목소리에 주책없는 심장이 다시 날뛰기 시작했다. 그녀는 애써 표정을 바로잡았다.

"더 필요하신 건 없습니까?"

"지금은."

"그럼 나가 보겠습니다."

간신히 가라앉혔던 열기가 또 얼굴로 몰려왔다. 얼굴이 더 빨개지기 전 선주는 서둘러 나가려고 몸을 돌렸다.

"김선주 씨."

엉거주춤 돌아보니 석현이 의자에 기대 그녀를 쳐다보고 있었다. 결국 얼굴이 홧홧하게 달아올랐다.

"네, 사장님."

그나마 목소리가 떨리지 않은 게 다행이다. 일부러 시선을 비켜 빨개진 얼굴을 돌리는데 낮은 웃음소리가 들렸다.

"뭐, 뭐 필요하세요?"

"아니. 머리 잘 어울린다고."

아악. 머릿속으로 비명 소리가 번져 간다. 선주는 도망치듯 후다닥 사장실을 뛰쳐나왔다. 문을 닫기 전 들린 석현의 낮은 웃음소리가 그녀가 자리에 앉을 때까지 따라왔다.

미치겠네, 정말. 오늘 하루가 특별히 바쁜 날은 아니었다. 하지만 그녀는 녹초가 된 기분이 들었다. 오전에 연구실을 시찰하고 돌아온 석현은 쭉 기획실장인 찬우과 얘기 중이었다. 퇴근 시간을 훌쩍 넘기고서야 찬우가 사장실을 나왔다.

"선주 씨, 즐퇴. 좋은 저녁 보내."

"아, 네. 실장님도 좋은 저녁 되세요."

찬우가 비서실을 나가자마자 석현이 곧바로 나왔다.

"퇴근 준비 끝났나?"

"아, 네."

"잘됐군. 그럼 바로 나가지."

"네?"

오늘은 또 왜?! 왠지 오늘 하루 종일 갈팡질팡한 터라 평소보다 더 피곤함이 느껴졌다.

"무슨 일로 그러세요?"

"매사에 철두철미한 줄 알았는데 생각보다 허술한 거 본인도 알고 있나? 앞으로 우리가 함께할 결혼 생활에 대해 몇 가지 합의를 하자고 한 걸로 아는데."

아, 그거. 선주는 고개를 끄덕이면서도 한숨이 나왔다.

"내키지 않는가 보지?"

"좀 피곤해서요."

"그럼 다음으로 미룰까? 난 내일도 상관없는데."

미뤄 놓는다고 마음이 편할 리가 없다. 매도 먼저 맞는 게 낫겠지.

"그럼 짧게 끝내죠."

"여기서? 나가서 얘기하지. 난 배가 좀 고픈데. 식사하면서 얘기하는 건 어때?"

"그러세요."

"내가 원하는 곳으로 가도 될까?"

"네."

어제 일 때문인지 그녀의 동의를 구하는데 그게 더 놀리는 것처럼 느껴졌다. 왠지 끌려가는 느낌이 싫었다. 그런데 합의라니. 하루 종일 머리가 복잡해 아무 생각도 못 했는데. 벌써부터 한숨이 푹푹 새어 나왔다.

그가 데리고 간 곳은 고급 이탈리안 레스토랑이었다. 석현이 미리 예약을 해 두었는지 두 사람이 안으로 들어가자마자 작은 룸 안으로 안내되었다. 요 근래 일어난 일들로 신경이 곤두서서 선주는 입맛이 없었다. 매니저가 추천하는 코스 요리를 거절하고 그녀는 파스타를 시켰다.

"사장님."

무슨 일인지 석현은 여유롭게 뜸을 들였다. 오히려 선주만 조급해졌다.

"음?"

"합의라는 거 어떻게 하시려고요?"

"생각보다 성격도 급한 것 같군. 식사가 끝난 후 얘기하는 게 낫지 않겠어?"

"지금 하는 게 좋을 것 같아요, 전."

식사가 끝나고 하면 왠지 체할 것 같은 기분이 들었다.

"원한다면."

석현이 양복 안주머니에서 하얀 봉투를 하나 꺼내 내밀었다. 옷 속에 있었는데도 구김이 하나도 없는 빳빳한 봉투에 선주는 속으로 감탄을 했다. 대단하십니다.

"뭐죠?"

"읽어 봐."

선주는 봉투 속에서 정확하게 사등분으로 접힌 A4용지를 꺼내 들었다. 합의 목록이라는 제목 아래에 번호가 붙은 항목들이 깨끗하게 프린트되어 있었다.

1. 원만한 결혼 생활을 위해 상대방의 사회적지위에 걸맞은 주거지 및 생활양식, 복장을 갖추도록 한다. 이는 서로의 목적 달성을 위한 것이므로 그에 따른 모든 비용은 남편인 민석현이 지불한다.

2. 어떤 일이 있어도 사람들 앞에서는 싸우지 않는다. 서로에 대한 불만은 두 사람이 있는 곳에서만 말하도록 한다. 다른 사람들이 절대 두 사람의 관계에 의심을 가지지 않도록 배려한다.

3. 배우자 이외에 다른 사람을 좋아하게 될 경우, 이 결혼의 목적이 완벽하게 달성되기 전까지는 그에 대한 감정을 드러내지 않도록 한다. 만약 그 일로 인해 문제가 생길 경우 유책 사유가 있는 쪽이 전적으로 책임을 진다.

4. 이 결혼으로 인해 가족들의 생활에 변동이 생길 경우 그에 따른 제반 비용 역시 남편인 민석현이 지불한다. 이 일은 최종 목적 달성을 위한 것이므로 상대방의 기분이나 재정 능력을 무시한 것이 절대 아님을 인지한다.

5. 잠자리를 하게 되는 경우 철저하게 피임을 하도록 한다. 피임 방법은 두 사람의 합의하에 결정한다.

6. 이혼을 원하는 경우 목적 달성 후 안정 기간이라고 판단될 때까지 기다린다. 목적 달성 전 두 사람의 관계 불화의 기미를 빌미로 한 이혼에 대한 소문이 날 경우 반드시 시정하도록 한다. 이 경우 유책 사유가 있는 편이 적극 사태 해결에 힘쓰며, 배우자 역시 최대한의 협조를 해야 한다.

7. 이 결혼은 외부인에게는 모범적인 결혼으로 보여야 하므로 합의에 관한 사항 및 결혼의 경위에 대한 내용은 반드시 비밀을 지키도록 한다.

뭐니, 이건. 마치 악질적인 기업 사냥꾼에게 적대적 M&A를 당하는 기분이다. 선주는 종이를 한참을 노려보았다.

"질문 있나?"

"이건 너무 일방적이잖아요? 전, 우리가 충분히 대화를 한 다음 합의점을 찾아내는 건 줄 알았는데요."

"그건 내 생각을 정리해 본 것일 뿐이야. 내 마음대로 할 거였으면 오늘 이 자리를 만들 필요도 없었지. 당신은 당신의 조건을 말하면 돼. 준비는 했나?"

준비라니? 어제 오늘 정신이 하나도 없었는데.

"왜?"

불만스러운 듯한 선주의 표정에 석현이 눈을 가늘게 떴다. 어떻게 된 인간이길래, 이런 식의 결혼이 아무렇지도 않은 거지? 그녀는 그의 요구사항이 적힌 종이를 물끄러미 바라보았다.

"사실은 생각할 시간이 없었어요."

"그럼 다음에 다시?"

"아니요. 사장님 합의서 내용을 보니 제 의견이 들어갈 자리는 없는 것 같네요."

"그럼 그대로 따르겠다는 건가?"

힘없는 그녀의 반응에 의외라는 듯 석현의 눈썹이 꿈틀했다. 선주는 그 모습에 고개를 흔들었다.

"물론 그건 아니에요. 사장님이 원하시는 합의점이 이런 건 줄 몰랐을 뿐이에요. 그렇다면 저도 이 조건들에 맞춰서 제 조건을 제시하는 게 나을 것 같네요."

"그래. 그것도 나쁘지는 않군. 그럼 내가 제시한 조건들에 대한 당신 생각을 지금 말해 줄 수 있나?"

선주가 입을 열려는데 노크 소리와 함께 문이 열렸다. 음식이 테이블에 놓이는 동안 두 사람은 침묵을 지켰다.

"먹고 얘기 계속하지."

"네."

넘어가지 않는 파스타를 꾸역꾸역 집어 먹으면서도 선주는 어처구니없는 석현의 조건에 생각이 가 있었다. 반도 먹지 못하고 선주가 식사를 끝내자 석현이 눈살을 찌푸렸다.

"아무래도 마지막 조건이 하나 더 필요할 것 같군."

"네?"

"난 건강한 아내를 원해. 육체적, 정신적으로. 앞으로 내 옆에 있으면 많은 사람을 상대해야 할 거야. 그 사람들 중에는 나한테 악의를 가진 사람들도 상당수 있을 거고. 그런 사람들을 상대하는 데 건강하지 못하면 결국 이쪽이 먼저 지쳐 떨어지게 되어 있거든. 약해 빠져서는 이런 일들을 견디기기 힘들어."

"걱정 마세요. 몸 하나는 건강하니까."

"그런데 어제도 그렇고 오늘도 김선주 씨의 식사량은 성인 여성으로서는 상당히 적은 양이거든. 혹시 다이어트 중인 건가? 내가 보기엔 지금도 썩 나쁘지는 않은 거 같은데."

석현이 그녀의 몸을 자연스럽게 쳐다보았다. 저절로 얼굴이 붉어졌다. 다이어트라니. 그럴 생각은 없지만 어쨌든 결혼 얘기가 나온 후에 제대로 밥을 못 먹는 건 사실이었다.

"특별히 다이어트를 하는 건 아니에요."

"그럼? 평소에도 이렇게 식사를 한다는 건가?"

"아니요. 솔직히 말하자면 제가 입맛이 떨어진 건 사장님 때문이에요."

"나 때문이라고?"

선주의 대답에 놀란 모양인지 석현의 표정이 굳어졌다. 하긴 자신 때문에 입맛이 떨어졌다는데 기분 좋을 리는 없겠지. 왠지 불쾌해하는 것 같아 선주는 서둘러 말을 이었다.

"네. 결혼 얘기가 나오고부터 식욕이 떨어졌어요. 물론, 사장님이 싫다기보다는 이 상황이 저한테는 현실 같지 않은 데다 놀라기도 해서요. 그리고 걱정이 되기도 하고."

"걱정이 된다?"

"네. 아무리 봐도 우리 두 사람이 잘 어울리는 한 쌍은 아니잖아요."

"김선주 씨는 그렇게 생각하나? 우리가 안 어울린다고?"

"당연하죠. 사장님과 저 사이에 접점이 하나라도 있나요? 살아온 환경, 사고방식, 심지어는 외모까지요."

"그렇군. 하지만 난 김선주 씨가 나하고 잘 어울린다는 생각이 드는데?"

"네?"

아, 또 얼굴이 붉어진다. 은근할 정도로 낮고 부드러운 목소리로 저렇게 속삭이면 위장이라는 걸 알면서도 착각하게 된다. 자신이 특별한 존재처럼 느껴지게 된다. 바보처럼.

"우린 둘 다 감정적인 사람이 아니잖아. 어떤 여자가 이런 결혼에 대해 이렇게 이성적으로 얘기를 나눌 수 있겠어? 그리고 다른 여자들과 달리 이런 일에도 쉽게 들뜨지 않는 김선주 씨가 난 마음에 들거든."

또! 미소까지 띤 잘생긴 얼굴에 선주의 가슴이 미친 듯이 뛰기 시작했다. 피가 얼굴로 몰리며 약간 어질어질해졌다. 차라리 얼굴을 보지 말았으면 좋겠는데 부드러운 말투와 달리 강한 눈빛이 그녀의 시선을 사로잡았다.

"사, 사장님."

"어?"

"전 사장님이 싫은데요."

착각하게 만드는 그 얼굴이, 그 목소리가, 그리고 은근한 그 눈빛이 싫다고요. 사람을 미치게 할 것 같아서. 자신의 감정까지도 속여 버릴 정도로 착각하게 만들어서.

"난 그게 좋아. 당신이 흔들리지 않는 게."

맙소사, 정말 미치겠네.

"저, 이 합의서는 제가 가지고 갈게요. 다시 찬찬히 읽어 보고 제 생각을 정리해야 할 것 같아요."

"그러고 싶다면. 참, 그 제일 아래 항목에 당신의 건강 유지에 대한 조건도 들어간다고 생각하고 검토하도록."

"알겠습니다."

무슨 생각인지 석현이 그녀를 빤히 쳐다보며 웃었다. 선주는 벌렁대는 심장이 약간 아프게 느껴졌다. 더 보고 있다가는 병나겠네, 정말.

"이, 이제 일어날까요? 너무 늦은 것 같은데. 쌍주한테 아이스크림 사 간다고 했거든요. 아마 기다리고 있을 거예요."

"쌍주? 그때 동생들?"

"아, 네. 쌍둥인데 이름이 해주, 미주라 집에서는 그냥 편하게 쌍주라고 불러요."

피식, 약한 미소인데 눈이 부실 정도로 잘생겨 보였다. 눈에 단단히 뭔가 씐 모양이다. 선주는 눈을 비비고 싶은 걸 간신히 참았다.

"데려다 주지."

"괜, 괜찮아요. 지하철 타면 금방이에요. 바쁘실 텐데 저한테 신경 쓰지 마시고······."

"안 바빠. 동생들 기다린다며. 어서 나가지."

어휴, 정말. 뒤를 따라가는데 늘씬한 뒷모습이 또 걸린다. 지난 3년간 아무렇지도 않았는데 이건 또 뭔 조화지. 뒷모습만 봐도 가슴이 쿵

쿵 방아를 찧어 대다니. 이건 다 그가 쓸데없이 친절하기 때문이다. 어쩌면 완전 바람둥이일지도.

오늘 또 그에게 대해 하나 더 알게 되었다. 민석현은 쓸데없이 친절해. 그것도 무척. 뒤따라가는 내내 가슴이 쿵쿵댈 정도로. 그건 아주 나쁜 거라고 선주는 생각했다. 착각하게 되니까, 기대하게 되니까 나쁜 거라고.

4.

한 주 내내 선주는 자신의 조건에 대해 석현과 말할 기회가 없었다. 그가 합의서를 내민 그다음 날 유럽으로 출장을 가게 되었던 것이다.

이번 플렉시블 디스플레이 기술에 대해 관심을 보이는 해외의 바이어들이 많았다. 회사에서는 특허를 내놓은 상태이고 기술 수출은 염두에 두고 있지 않았다. 완제품 수출 쪽으로 더 힘을 쓰고 있는 상황이라 많은 조율이 필요한 상태였다.

이번 유럽출장 역시 찬우가 보좌를 하고, 선주는 회사의 업무를 조정하는 일을 맡았다. 그가 없는 동안에도 회사 내에서의 일이 줄어드는 건 아니라 바쁘게 지내다 보니 훌쩍 일주일이 지나 주말이 되었다. 그동안 석현에게 연락은 한 번도 없었고 오히려 선주가 회사의 업무 보고 때문에 몇 번 전화를 해 짤막한 통화를 한 것이 전부였다.

그렇게 한 주가 흘러 주말이 되자 왠지 좀 허무한 생각이 들었다. 두 사람의 결혼은 앞으로도 이럴 테지. 감정의 교류라고는 전혀 없는 무미건조한 생활. 그가 자신을 그런 사람으로 생각했다면 그건 그녀가 그동안 비서 생활을 잘했다는 거겠지만 어쩐지 여자로서는 비참할 정도로 초라한 기분이 들었다.

결혼에 대해, 사랑에 대해 깊이 생각한 적도 없고, 남다른 동경은 없었던 그녀였지만 그가 내민 합의서를 보는 내내 고민스러웠다. 그 때문인지 평소 주말 아침보다 일찍 깨 버렸다. 아침을 드신 아버지가 일찍 나가시고, 그녀는 청소와 빨래를 끝냈다. 쌍주는 밀린 잠을 자는지 선주가 빨래를 다 널 때까지도 기척이 없었다. 가라앉은 기분이라도 풀 겸 오랜만에 아이들을 데리고 나가야겠다는 생각이 들었다.

"기상! 일어나, 어서! 해가 중천이야."

이불을 이리저리 차 낸 채 자고 있는 아이들의 엉덩이를 팡팡 두드렸다. 잠에 취한 쌍주가 이불을 잡고 버텼다.

"얼른 안 일어나! 옷 확 벗긴다."

"으악! 언니! 이건 성폭행이야!"

미주의 잠옷 바지를 당기는데 비몽사몽이던 아이가 비명을 질러 댔다.

"신고할 거야!"

"볼 게 뭐 있다고. 보여 줘도 안 봐. 어서 일어나기나 해."

"앙, 오늘 토요일인데 더 자도 되잖아?"

"안 돼. 늘어져 있으면 더 피곤해. 얼른 일어나."

"아, 진짜. 오늘 할 일도 없단 말이야."

"일어나라니까. 언니랑 놀러 가자."

"정말?"

뒹굴뒹굴 늑장을 부리던 두 아이가 그녀의 말에 벌떡 일어났다. 산발이 된 머리로 눈을 동그랗게 뜬 모습을 보니 쿡쿡 웃음이 났다.

"어디 갈 건데?"

"언니, 우리 어디 가는데?"

"빨리 씻고 나오면 알려 주겠어. 대신 선착순. 늦으면 안 데리고 간다."

"안 돼~"

그녀의 말에 쌍주가 다리에 모터가 달린 것처럼 욕실을 향해 뛰어갔다. 웃음이 저절로 나왔다. 그래, 니들을 봐서라도 기운 내야지. 석현의 말처럼 두 사람의 결혼에서 그녀는 많은 것을 얻을 수 있다. 자신의 결혼으로 가족들이 지금까지는 생각지도 못한 것들을 누리고 살 수 있다면 그녀는 그걸로 만족하기로 했다.

사랑이야 나중에 그와 헤어지면 다른 사람과 하면 되는 거지, 뭐. 사랑이 밥 먹여 주는 것도 아니고, 석현이 지적했던 대로 그녀 역시 그런 남녀 간의 애절한 감정에 대한 동경이나 기대는 딱히 없는 건 사실이었다. 그러니, 뭔가를 희생한다는 생각을 할 필요는 없었다. 철저히 사업적인 관계. 그렇게만 생각하면 어려울 것도 없었다.

놀이공원이라는 말이 마법을 부린 것처럼 쌍주는 총알처럼 재빨리 준비를 끝냈다. 들떠서 밥을 먹는 둥 마는 둥 하더니 골목길을 노래를 부르며 뛰어갔다. 뒤를 따라가면서 선주는 계속 웃음이 나왔다. 골목 어귀를 나오는데 낯선 차가 골목 안쪽으로 들어와 스르륵 멈췄다. 승용차에서 나이를 가늠할 수 없는 키가 큰 미인이 성큼 내린다.

"사모님."

선주가 가까이 선 차를 피해 동생들을 끌어당기는데 여자가 미소를 지었다. 사람을 잘못 봤나? 선주는 의아한 눈으로 뒤를 돌아보았다. 하지만 좁은 골목길에는 쌍주와 자신이 전부였다. 뭔가 스멀스멀 기분 나쁜 기운이 느껴졌다. 불길해.

"사모님."

헉!

"어디 나가시는 길인가 봐요? 다행히 안 늦었네요."

"무, 무슨······."

"아, 제 소개를 안 했네요. 박지영이라고 합니다. 앞으로 사모님을 제가 보필하게 될 거예요."

헉, 이건 뭔 귀신 씻나락 까먹는 소리냐? 쌍주도 놀랐는지 평소와 달리 입을 쩍 벌린 채 외계인을 보듯 지영을 쳐다보고 있었다. 선주 역시 황당하고 어이없는 상황에 아무 말도 못 하고 서 있었다. 세 사람이 모이를 기다리는 새끼 새처럼 입을 벌리고 자신을 쳐다보자 지영이 웃음을 보였다.

"동생 분들이 귀엽네요. 안녕하세요."

"어, 안, 안녕하세요."

"안녕하세요."

"쌍둥이라더니. 어느 쪽이 해주 아가씬가요? 이쪽이 미주 아가씬가?"

아가씨라는 말에 쌍주가 다시 꿀 먹은 벙어리가 되었다. 잠시 멍해 졌던 선주는 간신히 정신을 차렸다.

"저 잠깐만 얘기 좀······."

"아, 네. 사모님, 하실 말씀 있으세요?"

"네. 쌍주 너흰 먼저 버스 정류장에 가 있어. 언닌 얘기 끝내고 바로 따라갈게."

"기다렸다가 언니랑 같이 가면 안 돼?"

"언니, 나도."

"안 돼! 어서 가 있어!"

해주와 미주가 애원하는 눈빛으로 자신을 올려다봤다. 하지만 선주는 단호하게 쌍주를 보냈다. 동생들이 지금 할 대화를 듣게 하고 싶지 않았다. 굳은 그녀의 얼굴에 지영이 난처한 표정이 되었다.

"아, 제가 미리 연락을 드렸어야 했는데. 사모님께 실례를 범한 모양입니다. 기분 나쁘셨다면 죄송합니다."

"그쪽한테 화난 거 아니에요."

무슨 일인지 안 봐도 뻔하다. 선주는 부글부글 끓어오르는 화를 간신히 참아 내고 있었다. 합의 어쩌고 하더니 결국 제 맘대로다.

"돌아가세요. 전 그쪽이 보필할 만큼 많은 일을 하는 사람도 아니고, 생활도 단순하거든요."

"하지만 사장님께서……."

"사장님하고는 제가 얘기할게요. 그러니 돌아가세요."

"저도 두 분이 합의를 본 후에 사모님을 돕고 싶습니다만, 오늘 저녁 약속이 급하다고 사장님께서 부탁을 하셔서요. 죄송합니다."

합의! 맙소사, 그 말을 듣자 이성의 끈이 뚝 끊어지는 느낌이 들었다. 그녀는 핸드폰을 꺼내 석현의 번호를 꾹 눌렀다. 오랫동안 신호가 가는데도 받지를 않는다. 씩씩대며 다시 통화 버튼을 누르는데 지영이 막았다.

"지금 주무실 겁니다. 오늘 새벽에 돌아오셨거든요. 나중에 사모님 일정에 맞춰 합류하시겠다고……."

"됐어요! 연락이 안 된다니 어쩔 수 없네요. 어쨌든 오늘 제 일정은 동생들과 놀이공원 가는 거니까 보필하든 말든 그쪽 마음대로 하세요."

지영에게 화낼 일이 아니었는데 저도 모르게 화가 폭발하고 말았다. 유치할 만큼 비이성적인 행동인 걸 알면서도 자존심이 상했다.

"사모님! 사모님!"

애타게 부르는 지영을 무시하고 선주는 정류장으로 뛰어갔다. 쌍주가 목을 빼고 그녀를 기다리고 있었다.

"언니! 왜 이렇게 늦었어?"

"좀 전에 거기 가는 버스 갔단 말이야."

동생들을 봐도 진정이 되지 않아 선주는 심호흡을 했다.

"어, 저 아줌마 또 온다."

돌아보니 지영이 상기된 표정으로 쫓아오고 있었다. 망할. 선주는 쌍주의 손을 양손으로 잡아채 때마침 도착한 버스에 올랐다.

"언니, 이거 놀이동산 가는 버스 아니야!"

"팔 아파."

쌍주를 억지로 차에 태우자마자 문이 닫혔다. 선주의 그 행동에 놀란 지영이 쫓아왔지만 이미 버스 출입문이 닫히고 출발한 뒤였다.

"뭐야! 이거 거기 가는 거 아니라니까."

"언니, 나 무릎 아파. 언니가 당겨서 부딪혔어."

"미안. 그리고 버스는 다음 정류장에서 갈아타자, 됐지. 자, 빨리 자리에 앉아."

자신의 어이없는 행동을 돌아보기도 전에 선주는 쌍주를 달래야 했다. 투덜거리는 아이들을 자리에 앉힌 후에야 자신의 행동이 얼마나 경우가 없었는지 부끄러워졌다. 석현의 명령으로 찾아온 사람에게 삐친 어린애처럼 행동해서 뭘 어쩌겠다는 건지. 한숨이 저절로 나왔다. 하지만 말도 없이 멋대로 사람을 보낸 행동이, 합의하겠다는 말과는 달리 그녀를 철저히 무시하는 듯해 보여 기분이 나빴다.

"언니, 아까 그 아줌마 누구야?"

"야, 우리한테 아가씨라고 하는 거 들었냐? 언니보고는 사모님이래. 헐!"

쌍주가 서로 킥킥대며 지영의 얘기를 하자 선주는 눈살을 찌푸렸다.

"그만해. 그 사람이 잘 모르고 하는 말이니까."

"그 아줌마 누군데?"

"나도 몰라."

"나쁜 사람인가? 설마 빚쟁이?"

"힐! 그럼 우리한테 돈 받으러 온 거야?"

"으악, 무서워. 그럼 우리 도망가야 하는 거 아냐?"

예전 경험 때문인지 평소 거침없는 쌍주인데도 빚쟁이라면 몸을 오들오들 떨 정도로 무서워했다. 이야기가 더 산으로 가기 전에 선주는 쌍주의 말을 잘랐다.

"그만하라니까. 그냥 너흰 다음부터 그 사람 보면 무조건 모른 척해, 알았지?"

"응. 나쁜 사람이구나, 그 아줌마."

"얼굴은 예쁘던데. 역시 사람은 얼굴만 보고 판단하면 안 된다니까."

어이구, 이 화상들아. 선주는 피식, 웃고 말았다. 다음 정류장에서 내려 겨우 놀이공원 가는 버스로 갈아탔다. 주말이라 그런지 놀이공원에는 엄청난 인파가 몰려들었다. 안 그래도 머리가 터질 것 같은데 사람들 틈에서 쌍주를 데리고 이리저리 치이고 나니 몸도 마음도 너덜너덜해진 느낌이 들었다. 하루 종일 실컷 놀았는데도 쌍주는 기운이 펄펄 넘쳐 났다. 지친 사람은 그녀뿐인 것 같았다.

"언니, 우리 토네이도 한 번 더 타면 안 돼?"

"나도. 그게 제일 재미있더라. 다른 건 시시해."

"줄이 너무 길어서 안 돼. 이젠 집에 가야지. 아빠 기다리시겠다."

"그래도……."

"다음에 또 데리고 올게. 됐지?"

"진짜? 그럼 약속해."

"나도."

쌍주와 새끼손가락을 걸고 도장 찍고 복사까지 해야 했다. 집에 도착할 즈음 버스 안에서 그녀는 물 먹은 솜처럼 축 늘어졌다. 하루 종일 애써 피해 왔던 생각이 또 떠올라 괴롭힌다. 그에게 이 결혼은 자신의 목적을 이루기 위한 사업에 지나지 않는다는 걸 받아들여야 하는데, 그게 쉽게 되지 않는다. 바보 같아.

자책감과 후회에 휩싸여 골목길에 들어서는데 대문 앞에 키가 큰 남자가 서 있었다. 가로등의 긴 그림자 때문에 남자의 몸이 과장될 정도로 크고 무섭게 보였다. 아니, 무섭게 보인 건 어둑한 그림자에도 불구하고 남자의 표정이 단단하게 굳어 있는 게 보여서일 것이다.

"늦었군."

생각보다 말투는 부드러웠다. 쌍주를 의식한 모양이다. 하지만 그녀를 보는 눈은 마치 유리알처럼 차갑게 빛났다.

"어, 그때 그 아저씨다."

"외제차."

뒤에서 쌍주가 속닥댔다. 물론 두 사람의 귀에 다 들릴 정도로. 석현이 쌍주를 돌아보았다.

"안녕."

"안녕하세요."

두 아이가 합창을 하듯 동시에 인사를 하자 석현이 미소를 지었다.

"나한테 언니 좀 빌려줄래?"

"어, 그런데 우리 밥 먹어야 되는데. 지금 엄청 배고프거든요. 해주 너도 그렇지?"

"응."

아니나 다를까 미주가 당돌하게 말대답을 했다.

"쌍주, 먼저 들어가 있어."

선주는 미주가 더 말하기 전에 재촉을 했다. 아이들을 대하는 태도는 부드럽지만 자신을 보는 눈빛은 무서울 정도로 굳어 있었다. 오전에 화났던 걸 생각하면 쌍주를 지원군 삼아 쫓아 버리고 싶었지만 그 뒷감당은 더 두려운 일이 될 것 같았다.

"엑. 밥은?"

"금방 가서 챙겨 줄게."

"나 배고픈데."

"들어가자."

투덜대는 미주를 눈치 빠른 해주가 끌고 집 안으로 들어갔다. 선주는 그제야 석현을 똑바로 바라보았다.

"무슨 일이죠?"

"차에 타지. 집 앞에서 싸울 생각 아니면."

미처 피하기 전에 석현이 손목을 단단히 잡았다. 엇, 하는 사이에 골목길 입구에 세워진 그의 차 안에 앉혀졌다. 정신을 차리기도 전에 운전석에 오른 그가 시동을 걸었다. 얘기를 하러 온 줄 알았는데 그게 아닌 모양이다. 화가 난 선주가 나가려 차 문을 잡는데 철컥, 문이 잠겼다.

"무슨 짓이에요!"

"일단 급한 일부터 해결하고 보자고. 솔직히 나도 김선주 씨한테 할 말 많은데 참고 있는 거니까."

자신을 무시하는 그 행동에 선주는 화를 벌컥 냈다. 계속 신경 쓰이고 짜증난 기분이 폭발하는 느낌이 들었다.

"내려 줘요! 어디 가는 거예요?"

"조용히 있어. 사고 나길 바라는 거야?"

그 역시도 화가 났는지 고압적인 목소리였다. 왜 사장님이 화를 내냐고 따지고 싶은데 차가 속도를 올렸다. 차 안의 공기가 팽팽하게 긴장돼 터질 것 같은 침묵이 흘렀다. 숨을 내쉬기도 힘들 만큼 압박감이 심해지는데 차가 언덕길을 올라 조용한 주택가에 정차를 했다.

"내리지."

"싫어요."

"김선주 씨."

"싫다고 분명히 말했어요. 아무리 사장님이라도 이런 식의 명령은 못 들어요, 전."

석현이 화를 참으려는 듯 앞머리를 거칠게 뒤로 넘겼다. 그 바람에 단정하던 그의 머리가 헝클어졌다. 인간적인 감정 따윈 없을 것 같은 엄격했던 분위기가 어딘지 모르게 흐트러져 보였다. 그럼에도 불구하고 지나치게 잘생긴 얼굴이라는 게 문제였다. 화가 났는데도 선주는 그의 그런 얼굴에 가슴이 두근거렸다. 스스로가 한심한 생각이 들었다.

"도대체 뭐가 잘못된 거지? 당신과 충분히 합의가 됐다고 생각한 건 내 착각이었나 보군. 난 우리가 이 결혼의 목적을 달성할 때까진 서로에게 유일한 동료이자 친구이길 바랐어. 그게 김선주 씨한테는 그렇게 어렵고 힘든 일인가?"

"동료라고 했나요? 친구라고요? 뭔가 잘못 알고 계시는 거 아니에요?"

"무슨 소리야? 지난번에 분명 합의를……."

"누구 마음대로 합의예요! 사장님이 한 건 일방적인 통보, 그 이상도 그 이하도 아니었어요. 알아요!"

갑자기 선주가 소리를 버럭 질렀다. 석현이 놀란 듯 몸을 완전히 돌려 그녀를 보았다. 화가 나 발갛게 상기된 얼굴. 눈가가 조금 젖어 있었다. 아침에 박 실장으로부터 그녀가 도망쳤다는 얘길 듣고 어이가 없었다. 게다가 하루 종일 연락이 되지 않아 그녀를 만나기 전 그는 폭발하기 직전이었다. 그가 평소 알고 있는 김선주라는 사람의 행동이라고 생각되지 않는 비이성적이고 유치한 짓이었다.

할아버지와 약속한 대로 오늘 그녀를 이곳으로 데려오기 위해 박지영 실장을 보냈던 것이다. 지난번 일도 있고 해서 아무래도 이런 일에는 남자인 자신보다는 여자인 박 실장이 훨씬 더 잘 선주를 도와줄 수 있겠다 싶었다. 새벽녘에 서울에 도착해 그녀에게 전화를 할 시간이 없었다. 안 그래도 잠을 제대로 못 자 피곤해 죽을 지경인데 선주의 뜻밖의 행동을 듣고는 짜증이 울컥 올라왔다. 고분고분한 성격이라 생각했는데 그의 착각이었나?

연락이 안 되는 내내, 그녀를 기다리는 내내 그는 짜증을 삭이고 있었다. 동생들과 즐겁게 웃으며 골목길로 들어서던 그녀를 봤을 때 소리를 지르지 않은 건 그나마 어린 선주의 동생들 때문이었다. 평소의 그라면 여자에게 이렇게 휘둘릴 일 따위는 있을 수도 없는 일이었다. 그녀에게 결혼을 제의한 후 최대한 그녀를 배려해 줬다고 생각했다.

젠장할! 차라리 처음부터 계약서를 써야 했다. 얼마간의 돈과 적당한 선에서의 타협. 합의 따위가 아닌 그저 딱딱한 통보, 사업적인 거래 말이다. 그의 입장에서는 엄청난 양보가 아니었던가? 그런데 일방적인 통보라니?

"그게 싫었다면 그 자리에서 얘길 했어야지."

"……"

"어떤 형식이든 김선주 씨는 이 결혼을 받아들였어. 내가 협박했다고? 사기 쳤다고? 정말 그렇게 생각했다면 당신이 이 결혼을 받아들였을까? 당신 역시 이 결혼에서 뭔가를 얻는 게 있다고 생각했기 때문에 동의한 거 아닌가? 그런데 이제 와서 왜 이런 말도 안 되는 유치한 떼를 쓰는 거지?"

"제 모든 걸 마음대로 휘두르려는 사장님이 싫어요. 이 결혼이 족쇄처럼 느껴져요."

족쇄. 뜻밖의 말에 그가 인상을 썼다. 하아, 하는 한숨이 새어 나왔다. 어딘지 모르게 두 사람이 보는 방향이 어긋나 있었다.

"내가 어떻게 했으면 좋겠나?"

"사장님의 그 일방적인 협의 따위는 필요 없어요."

"그럼?"

"직접 얘기해 주셨으면 좋겠어요. 무슨 일이 일어날지, 어떤 일을 내가 해야 하는지 직접 듣고 싶어요. 사장님이 제게 결혼하자고 한 이유는 뭐죠? 지금까지의 저라도 괜찮았다는 거 아닌가요? 그런데 결혼을 하자고 한 후부터 사장님은 절 바꾸고 싶어 하시는 것 같아요. 그게 자존심이 상하고, 짜증이 나요. 그래서 싫어요."

마지막 말에 약간의 떨림이 묻어났다. 지영이 나타난 순간부터 부글부글 끓어오르던 가슴이 이제는 완전히 끓어 넘쳐 버린 느낌이 들었다. 머릿속은 엉망진창에 기분은 비참했다.

"김선주."

석현이 그녀의 어깨에 손을 올렸다. 시선이 마주쳤다. 알 수 없는 열기가 그의 손바닥을 통해 전해져 왔다. 침묵 속에서 두 사람은 서로를 마주 보았다.

"당신이……."

그가 입을 여는데 갑자기 뒤에서 눈이 부실 정도로 불빛이 쏟아져 들어왔다. 곧 검은색 승용차가 그들이 탄 차 바로 뒤에 천천히 정차했다. 젠장, 하고 석현이 낮게 욕설을 내까렸다. 차 문이 열리고 키가 큰 남자가 그들의 차로 다가와 창을 두드렸다. 창으로 보이는 낯익은 얼굴에 선주는 깜짝 놀랐다. 석현의 아버지인 민준건 사장이었다. 화가 났던 걸 잊을 정도로 당황했다.

석현이 그녀의 어깨를 잡은 손을 놓고는 차에서 내렸다. 마주 선 부자 사이에 긴장감이 돌았다.

"늦었구나. 난 내가 제일 늦은 줄 알았는데."

"무슨 일이시죠?"

"아버지께서 네가 결혼할 아가씨와 인사하러 온다고 하시더라. 그래서……."

"그쪽하고 상관없는 일일 텐데요?"

선주는 차가운 석현의 말에 인상을 썼다. 선팅이 되어 있어 준건은 그녀를 볼 수 없었지만 그녀는 굳어진 표정의 그를 볼 수가 있었다.

"들어가자."

아들의 말에 별 대응 없이 준건은 부드럽게 말을 이었다. 석현의 입술에 차가운 미소가 어렸다.

"저흰 다음에 오겠습니다."

"나 때문이면 내가 가마. 애써 찾아온 사람을 돌려보내는 건 실례지."

"됐습니다."

석현이 몸을 돌려 운전석 문을 잡는데 갑자기 조수석 문이 벌컥 열렸다. 순간, 세 사람 모두 다른 의미로 놀랐다. 선주는 갑작스럽게 준건과 마주한 상황에, 석현은 아버지의 뜻밖의 행동에, 그리고 준건은 아들의 결혼 상대자가 그녀라는 데 놀랐다.

"어, 김선주 씨?"

"어, 사, 사장님."

"오랜만이군. 내려야지."

놀라서 어쩔 줄 모르는 선주와 달리 준건이 놀란 표정을 지우고 그녀에게 손을 내밀었다. 그녀는 어쩔 수 없이 차에서 내려섰다. 그녀가 인사를 하려는데 석현이 빠른 걸음으로 두 사람에게 다가왔다. 아버지에게 잡힌 그녀의 손을 그가 거칠게 잡아채 빼냈다. 그 바람에 준건이 비틀거리자 선주는 눈살을 찌푸렸다.

"상관 말라고 했습니다."

"사장님!"

부자간의 심상치 않은 기류에 당황해 있던 선주는 무례한 석현의 태도에 저도 모르게 소리를 질렀다. 그리고는 그의 뒤에 서 있는 창백한 얼굴의 준건에게 시선을 돌렸다.

"괜찮으세요? 사장님, 얼굴이 창백해요. 좀 앉으시겠어요?"

"당신은 상관 마!"

준건을 부축하려는 선주를 그가 당겼다.

"들어가시죠. 저흰 다음에 다시 오겠습니다."

"사장님!"

"당신은 차에 타."

"싫어요. 사장님이나 타세요."

선주는 화가 나 석현의 팔을 뿌리치고 준건을 부축했다. 창백한 얼굴에 식은땀이 배어 나와 있었다.

"사장님, 괜찮으세요?"

그녀는 비틀거리는 준건을 부축해 대문 앞 계단에 앉혔다.

"사장님, 정신 차리세요. 사람 부를게요. 아니면 병원으로 바로 가시는 게……."

"아니, 난 괜찮아. 김선주 씨한테 못난 꼴을 보였군."

"무슨 그런 소리를 하세요? 어지러우세요?"

"조금. 그냥 가벼운 현기증이야."

"물이라도 드릴까요?"

"있으면 조금만."

준건의 말에 선주는 석현의 차에 냉장고가 있다는 걸 떠올렸다. 냉장고 안에서 생수를 꺼내 준건에게 마시게 할 때까지 석현은 말없이 그런 그녀를 노려보고 있었다. 마음대로 하라지. 선주는 준건에게 물을 먹이면서 그런 석현을 무시했다.

인정머리 없는 인간 같으니. 같이 있으면 자신까지도 꽁꽁 얼 것 같다. 그녀의 상식으로는 준건을 대하는 석현의 태도가 이해가 가질 않았다. 그녀가 아는 일반적인 아버지와 아들의 관계는 아닌 것 같았다. 부자라 자신과 다른 건지, 아니면 이 부자 사이에 다른 문제가 있는 건지 궁금해졌다.

  물을 마신 후에도 현기증이 있는지 준건은 한동안 눈을 감은 채 앉아 있었다. 겨우 눈을 뜬 그가 걱정스런 선주의 표정에 미소를 지었다.

  "이젠 괜찮군. 고마워, 김 비서."
  "별말씀을요. 일어서실 수 있겠어요?"
  "음."
  아까와는 달리 준건이 가뿐하게 일어나자 선주는 안도의 한숨을 내쉬었다. 불안한 마음에 여전히 준건을 부축하려고 팔을 잡아 주려는데 몸이 뒤로 당겨졌다. 얼음처럼 차가운 눈동자가 그녀를 노려보았다.

  "이만 돌아가지."
  "할아버지께 인사는 드리고 가거라. 난 나중에 들어갈 테니."
  준건의 말에는 대꾸도 없이 석현은 선주를 조수석에 태웠다. 항의할 새도 없이 문이 쾅, 하고 닫혔다.

  "석현아."
  "할아버지껜 다음에 다시 인사드리러 오겠다고 전해 주시죠. 이유는 마음대로 말씀하셔도 괜찮습니다."
  어휴, 정말. 선주는 조수석에서 내려 석현을 한 대 쥐어박고 싶은 충동에 사로잡혔다. 하지만 그걸 실행으로 옮길 시간도 없이 곧바로 그가 차에 올랐다. 화가 난 그처럼 차가 거칠고 성급하게 출발했다.

  "사장님."
  "나중에 얘기해. 지금 당신이 뭐라고 하면 나도 무슨 짓을 할지 모르겠으니까."

잇새로 나온 그 말에 선주는 멈칫 몸을 움츠렸다. 그가 뿜어내는 분노의 아우라가 숨이 막힐 정도로 차 안의 공기를 내리눌렀다. 묻고 싶은 게 많았지만 그녀는 입을 다물었다.

한참을 달려 어디 언덕 위에 차가 급정거를 했다. 그녀를 무시하고 석현이 훌쩍 차에서 내렸다. 혼자 남은 그녀는 떨리는 한숨을 내쉬었다. 오늘 하루가 뒤죽박죽 엉망진창인 것 같았다. 그를 따라 차에서 내리고 보니 북악 스카이웨이 산책로의 중간인 듯했다. 석현은 이미 차에서 멀어져 나무 데크로 된 산책로를 걷고 있었다. 그녀는 다시 한숨을 내쉬고는 그의 뒤를 쫓아갔다. 그의 걸음이 빨라 그를 잡으려 그녀는 거의 뛰다시피 쫓아갔다.

"사, 사장님!"

헉헉대는 그녀의 부름에 석현이 돌아보았다. 몸을 굽힌 채 그녀가 숨을 헐떡이고 있었다.

"여기서 뭐하는 거지? 왜 날 쫓아온 거야?"

선주는 어이가 없어 헛웃음이 났다. 뭐라고 하고 싶어도 숨이 차서 말을 할 수가 없었다. 그녀는 허리를 펴고 숨을 몇 번 깊게 들이쉬었다.

"얘기 좀 해요."

"무슨 얘기? 난 지금 김선주 씨하고 얘기할 기분 아니라고 분명히 말했을 텐데."

"왜요?"

"몰라서 물어? 아까 당신은 그 사람한테 갈 게 아니라 나를 따랐어야지. 당신은 내 아내가 되는 거야. 당신이 결혼할 사람이 바로 나라는 걸 잊었나?"

어린애 같은 유치한 고집에 선주는 어이가 없었다.

"그럼 아픈 사람을 그대로 두고 왔어야 했다는 건가요? 거기다 사장님은 사장님의 아버지잖아요."

"누가 당신 사장이라는 거야! 그 사람하고 같이 취급하지 마."

"왜 소리를 질러요? 민준건 사장님은 제 전 상사였어요. 그분도 저한테는 사장님하고 똑같은……."

"그만!"

"죄송하지만 두 분 사이에 무슨 일이 있었는지 몰라도 할 얘긴 해야겠어요. 사장님 가족 관계 솔직히 관심 없어요. 그런데 사장님 말대로 우리가 결혼한다면 사장님의 다른 가족들 역시 제 가족이 되는 거잖아요. 그러니까 민준건 사장님도 저한테는 아버님……."

"닥쳐! 도대체 누가 당신 가족이라는 거야!"

갑자기 양어깨가 거칠게 잡혔다. 순식간에 선주는 그의 품 안으로 끌려갔다. 거친 그 행동에 선주는 눈을 둥그렇게 떴다. 평소 화가 나면 주위를 얼릴 정도로 차가운 기운을 풍기던 사람이 오늘은 눈에서, 몸에서 불길이 활활 타오르는 것 같았다. 옆에 있는 그녀가 데일 것처럼 뜨거웠다.

"김선주, 똑똑히 들어! 당신하고 결혼할 사람은 나야, 그 사람이 아니라! 그러니까 당신한테 가족은 나 하나야. 알았어! 당신이 내 아내가 되면 당신은 내 유일한 가족이 되는 거야. 그 사람도, 그 집안 누구도 당신 가족은 아니라는 거야, 알았어!"

"……."

"한 번만 더 그 집안의 다른 누군가를 가족 운운하면 가만 안 둬. 내 유일한 가족은 당신 한 사람으로 족해. 그러니 당신은 무슨 일이 있어도 내 곁에 있어야 하는 거야. 그 사람이 쓰러지든 죽든 상관없이!"

그가 쏟아 내는 분노와 함께 어깨뼈가 부러질 듯 강한 힘이 전해져

왔다. 선주는 어깨의 통증에 몸을 움츠렸다.

"아, 아파요."

"대답해. 당신만은 내 편이 되겠다고, 내 유일한 가족이 되겠다고."

"놔요."

"대답해!"

뭔가에 홀린 사람 같다. 선주의 아픔에는 아랑곳없이 석현이 더 가까이 그녀를 당겼다. 서로의 숨결이 엉킬 정도로 가까운 거리였다. 그가 뿜어내는 열기와 분노가 고스란히 느껴진다. 낯설고 무서웠다.

"사장님."

"대답해."

"놔주세요. 사장님은 지금 이성을 잃었어요."

"대답해, 김선주! 너 하나만은 내 편이 되겠다고, 내 가족이 되겠다고!"

감정을 주체하지 못하고 석현이 그녀를 옭아매듯 안았다. 그 바람에 그의 뺨이, 입술이 그녀의 뺨에 닿았다. 그에게 닿은 얼굴이 뜨거울 정도로 달아오른다. 가늘게 떨고 있는 그가 느껴졌다.

"사장님."

"김선주, 넌 이해 못 해."

"……"

고통에 찬 그의 음성을 듣자 왠지 선주 자신도 괴로워졌다. 그의 아픔이 뭔지 알 수는 없지만 감싸 주고 싶을 정도로. 제멋대로 자신을 휘두르려던 모습도, 늘 이성적이고 단단한 가면을 쓰고 있던 모습도 이렇게 외롭고 괴로운 자신을 포장하기 위한 가면인 것 같았다. 선주는 몸에 힘을 빼고 그가 기댈 수 있도록 더 가까이 다가갔다. 그를 위로해 주고 싶다. 이 결혼의 이면에 있는 복잡함에 상관없이 자신을 안은 남자의 절박함을 풀어주고 싶었다.

"이해할게요."

"뭐?"

한참을 그의 무게를 지탱하던 선주가 입을 열자 석현이 고개를 들었다.

"사장님이 원하는 걸 얻을 때까지는 사장님만의 편이 되어 드릴게요. 사장님만의 가족이 되어 드릴게요."

"정말인가? 내 말에, 내 모든 행동에 따르겠다는 건가?"

"사장님이 원하면요."

뜻밖의 말에 석현이 놀랐는지 잠시 말이 없었다. 선주는 저도 모르게 웃음이 나왔다.

"그런데 조건이 있어요."

"조건?"

"사장님의 그 합의 파기해 주세요."

"뭐?"

갑자기 이성이 돌아온 듯 그가 뒤로 물러섰지만 여전히 그녀의 어깨를 잡은 채였다.

"저한테 원하는 게 있으면 직접 말로 해 주세요. 하지만 아무리 저라도 안 되는 게 있으니 다 받아들인다고는 못 해요. 제가 할 수 있는 일이라면 할게요. 혹시라도 제가 받아들이기 힘든 일이 있다면 대화로 풀고요."

"하지만 합의는……."

"사장님은 제가 사장님의 유일한 편이고, 가족이 되길 바라시잖아요. 사장님의 그 합의는 비서인 저한테 요구하는 거였어요. 가족이 아니라 그냥 부하 직원에게 하는 그런 명령. 그러면 전 사장님께 제 업무 하나하나에 따라 다 비용을 청구할 거예요. 그것도 아주 비싸게. 저 보기보다 싼 사람 아니에요."

석현이 어이가 없는지 피식 웃었다.

"그래서 난 당신한테 모든 걸 다 말하고 동의를 얻어야 한다?"

"네. 제가 이 결혼에서 바라는 조건은 그거 하나예요."

"김선주 씨는 나를 싫어하지 않았나?"

"지금도 사장님이 좋은 건 아니에요. 그런데 사장님껜 정말 제가 필요하잖아요. 사장님같이 힘 있는 사람한테 빚지게 만들면 저한테도 좋지 않겠어요?"

선주의 미소에 석현이 문득 손을 놓고 뒤로 물러섰다. 어디선가 바람이 불어 나뭇잎 사이를 훑고 지나가며 쏴아, 하는 파도 소리를 만들어 낸다. 그가 웃고 있는 그녀를 빤히 쳐다본다. 계속 들리는 바람 소리만큼 강한 혼란이 그의 눈빛에 스쳐 갔다. 하지만 그녀는 가만히 기다렸다. 한동안 그녀를 뚫어지게 보던 그가 천천히 손을 내밀었다.

"무슨……."

"진짜 계약 성립 악수."

긴장했었나? 순간 몸에 힘이 빠지며 안도의 한숨이 나왔다. 그녀는 커다란 그의 손을 잡았다. 따뜻하게 그녀를 폭 감싸 온다. 이제 바람이 지나갔는지 그의 표정은 평소대로 돌아와 있었다. 오늘 민석현에 대해 알게 된 건 그도 불처럼 뜨겁게 달아오를 수 있다는 것, 그리고 외롭다는 것. 이상하게 그녀의 마음이 혼란스러웠다. 그를 스쳐 간 바람이 그녀 가슴속으로 들어온 것 같았다. 문득, 몸이 떨렸다.

5.

"언니!"
"언니야!"
밤에 늦게 들어온 데다 어제 일로 생각이 많아 실제로 잠든 시간은 새벽녘이었다. 집에 돌아오니 아빠가 골목길 바깥에서 기다리고 계셨다. 다행히 석현의 차가 떠난 후에 만나 선주는 몰래 안도의 한숨을 내쉬었다.

어젯밤 돌아오지 않은 그녀가 납치당했다고 울고불고했던 쌍주는 그녀가 돌아왔을 땐 이미 꿈나라였다. 그래도 걱정은 된 모양인지 평소 일요일답지 않게 일찍 일어나 그녀의 방으로 쳐들어왔다.

"언니, 어디 갔었어? 우리가 얼마나 걱정했는지 알아? 납치당한 줄 알고 신고하려고 했어. 그 아저씨 나쁜 사람 아니었어?"
"아니야."
"언제 들어왔어? 우리 열두 시 넘을 때까지 안 자고 기다렸단 말이야."

"미안."

"그 아저씨는?"

"집에 갔지."

"그런데 누구야? 왜 자꾸 언니 찾아와? 스토컨가? 요즘 그런 사람 많다더라."

"맞아. 뉴스에도 나왔잖아. 쫓아다니다 자기랑 안 사귀어 준다고 죽였대. 헐, 완전 무서워."

"웩, 그럼 언니는 어떡하냐?"

"도망가야지, 뭐. 그런데 그런 사람은 이사 가도 쫓아온대. 막 전화하고 협박하고."

"으. 미친 거 아냐?"

어이구, 또 만담 시작이냐? 선주는 고개를 저었다.

"스토커 아니야. 그 아저씨는 언니 안 좋아하니까."

절대 그런 짓을 할 사람은 아니지. 얼음처럼 차가운 사람이니까. 순간 어제 불꽃처럼 타올랐던 그가 떠올랐다. 괜스레 얼굴에 열이 올라온다.

"그런데 왜 자꾸 와?"

"볼일이 있어서 그래."

"무슨 볼일?"

"있어, 그런 거. 어른들 일에 나설래?"

"뭐야? 언니 얼굴 빨개졌다. 언니가 그 아저씨 쫓아다니나? 언니가 스토커야!"

맙소사, 더 이상 듣고 있다가는 무슨 얘기가 나올지 무섭네. 선주는 이불을 걷어 내고 자리에서 일어났다. 불면의 밤을 보낸 탓에 머리가 약간 어지러웠다.

"나가. 언니 옷 갈아입을 거야."

"싫어. 여기 있을 거야."

"나도. 어젠 진짜 언니 안 오는 줄 알고 울었어."

해주의 말에 그녀는 순간 울컥했다. 새엄마가 갑자기 사라진 건 쌍주가 세 살 때의 일이라 기억에 없을 텐데도 아이들은 가족과 떨어지는 걸 힘들어했다. 혁주가 군대에 갈 때도 한동안 두 아이 모두 밤마다 선주의 방에 와서 잘 정도로 불안해했다. 어제 그러고 가서 전화도 안 했으니 오죽 걱정했을까. 선주가 미안한 생각에 나란히 선 쌍주를 두 팔로 와락 껴안았다. 양 볼을 마구 비벼 대는 언니의 행동에 두 아이가 비명을 질러 댔다.

"헉, 언니 숨 막혀!"

"또 성폭력이다! 신고할 거야!"

싫다는 아이들을 붙잡고 한참을 괴롭혀 준 다음에야 선주는 겨우 쌍주를 풀어주었다. 이번에는 나가라고 하지 않아도 쌍주가 도망치듯 방을 나갔다. 씻고 나가니 아빠가 식사 준비를 하고 계셨다.

"뭐 하세요? 왜 아빠가 이런 걸 해요? 제가 할게요."

"다 됐다. 잠은 좀 잤냐?"

"네. 아빠는요? 저 때문에 늦게까지 계셨잖아요."

이삿짐을 나르는 일이 고된 일이라 집으로 돌아오면 겨우 식사만 끝내고 주무시는 양반이었다. 그런데 어제 늦게 들어온 자신을 기다리느라 잠이 모자랄 것이다. 일요일이라고 해서 일반 직장인처럼 쉴 수도 없는 직업이었다. 오히려 일요일에 더 이사가 많았다.

"오늘은 이사 몇 건이에요?"

"세 건. 그래도 다 가까운 데라 괜찮아."

"쉬엄쉬엄하세요. 아빠 연세도 생각하셔야지. 앉으세요, 밥만 푸면 되니까."

식사를 하고 아빠가 출근을 하시자 싫다는 쌍주를 재촉해 대청소를 하기로 했다. 계절이 바뀌는데 아직 옷장 정리가 안 되어 있어 더 늦기 전에 해 두고 싶었다. 계절마다 하는 일이라 쌍주도 금방 척척 따라 주었다. 옷장 정리를 끝내고 나온 빨랫감을 세탁기에 넣기 위해 뒤 베란다로 나가는데 초인종이 울렸다.

"나가 봐. 언니 빨래해야 돼."

그녀의 말에 쌍주가 후다닥 현관으로 달려갔다.

"누구세요!"

"누구세요?"

문 앞에 선 사람이 깜짝 놀랄 정도로 소리를 지르고는 방문자는 확인하지 않고 문을 벌컥 열어젖혔다.

"어, 스토커다!"

"납치범! 나쁜 아저씨야."

뒤 베란다에서 나오던 선주는 쌍주의 말에 깜짝 놀랐다. 동네가 떠나갈 정도로 큰 목소리였다. 현관문 앞에서 석현과 쌍주가 서로를 노려보며 대치 중이었다.

화가 났는지 알 수 없는 표정으로 그가 쌍주를 내려다보았다.

"납치? 스토커?"

그 말에 황급히 선주가 변명을 했다.

"애들이 어제 일 때문에 오해해서 그래요. 그런데 무슨 일로 여기까지 오셨어요? 얘기하려면 나가서……."

"내가 왜 납치범에 스토커가 됐는지 알고 싶은데, 꼬마들아."

"저희 꼬마 아니거든요!"

아이들의 태도에 석현이 어깨를 으쓱했다.

"뭐, 호칭 문제는 나중에 다시 얘기하도록 하고, 난데없이 내가 왜 납치범이지?"

"아저씨가 어제 언니 데려갔잖아요! 잠깐만 빌린다고 하고서!"

"돌려보냈잖아? 납치면 안 보내 줬지."

"한참, 한~참 있다 보내 줬잖아요! 그래서 우리는 잠을 한숨도 못 잤단 말이에요!"

"잠을 한숨도 못 잤다고?"

"그래요! 그렇지? 해주야."

"맞아요. 우린 어제 진짜 밤새 언니 기다렸어요."

헐, 입술에 침이나 바르고 거짓말하지? 선주는 어이가 없어 절레절레 고개를 저었다. 하지만 석현은 진지하게 쌍주의 말을 들었다.

"좋아, 그럼. 납치는 그렇다 치고 스토커라니, 그건 무슨 뜻인데?"

"어제도 그렇고, 저번에도 그렇고 아저씨가 우리 언니 어디 있는지 알고 바로 나타났잖아요. 짠하고! 맞지?"

"맞아. 우리가 아이스크림 먹는 데까지 따라오고, 놀이동산 갔다 왔는데도 막 따라오고. 그게 바로 스토커잖아요!"

맙소사, 그게 따라온 거냐? 집 앞에서 그냥 기다리다 우연히 만난 거지! 석현도 어이가 없는지 피식, 웃음을 보였다.

"그래서 결론이 내가 납치범에 스토커라고?"

"그래요. 우리 언니 괴롭히지 마세요. 경찰에 신고할 거예요."

"나도."

석현의 미소가 점점 더 커졌다. 선주는 한숨이 푹 나왔다.

"그만두지 못해! 죄송해요. 애들이 아직 철이 없어서 그래요. 어서 사과드리지 못해?"

"죄송합니다."

"죄송……해요."

불만스러운 듯 입을 삐죽대면서도 쌍주는 언니의 말을 따랐다. 동생들의 기분을 모르는 게 아니라 선주는 그즈음에서 닦달을 멈췄다.

"잠깐만 나가서 기다리실래요? 제가 좀 있다 나갈게요."

"아니, 그냥 여기서 얘기하지."

선주의 호통에 뽀로통해 있던 쌍주가 안으로 들어오는 석현을 피해 그녀 뒤로 주춤주춤 물러섰다. 혹시라도 그녀가 나갈까 봐 걱정이 됐는지 그녀의 옷자락을 양쪽에서 꼭 잡았다. 불안해하는 동생들의 모습에 그녀는 한숨을 쉬었다.

"들어오세요. 저흰 집에 믹스커피밖에 없어요. 그거라도 드실래요?"

"상관없어. 그리고 꼬마들아, 언니 납치 안 할 테니 걱정 마. 대신 들어가게 해 줄래?"

의심스런 눈으로 석현을 노려보던 두 아이가 눈빛을 주고받았다. 결국 양보하기로 한 모양인지 그가 들어올 수 있도록 비켜서 준다.

작은 거실에 그가 들어오자 더 비좁은 느낌이 들었다.

"앉으세요. 금방 커피 가지고 올게요. 너희들은 얌전히 있어."

선주가 쌍주에게 경고를 하고 주방으로 갔다. 하지만 그런 언니의 말에도 쌍주는 그에게 경계의 눈빛을 쏘아 대고 있었다. 석현은 그런 아이들의 태도에 웃음이 났다.

"꼬마들아."

"우리 꼬마 아니에요."

"그럼 뭐라고 부를까? 아가씨?"

"헐, 대박."

"전 해주고, 얘는 미주예요. 언니는 합쳐서 그냥 쌍주라고 불러요."

"야! 이름을 왜 가르쳐 줘! 바보냐?"

"그럼 어떻게 해?"

그는 안중에도 없이 금방 티격태격하는 아이들이 귀여웠다. 저도 모르게 미소가 커졌다.

"오케이. 그럼 해주, 미주. 맞지?"

"네. 그런데, 왜요?"

쌍둥이 중 항상 말대답을 하는 건 미주라는 아이였다. 5학년이라고 했던가? 석현은 선주의 가족 보고서에 있던 쌍둥이의 나이를 떠올려 보았다. 하지만 미주는 초등학생 3, 4학년 정도의 작고 마른 아이였다. 게다가 피부까지 까무잡잡해 더 왜소해 보였다.

반면에 해주는 수줍은 표정의 얼굴이 하얗고 제법 키가 큰 예쁜 아이였다. 선머슴 같은 미주에 비해 목소리도 작고 여자아이답게 나긋나긋함이 있다. 하지만 두 아이 모두 선주처럼 솔직한 눈빛을 하고 있다. 그는 문득 떠오른 그 생각에 어이가 없어졌다. 김선주의 눈빛이 이랬구나.

"아저씨 납치범 아니다. 스토커도 아니고."

"그럼 뭔데요? 왜 자꾸 우리 언니 찾아오는데요?"

"그건, 내가 너희 언니하고 결혼할거든."

순간 해주와 미주의 얼굴이 굳었다. 분위기를 가볍게 하고 좀 친해지고 싶어서 한 말에 아이들의 반응이 예상과 달라 석현은 당황했다. 아이들이 갑자기 벌떡 일어나 주방으로 후다닥 달려갔다.

"언니! 결혼해? 진짜 우리 두고 결혼하는 거야?"

"언니, 가지 마. 저 아저씨하고 결혼하지 마."

그녀의 옷자락을 잡은 채 동시에 울음보를 터뜨렸다. 커피 주전자를 들고 있던 선주는 깜짝 놀랐다.

"왜 이래? 왜 울어?"

"언니 결혼하면 가는 거잖아? 우리하고 같이 못 사는 거잖아. 흑흑."

"싫어! 나 언니랑 평생 죽을 때까지 같이 살 거야. 언니야, 우리랑 살아. 저 아저씨 싫어!"

주방 입구에 석현이 서 있었다. 당황했는지 우는 아이들과 그녀를 번갈아 보았다.

"내가 실수한 건가?"

"그런 것 같네요. 자, 둘 다 뚝 못 해! 누가 죽었어? 왜 이렇게 울어?"

"언니!"

"언니야!"

미치겠네, 정말. 쌍주가 양쪽에 매달려 더 큰 소리로 울어 댔다. 평소 결혼에 대해서 생각을 안 했기 때문에 쌍주가 그녀의 결혼에 대해 어떻게 느낄지도 생각해 본 적이 없었다. 석현만큼이나 그녀도 당황스러웠다.

"어휴, 그만 못 해! 얘들이 왜 안 하던 짓을 하고······."

"같이 살면 되잖아. 언니하고 다 같이."

쌍주의 뜻밖의 반응에 어쩔 줄 몰라 오히려 호통만 치는데 석현이 말을 툭 던졌다. 우는 와중에도 그 말을 들었는지 두 아이가 울음을 그쳤다.

"정말요?"

눈물로 젖은 반짝이는 두 쌍의 눈이 기대에 차 그를 바라보았다. 그 눈빛에 석현은 자신의 마음이 약해지는 걸 느꼈다.

"언니하고 나하고 결혼해도 다 같이 살 수 있어. 그러니까 울 필요 없다고."

"정말요? 그럼 아빠도요? 오빠도요?"

"그, 그렇지."

물론 거기까지 생각한 건 아니었다. 하지만 해맑은 아이들의 눈동자에 실망감이 어리는 걸 보고 싶지 않았다.

"우리 안 헤어져도 되는 거예요, 그럼?"

"물론이지. 아저씨 한 입으로 두말하는 사람 아니다. 그렇지 않나, 김선주 씨?"

"아, 네."

도대체 뭐가 어떻게 돌아가는 거지? 선주는 인상을 쓴 채 고개를 끄덕였다. 그제야 쌍주가 안심한 듯 그녀를 놓고는 석현에게 다가갔다.

"정말이죠?"

"아, 응."

"진짜죠?"

"그렇다니까."

"그럼 약속하고 도장 찍고 복사해요."

"코팅도!"

　헐, 선주는 저도 모르게 쌍둥이가 자주 쓰는 말을 내뱉었다. 손가락을 걸고 도장 찍고 손등과 손바닥까지 비벼 대며 복사와 코팅까지 강제로 당하고 있는 석현을 보니 어이가 없었다. 완전하게 약속을 받아 냈다고 생각했는지 안심한 쌍주가 어느새 그에게 스스럼없이 굴기 시작했다.

"그런데 아저씨 이름 뭐예요? 몇 살이에요? 우리 언니 사랑해요? 그런데 언제부터 알았어요? 우리 언니 어디가 좋아요?"

"김미주!"

　미주의 말에 선주가 기겁을 했다.

"둘 다 방에 들어가 있어!"

"뭐야? 왜 화내? 그냥 물어본 건데."

"어서 안 들어가! 나중에 혼날 줄 알아!"

　선주의 엄포에 쌍둥이가 찡찡대며 방으로 들어갔다. 저절로 한숨이 새어 나왔다.

"죄송해요. 5학년인데도 아직 버릇이 없어서 걱정이에요. 언제 철이 들지."

　당황한 그녀와 달리 석현은 웃음을 지었다.

"귀엽네. 김선주 씨를 정말 좋아하나 봐."

"그렇죠, 뭐. 쌍주한테는 제가 엄마거든요. 가서 앉으세요. 커피 드릴게요."

거실에 작은 상을 사이에 두고 둘만 있으니 괜히 어색해졌다. 선주는 빤히 쳐다보는 그의 시선을 피하지 않으려 애를 쓰는 게 고작이었다.

"저, 무슨 일로 오셨어요?"

"꼭 무슨 일이 있어야 당신을 만날 수 있는 건가?"

"네? 하지만 왜 갑자기……. 제 말은 용건이 없으면 사장님이 여기 올 일이 없잖……. 그러니까 사장님하고 전 그런 사이가 아니……."

스스로 생각해도 횡설수설이었다. 그녀는 입을 꾹 다물었다. 당연히 볼일이 있을 것이다. 당황하는 그녀의 모습을 즐기느라 놀릴 뿐이라고 선주는 생각했다.

"보고 싶어서 오면 안 되나?"

"사장님! 그만하세요. 용건부터 말하세요. 장난치지 마시고."

그녀의 말에 석현이 결국 웃음을 터뜨렸다.

"김선주 씨는 이런 게 싫은가 보지."

"무슨 말씀이세요?"

"남자가 기분 맞춰 주는 거. 여자들은 그런 걸 좋아하는 줄 알았는데."

"됐네요. 빈말로 기분 맞추는 게 뭐가 좋아요? 그런 취미는 없어요. 무슨 일로 오신 거예요?"

"내가 이래서 김선주 씨를 좋아하는 거야."

"사장님!"

뭔가 잘못 먹은 건지. 농담을 하는 석현이 어색해 미칠 것 같았다. 하지만 그는 아무렇지도 않은 모양인지 그녀를 빤히 쳐다보며 웃었다.

"오늘 저녁 할아버지를 뵀으면 하는데. 가능할까?"

"네? 갑자기 무슨……."

"갑자기는 아니야. 사실은 어제도 할아버지를 뵈러 갔던 거고."

헉, 그 몰골에 그 기분으로? 선주는 눈살을 찌푸렸다.

"어제 당신이 도망치지 않았으면 정식으로 인사드렸을 거야. 이미 당신에 대해 알고 계셔."

"아, 네."

"아침에 연락을 하셨더라고. 오늘 저녁에 당신과 같이 오라고 하시더군."

"하지만 저, 준비할 시간이……."

"걱정 마. 박 실장 불렀어."

그의 말에 선주의 얼굴이 굳어진다. 그녀가 생각한 준비는 마음의 준비였다. 하지만 그가 받아들인 건 아무래도 그녀와 다른 의미인 것 같았다.

"박 실장이 싫으면……."

"그건 아니에요."

"그럼 뭐가 문제지? 가끔 당신과 얘기할 때면 서로 다른 나라 말을 하는 것 같아."

"전 그냥 마음의 준비를 얘기한 건데. 있는 그대로의 전 안 되는 건가요? 외모를 화려하게 꾸민다고 해서 본래의 제가 바뀌는 건 아니잖아요. 우리 결혼이 가짜라고 해서 저까지 그런 거짓말로 꾸미긴 싫어요."

"그렇게 느끼는 줄 몰랐군."

"제가 할 수 있는 한 사장님이 창피하지 않도록 꾸며는 볼게요."

"창피하다니? 내가 김선주 씨가 창피하다고 했던 적이 있었나?"

"그건 아니지만 젠 씨도 그렇고, 박 실장님도 그렇고 제 스타일이 싫은 거잖아요."

"싫지 않다고 말했을 텐데."

석현은 굳은 선주를 물끄러미 바라보았다. 그의 말대로 그녀의 스타일이 싫은 건 아니었다. 그녀의 옷차림을 바꾸려 한 건 그 자신의 취향 때문이 아니었다. 외적인 것만 보는 그 집안사람들이 평범한 그녀의 차림을 조롱하고, 폄하할까 그게 걱정이 된 때문이었다. 그들은 결코 그 평범한 속에서 그녀만의 성실함과 따뜻함을 볼 수 없을 테니 말이다.

"김선주 씨도 느꼈겠지만, 그 집안에 내 편은 없어. 그런데 그 사람들은 눈에 보이는 것, 겉으로 드러난 것만 볼 줄 아는 사람들이거든. 당신이 어떤 사람인지는 그 사람들에게 아무런 의미가 없어. 그래서 난 김선주 씨한테 갑옷을 입히려는 거야. 찔려도 조금은 덜 다치도록."

담담한 석현의 말에 선주는 침묵을 지켰다. 그녀가 이해할 수 없는 가족들. 도대체 뭐가 어떻게 돌아가는지 벌써부터 불안해진다.

"내가 뭐든 말해 주길 바랐잖아. 그래서 내가 먼저 온 거야. 당신 동의를 얻기 위해서. 당신이 싫다면 그만두지. 알아서 잘 준비하리라 믿어. 그럼 난 저녁에 다시 데리러 오지."

화를 낼 줄 알았는데 석현이 순순히 자리에서 일어섰다. 조금 놀라운 마음과 함께 쓸데없는 자존심으로 고집을 부린 자신이 미안해졌다.

"다음 주쯤 김선주 씨 가족들하고도 자리를 마련하지. 어쨌든 우리가 결혼한다는 건 당신 가족도 알아야지."

"사장님."

"그럼 난 이만……."

"사장님, 저 도움 받을게요."

석현이 놀란 눈으로 그녀를 돌아보았다.

"생각해 보니까 처음부터 너무 깨지면 제가 한심하잖아요. 어쨌든 사장님이 저보다는 그 사람들을 잘 아니까 이번엔 사장님 말씀대로 할게요. 제가 그 사람들을 상대할 만큼 강해지면 그땐 제가 알아서 할게요. 그렇게 하는 게 맞는 것 같아요."

"……."

화려하게 꾸민다고 해서 자신이 달라지는 건 아니다. 어쨌든 이 결혼은 두 사람의 동업이니까 어느 한 쪽이 당하면 남은 사람 역시 상처받을 수밖에 없었다. 그녀의 초라한 모습이 그들에게 꼬투리를 잡힐 거리가 된다면 처음부터 그 싹을 자르는 게 맞겠지. 그의 말처럼 단단한 갑옷을 두르는 거라고 생각하기로 했다.

"저 일 잘한다고 했잖아요. 그리고 저 승부욕 장난 아니거든요. 지는 거 완전 싫어해요. 이건 사장님 싸움이니까 저 때문에 지면 안 되는 거잖아요. 지원군이 비실비실하면 힘도 안 생길 거고. 사장님 말대로 갑옷이라고 생각할게요."

환한 웃음. 순간 석현이 눈을 가늘게 떴다. 물끄러미 보는 그의 시선에 선주의 웃음이 조금 떨리며 사라졌다.

"이해해 줘서 고맙군."

말과는 달리 그의 눈빛이 조금 굳어 있었다. 그가 시선을 피하듯 고개를 돌렸다. 순간, 선주는 서운해졌다. 뭔가 통했다고 생각했는데. 시선을 돌린 그는 어느새 멀리 떨어져 있었다.

"최악."

헉, 또 싸움 거냐? 선주는 다시 만난 젠을 째려보았다.

그녀의 뒤엔 석현과 쌍주가 서 있었다. 어제의 일로 찍힌 석현이 쌍주에게 잘 보이고 싶었는지 동행을 청했다. 안 그래도 어색했는데 선주 역시 석현의 그 제안이 고마울 따름이었다. 아까 이후로 석현은 묘하게 말이 없어져 있었던 것이다.

뭐, 어쨌든 보자마자 하는 젠의 말에 그녀는 기분이 상했다.

"그쪽도 일반적인 스타일은 아닌 것 같은데요."

오늘도 젠은 루즈한 스타일의 옷을 입고 있었다. 울퉁불퉁한 그의 몸에 묘하게 어울리기도 했지만 어딘지 모르게 여성스런 어투는 익숙해지지 않았다.

"난 개성이라는 거고. 그쪽은 스타일이란 것 자체가 없는 거야. 여자로서 안 창피하나?"

"뭐요?"

"거울은 보고 다니는 건가? 이건 뭐, 자다가 일어나서 다녀도 그것보다는 낫겠어. 도대체 여자라는 자각이……."

갑자기 쌍주가 선주의 양옆으로 와 허리에 손을 얹고 씩씩대며 젠을 노려보았다. 선주를 구박하던 젠이 말을 멈추고 인상을 찡그렸다.

"우리 언니 예쁘거든요!"

"헐, 아저씨는 게이 같거든요!"

헉. 선주는 갑자기 터져 나온 쌍주의 말에 눈이 동그래졌다. 미주의 직설적인 말에 젠의 눈가가 파르르 떨리는 게 보였다. 뭐, 솔직히 자기도 젠이 남다른 성적 취향을 가진 건 아닐까 하고 의심한 건 사실이지만 그 모습을 보니 조금 미안해졌다. 미주를 혼내 주려고 몸을 돌리는데 석현이 쿡, 하는 소리를 내며 벽을 향해 돌아서 있었다.

그녀가 입을 열기 전에 젠이 펄쩍 뛰며 소리를 질렀다.

"뭐, 뭐야? 이 사악한 어린이들은. 게이라니! 나같이 남성다운 사람한테!"

"아저씨가 나쁘잖아요. 우리 언니 예쁜데."

"이상해요. 머리 완전 안 어울려. 남자가 여장한 거 같다고요, 아저씨는!"

미주의 공격에 젠이 비틀댔다. 선주는 저도 모르게 손을 내밀어 부축해 주었다. 쌍주의 말에 충격을 받았는지 젠이 과장되게 이마에 손을 얹었다.

"아, 나 어지러워. 잠깐 저쪽으로 눕혀 줘요."

선주는 젠을 부축해 방 한쪽에 놓인 소파에 눕혔다. 그동안 내내 쌍주는 잡아먹을 듯 젠을 노려보았다. 석현은 친구가 당하는 모습에도 벽을 향한 채 꼼짝도 않고 있었다.

"나 물 좀."

미안한 마음에 고분고분하게 탁자 옆에 있는 컵에 물을 따라 주니 젠이 꿀꺽꿀꺽 마셔 댄다. 어느새 쌍주가 바싹 다가와 그녀 어깨너머로 내려다보자 젠이 화들짝 놀랐다. 악몽을 꾼 사람처럼 뭔가를 떨치듯 손을 휘휘 저어 댄다.

"김선주 씨, 이거 꿈이라고 말해 줘."

"죄송해요. 현실이에요."

냉정한 그녀의 말에 그가 두 손을 번쩍 들었다.

"저 작은 악마들이 진짜 존재한다고? 아, 세상이 왜 이렇게 변한 거야? 이젠 저런 어린이들도 순수함을 잃다니."

"우리 악마 아니거든요. 게이 아저씨."

"헉, 나 게이 아니거든! 이 꼬맹아!"

"그런데 머리가 왜 그래요? 옷도 여자 옷이잖아요. 말투도 이상하고 행동도 여자랑 똑같아요."

어휴, 정말. 선주는 젠을 놓고 미주를 돌아보았다.

"그만두지 못해? 어른한테 버릇없이 무슨 짓이야?"

"왜? 저 아저씨가 먼저 언니 욕했잖아. 언니가 얼마나 예쁜데."

뭐, 그녀로서는 고마운 말이지만 사실과는 좀 거리감이 있어 보였다. 어쨌든 동생의 그런 마음이 고마웠지만 그녀는 엄한 표정을 지었다.

"어른한테 버릇없이 굴지 말라고 했지? 어서 사과드려."

"그래도……."

"김미주! 빨리 사과 못 해?"

언니의 호통에 미주가 여전히 젠을 노려보면서도 '죄송합니다' 비슷한 말을 입속으로 웅얼거렸다.

"다음에 또 그러면 혼날 줄 알아. 가서 조용히 앉아 있어."

"김선주 씨!"

기가 죽은 미주와 해주를 구석에 있는 소파로 보내는데 누워 있던 젠이 벌떡 일어나 버럭 소리를 질렀다. 갑작스런 그 행동에 선주와 쌍주가 깜짝 놀라 그를 돌아보았다.

"왜, 왜요?"

"도대체 이 사악한 어린이들은 평소 뭘 보고 자랐길래 저런 형편없는 안목을 가진 거야?"

"네?"

"진짜, 두 못된 어린이! 너희들이 보고 자란 게 없어서 그런 거라는 걸 내가 이해해 줄게. 그런 의미로 내가 진짜 예쁜 게 어떤 건지 오늘 보여 주도록 하마."

"헉, 게이 아저씨가 화낸다."

"코에서 김 나와. 헐, 코뿔소 같애. 완전 웃겨."

젠의 흥분한 모습을 보고 미주와 해주가 커다랗게 소리를 질렀다. 선주가 세 사람의 모습에 고개를 젓는데, 벽을 향해 서 있던 석현이 갑자기 앞으로 꼬꾸라지듯 주저앉았다. 선주는 후다닥 그에게로 달려갔다.

"사장님! 괜찮으세요?"

"학학, 큭큭."

석현이 이상한 숨소리를 내며 그녀의 어깨에 이마를 기댔다. 얼굴이 빨갛게 변한 채로 그가 참고 있는 건 웃음이라는 걸 선주는 그제야 깨달았다. 맙소사.

"으앗, 아저씨 이상해."

"뭘 잘못 먹은 거 아냐?"

"푸하하하!"

쌍주의 그 말에 결국 그의 웃음이 팡, 하고 터졌다. 소파에 있던 젠이 그런 친구를 놀래서 쳐다보았다. 그러다 선주와 쌍주를 번갈아 본다. 아, 아. 그런 거였나? 석현이 선주를 선택한 이유를 알 것 같았다.

젠이 자신을 보는 것도 모르고 선주는 인상을 쓴 채 몸이 떨릴 정도로 웃어 대는 석현을 지탱하고 있었다.

"헐, 대박."

"언니 진짜 예쁘다. 연예인 같아."

검은색 원피스를 입은 선주의 모습에 쌍주가 입을 딱 벌렸다. 그런 쌍주의 반응이 만족스러운지 젠이 의기양양한 표정을 지었다. 어색한 자신의 모습에 선주는 어쩔 줄 몰라 하며 얼굴을 붉혔다. 지나치게 드러난 몸에 저절로 등이 구부정해졌다. 젠이 가까이 다가와 손바닥으로 허리를 잡아 똑바로 세웠다. 스스럼없는 그 손길에 그녀의 얼굴이 더 빨개졌다.

"알겠나, 불쌍한 어린이들아. 적어도 이 정도는 되어야 어, 좀 예쁘구나 하는 거란다."

좀 전까지 으르렁대던 쌍주는 이제 반짝반짝 존경의 눈길로 젠을 우러러보았다.

"와, 아저씨 완전 짱."

"맞아요. 이거 진짜 아저씨가 만든 거예요?"

"당연하지."

"우와, 대박."

"노, 노. 여기서 놀라면 안 되지. 어떤 스타일이 좋아, 못된 어린이들은?"

"전요, 현아 같은 섹시한 스타일."

"전 아이유처럼 귀엽고 청순한 스타일."

"구하라, 그러면 얻을 것이다. 오케이! 오늘 너희들의 드림이 컴 트루할 것이다."

정말 수준이 딱 쌍주였다. 어이가 없어 선주는 고개를 절레절레 저었다. 그러다 쌍주 뒤에 서 있는 석현과 눈이 마주쳤다. 가늘게 뜬 눈이 자신을 보고 있었다. 후끈 열기가 올라왔다. 그런 그녀의 반응에 그의 입가가 올라갔다. 순간, 정신이 아득해졌다.

아이들과 신나게 떠들던 젠이 두 사람이 주고받는 눈빛에 놀란 표정을 지었다. 아까 이 버르장머리 없는 쌍둥이들에게 자신이 당하고 있는데 웃던 석현도, 지금 열기 가득한 표정으로 선주를 보는 석현도 젠은 신기했다. 저 녀석이 저런 표정도 지을 줄 알았나?

대충 어떤 결혼이라는 걸 알고 있는 그였다. 그래서 선주가 마음에 들지 않았다. 가짜 결혼을 스스럼없이 받아들이는 그렇고 그런 여자 같아서. 그런데 선주는 그런 그의 선입견을 여지없이 깨뜨리고 있었다. 계산 빠르고 약은 여자여야 하는데 선주도, 그리고 그녀의 동생들도 평범하고 솔직했다. 어쩌면 눈앞의 촌스런 이 여자가 민석현이라는 남자에게 꼭 필요한 사람이 될지도 모른다는 생각이 퍼뜩 들었다.

오케이, 그렇단 말이지.

그는 선주를 한 바퀴 휙 돌리고는 다시 피팅룸으로 안내했다. 쌍주가 다시 나온 그녀를 보고 왁, 소리를 치며 난리법석이었다. 석현은 웃음이 피식피식 났다. 볼수록 귀엽고 솔직한 아이들이었다.

연한 녹색의 투피스 정장을 입은 선주의 얼굴이 상기되어 있었다. 검은색 원피스를 입었을 때 올렸던 머리를 젠이 살짝 풀어 내렸다. 그동안 숨겨 뒀던 그녀의 몸이 상당히 볼륨감이 있다는 걸 석현은 다시 한 번 깨달았다. 풍만한 가슴에 비해 허리가 잘록한 편이라 얌전한 스타일의 옷인데도 왠지 정숙하다기보다는 육감적으로 보였다.

그 생각을 하다가 석현은 화들짝 놀라 자세를 고쳐 바로 앉았다. 김선주가 육감적으로 보인다고? 이건 무슨 말도 안 되는 소리지? 그는 다시 눈을 깜박여 선주를 쳐다보았다. 쌍주가 그녀 주위를 빙빙 돌며 연신 예쁘다는 감탄사를 내뱉었다. 그 옆에서 선 젠이 의기양양한 표정으로 그런 쌍주를 지켜보았다.

"자, 어린이들. 아직 시작도 안 했는데 이러면 곤란해. 더 기대해도 결코, 네버! 실망하는 일은 없을 것이다."

젠의 잘난 척하는 말에 쌍주가 앗싸, 하며 하이파이브를 했다. 의기양양한 친구의 모습에 석현은 어이가 없었다.

젠이 선주를 다시 피팅룸으로 들여보냈다. 그녀의 뒤를 여직원이 옷을 들고 따라 들어갔다.

"어, 이걸 입으라고요?"

직원이 내민 드레스를 보고 선주는 움찔했다. 눈부시게 하얀 웨딩드레스였다.

"저, 저흰 그냥 저녁 먹을 건데요. 정장이 필요해서 온 건데."

"대표님이 한번 입어 보시래요. 이거 사실은 해원건설 따님 드레스예요. 내일 찾으러 온다고 했는데 대표님이 사모님한테 잘 어울릴 것 같다고 꼭 입혀 보라네요. 다음에 참고하시겠다고."

"네? 하지만……."

"돌아서세요. 혼자 입기 힘드니까 제가 도와 드릴게요."

도대체 무슨 속셈이지? 이 결혼이 못마땅한 사람 아니었나? 선주는 젠의 의도를 알지 못해 인상을 썼지만 상대방은 그런 것에는 아랑곳없이 자신의 일에 몰두했다. 꽉 조이는 드레스를 입자 조금 답답한 기분이 들었다. 헝클어진 머리를 점원이 가져온 핀으로 느슨하게 묶어 어깨와 가슴 선이 드러나게 했다.

"가슴이 약간 끼긴 해도 잘 맞네요. 몸매는 비슷하신데 사모님 가슴이 조금 더 풍만하신가 봐요. 그분은 보정 속옷을 입어야 하거든요. 그리고 이건 비밀인데요. 그분 가슴은 수술하신 거예요. 아무튼 너무 잘 어울리세요. 우리 대표님이 저래 보여도 보는 눈 하나는 끝내주거든요. 한 번 스캔하면 가슴 사이즈까지 다 맞혀요. 나가시겠어요?"

그 말에 그녀는 어색하게 웃었다. 등을 떠밀리다시피 피팅룸 바깥으로 나가니 젠이 그 앞을 딱 막고 서 있었다. 턱에 손을 얹은 채로 감상하듯 그녀를 훑어보던 그가 불쑥 목덜미로 손을 넣었다. 그녀가 기겁을 하는데 하나로 묶은 머리를 오른쪽 쇄골 위로 가지런히 쓸어내린다.

"역시, 내 눈은 정확해. 김선주 씨 나한테 고마워해요."

"무슨 소리예요? 왜 이런 걸 입혀요, 나한테?"

"알면서."

"뭘 알아요, 알긴!"

화를 내는 그녀의 말에 아랑곳없이 장난스런 눈동자가 반짝였다. 갑자기 슥, 앞으로 몸을 숙여 귓가에 입술이 닿을 정도로 다가왔다.

"민석현, 완전 넘어가게 해 줄게."

헉. 귓가에 낮게 속삭인 말에 선주는 어이가 없어 젠을 노려보았다. 빙글빙글 웃는 눈동자가 바로 눈앞에 있었다. 다 알고 있다는 듯한 그 눈빛에 순간 얼굴이 붉어졌다.

"내 눈은 못 속여."

뭘 속여! 누굴 넘어가게 한다는 거야!

"그게 무슨 말……. 앗."

지나치게 붙어 선 젠을 피해 주춤 물러서며 따지는데 갑자기 몸이 뒤로 당겨졌다. 커다란 젠의 몸을 빠져나오는가 했는데, 어느새 단단한 팔이 허리를 감아 왔다. 차가운 표정의 석현이 그녀를 안은 채 친구를 노려보고 있었다.

문이 열리고 이번에는 어떤 옷일까, 어떤 느낌일까 석현은 은근히 기대하는 마음이 되었다. 김선주는 뜻하지 않게 사람을 놀라게 하는 면이 있다는 걸 그는 인정하기로 했다. 무덤덤하고 로봇 같던 여자는 이제 기억도 나지 않을 정도로 말이다. 그가 새롭게 알게 된 선주는 버럭버럭 소리 지르고, 감정 변화가 심한 따뜻한 여자였다. 어째서 그녀를 석(石)녀로 봤을까? 사람을 잘 본다고 생각했는데 선주에 대해서만은 완전히 판단 미스다.

문이 열리고 선주가 나왔는데도 젠이 그녀를 막아서 볼 수가 없어 그는 몸을 슬며시 비켜 보려고 했다. 상체는 보이지 않고 하얀 드레스 자락만 보였다. 쌍주와 소파에 앉아 있어 두 사람이 하는 얘기가 들리지 않았지만 지나치게 선주에게 다가선 젠의 모습이 거슬렸다. 결국, 젠이 고개를 숙여 그녀의 얼굴과 맞닿을 듯 붙자 그는 벌떡 일어서고 말았다.

저도 모르게 선주를 당겨 안은 채 친구를 노려보았다. 그의 화난 표정에 젠이 어깨를 으쓱하고는 손으로 그녀를 가리켰다. 그제야 석현은 그녀를 내려다보고 깜짝 놀랐다. 하얀 웨딩드레스 차림의 선주가 빨개진 얼굴로 그의 품에 안겨 있었다.

어깨끈이 없는 탑 모양의 드레스가 그녀의 풍만한 가슴을 더욱 강조해 르네상스 시대 여인의 초상화를 떠올리게 했다. 하얗게 드러난 가슴, 호리호리한 몸, 그리고 상기된 표정에 그는 뭘 하고 있는지 순간 잊었다.

"사, 사장님. 아파요."

그제야 석현은 자신이 그녀를 있는 힘껏 안고 있다는 걸 깨달았다. 옆에 서 있던 젠이 피식 웃었다.

"마침 끝난 작품이 있어서 한번 입혀 봤어. 어때?"

"뭐가 어때요? 남의 옷 입혀 놓고. 사장님도 신경 쓰지 마세요."

"이 여자 보게. 이렇게 예쁘게 입혀 놨으면 고맙습니다, 하고 납작 엎드려야지. 어이, 어린이들! 이리 후딱 와서 언니 좀 봐."

기대에 차 눈을 반짝이던 쌍주가 젠의 그 말에 후다닥 뛰어왔다. 언니를 본 쌍주의 눈이 동시에 휘둥그레졌다. 미주는 발을 굴리고, 해주는 손뼉을 치며 흥분했다.

"헐, 완전 쩔어. 언니 진짜 여신이다!"

"정말. 언니 대박 예뻐. 공주님 같아."

"이제 알겠냐? 이 나의 전지전능한 능력을. 그러니까 어린이들은 이제부터 나, 젠 님을 잘 받들어 모시도록 한다. 오케이?"

"넵!"

쌍주와 젠의 호들갑이 문제가 아니었다. 자신의 부드러운 가슴에 닿은 단단한 가슴이 생생하게 느껴질 정도로 석현이 여전히 그녀를 꽉 안은 채였다. 그 사실 때문에 선주는 쌍주와 젠의 반응은 신경 쓸 겨를조차 없었다. 비켜서려 했지만 무슨 생각인지 석현은 힘을 빼지 않았다.

"저, 사장님. 손……."

헉, 사장님. 왜 그러세요?

놔 달라는 말을 하려 고개를 들었던 선주는 숨이 턱 막혔다. 알 수 없는 열기로 번들거리는 눈이 잡아먹을 듯 그녀를 보고 있었다. 아무 생각도 떠오르지 않았다. 가슴이 미친 듯이 두근거렸다. 무작정 그에게서 벗어나기 위해 뒤로 물러서던 선주는 그만 드레스 자락을 밟고 말았다. 비틀거리는 그녀를 석현이 당기는 바람에 입술이 그의 가슴에 닿았다.

단단하고 뜨거운 느낌. 선주는 펄쩍 뛸 정도로 놀랐다. 빠르게 뛰는 심장박동이 그의 것인지, 자신의 것인지 구분조차 가지 않는다. 심장마비를 일으킬 정도의 강한 충격에 그녀는 그의 가슴팍을 확 하고 밀쳤다.

그녀의 뜻밖의 행동에 석현이 비틀거렸다. 하지만 미처 그녀의 허리를 감싼 팔을 풀지 못했다. 그 바람에 두 사람이 안은 채 옆에 놔둔 탁자를 치며 요란하게 나뒹굴었다. 쌍주에게 자신의 위대함을 피력하던 젠이 그 소리에 놀라 돌아보았다. 쌍주 역시 넘어진 두 사람을 보고 비명을 질렀다.

"으악, 언니!"
"언니야! 괜찮아?"

선주는 아픈 데는 없지만 불편한 드레스와 자신의 몸 아래 깔린 석현 때문에 정신이 하나도 없었다. 그의 단단한 몸이 아플 정도로 의식되었다.

"사장님, 죄송해요. 금방 일어설게요."

그와 엉켜 있는 데다 거추장스러운 옷 때문에 말과는 달리 그녀는 계속 그의 몸 위에서 꼼지락댔다. 게다가 쌍주가 도와준다고 양쪽에서 팔을 잡아당겨 오히려 그의 가슴에 얼굴을 박고 말았다.

"쌍주! 안 잡아 줘도 돼. 어서 비켜. 언니가 알아서 일어설게."
"맙소사, 김선주 씨. 잠깐 움직이지 마."
"네? 하지만 이대로 있으면 사장님이……."
"야! 좀 잘 잡아 봐. 언니가 못 일어나잖아?"
"헐, 난 잘 잡고 있거든! 언니 옷 때문에 그런 거야!"

"어휴, 좀! 놓으라니까."

"김선주 씨! 그만 움직여!"

정리가 되기는커녕 더 소란스러워졌다. 석현은 자신의 위에서 움찔대는 선주의 느낌에 이를 악물었다. 보드랍고 풍만한 가슴은 물론이고 드레스를 입은 채 그의 허리 위에 걸터앉은 그녀의 늘씬한 다리가 생생하게 의식되었다. 여자의 몸이 자신의 몸에 닿은 흔치 않은 경험이 그를 혼란에 빠뜨렸다. 맙소사. 자신의 남성이 상황을 파악하지 못하고 흥분하는 게 느껴졌다. 그는 선주가 못 움직이게 두 팔로 허리와 가슴을 꽉 껴안았다.

"어, 아저씨! 그럼 언니가……."

"해주, 미주. 비켜!"

"어, 네!"

석현의 단호한 말에 겨우 두 아이가 선주의 팔을 놓고 뒤로 물러선다. 석현은 안도의 한숨을 내쉬었다. 자칫하다간 자신의 꼴사나운 모습을 보여 줄 뻔했다. 그는 선주가 다치지 않도록 그녀의 허리와 머리에 손을 얹고 몸을 굴려 일어섰다.

그리고는 드레스 때문에 일어나지 못하는 선주의 겨드랑이 아래로 손을 넣어 가뿐하게 일으켰다. 보기보다 가벼운 데다 힘을 준 탓에 두 사람의 가슴이 다시 부딪혔다. 미치겠네, 정말.

"아, 고, 고맙습니다."

선주가 헝클어진 머리와 상기된 표정으로 숨을 헐떡였다. 석현은 무심결에 앞으로 쏟아진 그녀의 머리카락을 쓸어 넘겼다. 그가 놀란 만큼 선주도 놀랐는지 퍼뜩 물러섰다. 왠지 손바닥에 느껴지던 부드러운 느낌이 사라지자 아쉬운 기분이 들었다.

"괜, 괜찮아요. 저, 저 옷 갈아입을게요."

"김선주 씨!"

어쩔 줄 몰라 하며 선주가 몸을 돌리는데 석현이 무의식중에 팔을 잡아챘다. 그녀의 눈이 휘둥그레졌다. 젠장, 그 표정에 알 수 없는 조급함이 느껴졌다.

"왜, 왜요?"

"아, 아니. 머리도 빗고 나오라고. 산발됐어."

"아, 네."

잠시 어색한 침묵이 흘렀다.

"안 들어가?"

"네? 네."

그녀가 후다닥 피팅룸으로 들어가자 석현은 안도의 한숨을 내쉬었다. 잘못하면 주변에 사람이 있는 것도 모르고 다시 그녀의 몸에 손을 댈 뻔했다. 보드랍고, 말랑한 느낌. 아찔할 만큼 유혹적이었다. 저절로 한숨이 푹 새어 나왔다.

"와, 아저씨, 힘 완전 세네요."

갑작스런 쌍주의 말에 그는 깜짝 놀랐다. 어느새 주변 사람들은 다 잊고 있었던 것이다. 젠이 벽에 기댄 채 팔짱을 끼고 그런 그를 물끄러미 바라보고 있었다.

"아주 진상이 따로 없네. 가관이다, 가관. 자~알 어울려."

결국 이 모든 사달의 원인은 바로 젠이었다. 그는 친구를 노려보았다.

"쓸데없는 짓 하지 마."

그의 말에 젠이 어깨를 으쓱하고는 쌍주를 바라보았다.

"어린이들, 웨딩드레스 입은 언니 어땠어?"

"예뻐요, 완전 여신."

"우리 언니 최고."

두 아이가 엄지손가락을 치켜세웠다. 젠이 피식, 웃으며 석현을 돌아보았다.

"알았냐? 눈 있으면 좀 보라고. 그나저나 옷 갈아입는데 오래 걸리니까 난 애들 데리고 휴게실 가 있을게. 한바탕 난리를 쳤더니 배가 고프네. 어린이들도 뭣 좀 먹을 건가?"

"네!"

"완전 좋아요."

"마음에 드는 걸로 몇 개 더 골라 놨으니까 입어 보라고 해. 나중에 너도 선주 씨 데리고 휴게실로 오고."

젠이 피식피식 웃으며 쌍주를 데리고 나가자 석현은 안도의 한숨을 내쉬었다. 스스로 여성혐오증이라고 생각했다. 지금까지 누군가 그를 만질 시도조차 하지 못하게 냉정했던 그였지만 어제, 오늘 선주는 달랐다. 자신의 몸에 닿았던 부드러운 몸과 따뜻한 숨결이 그를 미치게 자극했다.

이건 말이 안 된다. 이 결혼은 업무의 연장선이다. 동양그룹을 얻기 위한 자신과 선주의 연합작전. 그동안 여자를 가까이하지 않아, 몸이 섣부르게 반응한 것이리라. 예전에 고등학생 때도 그랬다. 당시에는 이름이 조기동이었던 젠이 야동을 보여 주었을 때 남성이 본능적인 반응은 했지만 기분은 좋지 않았다.

여성에 대해 그가 가진 감정은 실망감과 환멸뿐이었는데, 오늘 선주에게서 느낀 건 그것과는 완전히 달라 불길했다. 그는 닫힌 피팅룸의 문을 바라보며 한참을 생각에 잠겨 있었다.

갑자기 말이 없어졌다. 피팅룸 앞에서 석현이 그녀를 기다리고 있었다. 젠과 쌍주는 어딜 갔는지 보이지 않았다. 어색한 침묵이 흘렀다. 아까처럼 몸매를 드러내는 옷도 아니고, 멀찍이 서 있는데도 그의 몸이, 시선이 생생하게 느껴졌다. 그녀는 애써 아무렇지도 않은 듯 미소를 지었다.

"어, 죄송해요. 오늘 애들 때문에 정신없었죠? 젠 씨한테도 사과해야 하는데. 평소에는 안 그런데 많이 들떴나 봐요. 이런 일이 좀처럼 없는 일이라."

그의 침묵이 그녀를 숨 막히게 했다. 입을 다물고 있으면 그가 뿜어내는 열기에 질식할 것 같아 그녀는 다시 입을 열었다.

"애들은 어디 갔어요?"

"……."

"사장님?"

"아, 응. 젠이 뭣 좀 먹인다고 데려갔어."

"그래요? 저도 배고픈데. 어디로 갔지? 우리도 가는 게……."

도망치듯 문 앞으로 가는데 갑자기 손목이 잡혔다. 후끈, 순식간에 열기가 온몸으로 퍼져 갔다. 그녀는 시선을 돌리고 말을 빠르게 내뱉었다. 안 그러면 이 낯선 열기가 자신을 온통 태워 버릴 것만 같았다.

"어디로 갔어요? 지난번에 왔었는데도 어디가 어딘지 잘 모르겠어요. 가르쳐 주시면……."

"김선주 씨."

낮고 은근한 목소리. 미치겠다, 정말. 바로 뒤에 서 있어 그가 풍기는 은은한 코롱 향기가 폐부 깊숙이 파고들었다. 떨어져 있는데도 그와 닿은 것처럼 등줄기가 뜨거웠다. 뭔가가 척추를 타고 스멀스멀 올라온다. 오싹한 기분에 그녀는 간신히 떨림을 참고 있었다.

"사, 사장님. 저 배가 고파서……."

"잠깐 얘기 좀 하지."

"네?"

"오늘 만날 사람들에 대해서 좀 알고 가야 할 것 아닌가? 단둘이 얘기할 시간이 지금밖에 없을 것 같은데."

아, 그렇구나. 그제야 선주는 고개를 끄덕였다. 그의 시선을 피해 방 가운데 놓인 일인용 스툴에 앉았다. 석현이 뒤따라 맞은편 소파에 앉았다. 얼굴이 빨개진 채 시선을 피하는 그녀를 보고 석현이 몸을 내밀었다.

"어디가 아픈 건가? 얼굴에 열이 있는 것 같네."

커다란 손바닥이 이마에 닿았다. 선주는 입술을 깨물며 몸을 뒤로 젖혀 그의 손길을 피했다.

"아니, 아니에요. 더, 더워서 그래요."

무슨 생각인지 그가 빤히 쳐다보았다. 선주는 다시 시선을 피했다. 어휴, 정신 차리자. 그녀는 냉정을 찾으려 애를 썼다.

"오늘 만나게 될 분들 얘기부터 해 주세요."

"김선주 씨, 성격 급하다고 얘기해 줬나?"

제발, 다른 데 좀 보세요. 하지만 석현의 시선은 그녀에게 고정되어 있었다. 하지만 그의 말투는 열기 어린 눈빛과는 달리 담담했다.

"오늘 당신이 만나게 될 분은 할아버지셔. 아, 할머니도 계실 수는 있겠군. 당신이 어떤 여잔지 궁금해서 안달이실 테니."

말에 빈정거림이 묻어났다.

"네."

아버지는 안 오시냐고 묻고 싶은데 선주는 참았다. 전날 그의 행동을 봐서 그 질문에 어떻게 반응할지 뻔히 눈에 보였다.

"솔직히 다른 사람들 생각은 관심 없어. 할아버지께서 내 편만 된다면 다 이긴 싸움이거든. 현재 할아버지는 겉으로는 내 편이시지만, 당신이 제 역할을 제대로 못 하면 언제든 돌아서실 수 있는 분이야. 그만큼 냉정하신 분이지."

"네."

"할머니는 어차피 내가 친손자가 아니니 별로 관심은 없을 거야.

오히려 내가 당신과 결혼하는 걸 좋아할 수도 있어."

친손자가 아니라고? 놀라는 선주의 반응에 석현이 피식 웃었다.

"맞아. 내 아버지, 아니 민준건 사장님이 그분 친아들이 아니거든. 그러니 그분이 나를 미워하는 건 나 때문은 아닐 거야. 아버지의 자식이라는 게 싫을 뿐이지. 뭐든, 그 사람과 관계된 거라면 질색을 하시는 분이니까. 그러니 나에 대한 감정이 좋을 수가 없지. 뭐, 집안의 복잡한 상황 같은 건 시간이 지나면 알게 될 테니까 따로 설명은 안 할게. 말로 하는 것도 우스운 것들이니까. 어쨌든 할머니의 관심사는 내가 아니라 회사야. 그 회사를 누가 갖느냐, 하는 거."

"……"

"고모들이 날 싫어하는 이유는 할머니와 비슷해. 어차피 그 사람하고는 이복형제들이니 정도 없고, 거기다 아들이라는 이유로 할아버지께서 그 사람을 편애한 것도 그쪽 입장에서 보면 상당히 불만스러울 일이지. 그리고 무엇보다 그 사람이나 내가 회사를 차지하는 게 미치도록 싫을 거야. 그쪽 입장에서는 굴러 들어온 돌이 박힌 돌을 빼낸다고 생각하고 있거든. 그러니 늘 내 약점을 잡으려고 혈안이 되어 있어. 당신이 내 약점이 되는 일이 없었으면 좋겠군. 일단, 나하고 얽힌 순간, 당신 역시 그들의 적이 되는 거니까 조심하는 게 좋아."

"말만 들어도 겁나네요."

"뭐, 그렇다고 해서 크게 걱정할 건 없어. 누가 뭐라든 지금 우위에 있는 사람은 나니까. 그러니 당신은 내 말대로만 움직이면 돼."

석현의 말에 선주는 가슴이 답답해졌다. 다 가진 남잔 줄 알았다. 그의 사정을 알았다고 해서 속 시원히 해결되는 건 없었다. 오히려 이런 결혼을 선택할 수밖에 없는 그가 안타까워졌다.

"사장님."

"음?"

"진짜 사랑하는 여자를 만나면 이런 걸 견디는 게 더 쉽지 않을까요?"

그에게 필요한 건 이런 가짜 결혼이 아니라 그를 감싸 줄 여자였다. 그를 사랑하고 든든히 지탱해 줄 그런 여자.

"글쎄. 그건 생각해 보지 않았는데. 지금도 그렇고, 앞으로도 그렇고 내가 누군가를 사랑하게 될 확률은 지극히 낮을 거야. 나한테는 사랑이라는 허황된 감정보다는 현실이 훨씬 중요해. 하지만 당신이 누군가를 사랑하게 된다면 그 감정을 무시할 생각은 없어. 당신이 다 나한테 맞춰 주길 바라지는 않아. 다만, 혹시라도 결혼 기간 중 당신이 그런 상대를 만난다면 상당히 힘들어질 수는 있어. 그러니 내가 동양그룹을 얻을 때까지만은 당신이 지금 그대로였으면 해."

뭐라고 대답할 수 있을까? 지금 그녀 역시 누군가를 사랑할 생각도, 여유도 없기는 마찬가지다. 하지만 그의 말을 듣는데 왜 가슴이 눌리는 느낌이 드는 건지는 모르겠다. 선주는 왠지 마음이 아팠다.

"왜? 싫은가?"

선주의 침묵에 그가 물었다. 왜 자꾸 그의 감정들이 신경 쓰이는지 모르겠다. 그녀는 나오는 한숨을 참으며 고개를 저었다.

"싫은 건 아니에요. 그냥, 사장님의 생각이 마음에 안 드는 건 어쩔 수 없나 봐요."

"알아. 그래서 당신을 선택한 거야. 이런 일로 내 약점을 잡고, 발목을 잡을 사람이 아니라는 걸 아니까. 당신이 감정적으로 대처하는 사람이 아니라서."

순간 선주가 움찔했다. 그의 생각과 달리 그녀는 지극히 감정적이고, 이미 그에게 지나치게 신경을 쓰고 있었다.

"그만 일어날까? 점심 먹고 집에 다녀와. 나중에 시간 맞춰 데리러 갈게. 옷은 젠이 알아서 집으로 보내 줄 거니, 대충 괜찮은 걸로 골라 입도록 해. 당신이 없는 동안 쌍둥이를 돌봐 줄 사람이 필요하다면 박 실장을 불러도 좋고."

"그럴 필요까지는 없어요. 어려도 자기 앞가림은 잘하는 애들이에요."

"그럴 것 같았어."

그의 웃음에 괜히 민망해졌다.

"결혼 후에 당신 가족들을 어떻게 할지는 차차 얘기하도록 하지."

그러고 보니 쌍주와 결혼 후에도 같이 살겠다고 한 그의 약속이 떠올랐다. 말도 안 되는 일인 걸 알지만 아이들의 기분을 맞춰 준 그가 고맙긴 했다. 다만, 어차피 언젠가는 끝날 관계에 쌍주까지 끌어들여 상처받게 할 수는 없었다.

"신경 써 주셔서 감사해요. 그런데 애들하고는 가능하면 안 만나는 게 좋겠어요."

"그게 무슨 말이지?"

"죄송해요. 전, 사장님하고 동생들이 더 이상 가까워지지 않았으면 해요. 앞으로 이런 일 없겠지만, 혹시라도 애들이 사장님께 친한 척해도 그냥 무시해 주세요. 원래 조금만 친해져도 곧잘 스스럼없이 대하거든요. 그러니까 사장님께서 적당히 거리를 둬 줬으면 좋겠어요."

석현의 얼굴이 점점 더 단단하게 굳어졌다.

"내가 김선주 씨와 결혼하면 쌍둥이도 내 가족이 되는 거 아니었나?"

목소리에 쌩하니 찬바람이 불었다. 미안한 마음이 들었지만 선주는 고개를 저었다.

"아니요. 사장님처럼 저만 가는 거예요. 사장님이 원하는 결혼이 그런 거잖아요. 아이들은 그냥 놔두세요."

좀 전까지 부드럽던 눈이 얼음처럼 차가워졌다. 이런 일로 상처받을 사람은 아니지만 선주는 왠지 기분이 찜찜했다. 그래도 이 일에 대해 양보할 생각은 없었다. 쌍주를 위해서도, 자신을 위해서도. 갑자기 석현이 자리에서 벌떡 일어났다.

"김선주 씨 생각이 그렇다면 어쩔 수 없지. 그럼 나갈까?"

그가 바람처럼 방을 나가자 선주는 인상을 썼다. 이게 그렇게 화낼 일인가? 그녀는 닫힌 문을 바라보며 잠시 생각에 잠겼다. 그가 더 이상 아이들에게, 자신에게 가까이 오는 게 싫었다.

왠지 다시 원래대로 돌아가면, 호박으로 변한 마차를 보는 신데렐라의 심정이 될 것 같았다. 그러니 그가 화내는 건 부당하다. 언젠가는 그가 다 거둬 갈 것들인데. 내 것이 아니더라도 한 번 가졌던 걸 빼앗기는 기분이 유쾌할 리 없다.

선주는 애써 마음을 다잡고 석현의 뒤를 따라 방을 나갔다.

쌍주의 소원대로 점심은 뷔페로 갔다. 쌍주는 자리를 잡자마자 평소보다 훨씬 왕성한 식욕으로 먹어 대기 시작했다. 자기도 배가 고프다며 따라왔던 젠이 그 모습에 고개를 절레절레 저었다.

"배 속에 거지가 들어앉았나? 천천히 먹어라, 어린이들아. 그러다 체한다. 그리고 작은 어린이는 좀 더 먹어도 용서가 되겠어. 그래야 키가 크지."

"언니가 그러는데 아직은 작아도 된대요. 나중에 더 큰다고. 울 언니도 작은 키 아니고 아빠도 큰 편이니까 저도 더 클 거래요. 그리고 울 오빠는요, 아저씨보다 훨씬 커요. 사장 아저씨보다는 작지만."

음식을 채 씹지도 않고 꿀꺽 심키며 하는 미주의 말에 젠이 피식 웃었다. 쌍둥이라 항상 외모며, 성격을 해주와 비교당할 수밖에 없었다. 어릴 때는 먹는 것에 까다로웠는데 많이 먹어야 키가 큰다는 말을 들은 후로는 해주보다 항상 많이 먹으려고 기를 썼다.

"그래, 그래. 그런 긍정적인 마인드 아주 좋아. 매우 낙관적인 어린이라 마음에 드네. 하지만 너의 그 예의 없던 첫마디의 충격은 당분간 잊을 수 없을 거야. 내 인생의 가장 다크한 기억 중에 하나가 될 테니까."

미주가 부끄러운 듯 얼굴이 빨개졌다.

"그건 아저씨가 우리 언니 욕해서 그런 거예요. 저 원래 착하고 모범생이에요. 그렇지? 해주야."

"네. 우리 미주 착해요. 언니 말도 잘 듣고."

평소 둘만 있을 때는 자주 싸우는 편인데 다른 사람과 같이 있으면 꼭 둘이 같은 편을 먹는다. 해주가 격하게 고개를 끄덕이며 동의를 하자 젠이 다시 크게 웃었다.

"음, 알았어. 알았어. 우애도 나름 좋고 아주 바람직해. 대신 다음부터 아저씨한테 그런 소리 하면 못 써."

"네. 그런데 진짜 아니에요?"

"또! 이 오빠는 여자를 엄청 좋아한다고. 우락부락한 남자 따위 말고, 가슴 크고 섹시한 여자!"

"헐, 저질."

"앗, 너희들한테는 좀 셌나? 어쨌든 다시는 그런 소리 하지 마라. 또 어지러워지네."

"알았어요. 대신에 아저씨도 우리 언니 욕하지 마세요."

"맞아요."

두 아이의 협공에 젠이 웃으며 고개를 저었다. 그러다 문득 아까부터 말이 없는 석현과 선주를 물끄러미 바라본다. 둘 다 첫 접시를 가져온 후로 포크만 들고 음식으로 땅따먹기라도 하는지 구역별로 세심히 나누고 있었다. 오랜만에 유쾌하게 웃던 석현이 지금은 침울하다 싶을 정도로 말이 없었다.

해주와 미주가 그새 다 먹고 또 음식을 가지러 갔다. 젠이 탁자를 톡톡 쳤다.

"두 사람 나 몰래 꿀 먹었어? 아니면 명상 중이야?"

"네? 아, 전 식욕이 별로 없어서."

정신이 퍼뜩 든 선주는 그나마 어색하게 대꾸를 했지만 석현은 아예 들은 척도 하지 않는다. 분위기 좀 잡게 둘만 남겨 뒀더니 무슨 일이 있었나? 석현이 여자에게 이렇게 신경 쓰는 건 처음이었을 뿐 아니라, 그렇게 크게 웃는 걸 본 적도 없었다. 그래서 조금 기대를 걸었는데 뭐가 틀어졌는지 석현은 평소보다 더 돌처럼 굳어 있었다.

"왜 그래? 옆에 사람 불편하게."

"저 잠깐 손 좀 씻고 올게요."

석현의 태도에 결국 선주가 자리에서 일어섰다. 젠은 석현을 향해 인상을 찡그렸다.

"뭔 일이야? 싸웠어?"

"그런 일 없어."

"말은 하네. 난 또 입을 본드로 붙였나 했다. 아까까지 기분 좋았잖아? 그런데 분위기가 왜 이 모양이냐고."

"뭔 분위기? 쓸데없는 소리 말고 먹기나 해."

"민석현."

"네가 뭘 생각했는지 모르지만 오해한 거다. 그러니까 쓸데없는 참견 마."

어휴, 하고 한숨을 쉬는데 쌍주가 음식을 가득 담은 접시를 아슬아슬하게 갖고 왔다.

"윽. 너희들 그거 또 다 먹을 거야?"

"네. 왜요?"

"아니. 그냥 많이 드세요."

"그런데 아저씨는 왜 안 먹어요? 이거 맛있는데 좀 먹어 볼래요?"

미주가 신경이 쓰였는지 석현의 접시에 자기가 좋아하는 치킨을 올려 주었다. 아이의 뜻밖의 행동에 그는 깜짝 놀랐다.

"어, 치킨 싫어해요?"

"아니. 고맙다. 잘 먹을게."

당황한 그를 보고 젠이 웃는데, 해주도 살며시 자신의 접시에서 치킨을 덜어 석현에게 준다. 수줍은 성격답게 얼굴이 빨개져 있었다. 얼굴이 빨개진 아이들이 자기 자리로 돌아가 처음과 똑같은 식욕을 보이며 음식을 먹기 시작하자 젠이 인상을 썼다.

"이봐, 어린이들. 난 왜 아무것도 없어? 오늘의 일등 공신은 나 아니었나?"

"아저씨는 많이 드셨잖아요? 그리고 사장 아저씨는 우리 언니하고 결혼할 거거든요. 맞지? 해주야."

"응. 언니하고 결혼하면 우리하고 가족이 되는 거잖아."

"맞아. 언니가 가족끼리는 서로 챙겨 주는 거라고 그랬거든요. 그렇지?"

"응."

아이들의 말에 석현의 얼굴이 미묘하게 변했다. 화가 났나? 딱딱한 껍질을 한 방에 깨뜨릴 누군가가 필요하다고 젠이 생각한 순간 선주가 돌아왔다. 그녀를 보는 석현의 차가운 표정에 젠은 자신의 생각한 답이 긴가민가 아리송해졌다. 선주가 앉기도 전에 곧바로 석현이 일어섰다. 이 인간들이 지금 술래잡기 하나!

"어, 어디 가?"

젠의 말에 대꾸도 없이 석현이 몸을 돌려 사라지자 선주가 인상을 썼다.

"언니, 여기 진짜 맛있어. 언니도 많이 먹어."

"맞아. 언니도 많이 먹어."

"어휴, 알았어. 둘 다 급하게 먹지 마. 그러다 배탈 나면 어쩌려고 그래?"

"우릴 뭘로 보고. 해주하고 난 먹사모 회원임. 먹사모 회원을 우습게 보지 마. 아직 더 먹을 수 있어."

미주의 말에 해주가 같이 고개를 끄덕였다. '먹사모'는 쌍주가 다니는 학원에서 친한 애들끼리 모여서 만든 '먹는 것을 사랑하는 사람들의 모임'을 줄인 말이었다. 어차피 먹는 거야 학교 앞 분식이 다지만 선주는 쌍주가 그 말을 할 때마다 웃음이 났다.

하지만 그 미소도 잠시, 그녀는 좀 전 굳은 표정으로 일어난 석현이 신경 쓰였다. 아까 피팅룸에서 한 얘기 때문에 화가 났는지 계속 가라앉은 기분이었다.

업무라고, 동업자라고 먼저 못 박은 사람은 바로 그가 아니던가? 왜 갑자기 자신의 가족까지 들쑤시려는 건지. 선주 역시 그에게 그렇게 말하고는 기분이 좋지는 않았다. 그냥 즐겁게 아이들과 잠깐 놀아주는 것과는 다르다. 어쩌면 그는 잠시라도 가족이라는 기분을 느껴보고 싶었는지도 모른다. 그에게는 그것이 잠시의 기분 전환 같은 거겠지만 쌍주나 자신은 달랐다.

석현과는 다르겠지만 쌍주 역시 가족에게 받은 상처가 있다. 그런 아이들에게 언젠가 헤어질 그와 가족처럼 지내라고 하라니. 선주로서는 도저히 못할 짓이었다. 차라리 상처를 받는다면 아예 가족이라는 것에 대한 기대가 없는 석현이 나을 것이다. 그에게는 상처가 아니라 그냥 자존심 싸움에 지나지 않는 가벼운 관계니까 말이다. 그런 생각을 하면서도 선주는 그가 사라진 곳만 멍하니 보고 있었다.

식사가 끝난 후 석현은 선주와 쌍주를 집까지 데려다 주었다. 선주는 냉랭한 그의 태도 때문에 불편해져 저녁에 만나기가 싫어졌다. 싫어도 약속한 이상은 해야 하는 일인데 왠지 오늘은 껄끄러운 마음이 더 강했다. 점심을 거하게 먹은 쌍주가 저녁을 먹을까 싶었지만 늦게 들어오실 아빠를 위해 밥과 국을 해 두고 선주는 석현의 집에 갈 준비를 서둘렀다.

"아빠한테 전화해 뒀으니까 너희 먼저 저녁은 먹어. 아빠 들어오시면 너희들이 챙겨 드리고. 알았지?"

"걱정 마. 그런데 또 사장 아저씨 만나는 거야?"

"응. 일이 있어서."

"에이. 데이트면서."

"어휴, 그런 거 아니야. 그리고 아빠한테는 언니 볼일 있어서 나갔다 그래."

"왜? 아빠한테 왜 숨겨?"

"숨기는 게 아니라 나중에 언니가 직접 말씀드릴 거야."

니들이 말하면 무슨 소린지도 모르고 걱정하실 테니까, 하는 말은 뺐다. 쌍주야 분위기 파악을 못 하니 상관없지만 아빠에게는 어떻게 말해야 할지 선주는 내내 고민이었다. 무엇보다 거짓말을 한다는 게 싫었다. 죄송해요, 아빠.

옷을 갈아입은 그녀를 보고 쌍주가 또 예쁘다고 호들갑이었다. 젠의 말대로 쌍주에게 심미안을 길러 주든지 해야 할 것 같았다. 들을 때마다 자기가 민망할 정도다.

"둘이 잘 있을 수 있지?"

"옛썰!"

둘이 동시에 하는 말에 선주는 웃으며 바깥으로 나갔다. 약속한 다섯 시 반에 딱 맞춰 석현의 차가 골목길 앞에 나타났다.

"타지."

아까와 기분이 별로 달라지지 않았다. 아침과 달리 감청색 슈트 차림인 그는 회사에서와 다르지 않게 보인다. 차갑고 단단한 금속성의 엄격하고 금욕적인 느낌. 최근 며칠 사이에는 느끼지 못했던 그 느낌이 어색해 선주는 조심스럽게 조수석에 앉았다.

"준비됐나?"

아마도 마음의 준비를 묻는 것이겠지. 선주가 고개를 끄덕이자 그가 차를 출발시켰다. 석현의 가족들을 만날 걱정을 해야 하는데 이상하게 선주는 지금 옆에서 굳은 남자가 더 신경이 쓰였다. 그리고 왠지 차가운 그의 태도에 상처받는 기분이 들었다. 일부러 고개를 돌려 차창 밖만 쳐다보았다. 싫다, 정말. 그에게 신경 쓰는 자신이. 그의 기분이 궁금한 자신이.

6.

 그들을 안내한 사람은 키가 큰 중년의 여자였다. 친절하고 형식적인 미소는 진심이 느껴질 만큼 잘 다듬어져 있었다. 헉, 소리가 날 정도로 집 안은 화려했다. 높은 천장과 대리석으로 된 벽을 보자 옆에 선 남자만큼이나 이 상황이 현실처럼 느껴지지 않는다.
 복도를 지나 두 사람이 응접실로 들어갔다. 응접실 안에 있던 세 사람이 동시에 두 사람을 돌아보았다. 하지만 세 사람의 표정이 모두 똑같지는 않았다. 그나마 선주가 아는 민준건 사장의 얼굴엔 웃음이 어렸지만 다른 두 사람의 얼굴은 딱딱하게 굳어 있었다. 민정만 회장의 얼굴에 약간의 호기심이 어린 반면 석현의 할머니인 한정희 여사의 얼굴에서는 얼음처럼 차가운 경멸만 보였다.
 "김선주 씹니다. 인사드려요. 할아버지, 할머니, 그리고 당신도 잘 아는 분."
 석현은 그런 냉랭한 분위기를 무시하고 그녀를 소개했다.

"어서 와요. 어젠 내가 실례가 많았던 것 같아. 고맙다는 말도 제대로 못 했네. 어쨌든 잘 왔어."

선주를 환영한 사람은 준건뿐이었다. 들어오기 전까지만 해도 나름대로 각오를 했는데 막상 얼음장 같은 분위기를 느끼자 저절로 긴장이 됐다. 준건의 환영에 그나마 겨우 웃음을 보인 건 의식적으로라도 여유를 찾기 위해서였다.

"감사합니다. 안녕하세요. 김선주, 라고 합니다."

선주가 누구랄 것도 없이 세 사람에게 꾸벅 인사를 했다. 냉랭한 한 여사의 반응과 달리 민 회장은 환영인지, 뭔지 모를 애매한 미소를 지었다.

"그래, 석현이 비서라고? 듣자 하니 부회장이 거기 있을 때부터 그쪽에 있었다던데."

"아, 네."

"그래, 아가씨가 원하는 게 뭔가?"

할아버지의 말에 놀란 석현이 퍼뜩 돌아보았다. 차라리 선주는 안심이 됐다. 석현이 가족들에 대해 얘기를 할 때부터 어느 정도는 각오한 일이라 새삼 놀랍지가 않았던 것이다. 힐끗 옆자리를 돌아보니 석현의 얼굴이 돌처럼 단단하게 굳어 있었다.

"할아버지."

"너한테 안 물어봤다. 난 여기 이 아가씨한테 묻는 거다. 그래, 아가씨가 원하는 게 돈인가? 것도 아니면 동양그룹의 권력? 명예?"

석현이 그녀를 돌아보았다. 조금 창백한 얼굴이지만 선주는 미소를 잃지 않고 있었다. 어느 정도의 무례는 예상했지만 그가 있는 앞에서 그럴 줄은 몰랐는데. 석현은 예상 밖의 상황에 짜증이 났다. 게다가 좀 전까지 흥미 없다는 듯 두 사람을 무시하던 할머니가 호기심을 드러낸 채 대놓고 그들을 쳐다보았다. 이런 게 가족인가? 문득, 쌍주가 떠올랐다. 치킨을 올려 주며 그를 가족이라고 부르던 아이들. 석현은 씁쓸해졌다.

"원한다면 내 이 녀석보다 더 줄 수도 있어. 돈 말고 다른 걸 원하는 건가? 알아보니 빚이 좀 있던데. 아버님도 이삿짐센터 일은 힘들 테니 다른 일을 해 보는 건 어떤가?"

"할아버지!"

으르렁대는 그의 말에도 민 회장은 선주만 쳐다보았다. 선주 역시 말없이 그런 민 회장을 시선을 받아 냈다.

"그래, 생각 있나?"

"전 오늘 민석현이라는 사람의 가족이 되기 위해, 어른들께 인사드리러 온 겁니다. 제가 그런 거래를 원했으면 이렇게 오지 않았을 거예요. 차라리 먼저 할아버님께 연락드렸겠죠. 저에 대해 어떻게 생각하셨는지는 모르겠지만 잘못 짚으신 것 같네요. 제가 원하는 건 그런 게 아닙니다."

"허, 그래? 그럼 뭘 원하나?"

"제가 원하는 것 뭐든 주신다고 하셨나요? 그런데 어쩌죠? 할아버님께서는 제게 주실 수 없는 건데. 그리고 전 이미 받았거든요."

"이미 받았다고? 그게 뭔데?"

"민석현, 이 사람요. 사장님과 결혼을 약속한 순간, 이미 저와 사장님은 서로에게 속한 사람이 되었으니까요."

"……"

"전 사장님이 왜 가족들과 사이가 나쁠까 궁금했어요. 그런데 이젠 알겠네요. 사장님의 감정은 생각 안 하시나요? 저에 대해 어떻게 생각하시든 상관은 없지만 할아버님의 그 말에 상처받는 사람은 저보다는 사장님이 될 거예요. 저야 남이라 안 보면 그만이지만 사장님께 할아버님은 가족이잖아요. 때로는 가족이기 때문에 더 잔인한 말들도 있다고 생각해요. 지금 할아버님처럼요."

담담한 그녀의 말에 민 회장의 눈이 놀란 듯 커졌다. 선주는 떨리는 손을 숨기려 주먹을 틀어쥐었다. 그 손을 석현이 무심코 잡았다.

"그래서? 돈 때문은 절대 아니다, 이건가?"

"모르겠습니다. 제가 사장님을 만났을 때 사장님은 이미 모든 걸 다 가진 분이라서 그걸 빼고 생각해 보진 않았어요. 그러니 어쩌면 사장님이 가진 돈도 좋았을 수도 있겠네요."

잠시 침묵이 흘렀다. 석현은 선주의 손을 잡은 채 민 회장을 돌아보았다.

"이제 만족하셨습니까? 이렇게 몰아붙일 거면 차라리 저한테 미리 말씀하시지 그러셨어요? 그랬으면 할아버지가 원하시는 대로 김선주 씨한테 한몫 챙겨 줬을 텐데. 그럼 내치기도 쉽지 않았겠습니까? 결혼하라 하시더니 절 시험하고 싶으셨던 모양입니다."

석현의 비웃는 음성에 민 회장의 얼굴이 조금 붉어졌다. 잠시 뒤, 민 회장이 헛기침을 했다.

"내가 성급했었던 것 같군."

민 회장의 말에 흥, 하는 소리와 함께 한 여사가 우아하게 자리에서 일어섰다. 무례하고 차가운 시선이 거침없이 석현과 선주를 번갈아 훑어봤다. 그 속에 담긴 경멸에 선주는 몸이 떨려 왔다.

"보아하니 제법 말발은 서는 것 같은데 어디서 사람을 가르치려 들어? 가족이라서 더 잔인하다고? 돈이 좋았을 수도 있다고? 어디서 본 건 있어서 자존심 세우는 법은 좀 배웠나 보지. 하긴, 없는 게 자존심이라도 세울 줄 알아야지. 그렇다고 본성이 사라지는 건 아니거든. 저놈한테 따라오는 돈이 싫을 리가 없지. 쥐뿔도 없는 주제에."

"맞아요. 저 쥐뿔도 없을 만큼 가난하고 돈 싫어하지 않습니다. 하지만 전 사장님이 가진 돈만큼이나 사장님이 좋아서 여기 와 있는 겁니다. 사장님이 여기서 갖지 못한 가족이 되어 주기 위해서. 제가 자존심 세우는 여자였다면 이런 말 듣고 가만있지는 않았을 거예요. 차라리 사장님과 헤어지고 말지. 그런데 어쩌죠? 생각해 보니 제가 돈보다 훨씬 더 사장님을 좋아하나 봅니다. 이런 모욕적인 말을 듣고도 이렇게 잘 참고 견뎌 내는 걸 보면. 그리고 사장님이 가진 돈만큼 정은 못 누리시니, 저같이 돈은 없어도 정은 아는 여자를 택했나 보다 하는 생각에 더 잘해야겠다는 생각이 드네요. 제가 다른 건 없어도 정은 듬뿍 가졌거든요. 할머님을 보니 그동안 사장님이 왜 여자를 믿지 못했는지 이제야 이해가 가네요."

"어디서 감히 건방지게 말대꾸야!"

"죄송합니다. 제가 좀 할 말은 꼭 해야 하는 성격이라서 자꾸 결례를 하게 되네요. 그런데 그동안 사장님이 참 착한 손자였나 봐요. 하지만 오늘 이후로, 그리고 앞으로 저와 사장님이 결혼하면 이런 식의 대접은 사양하겠습니다. 남편이 어디 가서 무시당하고 사는 거 전 못 참을 것 같아서요. 그게 아무리 할머님이라고 해도요."

"정말 어디서 배워 먹은 버릇인지 대단하구나."

"할머님, 부탁드릴게요. 제가 건방지게 굴었다면 사과드립니다. 하지만 할머님께서도 지킬 건 지켜 주셨으면 좋겠어요. 저 역시 가족들과 잘 지내고 싶습니다."

"뭐, 가족? 누가 누구 가족이라는 거야! 감히. 하긴, 본데없이 자란 놈이 고른 여자가 오죽할까? 아주 자~알 어울린다. 잘 어울려!"

석현이 경멸의 눈으로 몸을 부르르 떨며 화를 내는 할머니를 힐끗 쳐다본다. 속에서 불이 난 사람은 오히려 선주였다. 화가 나 몸이 떨리기 시작하는데 석현이 잡은 손에 더 힘을 주었다. 그 느낌에 그녀는 간신히 더 나오려는 말을 삼켰다. 여기서 더 나선다면 화살이 석현에게 돌아갈 것 같아 선주는 입을 다물었다. 그녀가 분노를 겨우 삭이는데 그때까지 말 한 마디 없이 창백한 얼굴로 앉아 있던 준건이 분연히 일어섰다.

"어머님! 말씀이 심하십니다."

"누구 마음대로 어머님이야! 난 너 같은 아들 둔 적 없다."

"아, 제가 잠시 그 사실을 잊었군요. 하지만 어머님은 잊지 마십시오. 이 동양그룹 민정만 회장님의 유일한 아들은 저라는 사실을! 그리고 민석현이 바로 제 아들이라는 걸! 그러니 저 아이한테까지 함부로 하지 마십시오. 그동안 저한테 한 걸로도 부족하신 겁니까? 어머니의 그 아집은 도대체 무엇으로 이루어진 건지 끔찍합니다."

"뭐, 뭐라고? 지금 네놈이 나한테 감히……."

"그만하지 못하겠소? 이 무슨 추태요!"

준건의 말에 부들부들 떨며 대거리를 하는 한 여사에게 결국 민 회장이 역정을 냈다. 남편의 말에 한 여사는 세 사람을 증오에 찬 시선으로 노려보고는 바람처럼 방을 나갔다. 그녀가 나가고도 한동안 응접실에는 무거운 침묵이 흘렀다. 선주는 꼿꼿하게 앉은 자세로 미동도 하지 않았다. 왠지 울고 싶은 기분이지만 지금 울면 석현이 싫어할 것 같았다.

자신의 마음도 이런데 그의 마음은 오죽할까? 석현은 가면을 쓴 것처럼 차갑게 굳은 얼굴로 앉아 있었다. 무심결에 그녀는 자신의 손을 잡은 그의 손을 맞잡았다.

남은 사람들 사이에 무거운 침묵이 흘렀다. 여전히 싸늘하게 사태를 관망하는 아들을 보고 준건은 한숨을 쉬었다.

"미안하다."

"됐습니다. 하루 이틀 당한 것도 아니고, 새삼 이런 데 흔들리지도 않습니다. 그나저나 아버지답지 않은 일을 하셨네요. 뒷감당은 어떻게 하시려고."

멸시하는 듯한 석현의 말에 선주의 가슴이 뜨끔거렸다. 지금의 그는 마치 얼음송곳처럼 날카로웠다. 오늘의 만남으로 인해 가장 아픈 사람은 준건 같았다. 준건은 아들이 푹 찌른 그 칼을 받고는 잠시 숨을 멈추었다. 얼굴이 창백하게 질려 있었다. 지친 표정으로 준건이 몸을 돌렸다.

"전 그만 가 보겠습니다."

"준건아."

"괜찮습니다. 아버지가 석현이 편만 되어 주시면 됩니다."

준건의 말에 석현의 손에 힘이 들어갔다. 앗, 하는 소리가 날 정도로 강한 힘이었다. 이를 악문 그의 모습에 선주가 잡힌 손을 빼려 했지만 소용이 없었다. 마치 그녀를 잡고 있다는 걸 잊은 사람처럼 석현은 그녀의 손이 으스러지도록 힘을 준다. 그의 얼굴에 싸늘한 웃음이 번져 갔다. 자신을 향한 웃음이 아닌데도 몸이 부르르 떨릴 정도였다.

"위선 떨지 마세요. 이제 와서 그런다고 제가 아버질 용서할 것 같습니까?"

"석현아."

"제 편이 되어 주라고요? 참, 편하게 사십니다. 늘 그렇게 다른 사람한테 미루기만 하시니 얼마나 좋으시겠어요?"

마치 번득이는 칼을 마구 휘두르는 것 같다. 그 바람에 이 방 안에 있는 모든 사람이 피를 철철 흘리게 되는. 선주는 가슴의 통증에 입술을 깨물었다. 할 수만 있다면 사정없는 석현의 입을 막아 버리고 싶었다.

아들의 말에 준건의 표정이 더욱 창백해지자 민 회장의 얼굴도 굳어졌다. 하나뿐인 아들과 손자의 싸움. 그가 어떻게 해 볼 수조차 없다. 이 모든 일의 원인은 애초에 자신이니 말이다.

선주의 말처럼 자신의 말이 석현에게 상처가 되리라는 걸 민 회장은 처음으로 깨달았다. 바깥에서 난 자식이라고 대놓고 경멸하던 한 여사나 항상 천덕꾸러기 취급을 하는 다른 가족들보다 더 가깝다고 생각했던 자신의 말이, 행동이 손자에게 오히려 독이 되고 있다는 사실을. 준건에게 그랬던 것처럼, 석현에게도 똑같이 칼날이 되어 깊이 박혀 버린 것을.

"사장님."

선주가 들릴 듯 말 듯 작은 소리로 그를 불렀다. 잠시 주변 상황을 잊었던 석현은 꼼지락거리는 선주의 손가락을 느끼고 간신히 정신을 차렸다. 차갑게 얼어붙었던 공기가 스르륵 녹으며 피곤함이 몰려온다. 이런 관계에 염증이 생긴다. 자신의 입에서 나왔던 차디찬 말들이 다시 돌아와 결국엔 그를 괴롭힐 거라는 걸 오래된 경험으로 이미 알고 있지만 그걸 내뱉지 않고는 견딜 수가 없었다.

"사장님."

꽁꽁 언 그의 마음을 녹여 주는 부드럽고 낮은 목소리. 어쩐지 위안이 되어 준다. 선주는 그냥 약속을 지킬 뿐이지만, 지금 그녀의 목소리에는 그를 진심으로 감싸 주는 것처럼 느껴질 정도로 따스한 기운이 스며 있었다. 그제야 석현은 어리석었던 자신의 행동을 깨달았다. 오히려 냉정해야 할 자신이 이성을 잃었던 것이다. 그는 꽉 잡았던 손에서 힘을 뺐다. 아팠을 텐데 선주는 불평 한 마디 없었다.

"우리도 그만 일어서지. 다음에 오겠습니다. 지금 같은 기분으로 같이 식사해 봐야 체하기밖에 더하겠습니까?"

"석현아."

민 회장이 기운이 빠진 목소리로 그를 불렀다. 석현이 냉랭하게 돌아보았다. 그 눈빛이 평소와 다르지 않은데 왠지 더 차갑고 날카롭게 느껴지는 건 석현 옆에 진짜 가족 같은 여자가 있기 때문인 것 같았다. 자신들이 주지 못한 걸 줄 여자. 돈이나 권력이 아니라 따뜻함을 주고 그를 지켜 주는 그런 여자가.

자신의 애인을 사장님이란 호칭으로 부르는 여자는 없을 테니 이들의 관계가 아직은 깊지는 않겠지만, 거짓으로 시작된 관계라도 조금은 지켜볼 마음이 생겼다. 민 회장은 깊은 한숨을 내쉬었다.

"다음에 꼭 오거라. 내 다시 시간을 잡아 보마. 네 아비 가기 전에."

"……."

"아가씨도 오늘 미안했소. 처음이라 실례가 많았네. 다음에는 좀 더 좋은 자리 만들 테니 오늘 일은 담아 두지 마시게."

"저도 버릇없게 굴어서 죄송합니다. 다음에 다시 인사드릴게요."

"그래, 그래 주면 고맙고. 조심해서 가요."

"안녕히 계세요. 사장님도 다음에 뵙겠습니다."

준건에게 인사를 하는 선주를 신경질적으로 당겨 석현은 곧바로 응접실을 나갔다. 그 뒷모습을 보고 민 회장은 한숨을 쉬었다. 창백한 얼굴로 있던 준건이 다시 자리에 앉아 어지럼증을 가라앉히려는 듯 눈을 감았다. 아들의 그 모습에 민 회장의 눈시울이 뜨거워졌다.

"오늘은 내가 큰 실수를 했구나."

김선주라는 여자에 대해 조사했을 때만 해도 백 퍼센트 돈을 노린 거라고 생각했다. 뭐, 평범한 중산층만 됐어도 별 의심이 없었을 텐데 빚에다 능력 없는 아버지, 줄줄이 딸린 동생들까지 있으니 민 회장은 재고의 여지조차 없다고 생각했다.

말이야 얼마든지 꾸며 낼 수 있다. 하지만 선주의 솔직담백한 눈빛과 그녀를 잡고 있던 손자의 손을 떠올리자 자신이 실수를 했다는 걸 깨달았다. 이 집 사람들과는 차갑게 거리를 유지하던 손자였다. 어떤 경우에도 약한 모습을 보이지 않았다.

평소라면 할머니의 말을 석현은 귓등으로도 듣지 않았을 것이다. 오늘 더 예민하게 반응해서 준건에게 칼날을 돌린 건, 선주를 두고 한 자신의 말에 더 화가 나서인 것 같아 민 회장은 마음에 걸렸다.

오히려 한 여사의 말이었다면 석현은 아무 관심도 두지 않았을 것이다. 석현은 한 여사에게 아무런 감정이 없었다. 심지어 미움조차도 없었다. 그러니 이 모든 건 자신의 실수다. 민 회장은 아픈 아들이 치료를 받으러 가기 전에 석현과 조금은 화해를 하길 바랐다. 그는 한숨을 푹 쉬고는 창백한 얼굴로 식은땀을 흘리는 준건을 바라보았다.

"괜찮냐?"

민 회장의 말에 준건이 눈을 떴다. 통증 때문인지, 아니면 석현 때문인지 눈이 조금 젖어 있다.

"걱정 마세요."

"차라리 말하는 게 어떠냐? 석현이 저놈한테 한을 더 심어 주는 게 아니겠냐? 네가 이러고 떠나면."

"아닙니다. 지금 석현이한테 말하면 더 힘들기만 할 뿐입니다. 차라리 나중에 견뎌 내는 게 더 나을 겁니다."

"준건아, 난 말이다. 그때 너를 말리지 않은 게 후회가 된다. 처음부터 저 녀석한테 다 말했으면 저놈이 널 이렇게까지 미워하진 않았을 텐데, 하는 생각이 들어서."

"아버지 탓이 아닙니다. 그 사람하고 저하고 결정한 일이에요. 그때 저한테는 석현이보다 그 사람이 더 중요했으니까. 지금도 그 사람이 원하면 전 그대로 따를 테지만 적어도 석현이한테 무엇 때문인지 설명은 해 줬겠죠. 하지만 지금 와서 하는 말이 저 녀석 귀에 들어가기나 하겠습니까? 그냥 어쭙잖은 변명 정도로만 여기고 저를 더 경멸할 겁니다."

"그러니 말을 하라는 게다. 너까지 없으면 저 녀석이 누구한테 그 미움을, 그 한을 풀겠냐? 너하고 나라도 받아 줘야지."

민 회장의 말에 준건은 다시 눈을 감았다. 하지만 민 회장은 눈을 감기 전 이미 아들의 눈이 촉촉해진 걸 알았다. 한참이 지나서야 눈을 뜬 준건의 눈에 물기는 이미 말라 있었다. 맑고 깨끗한 눈. 앞만 보는 눈은 석현과 똑같다.

"저도 그만 가 보겠습니다. 석현이가 좀 괴롭겠지만 당분간은 계속 볼 생각입니다."

"알았다."

고집도 똑같지. 준건이 응접실을 나가자 커다란 공간에는 민 회장 혼자 남았다. 자손이 없는 건 아니다. 그런데 이런 순간 그는 문득 외로워진다. 뼛속까지 시릴 정도로. 김선주, 라. 그놈의 닫힌 마음을 그 아가씨가 열 수 있을까? 떨리는 목소리로 당당하게 말하던 여자를 떠올리며 민 회장은 다시 한숨을 내쉬었다.

"수고했어. 내일 회사에서 보지."

"사장님."

"그만 들어가."

말도 못 붙이게 냉랭했다. 할아버지 댁에서 자신의 손을 잡았던 석현은 다시 불처럼 뜨거웠는데, 지금은 마치 꽝꽝 얼린 얼음처럼 견고했다. 그녀가 상처받길 원하지 않는다고 했는데 오늘 상처받은 사람은 선주가 아니라 바로 그 자신이었던 것 같다. 얼음장처럼 차가웠던 그곳의 분위기가 떠올라 선주는 무심결에 몸을 떨었다. 그런 그녀를 느꼈는지 석현이 눈썹을 치켜떴다. 하지만 말투는 처음보다 많이 부드러워졌다.

"추운가? 빨리 들어가도록 해."

"사장님."

"왜?"

"오늘은 죄송했어요. 그렇게 흥분하면 안 되……."

"아니, 김선주 씨는 잘해 줬어. 망친 건 오히려 나야. 그러니 오늘 일은 할아버지 말씀처럼 잊도록 해."

왜 아버지한테 그러냐고 묻고 싶었다. 사장님의 가족이 그 속에도 있는데. 그 말을 하면 석현이 불같이 화를 내리라는 걸 선주는 알았다.

"당신 가족들과도 만나야지. 자리는 내가 마련할게. 다음 주말쯤이 좋을 것 같은데."

"네."

물을 수가 없다. 지금 그는 아예 귀를 막기로 작정한 것처럼 사무적으로 그녀를 대했다.

"당신이 원한다면 난 당신 가족들과도 엮이지 않을 생각이야. 하지만 약속은 지키고 싶어."

"무슨……."

"쌍둥이한테서 김선주 씨를 뺏어 가고 싶은 생각은 없어. 결혼하면 난 당신 가족들과 같이 살 집을 구할 생각이야."

"싫어요!"

선주는 저도 모르게 화를 내고 말았다. 오늘은 석현에게 화를 내고 싶지 않았다. 그가 어떤 기분일지 가늠은 안 가지만 적어도 석현의 기분을 더 상하게 할 의도는 없었다. 하지만 쌍둥이 문제만은 그녀도 양보할 수 없는 일이었다.

"왜? 내가 그렇게 싫은 건가? 당신 가족들과는 말도 못 붙이게 할 정도로?"

차 안이 어둑해서 그의 눈빛은 볼 수가 없었지만 선주는 왠지 그가 아픈 눈빛으로 보는 것 같아 고개를 돌려 버렸다.

"죄송해요."

"그런 말이 듣고 싶은 게 아니야. 내가 그렇게 싫어?"

"사장님."

화가 났는지 애원하는 듯한 선주의 목소리에도 석현은 시선을 돌리지 않았다. 마치 그녀를 꿰뚫어 버릴 것 같다.

"죄송해요. 전 그만 들어가 볼게요."

쌍주에 대한 얘기로 더 기분을 상하게 하고 싶지 않았다. 하지만 그녀가 나가려는 순간 문이 찰칵, 잠겼다. 놀란 선주가 휙 돌아보니 석현의 눈이 반짝였다. 그가 얼음을 깨고 다시 타오른다. 얼음처럼 차가운 남자라고 생각했는데 이젠 너무 뜨거워서 무섭다. 뜨거운데 자꾸만 시선이 가서, 손이 가서. 선주는 몸을 움츠렸다.

"사장님."

"내가 그렇게 싫은 거야?"

반복된 무미건조한 질문에 선주는 입술을 깨물었다. 그냥 싫다고 대답하면 그가 쉽게 보내 줄 걸 알면서도 그 대답이 하기 싫었다. 그 집에서 거부당했던 그를 보고 자신까지 그렇게 하고 싶지는 않았다. 하지만 쌍둥이 문제는 그것과는 달랐다. 그녀에게는 석현보다는 쌍주가 우선이었다. 그녀가 지켜야 할 가족. 결국, 이 결혼의 이유도 그게 아니었던가?

"사장님."

"그냥 대답해. 당신한테 화내는 거 아니야."

"싫, 싫은 건 아니에요."

"그럼? 그럼 왜 내가 쌍둥이와 가까워지길 바라지 않는 거지? 역시 가짜 결혼이라 그런 건가? 그래도 당신이 나한테는 단 하나뿐인 가족이 되어 줄 거라고 생각했는데. 아직 여자로서 당신은 나한테 가짜지만 이 결혼을 결심한 이후 난 당신을 내 친구, 내 가족으로 받아들였어. 당신 역시 그렇다고 아까 얘기하지 않았나? 이 결혼을 받아들인 순간부터 우린 서로에게 속해 있다고."

"……."

"당신이 나를 사랑하지 않기 때문인가? 그래서 그래?"

"네. 어차피 끝날 관계니까요."

"끝날 관계라고?"

"그래요. 언젠가 사장님의 목적이 이루어지면 제가 필요 없어질 거예요. 전 사장님처럼 절 좋아하지 않는 사람, 절 필요로 하지 않는 사람과는 가족이 될 수 없어요."

"당신은 그렇다고?"

"네. 쌍주가 어릴 때 새엄마가 집을 나갔어요. 그래서, 애들이 사람에 대한 집착이 강한 편이에요. 혹시라도 사장님과 정이라도 들면 나중에 우리가 헤어졌을 때 아이들이 받는 충격이 클 거예요. 그래서예요. 그러니까 이건 제 말대로 해 주세요. 사장님이 싫어서 그런 건 아니에요. 사장님이 원하면 언제든지 편도 되어 드리고, 사장님을 위해 싸울 수는 있어요. 그러니……."

"날 싫어하지 않는 건가, 그럼?"

"네? 네. 물론 좋아하는 건 아니지만 싫어하지도 않아요."

"나 때문에 쌍둥이가 상처받는 것도 싫고?"

"네."

"그럼, 날 좋아해 주면 안 되나?"

"사장님?"

"김선주 씨가 진짜 내 편이 되어 주면 안 되는 건가? 결혼을 하고서도, 내 목적을 이루고 나서도 오늘처럼 나를 위해서 싸워 주면 안 되는 건가?"

제 귀를 의심하며 선주는 눈을 동그랗게 떴다. 말의 내용과는 달리 석현은 담담한 편이었다. 마치 업무 지시를 하는 것처럼. 말도 못 하고 멍하니 있는데 석현의 얼굴이 문득 다가왔다.

"난 김선주라는 사람이 좋아. 날 위해 싸워 주고, 화를 내는 당신이. 적어도 당신이라면 날 배신하지 않을 것 같거든. 그래서 김선주는 그냥 친구처럼 오랫동안 같이 지낼 수 있을 것 같은데. 꼭 사랑해야 하는 건가, 김선주 씨는?"

"……."

"난 당신을 믿어. 그 믿음으로도 당신은 내게 가장 가까운 사람이야. 그런 것들은 우리 결혼을 계속 유지하는 데 아무 소용없는 건가?"

사랑은 없다. 믿음은 있다. 좋아하지만 여자는 아니다. 그냥 친구다. 모순된 말들이 복잡하게 머릿속을 파고든다. 선주는 그게 다 같아 보이는데 석현은 그걸 뚜렷하게 구분해 놓는다.

"당신 가족들과 만나기 전에 결정해 주길 바라. 당신 의견에 따를 테니."

미련도 없다. 선주는 말없이 차 문고리를 잡았다. 이번에는 문이 달칵, 하고 열렸다. 말없이 나가려는데 석현이 손목을 잡는다.

"김선주."

"?"

"당신이 좋아. 그래서 당신이 다른 여자들처럼 날 배신하지 않길 바라. 날 외면하지 않길. 당신한테 실망하기 싫어. 그럼 난 어떤 여자보다 널 미워할 것 같거든."

순식간에 끝을 알 수 없는 깊은 함정에 빠진 기분이다. 옴짝달싹할 수 없게 덫을 치고 쐐기를 박는다. 그의 진심은 없는 고백. 그런데 선주는 그를 배신하기 싫어진다. 그가 실망하질 않길 바라게 되었다. 순간 울컥 화가 올라왔다.

"역시 전 사장님이 싫어요!"

그가 잡을 새도 없이 선주는 차에서 내려 집을 향해 뛰었다. 짧은 골목길이라 금방 집 앞에 도착했는데도 숨이 찼다. 나쁜 자식! 평생 그렇게 혼자 잘 먹고 잘 살아라. 문득 돌아보니 골목 입구에 기다란 그림자가 있다. 호리호리한 그 모습에 울컥 눈물이 올라온다. 마음이, 가슴이 아팠다. 엉망진창으로 헝클어진다. 그녀는 그림자를 마주 보고 있다 그대로 몸을 돌렸다. 그녀가 집 안으로 들어가고도 한참을 그림자는 움직일 줄 몰랐다.

쌍주는 피곤했던지 이미 잠들어 있었다. 아빠가 거실에서 TV를 보며 그녀를 기다리고 있었다.
"이제 오니?"
"네. 식사는 하셨어요?"
"시간이 몇 신데. 누구 만나고 왔니?"
캐묻는 듯한 그 말에 선주는 그냥 웃으며 고개를 끄덕였다.
"미주가 회사 사장님이라던데. 무슨 일 있니?"
입이 근질근질했을 텐데 그래도 결혼 얘긴 안 했나 보다. 기특한 생각이 들어 선주는 우울한 기분에도 웃음이 났다.
"아무 일도 없어요. 아빠 맥주 한잔하실래요? 지난번에 산 거 남아 있는데."
평소 술을 마시지 않는 선주의 말에 재형이 놀란 표정을 지었다. 마시겠다고 하지도 않았는데 주방으로 가 맥주와 구운 오징어를 가져왔다.
"오랜만에 제 잔 받으세요."
"그, 그래. 내일 월요일인데 괜찮겠어?"
"딱 한 잔만 마실 건데요, 뭐. 그리 늦은 시간도 아니고. 어서 받으세요."
재형의 잔에 술을 따르고 제 잔에 넘칠 정도로 벌컥 따르는 딸의 행동에 그는 눈살을 찌푸렸다.

"자, 건배해요. 아빠 돈 많이 버세요. 건배!"

"그래. 너도."

벌컥, 한 번에 한 잔을 다 마셔 버리는 딸의 행동에 재형이 걱정스럽게 쳐다보았다.

"선주야."

"아빠, 저 결혼할 거예요."

"뭐?"

"그것도 우리 회사 사장님하고요. 우리 사장님이요, 키도 엄청 크고 완전 잘생겼어요. 집도 엄청 빵빵하고. 사실은 동양그룹 알죠? 거기 후계자예요."

한 잔에 취할 리가 없는 선주가 들뜬 목소리로 하는 말에 재형은 어리둥절해졌다.

"무슨 소리냐?"

"농담 같죠? 처음엔 저도 안 믿겼어요. 그런데 아빠, 진짜예요. 아빠 재벌집 사돈 되는 거예요. 좋죠? 혹시라도 이혼해도 우리 평생 굶어 죽지 않을 정도로 위자료 줄 수 있는 그런 재벌이에요. 대단하지 않아요?"

엉망진창이다. 선주는 화가 나 다시 맥주를 따라 벌컥 들이켰다.

"김선주."

"싫으세요? 아빠가 싫다고 하면 저 사장님하고 헤어질게요. 전요, 아빠하고, 우리 혁주, 해주, 미주가 제일 중요하거든요. 그러니까 아빠가 반대하면 안 할 거예요, 사장님하고 결혼 같은 거."

"……."

스무 살 때부터 자신이 지워 준 짐이 무겁구나, 하는 생각이 들었다. 다른 사람들처럼 적당한 시기에 연애하고 결혼했으면 좋으련만. 그걸 바라면서도 선주가 떠나고 나면 남은 식구들은 어떻게 하나, 그 걱정이 있었다. 내 딸, 축하한다, 하는 말 한마디 편하게 해 주지 못하는 자신의 처지에 한숨이 나왔다.

"어떻게 만나게 된 거야?"

"어떻게 만나긴요. 만날 회사에서 보는 얼굴인데."

"그래서 정이 들었구나."

"그렇죠, 뭐. 제가 믿음이 간대요."

"널 좋아하니?"

"네, 제가 좋대요."

그런데 그 말이 기쁘지가 않다. 좋아한다는 말이 이렇게 아플 수도 있구나. 이렇게 외로울 수도 있구나. 선주는 처음으로 그런 기분을 느꼈다. 진심이 담기지 않은 고백이 얼마나 잔인할 수 있는지. 괜스레 눈가가 촉촉해졌다.

"너는? 너도 좋아해?"

아니요. 싫어해요. 하지만 선주는 웃어 보였다.

"다음 주 주말에 같이 밥 먹재요. 시간 비울 수 있겠어요?"

"비워야지."

"저 먼저 잘게요. 치울까요?"

"아니다. 난 한 잔 더 하고 잘게."

"많이 드시지 마세요."

"그래."

"안녕히 주무세요."

"선주야."

웃으며 자리를 뜨려는데 갑자기 재형이 선주를 부른다.

"왜요?"

"난 네가 행복하기만 하면 돼. 네가 좋으면 됐다. 아빠가 미안하다."

순간 두 사람 사이에 침묵이 깔렸다. 준건이 석현에게 했던 미안하다는 그 말처럼 참 안타깝게 들렸다. 그래서 저도 모르게 몸을 숙여 아빠를 껴안았다. 재형이 화들짝 놀라 딸의 품에서 움찔댔다. 선주는 웃음이 나왔다.

"아빠 딸이라서 전 좋아요."

돌아오지 않을 수도 있었다. 빚 때문에 도망 다니면서도 끝까지 돌아온 사람이다. 선주는 그래서 원망이 없었다. 돌아와서 펑펑 울던 아빠의 그 얼굴 때문에.

"세상에는 잘난 아빠들도 많고요, 멋진 아빠들도 많대요. 하지만 저한테는, 혁주한테는, 쌍주한테는 아빠가 최고예요."

눈물을 훔치는지 재형이 손으로 얼굴을 쓸자 선주가 몸을 일으켰다.

"술 많이 드시지 마세요."

딸의 말에도 고개를 숙이고 있던 재형은 선주가 제 방으로 들어가 문을 닫자 겨우 고개를 들었다. 눈가가 촉촉이 젖어 있었다. 술을 많이 마시지 말라는 선주의 말에도 재형은 술잔을 기울였다.

선주는 아빠가 술잔을 기울이는 소리를 들으며 방문 앞에 주저앉았다.

'당신이 좋아.'

잔인하다. 석현이 나쁜 게 아니라 그가 하는 말 때문에 기대하는 자신이 나쁜 거다. 처음부터 그는 그런 기분이었으니까 변한 게 없다. 그런데 자신이 변한 거다. 그를 사랑한다고? 아니다. 그건 아닌데 더 깊어질 것 같아서 두려워졌다. 우습지도 않은 이유로, 어쩌면 조금은 이기적인 이유로 시작된 이 계약이 싫어진다.

빚쟁이에게 쫓기면서도 돌아온 아빠처럼 자신도 끝까지 그에게 가족이 되어 줄 수 있을까? 그가 신경 쓰이지만 그럴 자신은 없다. 그를 싫어하는데도 이렇게 아픈데. 좋아하면 더 아프겠지. 사랑하면 죽을 것처럼 아플지도 모른다.

문득 몸이 떨렸다. 처음으로 선주는 이 꿈같은 결혼이 현실이라는 걸 인식했다. 맙소사, 주변이 온통 혼란스러워진다. 마음이, 몸이 빙글빙글 제자리를 찾지 못한다. 그녀는 속으로 비명을 지르며 얼굴을 감싸 안고 말았다.

7.

"고마워."

아침 회의 자료와 차를 내려놓자 석현이 그녀를 올려다본다. 한 주 내내 두 사람 사이에 업무적인 것 이외의 대화는 없었다. 대답을 기다린다더니 오히려 석현은 그녀와 눈도 잘 마주치지 않았다. 처음 그가 부임했을 때처럼 냉랭한 분위기가 사무실에 흘렀다.

"더 필요한 거 있으세요?"

"지금은 없군."

"알겠습니다. 그럼 나가 보겠습니다."

"김선주 씨."

남자다운 낮은 목소리에 선주는 움찔했다. 그와 똑같이 자신도 무심할 수 있다는 걸 보여 주고 싶은데, 긴장한 탓인지 몸이 먼저 반응을 한다. 진심 없는 고백 따위에 흔들리는 자신이 한심했다.

"내일 저녁, 시간 괜찮나?"

"네?"

"김선주 씨 가족들과 만나기로 한 거 잊었어?"

"아, 아니요."

"시간 맞춰 사람을 보내지."

"그러실 필요 없어요. 장소만 알려 주시면 알아서 찾아갈게요."

시선을 피하는 선주와 달리 석현은 똑바로 그녀를 바라보았다.

"대답 더 기다려야 하나?"

순간 현기증이 느껴졌다. 어쩔 줄 모르는 사이에 석현이 자리에서 일어서 그녀에게 다가왔다. 이제는 익숙해진 그의 향취와 함께 후끈 열기가 덮쳐 온다. 이런 건 진짜 비겁해. 사람을 꼼짝 못 하게 한다. 숨이 막혀.

"사장님은……."

"응?"

귀를 막고 싶을 정도로 낮고 은밀한 목소리. 저도 모르게 몸이 떨려 온다. 얼마 전까지 그저 상사일 뿐이었는데 며칠 사이에 갑자기 남자로 성큼 다가왔다. 그것도 그녀에게 이상한 감정을 불러일으키는 짜증 나고 신경 쓰이는 남자.

"사장님은 비겁해요."

"내가 비겁하다고?"

"그래요. 이 결혼에서 사장님 자신은 아무것도 내놓으려고 하지 않으면서 저는 다 내주기를 원하잖아요."

"……."

"혹시 제가 사장님을 좋아하게 되더라도 전 사장님을 받아들이지는 않을 거예요."

"왜?"

"사장님을 좋아하게 되면 저만 아플 것 같아서요. 그래서 쌍주도,

저도 안 되겠어요. 그냥 처음처럼 사장님이 원하는 대로 좋은 친구는 되어 줄게요. 그 사람들 앞에서 완벽한 아내, 가족은 되어 드릴게요. 원하시면 싸울게요. 하지만 그것 이상은 요구하지 마세요. 그게 처음부터 우리가 하려던 결혼이잖아요. 사장님이 원하셨던 거잖아요."

석현은 대답이 없었다. 그가 내려다보는 바람에 살갗이 찌릿찌릿할 정도로 예민해졌다. 눈꺼풀이 경련이 일 것처럼 파르르 떨려 왔다. 뒤로 물러서는데 그가 손목을 잡았다.

"그게 당신 결론이야?"

"네. 죄송해요."

울컥, 눈물이 나올 것 같았다. 그런 그녀의 표정에 석현이 피식, 웃었다.

"당신의 생각은 알았으니 내 생각도 다시 정리를 해 봐야겠군."

"……."

"그만 나가도 좋아."

말과는 달리 그가 잡은 손을 놓지 않았다. 그의 단단한 손에서 느껴지는 열기로 선주는 손목에 짜릿함을 느꼈다. 마치 자신의 몸에서 손목만 유일하게 살아 있는 듯 모든 감각이 그곳으로 집중되어 펄떡이는 듯했다.

"사장님. 손, 놔주셔야……."

"아, 미안."

석현이 놀란 듯 퍼뜩 손을 놓았다. 서늘함이 느껴지며 왠지 아쉬워진다.

"내일 사람 보낼게."

선주는 대답도 못 하고 서둘러 사장실을 나왔다. 마침 비서실 안으로 들어오던 이찬우 실장이 그녀의 상기된 표정을 보고 인상을 썼다.

"어, 선주 씨. 어디 아파? 열 있어 보이네."

"아, 아니에요."

"요즘 일교차 심해서 감기가 유행이라던데 조심해요. 그동안 쉬지 않고 일했잖아. 어려우면 사장님께 내가 얘기드릴까?"

"아, 아니에요. 그러실 필요 없어요. 어쨌든 감사합니다."

"사장님은 안에 계시지?"

"네, 들어가 보세요."

찬우가 들어간 후 그녀는 안도의 한숨을 내쉬었다. 감기보다 더 강력한 바이러스가 몸에 들어온 것처럼 온몸이 떨렸다. 민석현이라는 바이러스. 사람을 착각하게 만들고, 믿고 싶게 만들고, 그러면서 진심은 없는 그런 바이러스. 강력한 항생제가 필요하다. 그게 뭔지 알 수가 없어 선주는 답답함에 그만 고개를 푹 숙이고 말았다.

"알아봤나?"

"네. 상당히 오래전부터 접촉해 온 모양입니다. 두 사람이 미국에 있을 때 같이 살았었답니다."

"그래? 그렇군."

얼마 전부터 연구실의 움직임이 심상치가 않았다. 플렉시블 모니터 연구가 시작된 후 연구소 직원들의 움직임을 주시해 왔다. 심심치 않게 산업스파이에 의한 기술 유출이 있는 분야였다. 그럴 생각이 없다 해도 유혹의 손길이 끊임없이 다가오는 곳이기도 해서 조그마한 움직임도 놓치면 안 되는 곳이었다.

그들이 현재 주시하고 있는 사람은 최정아 팀장이었다. 그녀는 동양전자 연구실의 오래된 베테랑으로, 똑 부러지는 커리어우먼 스타일이었다. 여자를 그다지 신뢰하지 않는 석현이었지만 그녀의 업무 성과가 워낙 두드러져 거액의 돈을 들여 3년 전 경쟁사로부터 스카우트를 해 왔다.

하지만 얼마 전부터 휴가가 잦아지고 행방이 묘연해지는 경우가 있었다. 안 그래도 플렉시블 모니터 출시 때문에 신경이 곤두서 있던 석현은 곧바로 정아의 주변 조사를 시작했다. 뭐, 차라리 돈의 유혹이 더 나을 뻔했다는 생각이 든다. 하필이면 사촌인 정기훈의 동거녀였다니. 호시탐탐 그의 자리를 노리는 큰고모의 장자, 만만히 볼 상대는 아니었다.

"어떻게 할까요?"

연구소 내의 컴퓨터에서 정보를 빼 가는 경우는 반드시 회사 업무 시스템에 알람이 울리도록 방어막이 구축되어 있다. 연구실 직원들은 회사의 업무를 집으로 가져가서 하는 것도 금지되어 있으니, 현재로서는 기술 정보가 유출됐다고는 볼 수 없을 것이다. 돈이 필요했는지, 아니면 기훈의 계략인지, 어쩌면 단순히 경쟁사나 해외 기업의 꼬임에 넘어갔을 수도 있다. 정말 그녀가 기술을 팔아넘긴다면 그 현장을 잡는 것이 무엇보다 중요하다. 석현은 한숨을 내쉬었다.

"일단은 사람 붙여서 계속 감시해요. 기훈이 쪽도 사람 붙이고. 둘이 만난다면 우리로서는 일이 더 수월하게 풀릴 것 같군."

"현재까지는 따로 만나지는 않은 모양입니다."

"그렇겠지. 어쨌든 둘 다 놓치지 않도록 하고, 연구실의 다른 연구원들도 일단은 주시합시다. 혹시라도 최 팀장과 같이 움직이는 사람이 있을 수도 있으니."

"알겠습니다. 그럼 나가 보겠습니다."

"음. 계속 수고해 줘요."

문득 사장실을 나가려던 찬우가 몸을 돌렸다.

"아, 사장님?"

"응?"

"김선주 씨 몸이 안 좋은 것 같던데 조퇴시켜도 되겠습니까? 얼마 전에도 몸이 안 좋아서 쉬었는데 오늘 보니 열이 있는 것 같더군요."

"열이 있다고?"

"네. 오후 업무는 비서실의 다른 사원으로 대체하도록 조치하겠습니다."

"괜찮아. 오후에는 다른 일정이 없으니 내가 알아서 하지. 그리고 김선주 씨 조퇴는 내가 알아서 처리할 테니 그만 나가 봐요."

"알겠습니다. 그럼."

석현은 바깥으로 나가는 찬우를 물끄러미 바라보았다. 처음 동양전자 사장으로 취임했을 때 선주를 그대로 사장실에 두기를 청한 사람이 찬우라는 게 겨우 기억이 났다. 업무 능력이 뛰어나다는 이유였지만, 가끔씩 얘기를 나누는 두 사람은 상당히 친해 보였다. 늘 말이 없고 딱딱했던 선주도 찬우와는 스스럼없이 지낼 정도로 말이다.

게다가 두 사람 모두 미혼이니 딱히 책잡힐 일은 아니었다. 하지만 그 사실을 떠올리자 신경에 거슬렸다. 요즘 선주와 관계된 모든 일에 예민해져 있었다.

열이 난다고? 아까 그와 얘기를 나눌 때만 해도 그런 건 느끼지 못했는데 말이다. 한동안 생각에 잠겼던 그는 자리에서 일어났다.

"아직도 얼굴이 발갛네."

"그런가요?"

"정말 괜찮은 거 맞아? 사장님께 말씀드렸으니 조퇴해요. 주말 동안 푹 쉬고. 오후 업무는 비서실에 연락해서 사람 올려 보내면 되니까 선주 씨는 걱정 말고 퇴근해."

"괜찮아요."

"선주 씨, 사장님 오시고 난 후 제대로 못 쉬었잖아. 지난번에 병가 받을 때부터 좀 걱정이 되긴 하던데. 원래 피로는 한꺼번에 확 몰려오는 법이거든. 가끔씩 쉬어 줘야 버티는 거야."

"진짜 괜찮아요. 실장님이 생각하시는 것만큼 저 약한 사람 아니에요."

"그럼 다행이고. 아, 참. 선주 씨, 주말에 과모임 있는데 같이 안 갈래? 선주 씨 학번도 올 텐데. 보면 반가울 거야."

휴학과 복학을 반복하느라 동기는 물론이고 후배들도 잘 몰랐다. 그런 자리가 편하고 반가울 리는 없겠지만 선주는 그냥 웃음만 보였다.

"죄송해요. 약속이 있어서."

"그래? 아깝네. 선주 씨 우리 회사에 있다니까 보고 싶다는 놈들이 꽤 되더라고. 우리 동기 중에 선주 씨한테 관심 가졌던 놈이 좀 있거든."

괜히 어색해져 웃는데 찬우가 손을 흔든다.

"무리하지 말고 주말엔 푹 쉬어."

"네. 실장님도 좋은 주말 보내세요."

찬우가 사무실을 나갈 때까지 웃으며 배웅을 하던 선주는 몸을 돌리다 화들짝 놀랐다. 열린 사장실 문 앞에서 석현이 빤히 그녀를 쳐다보고 있었다.

"사장님."

"차 한 잔 부탁해도 되겠나?"

말투가 냉랭하다. 그런 건 인터폰으로 해도 될 텐데. 게다가 찬우가 오기 직전에 이미 차를 가져갔던 것이다. 하지만 선주가 대답을 하기도 전에 문이 닫혔다. 한숨이 푹 나왔다. 오늘 기분 같아서는 내일이 오는 게 무서울 뿐이었다.

그녀가 들어갔는데도 석현은 소파에 앉아 서류만 보고 있었다. 손님이 오지 않는 한 거의 책상에서 업무를 보는데 무슨 일인지 모르겠다. 그 생각을 하다 선주는 그의 행동 하나하나에 신경 쓰는 자신이 한심해 짜증이 났다.

"차 가져왔습니다."

"거기 두지."

"더 필요한 건 없으세요?"

"오후에 중요한 업무가 있었나?"

"결재는 아까 하신 게 전부고요. 1시에 K 은행장님과 오찬 약속이 있으십니다."

자질구레한 결재 서류는 이미 한 단계 거쳐서 오기 때문에 석현이 신경 쓸 일은 거의 없었다. 그가 직접적으로 처리하는 업무는 현재로는 플렉시블 모니터 사업 건이 전부였고, 나머지는 이찬우 실장이 처리하고 보고를 받는 형식으로 이루어졌다.

찬우는 아버지 밑에서 오랫동안 같이 일을 했던 사람이었다. 처음 부임했을 땐 기획실장을 바꿀까도 생각했었다. 하지만 같이 일을 하다 보니 뛰어난 업무 능력뿐 아니라 입도 무거워, 꽤 믿음이 갔다. 본사로 들어갈 때도 그를 데려갈 예정이었다.

하지만 좀 전 선주와 웃으며 얘기하던 그의 모습에 석현은 자신의 그 결정을 번복하고 싶어졌다. 그에게는 웃음을 거의 보인 적이 없는 선주가 찬우에게는 스스럼없이 미소를 보였다. 마음에 안 든다. 뭔가가 뱃속에서 꿈틀하는 것 같았다.

"그래? 그럼 저녁 시간에 레스토랑 예약 좀 부탁해도 될까?"

"알겠습니다. 특별히 원하시는 데가 있으세요? 시간과 일행 분을 알려 주시면 곧바로 수배하겠습니다."

"일행은 여자야. 좀 답답한 여자. 뭘 좋아하는지는 모르니까 김선주 씨가 괜찮다고 생각되는 곳으로 예약해. 오늘은 일찍 나갈 테니 시간은 여섯 시쯤으로 해 줘."

"네. 그리고 더 시키실 건……."

"잠깐 시간 내서 반지 하나만 사다 줄 수 있나?"

"네?"

"사이즈는 김선주 씨 정도면 될 거야. 비슷하거든. 가능하면 다이아몬드가 제일 크게 박힌 걸로. 아니면 김선주 씨 취향대로 해도 되고. 싼 건 하지 마. 싸구려는 안 어울리는 여자니까."

"알겠습니다."

선주의 목소리가 굳어 있는데도 석현은 아랑곳없이 말을 이어 간다.

"아, 그리고 식사 예약 말이야. 둘만 있을 수 있는 룸으로 예약해. 다른 사람들한테 방해받기 싫거든."

"친한 분이신가 봐요?"

"그건 김선주 씨가 상관할 일은 아니고. 가능하면 복잡하지 않은 곳으로 예약해. 금요일이라고 이리저리 사람 몰려 있는 곳 질색이니까."

"……"

"왜? 어려울 것 같은가?"

"아, 아닙니다. 더 지시하실 건 없나요?"

"음."

잠시 선주가 머뭇거렸다. 석현의 눈썹이 올라갔다.

"왜? 뭐 궁금한 게 있나?"

"아닙니다. 지시한 대로 처리하겠습니다."

쌀쌀한 목소리로 대답한 선주가 몸을 휙 돌렸다. 석현은 그 뒷모습을 뚫어지게 바라보았다.

"김선주 씨."

돌아보는 그녀의 얼굴이 약간 상기되고 굳어 있었다.

"네?"

"이 실장 말로는 오늘 몸이 안 좋다고 하던데 정말인가?"

"괜찮습니다. 업무에는 지장 없을 겁니다."

"업무에 지장이 없을 수가 없지. 몸이 안 좋다는데 억지로 잡아 놓고 일시킬 만큼 악덕 상사는 되고 싶지 않군. 지시한 일만 처리하면 바로 퇴근하도록 해."

"괜찮……."

"명령이야."

"알겠습니다."

"오늘 가서 푹 쉬어. 내일 약속 펑크 내는 일 없도록."

"그럴 일 없어요."

지금 자신을 비꼬는 걸까? 선주는 입술을 깨물었다.

"그럼 나가 보겠습니다."

나쁜 자식. 바깥으로 나오자마자 선주는 속으로 욕을 마구 퍼부었다. 결혼은 저하고 하자더니 다른 여자와 저녁 식사를 하고 반지까지 준비한단다. 말투를 보면 단순한 선물 같지 않아 선주는 신경이 쓰였다. 그에게 신경 쓰고 짜증이 난 자신에게 또 짜증이 나 속이 답답해졌다.

차라리 그 여자하고 결혼하지, 왜 나하고 한대! 몸이 아픈 건 아니었는데 시간이 지날수록 머리가 지끈거렸다. 개인적인 업무는 최근 들어 거의 시킨 적이 없었다. 초반 그녀를 시험할 때 빼고는. 그때에도 오늘 같은 업무는 아니었다. 사생활과 업무를 철저히 분리시키는 사람이었다. 그가 어떤 여자를 만나는지 그녀가 지금껏 알지 못했던 것처럼. 그녀는 나오는 한숨을 간신히 참았다.

'싸구려가 안 어울리는 여자니까.'

자리에 앉아 다리를 꼬고 빈정거리며 석현의 흉내를 내는데 갑자기 사장실 문이 벌컥 열렸다. 깜짝 놀라 선주는 후다닥 자리에서 일어났다.

"뭐, 필요하신 거 있으세요?"

"잠깐 연구실에 가려는데 같이 갈 수 있나? 아픈 사람한테 시키려니 미안하네."

"괜찮습니다."

"아까 지시한 일은?"

"아, 아직."

뭐냐! 5분도 안 지났거든!

"그럼 30분 후에 출발하지. 아, 그리고 반지는 연구실에서 오는 길에 들러서 직접 사도록 할게."

"그러세요."

속이 부글부글 끓었지만 선주는 환한 미소를 지었다. 기분 나쁜지 석현이 문을 다시 벌컥 닫고 들어가 버렸다. 그녀는 저도 모르게 주먹을 틀어쥐었다. 민석현, 이 나쁜 자식아! 입 밖으로 나올 수 없는 욕설을 해 대며 그녀는 레스토랑을 예약하기 위해 수화기를 들고 있었다.

연구소 시찰은 종종 그를 따라간 적이 있어 익숙했다. 사무실 안으로 들어서니 최정아 팀장이 환하게 웃으며 두 사람을 맞이한다. 아직 어린 나이지만 최 팀장은 연구소의 핵심 인물이었다.

선주가 그녀를 볼 때마다 감탄하는 건 좋은 머리뿐만 아니라 빼어난 외모 때문이었다. 긴 생머리를 하나로 느슨하게 묶고 감색 정장을 입고 있는데도 한눈에 들어올 만큼 아름다웠다. 자신과는 달리 가느다란 몸이 남자의 보호본능을 자극할 것 같았다.

석현도 정아를 보고 환하게 웃는 걸 보니 왠지 몸이 근질거렸다. 딱히 석현을 남자로 인식하지 못했던 건, 그가 여자를 가까이한다고 생각하기에는 지나치게 금욕적 느낌을 주었기 때문이다. 게다가 최근 그가 보인 행동에서 여자를 상당히 싫어한다고 느끼기도 했다. 선주는 반가운 듯 악수를 나누는 두 사람에게서 시선을 돌렸다.

"소장님은?"

"점심 약속 있으셔서 일찍 나가셨네요."

"그럼 최 팀장도 곧 점심이겠군. 같이 했으면 좋겠는데 하필 점심 약속이 있어서."

은근한 말투에 정아의 얼굴이 조금 붉어지자 선주는 욕설이 튀어나오는 걸 간신히 참았다. 금욕적이라고? 그동안 눈이 멀었던 게 분명하다. 지금 석현은 바람둥이처럼 서글서글한 미소를 짓고 있었다.

"괜찮아요. 어차피 저도 다이어트 중이라 식사 따로 안 하거든요."

"최 팀장 같은 사람도 다이어트가 필요한가? 진짜 뚱뚱한 사람들이 화내겠는데?"

네. 뚱뚱해서 미안합니다. 그래도 죽어도 다이어트 안 할 거거든요!

"어머, 여자는 관리 안 하면 끝장이에요. 어릴 때야 안 꾸며도 예쁘다지만 나이 드니까 하루가 달라요. 서글픈 거 있죠."

이 짓하러 연구소 오나 봐. 여기 회사거든요. 좀 건설적인, 발전적인 회사의 미래를 생각하는 그런 대화 내용 없어요?

"최 팀장이 그러면 다른 여자들은 아주 죽으라는 소리네."

아, 네. 저 죽을게요.

힐끗 자신을 보는 석현의 시선에 선주는 눈길을 돌렸다. 하지만 두 사람의 대화가 머릿속에 빙빙 돌아 귀를 틀어막고 싶은 심정이었다.

"그럼 간단하게 차만 한 잔 하지. 시간은 많지 않지만."

"어머, 저야 영광이죠. 사양 않고 따라가겠습니다."

연구소는 둘러보지도 않고 두 사람이 바깥으로 나가자 선주는 갑자기 어정쩡해졌다. 따라가야 하나, 말아야 하나 망설이는데 문이 다시 열렸다.

"김선주 씨, 뭐해?"

"아, 네!"

어쩌라고! 앞서 가는 석현을 죽일 듯 노려보며 그녀는 멀찌감치 떨어져 따라갔다. 연구소 옆에 있는 커피숍으로 들어간 석현이 그녀를 불러 두 사람이 마실 차를 주문했다. 사람들이 힐끗거리며 보자 선주는 얼굴이 빨개졌다. 아무리 업무지만 커피숍에서까지 심부름을 하자니 은근히 자존심이 상했다.

두 사람에게 커피를 가져다준 후 선주는 멀찍이 떨어진 구석진 곳에 숨듯이 앉았다. 무슨 얘긴지 두 사람 사이의 화기애애함이 멀리서도 느껴진다. 게다가 눈에 확 띄는 커플이라 자꾸만 시선이 가는 건 어쩔 수가 없었다. 차라리 사장님의 그 결혼, 최 팀장과 하시는 게 어떠냐고 말해 주고 싶어 입이 근질거렸다.

힐끗힐끗 선주의 시선이 느껴졌지만 석현은 모른 척했다. 정아는 그의 신경이 온통 선주에게 가 있는 걸 눈치채지 못했는지 그를 보고 활짝 웃었다.

"아, 최 팀장."

"네?"

"혹시 남자 친구 없나?"

"에이, 노처녀 놀리세요? 사장님이 소개시켜 주려구요?"

"뭐, 원한다면."

"사양하진 않겠어요. 그런데 사장님은요?"

나름 재원이지만 집안은 딱히 내세울 것이 없어서 그런지 돈과 권력에 대해 민감했다. 똑똑한 만큼 신분 상승에 대한 욕구가 강한 스타일이었다. 능청스럽게 석현의 말을 받아들이는 건 어쩌면 기훈의 영향일 수도 있다. 다른 사람 같았다면 석현의 위치가 어려워서도 이렇게 스스럼없지는 않을 것이다.

"글쎄. 난 비밀."

"어머, 있으신가 보다. 어떤 여자예요?"

"유학 가서 만난 여자. 잠깐 동거했었는데 도저히 못 잊겠더라고. 그래서 다시 만났지, 뭐. 그러고 보니 최 팀장도 유학파지? 가서 공부만 했나?"

순간 정아의 눈에 당황스러움이 스쳐 간다. 하지만 곧 빙긋 웃는다.

"어떻게 아셨어요? 학교하고 집만 왔다 갔다 했죠, 뭐. 사장님은 그 여자분 진짜 사랑하시나 봐요."

"그런가? 그냥 그런대로 써 먹을 만하더라고. 날 위해서는 뭐든 다 하겠다는 여자라. 남자 입장에서는 마다할 이유가 없지. 그런데 결혼은 힘들 거야."

"왜요?"

굳어진 정아의 말투에 아랑곳없이 석현이 능청스럽게, 은밀한 대화를 하듯 몸을 숙여 눈을 맞췄다.

"알다시피 우리 집이 보통 집안은 아니잖아. 웬만한 집안 내력으로는 우리 집안하고 사돈 맺기 힘들지. 우리 할아버지, 할머니도 보통 분은 아니시고. 난 그걸 이길 자신은 없거든."

"그, 그러세요?"

"응. 심지어는 우리 고모님 알지? 왜 동양화장품 사장님. 우리 할아버지 말씀이라면 꼼짝 못 하시거든. 그쪽이야 시댁이 별로니 고모부도 아무 소리 못 하시고. 사촌 중에 기훈이라고 있는데, 그 녀석도 불쌍해. 아마 곧 정략결혼이라도 하게 될 것 같더라고. 하긴 사업하려면 뒷배가 중요하니까. 그 녀석이 어중간하니 처가댁이라도 든든하지 않으면 살아남기 힘들지 않겠어?"

이제 정아의 얼굴은 백짓장처럼 창백하게 질려 있었다. 그런 정아를 보고도 석현은 짐짓 모른 척 수다를 떨었다.

"솔직히 그 댁하고 내가 사이가 별로라서 말이야. 알다시피 내 지위쯤 있다 보면 노리는 사람이 꽤 많거든. 그것도 굉장히 피곤해. 기훈이 그놈이 다른 걸로는 날 이길 수 없으니 처가 덕이라도 나보다 많이 볼 모양이야."

"그, 그렇군요."

"아, 미안. 이런 얘기 새어 나가면 안 되는 거 알지. 우리야 입만 뻥긋해도 주가가 흔들리는 위치라. 최 팀장은 믿을 만한 사람이니까 얘기가 저절로 나왔네. 잘 알지?"

"아, 네. 네."

"이런 시간이 다 됐군. 나중에 다시 얘기하지, 그럼."

석현은 빙긋 웃으며 자리에서 일어섰다. 어딘가 얼이 빠진 듯 정아가 화들짝 놀라 따라 일어섰다. 다정하게 그녀의 손을 잡아 주자 얼굴이 붉어졌다. 그는 다시 피식 웃으며 냉담하게 자신을 보고 있는 선주에게 손짓을 했다. 입술을 꾹 다무는 걸 보니 화가 난 모양이다. 무덤덤한 것보다는 낫지, 그래도. 그는 가까이 다가오는 선주를 물끄러미 바라보았다.

"나중에 보도록 하지."

"네, 안녕히 가세요."

어딘지 모르게 멍한 정아의 대답에 선주는 한숨을 쉬었다. 반면 옆에 앉은 남자는 기분이 좋은지 싱글벙글이다.

"아직 시간 있지?"

"네? 무슨……?"

"정신 빼 놓고 있군. 점심 약속."

"아, 네. 지금 출발하셔도 한 시간 정도는 충분히 여유가 됩니다."

"그래? 그럼 반지 고를 시간은 충분하겠네."

"그럴 것 같습니다."

오늘 저녁 식사의 주인공이 누군지 선주는 대충 짐작이 갔다. 나중에 만나자니. 차라리 지금 같이 데리고 가서 사는 게 낫지 않겠어요? 입 밖까지 나온 그 말을 간신히 참고 선주는 입술을 깨문 채 시선을 돌렸다. 그런 모습을 석현이 웃으며 보고 있는 것도 모른 채.

예전에 거래처의 사장을 위해 다이아몬드가 박힌 커프스를 사러 온 적이 몇 번 있는 곳이라 곧바로 점원이 두 사람을 맞아 주었다. 석현이 처음인데도 선주가 그를 대하는 태도에 점원 역시 눈치 빠르게 정중하고 극진한 태도를 보였다. 반지를 좀 보자는 말에 내놓은 것들 역시 아마도 이 가게에서 가장 고가의 것들인 성싶다. 눈이 돌아갈 정도로 많이 붙은 동그라미에 선주는 한숨을 쉬었다.

"흠, 이건 어떤가?"

"어머, 보는 눈이 확실히 탁월하시네요. 이번에 나온 한정판입니다. 우리나라에 5개밖에 안 들어온 건데 비싸서 다들 엄두를 못 내는 제품이에요. 고급스럽고 아름답기도 하지만 희귀해서 다른 것에 비해 투자가치도 꽤 높은 편이고요."

"김선주 씨."

열심히 설명하는 점원의 말은 들은 척도 않고 석현은 모른 척 다른 곳을 보는 선주를 불렀다.

"네."

"어떤가?"

"네? 아, 예쁘네요."

"그래?"

헉! 저걸 최 팀장에게 선물하겠다고? 몇 백도 아니다. 거기에 동그라미 하나가 더 들어간 반지를! 앞의 숫자라도 적으면 모를까. 선주는 화가 난다기보다 기가 막혔다. 저걸 손가락에 끼면 부러질 것만 같았다.

"사이즈는 어떻게 되세요?"

"김선주 씨가 껴 보면 되겠군."

"네? 하지만 저하고는 사이즈가……."

하마터면 최 팀장과는 사이즈가 다르다고 말할 뻔한 걸 간신히 참고 선주는 점원이 꺼내 준 반지를 쳐다보았다. 온몸의 뼈가 야들야들해 보이는 최정아 팀장과 통통한 자신의 손가락 사이즈가 같을 리가 없는데 석현이 고집을 부렸다. 어쩔 수 없이 왼쪽 약지에 반지를 끼니 맞춘 것처럼 딱 맞는다.

"어머, 잘 맞네요. 김 비서님하고 같은 사이즈시면 문제없겠네요."

"그렇군. 그럼 이걸로 줘요."

"네."

점원이 웃으며 포장을 하러 간 사이 선주는 입술을 깨물며 서 있었다. 석현이 그런 그녀를 힐끗 보더니 입을 열었다.

"오늘은 이만 퇴근하도록 해."

"네?"

"아까 몸이 좋지 않다고 했잖아. 그러니 김선주 씨는 여기서 바로 돌아가도록 하지."

"알겠습니다."

"택시 타고 가도록. 운전하는 걸 본 적이 없는데 면허가 없나? 차로 움직이면 더 기동성이 있을 텐데."

"있어도 장롱면허입니다. 그래서 운전 못 해요."

"그렇군. 어쨌든 이제 그만 퇴근하도록 해. 내일 약속 잊지 말고."
"알겠습니다. 그럼 내일 뵙겠습니다."
더 있다가는 석현이 자신의 상사라는 사실을 잊고 한 대 칠 것 같아 그녀는 쥬얼리숍을 나와 버렸다. 이젠 진짜 머리가 아파 온다. 망할 놈, 돈 많아서 좋겠다. 선주는 자신이 진짜 욕설을 하기 전에 서둘러 가까운 지하철역으로 걸어갔다. 가슴속에 곧 터질 것처럼 커다란 비눗방울이 몽글몽글 생기는 느낌이 든다. 언젠가는 빵, 하고 터질 것 같은 그런 아슬아슬함이.

"언니!"
"언니야!"
학교에서 돌아온 쌍주가 집에 있는 그녀를 보고 큰 소리로 불러 댔다.
"오늘 왜 이렇게 일찍 왔어? 또 아파?"
"헉, 회사 짤렸냐?"
"회사 사장님이랑 결혼하는데 왜 짤려!"
"헐, 그러네. 그럼 진짜 아픈 거야?"
지금은 두통이 사라졌지만 가슴 가운데에서 부글부글 끓어오르는 느낌은 여전히 남아 있었다. 간신히 그 느낌을 누르고 있는데 쌍주의 만담에 없어졌던 두통이 다시 생길 것 같다.
"안 아파. 그냥 일찍 온 거야. 간식 먹고 학원 가야지."
"아이, 오늘 언니도 일찍 왔는데 하루만 째면 안 될까?"
"나도."
"까분다, 또. 잔말 말고 갔다 와."
엄한 그녀의 말에 쌍주가 찡찡댔지만 소용이 없었다. 간식을 먹고 쌍주가 학원을 가자 왠지 허전한 기분이 들었다. 그래서 바쁠 걸 알면서도 아빠에게 전화를 걸었다.

"어, 웬일이냐? 무슨 일 있어?"

"일은 무슨 일요. 오늘 언제 들어오세요?"

"오늘? 오늘은 센터 사람들이랑 회식이다. 아침에 얘기 안 했나?"

민석현 때문에 까먹었다. 망할 인간.

"알았어요. 술 많이 드시지 마세요."

"알았다. 이만 끊어야겠다."

"네."

전화를 끊고 나니 또 석현이 떠올랐다. 결혼이라는 말 한마디가 이렇게 사적이고 친밀한 감정을 일으킬 줄은 몰랐다. 처음부터 그가 말한 이성적이고 타협적인 결혼이란 건 자신에게는 불가능한 일이었다.

그런 결혼이 어디 있어! 잠시 정신이 나갔던 거지.

쌍주가 학원에서 돌아올 때를 기다리는 내내 미칠 것 같은 생각이 든다. 잡생각을 없애기 위해 청소를 하고 쌍주 옷을 시원하게 손빨래를 했지만 후련하지가 않았다. 어쩔 줄을 모르고 있는데 저녁때가 다 되어서야 쌍주가 달려 들어왔다.

"배고파, 밥 줘!"

"다 됐어. 손 씻고 나와."

먹사모 회원답게 오자마자 배가 고프다고 난리를 친다. 쌍주는 며칠은 굶은 사람처럼 밥을 먹어 댔다. 특히 미주는 작은 몸에 비해 식탐이 엄청나 보통 남자애들보다 많이 먹었다. 키가 크고 싶어서 그런 걸 알지만 급하게 먹는 미주에게 선주가 잔소리를 했다.

"천천히 먹어. 체해."

"참, 언니 불금인데 데이트 안 해?"

볼이 미어터지게 밥을 먹으며 미주가 물었다.

"먹으면서 말하지 말랬지? 그런데 불금? 그게 뭔데?"

"에이, 불타는 금요일 몰라?"

"불타는 금요일? 그게 뭐야?"

"주말에 쉬니까 금요일에 죽어라 노는 거지, 뭐. 언니도 이제 사장님 남친 생겼으니까 그렇게 놀아야 되는 거 아닌가? 맞지, 해주야?"

"응. 사장 아저씨한테 전화해 봐."

이것들이 정말! 불난 집에 부채질하나? 불금 같은 소리 하고 있네! 활활 타고 있긴 있지, 지금 내 속이.

선주는 인상을 쓰고 식탁에서 벌떡 일어났다.

"쓸데없는 소리 말고 밥이나 먹어. 언니 방에 있을 테니까 다 먹으면 불러."

"언니는 밥 안 먹어?"

"언니는 먼저 먹었어."

방으로 들어가도 진정이 안 되긴 마찬가지다. 반지를 낀 약지에서 느낀 차가움이 다시 느껴졌다. 망할 인간! 반지를 줄 다른 여자 있으면서 나랑 결혼하겠다고? 김선주 씨가 좋아, 라니. 좋아한다는 말이 그 의미가 아닌 걸 알면서도 선주는 분할 정도로 화가 났다. 반지 줄 여자하고 결혼이나 하라지.

이불에 벌렁 누워 애꿎은 베개를 두드리던 선주는 결국 참지 못하고 자리에서 벌떡 일어났다. 이 가슴속의 멍울을 후련히 터뜨리지 않으면 오늘 안에 자신이 어디 병원 정신병동에 입원해 있을 것만 같았다. 이런 취급을 받으면서까지 결혼한다고? 후다닥 옷을 갈아입고 방을 뛰쳐나가자 밥을 먹던 쌍주의 눈이 휘둥그레졌다.

"언니, 어디 가?"

"잠깐 볼일 있어서 금방 나갔다 올 거야. 설거지는 언니가 와서 할 테니까 잘 담가 놔."

"어디 가는데? 사장 아저씨 만나러 가?"

"응."

"그럼 갔다 와. 불금이니까 신나게 놀다 와."

속을 모르는 미주의 말에 어이가 없어 웃음이 났다.

"일찍 올게. 둘이 놀고 있어."

"옛썰!"

"늦게 와도 돼!"

선주가 바람처럼 집을 나가자 쌍주는 마주 선 채 하이파이브를 하고는 콧노래를 불렀다. 선주가 나간 후 둘이 저녁을 먹고 TV를 보는데 초인종이 울렸다. 평소처럼 둘이 동시에 후다닥 일어나 현관으로 뛰어나갔다. 문을 벌컥 열며 똑같이 손님을 향해 물었다.

"누구세요? 헉!"

문 앞에 선 사람을 보고 쌍주가 깜짝 놀랐다. 그런 아이들의 반응에 웃음 짓던 상대방 역시 당황했는지 눈을 동그랗게 떴다. 하지만 그런 손님의 행동에도 아랑곳없이 쌍주는 쏜살같이 집을 뛰쳐나갔다. 뒤에 선 손님만 뜻밖의 상황에 멍해져 쌍주가 사라진 대문을 보고 있었다.

무작정 집을 나와 선주는 자신이 예약한 레스토랑으로 향했다. 이 잘못된 결혼을 바로 고쳐야겠다는 생각뿐이었다. 처음 한 정차 역을 지났을 때는 분기탱천한 마음이 하늘 끝까지 치솟는 느낌이었다. 하지만 정차역이 점점 늘어날수록 이상하게 축 처지는 기분이 들었다. 흥분해서 뛰쳐나온 자신이 어이가 없고 우습기까지 했다. 자기가 이럴 권리도, 의무도 없는 관계인데 말이다.

하지만 내일 가족들과 석현이 만나기 전에 얘기를 해야 했다. 정말 반지를 줄 여자가 있다면 지금까지의 일들은 아무 소용없는 일이 아닌가? 언제든지 버릴 수 있는 여자. 그런 게 편해서 그녀를 선택했던 건데 그의 말에, 행동에 자신이 멋대로 오해하고 휘둘렸던 것 같다.

종착역인 한강변에서 내리자 이미 해가 져 도시의 화려한 네온사인이 한눈에 들어왔다. 9월 중순이라 이미 바람이 쌀쌀했다. 열이 나서 반팔만 입고 뛰쳐나온 바람에 강바람을 맞고 있으니 왠지 처량한 기분이 들었다. 게다가 흥분도 이미 사라진 후라 레스토랑 앞에 와서도 선주는 한참을 망설였다. 마치 바람난 남편을 찾으러 온 아내가 된 기분이었다.

이게 무슨 짓인지 모르겠다. 한숨을 쉬고 돌아서던 선주의 눈에 마침 레스토랑 앞쪽에 정차한 승용차에서 내리는 낯익은 여자가 보였다. 숨을 일이 아닌데 순간 몸을 피해 숨고 말았다. 연구소의 최정아 팀장이었다. 몸에 딱 붙는 원피스에 카디건을 걸친 그녀는 낮과 다름없이 당당하고 아름다워 보인다. 약속 시간이 여섯 시인데 이미 일곱 시가 넘은 시간에 나타난 걸 보니 늦은 모양이다.

정아는 그늘 속에 서 있는 그녀를 알아보지 못하고 스쳐 지나갔다. 잠시 수그러졌던 화가 다시 불끈 올라왔다. 그녀의 아름다움에 기가 죽은 자신이 한심했다. 게다가 이런 비교를 할 수밖에 없게 만든 남자에 대한 분노가 다시 폭발하기 직전처럼 끓어오르기 시작했다. 선주는 마음을 다잡고 레스토랑 안으로 성큼성큼 들어갔다.

석현을 위해 그녀가 직접 예약한 방의 문을 벌컥 열기 전에 레스토랑 입구에서 매니저에게 검문을 당했다. 아래위로 훑어보며 예약하셨나요? 하고 묻는 음성에는 약간의 깔보는 기색이 느껴져 그녀의 분노에 기름을 끼얹었다. 민석현, 이라는 이름을 대는 순간 매니저가 미묘하지만 호기심 어린 표정을 지었다. 곧바로 정중하게 사과를 하고 자리로 안내를 했다.

"이 방입니다. 그럼, 즐거운 시간 되십시오."

매니저가 사라진 후 한참 동안 선주는 문을 뚫어지게 노려보았다. 이 방에 지금 민석현과 정아가 있을 것이다. 딱 한마디만 하고 나오는 거야. 당신과는 결혼 안 한다고, 잘 먹고 잘 살라고. 침착하고 냉정하게! 결심을 굳힌 선주는 문을 벌컥 열고 안으로 들어갔다. 고개를 꼿꼿이 세운 채.

그런데,

"생각보다 늦었군."

소리를 치기도 전에 느긋하게 앉아 있던 석현이 먼저 입을 열었다. 오히려 말문이 막힌 사람은 선주였다.

"앉지."

뭐가 어떻게 돌아가는 거야! 어째서 그렇게 당당하게 앉아서 명령을 할 수 있는지 선주는 잠시 멍해졌다.

"사장님."

"앉아."

태연한 그의 태도에 화가 불쑥 났다.

"그 자리의 주인을 위해서 전 서 있을게요."

"무슨 소리야?"

"사장님께 드릴 말씀이 있어서 왔어요."

"그러니까 앉아서 하라고."

"이게 편해요, 전. 앉아서 사장님하고 조용히 얘기하고 싶은 생각 눈곱만큼도 없습니다."

평소답지 않게 흥분한 선주의 목소리에 석현이 이해를 못 한 듯 눈살을 찌푸렸다.

"오늘은 또 내가 뭘 잘못한 거지? 매번 당신이 날 싫어한다는 걸 느끼게 만드는군."

어딘지 모르게 씁쓸한 그 말에 선주는 잠시 멈칫거렸다. 약해지면 안 돼. 얼마든지 그녀를 이용해 먹을 수 있는 사람이잖아. 그녀는 결심을 굳혔다.

"이 결혼, 우리 다시 생각해요."

"……."

"아무리 생각해도 이건 아니라는 생각이 들어서요."

"뭐가 아닌데?"

모른 척하는 석현의 대답이 더 그녀를 약 올리고 열 받게 했다. 정말 몰라서 묻는다면 그는 멍청할 뿐 아니라 뻔뻔한 것이다.

"반지요."

"반지가 왜?"

"반지를 줄 여자가 있는데 좋아하지도 않는 저하고 결혼까지 할 필요가 뭐가 있어요? 안 그래도 좀 전에 오시던데. 아직 안 들어왔나 봐요? 아무리 최 팀장님이 관대한 여자라도 이런 관계 이해해 주지는 못할 거예요. 저라면 그럴 테니까요. 그러니까 이쯤에서 그만하는 게 서로를 위해서 좋을 것 같아요."

석현이 미간이 더 깊게 팬다.

"최 팀장?"

"그래요, 최정아 팀장. 꼭 집어서 얘기해야 하는 건가요? 일부러 모른 척하시는 건가요? 아니면 이런 일은 사장님한테는 아무것도 아닌 일일 만큼 뻔뻔한 건가요? 정말……."

미간이 풀리며 석현이 어이없는 눈으로 그녀를 바라보았다. 아까와 달리 느긋하게 의자에 기댄 채 흥미진진한 눈으로 그녀를 바라보았다.

"정말, 뭐?"

"사장님이 싫어요. 사장님이 어떤 사람들 속에서 살아왔는지, 그래서 왜 이런 결혼을 하려고 하는지 이해를 해 보려고 해도 이건 도저히 못 받아들이겠어요. 그러니까 회사에서 자르든 말든 마음대로 하세요!"

울컥, 눈물이 나오려 하자 선주는 몸을 돌렸다. 하지만 흥분한 데다 눈물까지 앞을 가려 문고리가 보이지 않는다. 간신히 손등으로 눈가를 훔치고 문을 열려는데, 갑자기 뒤에서 손이 불쑥 나와 문을 쾅 하고 닫았다. 놀라서 고개를 돌리니 어느새 석현의 얼굴이 바싹 다가와 있었다. 게다가 커다란 그의 몸이 그녀를 막고 서 선주는 옴짝달싹할 수 없는 지경이었다.

"비키세요!"

"당신이 무슨 말을 하는지는 모르겠지만 적어도 나한테 설명의 기회는 줘야 하는 거 아닌가? 일방적으로 결혼을 못 하겠다니? 그것도 최정아 팀장 때문에? 도대체 그런 생각은 어디서 튀어나온 거지? 내가 그 여자와 무슨 관계라는 건지 설명을 좀 해 보시지."

"제가 왜요! 사장님이 설명하셔야 할 일을 저한테 왜 물어요?"

"그러니까 그걸 왜 내가 설명해야 하는지 이유를 말해."

"반지 샀잖아요!"

"그래. 당신하고 같이 샀어. 그게 왜?"

몸을 바싹 밀착시킨 석현 때문에 문과 그의 가슴팍 사이에 갇혀 꼼짝 못 하는 상황에, 눈물까지 나오자 수치심이 들었다. 그런데 석현은 확인 사살까지 하려고 든다.

"최 팀장님 주려는 거잖아요?"

"뭐?"

"아까 점심 때 최 팀장님 만나서 하는 얘기 들었어요. 나중에 보자고 하셨잖아요. 그리고 여기 들어오기 전에 최 팀장님을 봤어요. 더 얘기해야 돼요?"

"최 팀장이 여길 왔다고?"

화를 내는 선주의 말에 석현이 미심쩍은 표정을 짓는다. 속을 알 수 없는 사람이긴 하지만 적어도 거짓말을 하거나 뻔뻔한 사람은 아니라고 생각했는데, 선주는 그 표정에 짜증이 났다. 어디까지 더 사람을 바보로 만들어야 속이 시원한 건지. 이 말도 안 되는 결혼에 동의했다는 것만으로 이렇게 무시당하고 경멸당해야 할 이유는 없다. 가진 게 없다고 해서 자신의 자존심까지 싸구려로 취급받고 싶은 생각은 추호도 없었다.

"차라리 그냥 말하세요. 적어도 솔직한 사장님은 싫지 않으니까요. 이렇게 두 여자를 속이고, 이런 결혼을 해야 할 정도로 비열한 사람인 줄 알았으면 처음부터 이런 결혼 안 받아들였어요."

"미치겠네, 정말."

"비켜 주세요."

"김선주."

"그렇게 부르지 말아요! 그리고 다시는 개인적인 일로 저한테 어떤 요구도 하지 말아 주세요. 정말, 저 노조 찾아갈 거예요. 해고하면 고소해서라도 끝까지 사장님하고 싸울 거라고요."

휴, 하는 한숨 소리가 들리며 석현이 뒤로 물러섰다. 간신히 숨통이 트인 선주는 한숨을 쉬고는 문고리를 당겼지만, 여전히 손바닥으로 문을 밀고 있는 석현 때문에 꼼짝도 하지 않았다.

"비켜요."

"앉아. 앉아서 얘기해."

"싫어요. 지금은 사장님 얼굴 보고 싶지 않아요."

다시 한숨 소리와 함께 손목이 잡혔다. 헝클어진 머리, 눈물로 젖은 발간 뺨이 아이 같았다. 석현은 그 모습에 자꾸 웃음이 나왔다. 여기까지 온 그녀를 보고 대충 어떤 자리인지 알고 있으리라 생각했는데 아무래도 지영과 엇갈린 모양이었다.

반지를 사러 가기 전 정아를 만난 건 기훈과의 관계를 떠보기 위해서였다. 약간의 이간질에 두 사람이 허점을 내보이지 않을까 하고 자극을 좀 준 것뿐이었다. 물론, 덤으로 찬우와 편하게 웃으며 얘기하던 선주를 좀 괴롭혀 주고 싶은 유치한 감정도 없지 않아 있었다. 그의 예상보다 훨씬 더 선주가 휘둘리자 괜히 기분이 좋아졌다.

반지를 살 생각은 찬우 때문에 즉흥적으로 떠올랐다. 결혼을 얘기하면서도 반지는 떠올리지도 못했는데 찬우와 다정하게 얘기하는 선주를 보니 뭔가 조치가 필요하겠다는 생각이 문득 들었다. 임자가 있으니 접근하지 말라는 그런 의미를 가진 것. 그때 떠오른 게 바로 반지였다.

약속을 하지 않은 터라 일부러 지영을 보내 선주를 이곳으로 데리고 오라고 명령을 했다. 선주를 데려오지 못하면 해고하겠다는 협박까지 하면서 말이다. 선주의 반응을 보니 지영이 아무래도 헛걸음을 한 모양이었다.

하지만 낮의 일로 이렇게 열을 내며 얼굴이 상기된 채로 한달음에 달려온 선주의 행동에 기분이 들떴다. 그녀를 당겨 앉히려는데 선주가 그를 밀어냈다.

"놔요!"

어휴, 석현은 한숨을 쉬고 고개를 저었다. 고집이 셀 것 같긴 했다. 업무에서와 달리 사석에서는 항상 당당하게 자기 할 말은 하는 여자였다. 번쩍 들어 옮기면 또 성희롱이다, 뭐다 할 것 같아서 그는 간신히 마음대로 하고 싶은 걸 참았다.

"잠깐이면 돼."

"이런 식으로 바보 취급당할 이유 없어요. 헉, 무슨 짓……."

결국 석현이 그녀를 번쩍 들어 의자에 앉혔다. 그 바람에 머리카락이 헝클어져 앞으로 쏟아져 내렸다. 그는 얼굴을 가린 긴 머리를 쓸어 귀 뒤로 넘겨주었다. 그의 행동에 놀랐는지 선주는 눈만 동그랗게 뜨고 그를 노려보았다. 그가 테이블 위의 물컵을 그녀에게 내밀었다.

"마셔."

"……."

"진정을 해야 얘기할 거 아닌가? 그러니 마셔, 제발."

뻔뻔할 거면 끝까지 그래야 하는데 왠지 애원하는 듯 들려 선주는 물을 한 모금 마셨다.

"더 마셔."

"이젠 괜찮아요."

"정말?"

"네. 진정됐어요."

말과는 달리 다시 눈물이 날 것 같았다. 그런 그녀의 모습에 그가 혀를 찼다. 선주는 고개를 들어 그를 올려다보았다. 자신과 실랑이를 하느라 살짝 흐트러진 머리가 이마에 흘러내려 있었다. 그녀를 보는 눈이 오늘따라 더 깊어 보였다.

선주는 그 사실을 깨닫자 서글픔이 몰려왔다. 이런 남자가 그동안 옆에 있어도 호기심조차 안 보였다는 건 거짓말이라는 걸 이제야 알았다. 처음부터 민석현이라는 사람은 자신과는 너무 멀어서 엄두를 못 내고 그런 식으로 자신에게 최면을 걸어왔던 것 같다. 어쩌면 내내 동경하고 있었는지도 모른다. 저절로 눈물이 뚝뚝 떨어졌다. 석현이 그 눈물에 당황해서 허둥거린다.

"왜, 왜 그래?"

"죄송해요."

"뭐가?"

"사장님은 처음 그대론데 제가 변했나 봐요. 그래서 더는 못 하겠어요. 이대로 가면 제가 사장님을 귀찮게, 엄청 귀찮게 할 것 같아요."

흐느낌을 참지 못해 고개를 푹 숙이는데 그가 왼손을 잡아 당겼다.

갑자기 약지에 금속성의 시원한 느낌이 들었다. 그가 피식 웃으며 선주의 손을 들어 보였다. 믿을 수 없게도 그녀의 왼손 약지에서 낮에 고른 반지가 반짝이고 있었다. 선주는 놀라서 그와 반지를 번갈아 보았다.

"처음부터 다시 하지."

"네?"

"솔직히 난 누군가를 사랑할 자신은 없어. 그게 어떤 건지 잘 모르겠거든. 그리고 아직 김선주 씨에 대한 내 마음도 혼란스러운 상태야. 그런데 당신이 나를 밀어내는 건 싫어. 나 아닌 남자에게 웃어 주는 것도 못마땅하고. 그래서 내가 노력해 볼까 해. 그 진짜 가족이라는 거 나도 한번 해 보고 싶어졌거든. 다른 사람이 아니라 김선주라는 여자하고 말이야."

"하, 하지만 그 반지는 최 팀장님……."

"낮에는 미안했어. 이 실장하고 웃고 있는 당신을 보니까 좀 화가 나서 놀려 준 거야."

"나중에 보자고 했잖아요. 그래서 난 당연히……."

"그냥 인사잖아, 그런 건. 그래서 질투했던 건가?"

"누가요!"

그의 말에 선주가 흥분하자 석현이 피식 웃었다.

"당신이 도와주면 나도 한번 해 볼게. 그러니까 당신은 그냥 지금처럼만 곁에 있어. 가능하다면 날 좋아해 주면 좋겠지만. 싫어한다는 소리를 하도 들었더니 면역이 됐나 봐. 그리 기분 나쁘지가 않더라고. 다만, 김선주가 지금처럼 끝까지 내 편이었으면 좋겠어. 앞으로도 계속."

결국 선주는 그대로 테이블에 엎드려 펑펑 울고 말았다. 석현이 어깨를 꽉 안아 당겼다. 그녀는 그의 옷이 흠뻑 젖도록 울었다. 좋아서,

기뻐서.

"최 팀장이 여기 왔다고?"
"네. 그래서 전 당연히 사장님과 약속이 있는 줄 알았어요."
"그렇단 말이지."
짓궂은 웃음에 선주의 얼굴이 빨개졌다. 그의 눈빛에, 다정한 행동에 가슴이 두근거렸다.
"배 안 고파? 그렇게 울었으니 칼로리 소모가 엄청 났을 텐데."
애처럼 펑펑 큰 소리로 운 그녀를 그가 놀려 댔다. 부끄러운데도 기분이 나쁘지 않았다.
"배 안 고파요."
그의 달라진 모습에 정신이 하나도 없는데 배고픔을 느낄 리가 없다.
"반지는 마음에 들어?"
마음에 들고 말고를 떠나서 어리둥절했다. 당신이 좋다고 했던 고백보다 노력하겠다는 말이 더 설레었다. 왠지 믿음이 갔다. 적어도 솔직했으니까.
"별로인 모양이군. 아까는 예쁘다더니."
대답이 없는 그녀를 보고 석현이 인상을 썼다.
"그런 식으로 샀는데 누가 좋아하겠어요? 그리고 이렇게 비싼 반지 전 못 끼고 다녀요."
"왜?"
"부담스럽기도 하고, 이건 마음이 안 담겼잖아요. 천 원짜리 가짜라도 마음이 담긴 게 좋아요, 전. 사장님은 모르겠지만."
"마음은 못 담아도 솔직함은 담을 수 있어. 당신이 일러 주면 마음을 담는 것도 알게 되겠지. 누군가를 좋아하는 방법은 잘 모르지만 머리가 나쁘진 않으니까 금방 배울 수 있을 거야. 당신이 잘만 가르쳐 주면."

아우, 이건 또 뭐냐? 안 그래도 아까의 말에 진정이 덜된 가슴이 벌렁벌렁하며 터질 것처럼 뜀을 뛴다. 홍당무처럼 열이 오른 그녀의 얼굴에 석현이 활짝 웃었다.

제대로 식사를 하지도 못하고 레스토랑을 나오는데 석현이 어디론가 전화를 한다. 그녀가 듣지 못하게 잠시 자리를 떴다가 다시 돌아와서는 그녀를 차에 태웠다.

"드라이브할까?"

"네?"

"데이트, 해야 하는 거 아닌가? 우리 정식으로 사귀기로 한 거잖아."

그런 건가요? 마음이 멋대로 좋아서 춤을 출 것 같다. 미주의 말대로 제대로 불금이다.

"가고 싶은 데 있어?"

이 밤에? 밤놀이가 뭔지도 모르는데? 밤 아르바이트면 몰라도. 편의점에서 야간 아르바이트는 수도 없이 했었다. 유통기한을 넘긴 삼각김밥과 컵라면을 먹었던 기억이 문득 떠오른다.

"편의점 가서 라면 먹을래요?"

"편의점? 라면? 배고프면 다시 들어가지."

"아니에요."

차에서 내리려는 석현을 선주가 잡았다.

"저긴 불편해요. 복장도 그렇고."

"그래서 편의점 라면이 먹고 싶다고?"

"네."

쯧쯧, 하고 석현이 혀를 찼다.

"그래서 밥이 되나? 다이어트 안 한다면서 만날 굶고 다니지."

"사장님 날씬한 여자 좋아하시잖아요?"
"그걸 어떻게 알아, 김선주 씨가? 나도 모르는 내 여자 취향을."
"낮에 그랬잖아요. 최 팀장님한테."
"그건 그냥 인사라고 했잖아. 내 취향은 그쪽은 아니야."
"그럼 뭔데요? 그래도 예쁜 건 좋을 거 아니에요?"
"최근까지 몰랐는데 내 취향……."

말을 길게 끌며 석현이 그녀를 돌아보았다. 하얀 반팔 티셔츠에 청바지 차림이다. 평소 하나로 묶었던 머리가 오늘은 풀려 있었다. 얼마 전에 갈색으로 염색을 한 머리가 부드럽게 얼굴 위에 흘러내린 모습이 왠지 심경을 자극한다. 딱딱하고 꽉 짜인 듯 보이던 김선주가 어딘지 모르게 여성스럽고 연약해 보일 정도로.

"뭔데요?"

가끔 보면 눈치가 좀 없는 허당인 것도 마음에 들었다. 그런 허술한 점이 더 매력적으로 느껴졌다. 자신처럼 그녀도 똑같이 이성적이었다면 오늘 이 자리에는 나오지도 않았겠지. 석현은 웃음이 났다.

"김선주 씨."
"네?"
"내 취향은 김선주 씬 것 같다고. 나도 내 눈이 이렇게 낮은 줄 몰랐는데 말이야."

헉. 뒤의 말은 귀에 들어오지도 않는다. 내 취향은 김선주 씨라는 말만 머리를 윙윙 울렸다. 선주는 두 손으로 빨개진 얼굴을 가렸다. 옆에서 낮은 웃음소리가 들렸다.

석현 때문에 결국 편의점에서 라면을 먹지는 못했다. 지나치게 눈에 띄는 외모뿐 아니라 그가 풍기는 분위기가 이미 주변 사람들과 확연히 구분이 된다. 힐끔거리는 사람 중에 혹시라도 그를 알아보는 사람이 있으면 그것도 곤란했다.

결국 한강에 있는 편의점에 가서 컵라면을 사 어두운 강변에 앉아 후루룩 먹는 걸로 합의를 보았다. 처음에 어이없어하던 석현도 제대로 식사를 못 한 탓에 배가 고픈지 라면을 맛있게 먹었다. 강바람이라 더 차게 느껴지는데 따뜻한 국물을 먹으니 든든해졌다.

라면을 다 먹은 후 따뜻한 캔 커피를 들고 강변에 앉았다. 선주는 이게 꿈인가, 생시인가 계속 어리둥절한 기분이었다. 석현의 노력해 보겠다는 말이 어떤 의미인지 생각하자 흥분이 됐다. 앗, 나 진짜 미쳤나 보다. 부끄러워져 얼굴을 감싼 채 어쩔 줄을 모르는데 석현이 어깨를 툭 쳤다.

"김선주 씨, 왜 그래?"

"아, 아니에요. 아무것도."

"얼굴 좀 들어 보지, 그럼."

다행히 가로등을 등지고 있어 붉어진 얼굴이 보일 리가 없는데도 선주는 고개를 들 수가 없었다.

"좀 있다요."

"김선주."

헉. 이건 심장에 나쁜데. 낮은 목소리가 귓가를 울린다. 귓불에 후, 하는 숨소리와 함께 습한 기운이 몰려오자 몸이 부르르 떨렸다.

"하지 마세요!"

화를 내며 선주가 퍼뜩 몸을 비켰다. 그 반응에 석현이 피식 웃었다. 아, 웃음이 이렇게 감각을 자극하는 거였나? 제발 떨어져 주세요. 곧 쓰러질 것처럼 귀 아래 맥박이 미친 듯이 펄떡였다.

"왜? 우리 이제 정식으로 사귀는 거 아니었나?"

"그, 그건 그렇지만……"

"당신도 날 좋아해 줘야 페어플레이지."

그가 선주의 턱을 잡아 올려 눈을 마주쳤다. 그의 다정한 눈빛에 후끈, 열기가 올라왔다.

"아니면 이미 좋아하는 건가? 아까 그렇게 흥분해서 쫓아왔잖아. 보통 아무 감정 없으면 그러지 않지 않나? 김선주 씨 말과 행동이 다른 사람이었나?"

"아니에요! 저 진짜 사장님 싫거든요. 제가 쫓아간 건 좋아서 그런 게 아니라……."

"아니라?"

좋아져 버렸다. 결혼을 제의받은 후 그가 신경 쓰였다. 또 가족들 사이에서 힘들어하는 그가 안쓰럽고, 오늘 최 실장 때문에, 반지 때문에 흥분한 건 이미 어쩌지 못할 정도로 그가 좋아져 버린 거라는 걸 선주는 깨달았다. 이제 겨우 노력하겠다는 사람을 먼저 좋아해서 어쩌자고!

"그, 그건……."

"뭔데? 싫어서?"

집요하다. 방금 깨달은 사실에 혼란에 빠진 선주는 입술을 깨물었다.

"그러니까 그건, 일종의 스톡홀름 신드롬 같은 거예요."

"뭐? 스톡홀름 신드롬?"

기가 차는지 석현이 혀를 쯧쯧 찼다.

"그러니까 저도 모르게 사장님한테 설득당한 거죠. 사장님이 처음부터 빠져나가지 못하게 절 잡은 거잖아요. 그런 거예요. 사장님이 저한테 너무……."

가까이 왔다. 믿을 수 없을 정도로 빨리, 강하게, 깊게.

선주는 말을 얼버무리며 고개를 돌렸다. 어떡하나? 미친 듯이 좋은 것보다 걱정이 된다. 이 남자를 좋아하는 것이. 그가 원하는 건 잠시의 편안함, 안정감. 지금의 가족에게서 느껴보지 못했던 그런 애정일 것이다. 하지만 그런 것들도 어느 순간엔 질릴 수도 있고 서로에게 상처를 줄 수도 있다. 뭐냐, 시작도 하기 전에 덜컥 겁이 나 주춤하고 만다. 울상이 되어 있는 선주의 얼굴 가까이 석현이 다가왔다.

"그럼, 김선주는 내 포로인 거네."

헉, 갑자기 커다란 손이 뒤통수를 감쌌다. 그 느낌이 너무나 친밀해 선주는 기겁을 했다.

"사, 사장님."

"당신 생각이 마음에 들어. 김선주가 내 포로인 게. 앞으로 더 세뇌시킬 거거든, 내가. 절대 나 배신하지 못하게."

엇, 하는 사이에 얼굴이 흐릿해질 정도로 그가 가까워졌다. 더운 숨결이 뺨에 느껴졌다. 입술이 살짝 마주 닿았다. 소름이 돋을 정도로 부드럽고 강렬한 느낌에 선주는 입술을 깨물었다.

"입술 깨물지 마."

"하, 하지 마세요."

"나도 깨물고 싶게 만들지 마."

악! 사장님! 노력하겠다는 게 아니라 아예 진도를 쭉쭉 빼기로 작정한 사람처럼 입술이 다시 닿았다. 예고 없는 입맞춤의 충격은 선주를 거의 의식불능 상태로 몰아갔다. 느껴지는 건 자신의 뒤통수를 꽉 잡은 커다란 손과 입술을 통해 들어오는 그의 숨결뿐이었다.

깊이 키스하지 않고 살짝살짝 입술을 훔치는 것만으로 그녀는 졸도 직전이었다. 이대로 있다가는 곧 119를 불러서 응급실로 가야 할 것 같았다. 그가 입술을 뗀 사이 다시 입술을 깨무는데, 낮은 신음 소리와 함께 입술이 그에게 잡혔다.

"하지 말라고 했지?"

그가 입술을 살짝 깨문다. 미칠 듯한 흥분이 등줄기를 타고 온몸으로 번져 간다. 가볍게 깨물던 입술이 이번에는 조금 강하게 그녀를 베어 물었다. 갑자기 고개가 뒤로 젖혀지며 부드럽고 촉촉한 이물감이 입 안에 느껴졌다. 매끄러운 혀가 깊숙이 들어왔다.

맙소사. 선주는 저도 모르게 신음을 내뱉으며 자신을 잡은 그의 팔에 손을 올렸다. 들어온 그의 혀와 자신의 혀가 닿는 순간, 선주는 손톱을 세워 그의 팔을 꽉 잡았다. 혀가 엉키며 마치 어디론가 곤두박질치는 것처럼 어지러워졌다. 어떻게 할 수도 없이 좋았다. 그가, 그가 주는 느낌이.

미칠 것 같은 흥분과 함께 자신도 어쩌지 못하는 부드러움에 거의 정신을 잃는데 갑자기 몸이 자유로워졌다. 몸이 사시나무 떨리듯 떨려왔다. 석현 역시 흥분이 됐는지 꽉 안은 그녀의 머리 위에 턱을 괸다. 거친 숨결이 느껴졌다.

"사장님."

"잠깐만, 기다려."

석현이 겨우 정신을 차린 건 휴대폰 벨소리 때문이었다. 부들부들 떨고 있는 선주만큼 자신도 흥분으로 미치기 직전이었다. 더 이상 나간다면 위험하다. 하지만 품 안에 있는 선주를 놓기 싫어 그는 계속 울리는 벨소리에도 그녀를 놓지 않고 있었다. 가슴팍에 얕고 빠른 숨소리와 함께 더운 숨결이 느껴진다. 그 느낌이 좋아 그는 더 강하게 그녀를 당겼다.

자신만의 것. 처음으로 여자를 자신의 것으로 가지고 싶었다. 완전하게 소유하고 싶어졌다. 하지만 지금보다 더 나아간다면 선주가 놀라서 도망칠지도 모른다는 생각이 들며 급한 마음에 제동이 걸렸다. 지금까지 그에게 상처를 준 다른 여자들처럼 김선주만은 그렇게 되지 않도록, 또 그렇게 두지 않겠다는 결심을 하는데 그의 가슴팍에 얼굴이 파묻힌 선주가 갑갑한지 팔을 들어 버둥댔다.

"사, 사장님!"

"응?"

그래도 풀지 않고 석현은 선주의 머리에 입술을 댔다.

"숨 막혀요! 좀 놔 봐요."

"싫은데."

"사장님!"

그녀의 버둥거림이 심해졌다. 아쉽지만 그는 그녀를 놓아주었다. 진짜 숨이 막혔는지 빨간 얼굴로 숨을 헐떡였다. 미치겠네, 정말. 석현은 무심결에 선주의 입술을 훔쳤다.

"무슨 짓이에요!"

갑작스런 그의 기습 키스에 놀란 선주가 기겁을 했다. 질식사시킬 것처럼 안는 바람에 두근거리던 마음이 겨우 진정이 됐었는데 다시 심장이 미친 듯이 뛰었다. 그동안에도 내내 석현의 핸드폰이 시끄럽게 울렸다. 석현은 노려보는 선주를 향해 웃으며 전화를 받았다.

"네. 민석현……. 박 실장? 아, 뭐? 알았어. 당장 가지."

짧은 통화 사이에 석현의 표정이 심상치 않게 변했다. 전화를 끊고는 그녀의 팔을 잡아 일으켜 세웠다. 좀 전의 키스로 후들거리는 다리 때문에 선주가 미적대자 결국 양팔 사이로 손을 넣어 번쩍 들어 올려주었다.

"빨리 집으로 가야겠어."

"왜요? 무슨 일 생겼어요?"

"박지영 실장 전화야."

"아, 네. 그런데 댁에 무슨 일 생겼나 봐요? 전 신경 쓰지 마시고 급하시면 사장님 먼저……."

"나 말고 당신 집."

"네? 왜 우리 집에……."

"쌍둥이가 없어졌대."

"뭐요!"

놀라서 그녀의 입이 딱 벌어졌다.

"무슨 소리예요? 우리 해주하고 미주가 왜 없어져요?"

"일단 차에 타. 가면서 얘기해."

"그런데 박 실장님이 왜 사장님한테 전화를……. 말도 안 돼. 거짓말이죠? 장난치시는 거죠?"

순간 머리가 하얗게 비었다. 쌍주가 없어지다니. 차가 출발하고도 한참을 선주는 정신을 차릴 수가 없었다. 쌍주가 없어졌다는 말이 마치 커다란 망치로 머리를 치는 것처럼 계속 두드려 댄다. 안절부절못하는데 그가 진정시키려는 듯 무릎을 잡았다.

"어떻게 된 일이에요? 왜 사장님한테 연락이 가요? 이건 말이 안 되잖아요?"

횡설수설하는 그녀의 말에 석현이 한숨을 내쉬었다. 선주를 데려오라고 지영을 보낸 일을 그녀에게 얘기했다. 그게 문제가 될 줄은 미처 몰랐던 것이다.

"그런데요?"

"그런데 쌍둥이가 박 실장을 보고 바로 도망쳤대."

"그걸 왜 지금 연락해요!"

"처음엔 대수롭지 않게 여겨서 혼자 찾으러 다녔나 봐. 지금 경찰서 간다니까 일단 가서 상황부터 보도록 하지."

"그런 일이 있었는데 애들이 저한테 연락 안 할 리가 없어요. 하지만 전화도 안 했던데. 설마 무슨 일 있는 건……."

눈물이 쏟아질 것 같았다. 쌍주가 없어지다니. 상상도 할 수 없었다.

"그런 일 없을 거야. 그러니까 진정해. 언니가 이러면 쌍둥이가 어떻게 생각하겠어? 당신이 그랬잖아. 제 앞가림 잘하는 애들이라고."

"하지만……."

말을 잇지 못하는 선주의 어깨를 석현이 한 팔로 안아 준다. 그와 닿은 것만으로도 그녀에게는 위로가 되었다.

지영이 초조하게 골목길에서 서성대고 있었다. 울어서 엉망으로 흐트러진 선주의 모습에 눈도 제대로 못 맞춘다.

"죄송합니다, 사모님. 뵐 면목이 없어요."

"어떻게 된 거예요?"

대충 석현에게 들었지만 선주는 다시 지영의 설명을 들었다. 쌍주가 좀 산만하긴 해도 이런 식으로 뛰쳐나간 적은 한 번도 없었다. 지영을 보자마자 도망쳤다는 그 말에 문득 그녀가 처음 찾아왔던 때가 떠올랐다. 빚쟁이냐고 묻는 아이들에게 제대로 대답은 안 하고 피하라고 했던 것이다. 선주는 결국은 제 탓인 걸 깨달았다.

쌍주가 빚쟁이라는 말에 유독 겁을 내는 이유는 아빠가 돌아와 얼마 뒤에 생긴 일 때문이었다. 그동안 이자도 꼬박꼬박 내고 있었고, 은행권을 빼고 사채 빚은 거의 다 갚은 상태라 안심하고 있었는데 개인적으로 아빠가 빚을 진 사람이 찾아와서 행패를 부렸던 것이다.

당시 고등학교 3학년이었던 혁주가 한창 예민하던 때라 그 사람과 몸싸움이 일어나고 말았다. 결국 경찰서까지 찾아가고, 합의다 뭐다 해서 시끄러웠다. 혁주는 평상시 말을 거의 안 하는 편이라 쌍주도, 선주도 그렇게 흥분한 혁주를 처음 보았다.

그때의 강렬한 기억 때문인지 그 이후로 쌍주에게 빚쟁이 이퀄 나쁜 사람이 된 것이다. 왜 도망쳤는지 선주는 이해가 갔다. 저절로 한숨이 나왔다.

"경찰서 가 보는 게 낫겠나?"

"아니요. 기다려도 될 것 같아요. 제 앞가림 잘하는 애들이라고 했잖아요."

왜 자신에게 연락을 안 한 걸까? 아마도 석현을 만나러 간다는 걸 알고 일부러 안 했을 것이다. 쌍주가 남들 앞에서는 까불며 밝은 모습이지만 가족의 일에 있어서는 애착이 강했다. 언니에게 걱정시키기 싫어서 자신들이 안전하다고 생각한 곳으로 갔을 것이다.

"죄송해요."

"괜찮아요. 그만 가 보세요. 애들 때문에 놀라셨을 텐데."

오히려 선주가 지영을 위로해서 보내자 석현이 놀란 눈으로 쳐다봤다.

"괜찮겠어?"

"괜찮아요. 박 실장님 탓 아니에요. 다 제 탓이에요."

"그게 무슨······."

갑자기 골목길 앞에서 시끌벅적한 노랫소리가 들렸다. 노래 사이사이 아이들의 재잘대는 목소리가 귀에 익다. 선주가 후다닥 골목을 달려 나갔다. 가로등 불빛 아래 긴 그림자 하나와 짧은 그림자 둘이 엉켜서 오고 있었다.

"김해주! 김미주!"

선주가 쌍주의 이름을 크게 불렀다. 노랫소리가 멈추고 아이들이 후다닥 그녀에게 달려왔다.

"어, 언니!"

"언니야! 일찍 왔네."

"왜 도망쳤어?"

음산할 정도로 낮은 목소리에 아이들이 멈칫했다. 미주가 해주의 옆구리를 쿡, 찔렀다. 하지만 해주 역시 땅을 보며 발을 툭툭 친다.

"아, 빚쟁이가 쫓아와서. 왜 그때 만났던 아줌마 있지. 무, 무서워서 혼났어. 그렇지, 미주야?"

"응. 언니가 그때 알은척하지 말랬잖아. 그래서 우리는······."

"그런데 왜 연락 안 했어! 무슨 일 있으면 바로 연락해야지! 혼나볼래?! 내가 얼마나 놀랐는지 알아?"

언니가 무섭게 다그치자 쌍주의 얼굴이 울상이 되었다. 둘이 동시에 도움을 청하듯 뒤를 돌아본다. 쌍주의 뒤에서 재형이 화를 내는 큰딸의 모습에 놀라 눈이 둥그레져 있었다. 하지만 선주는 아빠의 모습이 눈에 들어오지도 않았다. 그녀는 저도 모르게 손을 번쩍 들었다.

"선주야!"

"김선주!"

그녀의 행동에 놀란 재형과 석현이 동시에 소리를 질렀다. 때릴 것처럼 다가서는 언니를 보고 쌍주는 움찔하면서도 피하지는 않았다.

"이 바보들아, 무서우면 언니한테 연락을 했어야지!"

때리려던 손이 두 아이의 뺨을 쓰다듬자 결국 쌍주가 눈물을 터뜨렸다. 선주도 그 모습에 눈물이 나왔다.

"미안해, 언니."

"나도. 다신 안 그럴게, 언니야."

"그러니까 화내지 마, 응?"

"언니 무서워."

"한 번만 더 그러면 진짜 때릴 거야. 이 사고뭉치들아."

쌍주가 그녀의 허리에 팔을 감고 매달렸다. 너희들이 없으면 난 못 살 것 같아. 한참을 세 사람이 엉켜 우는데 뒤에서 헛기침 소리가 들려왔다.

"선주야."

"김선주."

두 사람이 동시에 선주를 불렀다. 그제야 재형이 석현의 존재를 알아차렸다. 마주 선 두 사람이 잠시 침묵을 지켰다. 재형이 헛기침을 했다.

"선주 아는 분이십니까?"

"아, 네. 김선주 씨하고 같이 일하고 있습니다. 민석현이라고 합니다."

오, 마이 갓! 어느 정도 진정이 되어 쌍주를 안고 있던 선주는 순간 자신이 울고 있었다는 것도 잊고 자리에서 벌떡 일어났다. 실컷 울고 난 쌍주도 진정이 되었는지 순순히 떨어져 나갔다. 아니, 오히려 선주보다 더 빨리 정신을 차리고 금방 석현을 알아본다.

"어, 아저씨다!"

"사장 아저씨!"

울어서 쉰 목소리인데도 두 아이의 말소리가 또렷하게 골목길을 울렸다.

"사장 아저씨?"

"응. 아빠, 사장 아저씨하고 언니가 결……."

"야! 그걸 말하면 어떻게 해!"

해주의 경고에 미주가 흡, 하고 두 손으로 입을 막았다. 그 모습에 재형이 인상을 찡그렸다. 그리고는 석현을 올려다보았다.

"선주 아비 되는 사람입니다. 그런데 무슨 일로……."

"안녕하십니까? 민석현이라고 합니다. 김선주 씨와, 결혼하고 싶습니다."

순간 긴 침묵이 골목길에 쫙 깔렸다. 재형과 선주가 한 마디도 못하는 사이 입을 딱 벌리고 있던 쌍주가 마주 보며 씨익, 웃었다.

"헐, 대박. 드라마 같다."

"완전 용기 있다잉. 상남자다잉."

킥킥대는 쌍주의 말은 귀에 들어오지도 않는다. 선주는 마주 선 두 사람만 멍하니 바라보았다. 활활 타오르는 불타는 금요일, 제대로 된 불금이었다.

8.

　토요일의 저녁 식사는 결국 취소되었다. 정신없던 금요일 밤이 어떻게 흘러갔는지 아직도 머리가 아프다. 내일 정식으로 인사드리겠습니다, 하던 석현의 요청을 재형이 얼떨결에 받아들였다. 뜬금없이 결혼하고 싶습니다, 라니. 지금 생각해도 얼굴이 붉어진다.
　"언니, 아저씨 언제 와?"
　"나가 볼까? 점심 먹는 거지? 우리랑?"
　"어휴, 좀. 잠깐 둘이 방에 가 있어. 언니 바빠."
　아빠는 오전 이사 한 건만 처리 후 들어오시기로 했고, 그녀는 급하게 음식을 준비 중이었다.
　"해주야, 우리 나가서 기다릴래?"
　"그럴까?"
　"뭘 기다려? 숙제 없어?"
　"나중에 할 거야."

"나도. 나가자."

"나가지 마!"

놀란 선주가 잡기도 전에 쌍주는 후다닥 집을 뛰쳐나갔다. 어휴, 정말. 쌍주를 잡으러 가야 하나 망설일 틈도 없다. 빨리 식사 준비를 끝내고 옷을 갈아입어야 했다. 어쨌든 첫인사를 오는 건데 제대로 대접하고 싶었다. 그녀는 서둘러 잡채에 넣을 야채 볶기에 열중했다.

골목 어귀에 들어서는데 쌍주가 후다닥 대문에서 뛰어나왔다. 그러다 그 앞에 서 있는 석현을 보고는 멈칫, 했다.

"어, 안녕하세요."

"안녕하세요."

쭈뼛거리면서도 인사를 건네는 모습이 귀여워 그는 웃음이 났다.

"안녕. 나 기다린 건가?"

"어, 저. 언니가 나가 보라고 해서요. 사장 아저씨 오는지. 그렇지, 해주야?"

"으응. 맞아요."

선주가 그를 기다린다고? 묘하게 설레었다. 자신을 기다려주는 누군가가 있다는 게.

"안 들어가세요?"

"아, 짐이 좀 있는데. 도와줄 수 있겠어?"

"네!"

"시키기만 하세요!"

어젯밤 그 난리를 치고, 막상 인사를 하러 온다니 뭘 어떻게 해야 할지 막막했다. 그래서 아침부터 지영에게 전화를 해서 선주의 집에 가져갈 선물들을 사 오게 했다. 처음 지영이 사 온 건 한우 갈비세트였다. 하지만 왠지 그걸로 부족한 것 같았다. 다시 쇼핑을 하게 해서

와인 세트를 사 왔다. 그래도 성에 차지 않았다. 그러다 보니 차 트렁크와 뒷좌석이 가득 찰 정도로 짐이 많아졌던 것이다.

쌍주가 그가 들고 온 선물을 보고는 인상을 썼다.

"헐! 대박."

"완전 많아."

"아, 나 좋은 방법 생각났어."

아이들에게는 하나씩만 맡길 생각이었는데 미주가 집으로 후다닥 달려갔다. 그런 미주의 모습에 석현이 돌아보자 해주가 어깨를 으쓱했다.

"어디 가는 거냐?"

"잔머리 굴리러 갔을 거예요. 우리 미주가 머리는 좋거든요."

쌍둥이 중 그래도 언니라더니 제법 어른스럽게 말한다. 잠시 뒤 드르륵 소리와 함께 미주가 낑낑대며 작은 끌차를 끌고 왔다. 가까이 다가온 아이의 얼굴에 자랑스럽다는 표정이 가득하다.

"이러면 한 번에 갈 수 있잖아요? 그리고 힘도 안 들고."

"완전 머리 좋다, 역시 미주."

"그러네. 인정해 주지."

옆에서 해주가 좋아하는 모습에 석현이 결국 웃음을 터뜨리고는 뒷좌석과 트렁크에 있는 선물들을 옮겨 실었다. 집 앞까지 짧은 거리지만 아이들이 끌차를 밀어 주는 시늉까지 하자 가는 내내 웃음이 났다.

"뭐해요?"

대문 앞에 선주가 어이가 없다는 듯한 표정으로 서 있었다. 평상시와 달리 꽃무늬 원피스 차림이다. 이제 막 씻었는지 머리가 약간 젖어 있는 데다 얼굴도 뽀송뽀송해 보였다. 하루 만에 더 예뻐진 건가?

"이게 다 뭐예요?"

말쑥한 양복 차림으로 끌차를 끌고 있는 석현을 보고 선주는 기가 찼다. 아빠가 지난번에 짐을 옮긴다고 가져단 둔 걸 미주가 어디서 찾았는지 끌고 나가길래 나와 보니 이 모양이었다. 끌차 위에는 선물 상자가 가득 쌓여 있었다. 이사라도 오는 모양새에 그녀는 고개를 저었다. 석현이 웃으며 어깨를 으쓱했다.

"선물."

"선물?"

"응. 빈손으로 오기 좀 그래서. 안으로 먼저 들어가지."

못마땅한 선주의 표정에 뜨끔해진 석현이 슬쩍 그녀를 옆으로 밀었다. 그녀를 지나치려는데 옅은 로션 냄새가 후각을 자극했다. 밤사이에 무슨 짓을 한 건지 달콤하게 느껴졌다. 석현은 그 향기를 찾아 무심결에 그녀에게로 몸을 숙였다.

"도와주면 고맙겠네."

"뭘 도와요? 이런 건 왜 사 와요? 전화해서 물어보지 그랬어요?"

당황했는지 슬금슬금 선주가 뒤로 물러섰다. 석현이 더 가까이 다가서자 그녀의 얼굴이 시뻘게졌다. 쌍주가 그런 두 사람의 모습에 서로의 몸을 쿡쿡 찌르며 입을 가리고 웃어 댔다.

"선물 받을 사람한테 뭐 사 가냐고 물을 수는 없잖아?"

"그러니까 이런 걸 왜 사요? 그냥 오면……."

아, 뭐냐? 어느새 얼굴이 닿을 듯 가까워져 있었다. 놀란 선주가 손으로 그의 어깨를 밀었다. 갑자기 그가 왼손을 꽉 잡았다.

"반지 안 꼈네?"

어젯밤 레스토랑에서 끼워 준 반지가 보이지 않았다. 당황했는지 선주가 말을 더듬었다.

"잃, 잃어버릴까 봐요. 잘 챙겨 놨어요."

"끼라고 준 건데 왜 챙겨 놔?"

"왜긴요! 저하고는 안 어울려요, 그런 건."

문득 석현의 얼굴이 어두워졌다. 사 준 사람 입장에서는 기분이 나쁠 수도 있겠다 싶어 선주는 아차, 했다. 얘기를 하고 뺐어야 했나? 싫다기보다는 가격을 아는 데다 처음에 자기 반지라고 생각하지 않아서인지 끼고 싶지가 않았다.

"저기, 싫은 게 아니라……."

"뭔데? 싫은 거 아니면 끼고 있어."

화가 났는지 낮은 목소리가 굳어 있었다. 어쩔 줄 모르는데 그의 뒤에서 두 사람을 빤히 쳐다보는 쌍주가 보였다. 동생들의 그 시선에 선주는 당황했다.

"그 얘긴 나, 나중에 해요."

"마음에 안 들면 다른 걸로 사 줄게. 그때까지는 그거라도 끼고 있어."

"그건 좀……. 어쨌든 나중에 다시 얘기……."

"김선주."

그녀의 이름을 부르며 그의 입술이 선주의 귓불에 닿을 듯 가까이 다가왔다. 헉, 하며 뒤로 물러서는데 쌍주가 고개를 저었다.

"헐, 사랑싸움인가 봐. 언니가 진다."

"윽, 닭살. 딱 붙어 섰어. 완전 저질이야!"

뭐가 저질이야! 또래보다 좀 성장이 더뎌 사춘기가 아직 오지 않은 탓인지 남녀 사이라면 무조건 저질로 간주하는 미주의 말에 선주의 얼굴이 빨개졌다. 석현도 그 말을 들었는지 광대뼈가 붉게 물들었다. 결국 두 사람은 후다닥 떨어져 선물을 챙겨 안으로 들어갔다. 그런 두 사람을 쌍주가 감시하듯 팔짱을 낀 채 보고 있었다.

"아빠도 곧 오실 거예요. 차라도 한 잔 드릴까요?"

"아니, 됐어."

쌍주의 말 때문에 괜히 어색해져 선주는 그를 똑바로 볼 수가 없었다. 게다가 쌍주가 계속 호기심 어린 눈길을 거두지 않고 두 사람만 따라다니는 통에 미칠 지경이었다.

"해주, 미주. 아빠 오시는지 나가서 볼래?"

"아빠가 오기 전에 전화한다고 했으니까 안 나가도 돼."

"응. 언니, 아침에 아빠가 얘기했는데 잊었어?"

"그래도 혹시 모르니까……."

쌍주뿐 아니라 이젠 석현까지 그녀를 빤히 쳐다봤다. 광대뼈가 후끈 달아올랐다. 넷이 이렇게 있는 게 어색해져 잠깐 내보내려 했더니 쌍주의 말이 더 가관이다.

"어, 언니. 아저씨랑 둘이 있고 싶은가 보다."

"헐, 진짜? 대박."

이번에는 석현의 입술이 위로 슬쩍 올라간다. 그거 아니거든요!

"무슨 쓸데없는 소리야?!"

"어휴, 정말. 나가 줄게. 해주야, 나가자."

"알았어. 언니가 원하는데 나가 줘야지."

"뭐, 뭐야? 어딜 나가?!"

좀 전에 나가라고 했던 자신의 말을 잊고 선주가 소리를 버럭 질렀다. 하지만 이미 쌍주는 현관 밖으로 뛰쳐나간 뒤였다. 뒤에서 석현이 킥킥대는 웃음소리가 들렸다. 선주는 발갛게 달아오른 뺨에 손을 얹었다.

"웃지 마세요. 그런 거 아니거든요! 어휴, 정말. 점점 버릇만 없어져……. 뭐, 뭐하세요?"

웃고 있던 석현이 갑자기 그녀의 옆자리로 옮겨 왔다. 그의 얼굴이 닿을 듯 다가왔다.

"음. 김선주는 나랑 단둘이 있고 싶었던 건가?"

"아, 아니거든요!"

"단둘이 있으려고 쌍주 내보낸 거잖아. 아무래도 내가 처제들을 잘 둔 것 같은데. 금방 분위기 파악하고 빠져 주네."

"사장님!"

빙글빙글 웃으며 놀리는 말에 선주가 당황해서 어쩔 줄 모른다. 그를 밀어내고 일어서는데 석현이 팔목을 잡는다.

"왜 이러세요? 좀 있다 아빠 오실……."

"난 김선주하고 단둘이 있고 싶었는데. 어젯밤 이후로 이것만 생각했거든."

"네? 사장…… 흡."

순간 석현의 커다란 손이 양쪽 뺨을 감쌌다. 어, 하는 사이에 입술이 겹쳐졌다. 놀라서 벌어진 입술 사이로 그의 혀가 들어왔다. 머리가 빙글빙글 돌고 온몸이 화끈거렸다.

살려 주세요, 사장님.

그의 팔이 허리를 감아 당기자 두 사람의 몸이 완전히 밀착됐다. 간신히 입술이 떨어졌다. 선주는 갑작스런 키스의 충격에 숨을 헐떡였다. 그녀의 모습에 석현이 웃으며 다시 입술을 겹쳐 왔다.

좋아, 죽을 것 같다. 목이 점점 더 뒤로 꺾이며 선주는 그의 팔에 손톱을 박고 말았다. 숨이 막힐 정도로 입 안을 헤집고는 석현이 입술을 떼자 그녀는 받은 숨을 뱉으며 그의 어깨에 기댔다.

"사, 사장님."

"반지, 끼고 있어. 그래야 안심이 될 것 같아."

대답을 하기도 전에 다시 입술이 부딪혔다. 심장이 미친 듯 두근거렸다. 정신이 아득해졌다. 강하게 자신을 안은 그의 몸만이 유일한 현실인 것 같았다. 숨을 쉬지 못해 가슴이 터질 것 같은데도 떨어지기가 싫을 정도다. 간신히 입술을 뗀 석현이 안은 팔에 아플 정도로 힘을 주었다.

"김선주."

"사장님."

미치겠다. 선주가 초점이 사라진 몽롱한 눈으로 그를 쳐다보았다. 석현은 조급증을 느꼈다. 곧 있으면 선주의 아버지와 쌍주가 들어올 걸 알면서도 그녀에게서 손을 떼기가 힘들었다.

어젯밤 반지를 끼워 주고, 키스를 한 이후로 오직 김선주가 자신의 것이라는 것만 생각났다. 아무도 뺏어 갈 수 없는 민석현만의 여자. 지금 숨을 헐떡이며 품 안에 있는 선주는 거의 그 꿈에 가까워져 있었다.

지독하게 강렬한 그 감정은 석현으로서는 처음이라 어떻게 해 볼 도리가 없었다. 뭐든 해서 그녀를 구속하고 싶은 생각뿐이었다. 다시 입술을 내리는데 현관 앞이 소란스러워졌다. 쌍주의 커다란 웃음소리가 들리자 석현은 재빨리 선주에게서 떨어졌다. 아직 정신을 차리지 못한 선주가 혼란스러운 표정으로 그를 올려다보았다. 젠장, 이대로 그녀를 데리고 도망치고 싶어진다.

"쌍둥이야."

"쌍둥이?"

멍한 표정으로 그의 말을 그대로 따라 하던 선주가 갑자기 눈을 동그랗게 떴다. 정신을 차렸는지 빨개진 얼굴로 그를 밀어젖히고는 쏜살같이 자기 방으로 뛰어갔다. 순식간에 일어난 일이라 석현은 잠시 당황했지만, 곧 더 가까이 들려온 쌍주의 목소리에 간신히 자세를 바로잡았다. 곧바로 문이 열리며 쌍주와 함께 재형이 들어왔다. 그는 자리에서 일어나 고개를 숙였다.

"어, 어. 왔나?"

어색한 재형의 인사에 석현이 고개를 끄덕였다.
"네. 어디 다녀오시나 봅니다."
"아, 네. 아침에 일이 있어서. 자리에 앉게, 그럼."
"네."
재형과 인사를 하고 마주 앉는데 그를 물끄러미 보고 있던 미주가 인상을 썼다.
"아저씨, 입술에 뭐 묻었어요. 빨간색. 고추장인가?"
"응?"
"어, 우리 언니 립스틱 색깔하고 똑같네. 나 그 색깔 좋아하는데."
순간 재형이 석현을 힐끗 쳐다보았다. 그와 눈이 마주치자 석현의 광대뼈가 붉게 달아올랐다.
"휴지 줄까요? 그런데 어디서 그런 거 묻혔어요? 어른이 칠칠맞게. 우리 나간 사이에 둘이 몰래 맛있는 거 먹은 거 아니에요? 치사하게. 그치, 해주야."
미칠 정도로 달콤하고 맛있긴 했다. 지금도 아쉬울 정도로.
"여기 휴지 있어요."
핀잔을 주는 미주와 달리 해주가 휴지를 건네자 그는 재빨리 입술을 닦아 냈다. 쌍주의 수다를 들으며 석현은 선주가 사라진 방문을 쳐다보았다. 벌써, 그녀의 달콤함이 그리워졌다.

미쳤지, 미쳤어! 선주는 벽에 머리를 콩콩 박았다. 여기가 어디라고 그런 짓을 해! 네가 돌았지? 하지만 그와 입술이 닿은 순간 아무것도 생각할 수가 없었다. 홧홧하게 달아오른 뺨이 식을 줄을 몰랐다. 바깥으로 나가려면 조금 진정이 되어야 할 텐데. 심호흡을 하고 손바닥으로 얼굴을 식히려 해 봐도 소용이 없었다. 다시 머리를 콩 하고 벽에 박는데 문이 벌컥 열렸다.

"언니, 뭐해?"

"아빠 왔어. 얼른 나와."

쌍주가 평소처럼 요란하게 방으로 들어왔다. 그녀는 빨개진 얼굴을 돌렸다.

"금방 나가."

"언니, 어디 아파? 얼굴이 빨개."

"정말. 헐, 감긴가?"

"아니야. 먼저 나가 있어. 언니도 바로 나갈 거야."

"빨리 나와. 배고프단 말이야."

쌍주가 나간 후 선주는 후, 후, 하고 숨을 여러 번 내쉬었다. 문을 슬쩍 열어 거실의 상황을 확인했다. 쌍주만 열심히 떠들고, 재형과 석현은 마주 앉은 채 멀뚱히 있었다. 그 모습에 그녀는 슬금슬금 거실로 나갔다.

"아빠, 오셨어요? 곧바로 점심 차릴게요. 잠시만 기다리세요."

"우리가 도와줄게!"

"나도!"

선주가 시선을 피한 채 후다닥 주방으로 사라지자 쌍주가 뒤쫓아 갔다. 마주 앉은 두 남자 사이에 어색한 침묵이 돌았다. 주방에서 쌍주의 재잘거림과 함께 간간이 선주의 호통이 들렸다. 이런 상황이 익숙지 않은 석현은 난감했다. 무슨 말을 할까, 궁리 중인데 재형이 헛기침을 했다.

"흠, 그래. 선주 회사 사장님이시라고?"

"아, 네."

"그런데 어째서 우리 선주와……."

"네?"

두 사람의 시선이 마주쳤다. 재형의 얼굴이 조금 붉어졌다. 원래가 그런 성격인지 말도 느리고 무거운 편이었다.

"선주한테 대충 들으니 대단한 집안이라고. 우리 선주하고 정말 결혼할 생각인가?"

"네."

"흠."

다시 어색한 침묵이 흘렀다. 한참을 생각에 잠겼던 재형이 이번에도 느릿하게 입을 열었다.

"한 가지만 물어봅시다."

"네."

"우리 선주를 좋, 좋아하는가?"

그 말을 하고는 오히려 재형이 얼굴을 붉힌다. 석현은 그런 재형이 신기했다. 말도 어눌하고 수줍음이 많았다. 늘 자신만만해서 옆에 있기만 해도 지치게 만드는 자신의 집안사람들과는 영 딴판이었다. 느릿한 그 반응이 답답하기보다는 여유로 느껴졌다.

"네. 김선주 씨하고 같이 있고 싶습니다. 김선주 씨가 받아만 준다면 오랫동안, 곁에 두고 싶습니다."

"그, 그런가?"

더 이상 침묵이 불편하지 않았다. 재형이 머릿속을 정리하는 동안 석현은 기다렸다.

"우리 선주는……."

"……."

"우리 선주는 가족밖에 모르고 살아왔네. 원래가 책임감이 강하기도 하지만 반쯤은 억지로, 어쩔 수 없는 상황이 선주를 그리 만들었겠지만 한 번도 불평 한 마디 한 적 없어. 여기서 도망치겠다 한 적도 없고."

"네."

"그러니, 아프게만 하지 말게. 처음 그 마음으로 끝까지 좋아만 해 주게."

"알겠습니다."

"그거면 난 바라는 게 없네."

어딘지 모르게 쓸쓸한 말에 석현은 재형을 바라보았다. 선주를 걱정하는 그 마음이 전해진다. 예기치 못하게 불편함이 몰려온다. 아버지라는 존재에 대해. 문득 떠오른 얼굴에 그가 재형의 시선을 피했다. 그 사람과는 완전히 다른데 왜 떠올랐을까? 아이들이 음식을 가져온다고 다시 시끄러워질 때까지 그는 그 생각에 잠겨 있었다.

어휴, 하고 선주는 안도의 한숨을 내쉬었다. 다른 사람들은 이런 절차들을 다 어떻게 해내는 건지. 석현이 집에 온 건 기분 좋지만 어색함만은 아직도 어쩔 수 없었다. 게다가 그의 얼굴만 봐도 이젠 키스가 떠올라 열이 오르는 통에 미칠 지경이었다. 다행이라면 아빠가 석현에 대해 좋게 생각하는 것 같아 안심이 됐다.

식사 중 반주를 몇 잔 하시더니 석현에게 바둑을 두자고 했다. 하지만 바둑을 둬 본 적이 없다는 그의 말에 결국 종목을 변경해 알까지를 했던 것이다. 싫어할 줄 알았는데 석현은 별 위화감 없이 가족들과 잘 어울렸다.

쌍주 덕분인지 어색함이 많이 풀어져 석현은 저녁까지 먹고 늦게 일어섰다.

"아저씨, 다음에 또 놀러 오실 거예요?"

"또 오세요. 다음에는 우리 놀러 가요. 언니하고 아빠하고 아저씨하고 다 같이."

"좋아."

"와, 약속했어요?"

"그래. 놀러 가고 싶은 데 생각해 놔."

"앗싸!"

쌍주가 하이파이브를 하며 펄쩍 뛰자 석현이 웃음을 보인다. 오늘 내내 그런 얼굴이었다.

"그런데 다음에 만날 때는 아저씨라고 하지 말고 형부라고 불러 주면 좋겠는데. 처제들."

"헐, 닭살."

"으윽. 완전 어색해요."

아이들의 호들갑에 석현이 킥킥댄다. 상상도 하지 못했던 그의 모습에 선주 역시 웃음이 나왔다.

"뭐, 차차 바꿔 가면 되겠지. 처제들."

"우와, 아저씨 느끼해요."

"나도. 소름 돋았어!"

해주와 미주가 팔을 들어 대패 미는 시늉을 해 댄다.

"어휴, 그만 인사하고 들어가."

"아저씨, 안녕히 가세요."

"그래, 다음에 보자. 장인어른 다음에 뵙겠습니다."

"으음. 그래. 조심해서 가게."

옆에 말없이 서 있는 재형에게까지 인사를 한 그가 바깥으로 나갔다. 선주도 그를 배웅하기 위해 대문까지 같이 걸어갔다.

"정신없죠?"

"왜? 쌍주 때문에 더 재미있었어."

"그것도 하루 이틀이죠. 어쨌든 오늘 고생하셨어요. 그럼 조심히 가세요."

대문 앞에 도착해 선주가 작별 인사를 했다. 미련 없는 그 행동에 석현이 인상을 썼다.

"어, 뭐야? 여기가 끝이라고?"

"네? 가셔야죠. 왜요?"

"배웅이 너무 성의 없네. 잠깐 얘기 좀 해야지."

"무슨 얘기요? 늦었으니까 다음에 해요. 오늘 피곤하실 텐데 가서 푹 쉬시고요."

휴, 하는 한숨 소리가 들리더니 석현이 선주의 손을 잡아끌었다.

"사장님, 뭐하세요?"

"내가 그랬지? 당신 순 허당이라고. 우리 지금 연애하는 중이거든. 그건 곧 내가 김선주하고 더 오~래, 같이 있고 싶다는 말이야. 알아들었나?"

헉. 선주의 얼굴이 빨개졌다. 그 반응에 석현은 피식 웃음이 나왔다. 골목길에 세워 둔 차에 그녀를 태우자 선주가 인상을 썼다.

"어, 어디 가는데요?"

"안 갈 건데?"

"네? 그럼 왜 차에……."

"작별 인사."

그의 커다란 손이 뒷덜미를 감싸 안았다. 입술이 닿았다. 이건 정말 익숙해지지 않는 두근거림이라고 선주는 생각했다. 심장이 미친 듯이 두근댔다.

"사장님!"

"쌍둥이만 호칭 정리할 게 아니라 우리도 해야겠어."

석현이 입술을 떼며 선주의 뺨을 감쌌다. 열이 오른 말랑한 피부의 느낌에 그는 초조해졌다.

"사, 사장님."

"그렇게 부르지 마. 당신한테 사장님이 한둘이라야지."

선주가 사장님이라고 부르면 아버지가 떠올랐다. 물론 가끔 숨차게 불러 주는 모습은 묘하게 설레기도 했지만.

"사장님."

다시 입술이 가볍게 닿았다. 쪼옥 소리가 나자 선주가 몸을 부르르 떨었다.

"하, 하지 마세요. 사장님!"

이번엔 혀가 살짝 입술을 스쳐 갔다.

"사장님 소리 할 때마다 할 거야."

헉!

"사, 아니. 저, 저기요."

그가 아랫입술을 살짝 당겨 물었다. 선주는 숨이 넘어갈 것 같았다.

"사장님이라고 안 했잖아요?"

억울한 듯한 말에 석현이 피식 웃는다.

"저기요, 는 도대체 뭔데? 사장님보다 더 기분 나쁘거든."

"사장님."

결국 선주가 울상이 되자 석현이 웃으며 고개를 들었다. 아쉽지만 오늘은 이 정도에서 끝내야겠다. 더 했다가는 진짜 울어 버릴 것 같았다.

"내일 영화라도 볼까?"

화제를 바꾼 그의 물음에 선주가 안도의 한숨을 내쉬었다. 어쩐지 그 안심하는 모습이 괘씸해 다시 덮칠까 하다가 그는 간신히 참았다. 어제 이후로 나사가 하나 빠졌는지 절제가 되지 않았다.

"내일이요?"

"왜? 바쁜가?"

"그, 그건 아니지만. 매일 만나는 건 좀……."

자극이 너무 세다. 하루 정도는 이 혼란에서 벗어나고 싶기도 하고, 또 내일 보자고 하니 설레기도 한 오락가락한 마음이었다.

"난 김선주라는 여자한테 당분간은 완전 집중할 생각이야. 그래야, 우리가 찾으려는 것도 빨리 찾을 수 있지 않겠어? 당신에 대해 모든 걸 알고 싶어."

진도가 너무 빠르다. 키스를 한 것처럼 머리가 어질어질해졌다.

"그리고, 결혼식도 가능한 빨리 날짜를 받았으면 좋겠어. 어차피 우리 두 사람이 결심한 이상 더 이상 미루는 건 의미 없다고 생각하는데. 당신은 어때?"

"그, 글쎄요."

"난 당장 다음 달이라도 할 생각인데. 날 잡는 거 힘들면 내가 알아서 할게."

엄마가 없으니 이런 게 불편하다. 선주의 얼굴이 어두워지자 석현이 고개를 숙여 쳐다본다.

"준비하는 게 힘들면 박 실장이 도와줄 거야. 어차피 당신을 위해서 고용한 사람이니까."

"네?"

"어릴 때 나 돌봐 주던 사람이야. 그나마 그 집에서 제일 나하고 가까웠던 사람."

처음 어머니를 떠나 낯선 아버지라는 사람의 집으로 간 석현은 적응을 하지 못했다. 그를 보며 씁쓸한 얼굴을 하는 아버지와 못마땅한 얼굴의 아버지 아내. 결국, 그는 늘 혼자 있는 아이가 되었다. 보다 못한 민 회장이 그를 본가로 불러들여 곁에 두었지만 소용이 없었다.

할머니인 한 여사는 준건을 증오하는 이상으로 석현을 싫어했다. 자신과는 피 한 방울 섞이지 않은 아이. 게다가 민 회장이 아끼던 여자를 쏙 빼닮았다는 준건의 얼굴을 그대로 닮은 아이니 민 회장과 준건에 대한 증오가 고스란히 어린 그에게로 향했던 것이다.

본가에서도 석현은 늘 혼자였다. 준건처럼 참는 성격이 아니라서 그들의 냉소에 경멸 어린 반응을 보이며 첨예하게 대립했기 때문이다. 심지어 석현은 그들과 같이 식사하는 것조차 거부했다. 결국 민 회장이 그런 손자를 위해 별채에 따로 그의 거처를 마련하고, 그를 돌볼 지영을 고용했던 것이다.

날카롭던 사춘기가 지나고, 대학생이 되어 그곳을 나오기 전까지 그가 그 집에서 유일하게 의사소통을 하던 사람은 지영이 유일했다. 석현이 독립을 하면서 지영 역시 일을 그만두게 되어 두 사람의 고용 관계는 끊어졌지만, 간간이 개인적으로 연락을 이어 오고 있었다. 선주와의 결혼을 결심하며 그녀에게 필요한 사람을 찾다 보니 지영이 딱이라는 생각이 들어 석현이 일자리를 제의했던 것이다. 오랫동안 민 회장 일가의 생활을 보아 온 사람이라 선주가 결혼을 준비하는 데 적절한 도움을 줄 수 있을 것 같았다.

하지만 선주는 뭐가 마음에 안 드는지 인상을 찌푸렸다.

"사장님. 흡."

다시 사장님이라고 부르는 선주의 입술을 가볍게 훔치고 석현은 그녀의 머리를 쓰다듬었다.

"박 실장 도움 받아. 날 받는 것도 박 실장하고 같이 의논하면 돼. 좋은 날로 받아 줄 거야."

"사장님."

어쩐지 말이 쓸쓸하게 들려 선주가 거절을 못 하는데 입술이 다가왔다. 그녀는 재빨리 손을 들어 입술을 가렸다.

"사장님! 이제 그만하세요."

"사장님이라고 안 부르면 되잖아."

"알았어요. 안 부를게요. 그럼 됐죠?"

"그럼 뭐라고 부를 건가?"

그건 생각해 보지도 못했다. 지금 이 상황도 아직 완전히 받아들여지지 않아 곤란했다. 선주가 당황한 표정으로 허둥댔다. 석현이 그 모습에 웃음을 보였다. 오늘 하루 종일 그의 웃는 모습을 봤는데도 선주는 그게 또 신기하고 기분이 좋았다.

"왜?"

"사장님은……."

"당신 탓이야, 이건."

다시 입술이 다가오자 선주가 손바닥으로 재빨리 그의 입술을 가렸다.

"얘기해요, 얘기!"

"해 봐."

손바닥으로 촉촉한 입술과 함께 더운 숨결이 느껴졌다. 정신이 아찔해져 아무 생각도 할 수 없었다.

"무슨 얘기가 하고 싶은데?"

두 사람 사이엔 서로의 입술이 맞닿은 그녀의 작은 손이 전부였다. 열기가 후끈 올라왔다. 그가 내뿜은 숨결이 손바닥을 통해 자신을 흠뻑 적시는 것 같았다. 그가 미치도록 좋았다. 갑자기, 그의 마음이 궁금해진 선주는 툭 하고 질문을 던졌다.

"사장님은 제가 왜 좋으세요?"

그녀의 말에 석현이 놀란 듯 눈을 가늘게 떴다.

"사장님은 다 가진 사람이잖아요. 제가 줄 게 아무것도 없는데, 왜 제가 좋으세요?"

"그게 왜 궁금해?"

"불안해서요. 오늘 하루가 꿈같아서요. 이런 건 상상도 못 했던 거라 두려워요. 내 멋대로 꾼 꿈같아서."

그녀의 목소리가 이젠 속삭임이 되어 있었다. 석현이 입을 가린 선주의 손을 잡아 깍지를 꼈다.

"그건 당신도 내가 좋다는 말로 들려. 마음대로 오해해도 되나?"

"오해, 아니에요. 사장님이 좋아요. 저도 모르게 좋아졌나 봐요. 싫어하려고 했는데, 그게 잘 안 돼요."

"김선주는 내가 왜 좋아? 멋대로에 강요만 하는 내가?"

얼굴이 닿을 듯 다가왔다. 선주는 떨리는 한숨을 내쉬었다.

"그냥요. 그냥 좋아져 버렸어요. 저도 어쩔 수 없이. 사장님은요?"

"나도 그냥. 어쩌다 보니 그렇게 됐어. 그러니까 그런 건 묻지 마. 그냥 당신은 나한테 와서 내 편, 내 가족이 되어 주면 돼. 반지 다시 끼도록 해. 마음에 드는 걸로 새로 사 줄 때까지."

"사장님."

가느다란 떨림을 실은 그 말에 석현이 피식 웃었다.

"이건 당신이 원한 거야. 또 사장님이라고 불렀으니까."

입술이 부드럽게 부딪혔다. 선주는 팔을 들어 그의 목을 감싸 안았다. 사장님이 좋아요. 이 순간 어떻게 되어도 좋을 만큼. 몸이 떨릴 정도로, 마음이 떨릴 정도로. 선주는 입 안 깊숙이 들어오는 그를 받아들이며 석현의 품 안으로 깊이 파고들었다.

9.

 석현이 인사를 온 뒤 한 주 내내 선주는 붕 뜬 기분 속에 있었다. 매일 석현의 얼굴을 보고, 밥을 먹고, 진짜 연인처럼 얘기를 나눈다는 것이 마치 꿈처럼 느껴졌다. 게다가 집 앞에서 헤어질 때 점점 더 깊어지고 길어지는 키스는 시도 때도 없이 떠올라 그녀를 괴롭혔다.
 또 떠오른 그 감촉에 저절로 얼굴이 붉어졌다. 금요일에 쌍주의 현장학습이 있어 저녁에는 아이들과 마트에 가기로 해 일찍 퇴근을 해야 하는데도 선주는 석현의 사무실만 멍하니 바라보고 있었다. 난생처음 해 보는 연애라 그런지 정신이 하나도 없을 정도로 푹 빠지고 말았다.
 이런 강렬한 감정은 어리고 풋풋한 학생 때나 가능하다고 생각했는데 매일매일 그를 보는 것만으로 두근두근한다. 아니, 저 문 너머에 그가 있다는 것만으로도 설레었다. 정신을 차리고 그녀는 사장실 문을 두드렸다. 네, 하는 낮고 굵은 남자다운 목소리에 머리가 어지러워졌다. 중증이네, 이거.

"사장님."

"왜?"

"저, 먼저 퇴근할게요."

"아, 잠깐만. 나도 나갈 거야. 오늘 가고 싶은 데 있어?"

"죄송해요. 오늘은 쌍주하고 마트 가요. 내일 애들 현장학습이에요. 도시락 쌀 재료 사야 되거든요."

"그래? 그럼 어쩔 수 없지. 해주, 미주한테 현장학습 잘 갔다 오라고 전해 줘."

"네. 사장님도 조심해서 퇴근하세요."

"어, 김선주."

인사를 하고 나오려는데 석현이 일어서 성큼 다가왔다.

"뭐 잊은 거 없나?"

"네?"

"안 되겠네. 아직 세뇌가 덜됐어."

"사장님?"

"이거."

앗, 하는 사이 입술이 와 닿았다. 부끄럽지만 그의 입술이 닿는 게 좋았다. 기대감에 가슴이 저릿저릿해졌다. 그래서 입술이 닿은 순간 저절로 신음 소리가 나왔다. 석현이 입술을 댄 채로 웃는 게 느껴졌다.

"웃지 마세요."

"김선주는 키스를 좋아하는 것 같아. 그것도 엄청."

"누, 누가요?"

입술을 떼자마자 빨개진 얼굴로 선주가 버둥거렸다. 석현이 더 크게 웃으며 그녀의 얼굴을 두 손바닥 안에 가뒀다. 두 사람의 몸이 바싹 밀착이 되자 닿은 곳에서 열이 났다.

"난, 엄청 좋은데. 당신 입술. 달콤하고 맛, 있어."

너무 좋아서 비명이 나올 것 같았다. 선주가 석현의 웃는 얼굴을 당겨 입술을 부딪쳤다. 서투르지만 열정적인 그 행동에 그가 웃으며 입술을 열었다. 혀가 깊숙이 들어왔다. 온몸이 저릿해지며 정신이 아득해졌다. 강렬하고 깊은 입맞춤이었다.

키스가 끝나자 선주는 힘이 빠져 그의 팔에 매달렸다. 정수리에 석현의 턱이 닿더니 몸이 아플 정도로 꽉 안았다.

"나를 시험에 들게 하지 마."

요즘 종종 하는 말. 선주가 움찔하며 몸을 떼려 했지만 아직 힘이 들어가지 않는 다리 때문에 비틀거리고 말았다. 석현이 피식 웃으며 어깨를 잡아 주었다.

"차, 사 줄게. 운전하고 다녀. 애들 데리고 마트 가려면 힘들잖아."

"하지 마세요. 차 있어도 운전 못 해요. 장롱면허라고 했잖아요."

"연수 받으면 돼. 정 안 되면 내가 해 줄게. 자꾸 거절하면 섭섭해질 것 같은데."

"그래도 싫어요. 그런 건 받고 싶지 않아요."

"왜?"

석현이 인상을 쓰며 멀찍이 몸을 뗐다. 차를 사 주겠다는 말을 한 지는 꽤 되었지만 그때마다 선주가 거절을 했다.

"그냥, 그런 걸 받으면 처음처럼 될 것 같아요. 사장님과 결혼하면 얻게 되는 작은 사치들이라고 했나요? 그런 것들 때문에 하는 결혼이 아니니까 싫어요."

휴, 하는 한숨 소리에 선주가 그를 올려다봤다.

"그거라도 받아 줘야 내가 마음이 편해. 당신이 주는 거에 비하면 그런 건 아무것도 아니니까."

"우리 거래하는 거 아니잖아요. 사장님이 그런 생각하는 게 싫어요. 받은 만큼 돌려주겠다는 거."

"그것만은 아니야. 결혼하면 당신한테 개인 비서, 운전기사뿐 아니라 경호원도 붙게 될 거야. 편한 것보다 당신이 안전한 게 나한테는 더 중요해. 그리고 그건 나하고 결혼하면 어쩔 수 없이 감수해야 할 부분이고. 주변의 눈들이 당신을 그냥 지나치지 않을 거야. 그러니까 미리 훈련해 두는 것도 괜찮잖아."

"결혼하면, 어쩔 수 없다면 그럴게요. 지금은 이대로가 좋아요."

"알았어. 본사로 들어가고 결혼식이 있을 때까지는 당신 존재는 대외적으로 비밀로 해 둘 생각이야. 지금이 편하다면 당분간은 즐기도록 해 주지. 단, 내 눈에서 멀어지지는 마."

석현의 말에 안심한 듯 선주가 생긋 웃었다. 그가 다시 입을 맞추었다. 너무 좋아. 두 사람의 입술이, 혀가, 마음이 하나로 엉킨다. 선주는 그게 좋았다. 키스가 끝나고 거친 숨을 뱉으며 석현이 그녀의 목덜미에 얼굴을 묻었다.

"주말에 하루 정도 쌍둥이 빼고 둘이 놀러 갈까?"

"어디요?"

"아무 데나."

"엉큼한 짓 할 생각이면 아서요."

"누가 엉큼한 짓이래? 그리고 당신이야말로 좋아하잖아. 항상 사장님이라고 부르는 건 그 때문 아니야?"

놀리듯 묻는 말에 선주가 인상을 썼다.

"아니거든요! 갈게요."

토라진 그녀의 말에 석현이 피식피식 웃자 바짝 약이 오른다. 좋다고는 하는데 왠지 자기 마음만큼은 아닌 것 같다. 자신은 그가 옆에 있으면 정신을 못 차릴 정도인데 석현은 늘 여유롭게 그녀를 놀렸다.

"그럼 사장님이라고 부르지 말고 다른 애칭으로 불러. 아니면 계속 오해할 거야. 엉큼한 김선주 씨."

부르라면 못 부를까 봐. 선주는 일부러 환한 미소를 지었다. 그의 눈썹이 치켜 올라갔다. 기대에 찬 그의 표정에 그녀는 손을 내밀어 그의 가슴을 살짝 쓰다듬었다. 자신의 손바닥 아래서 그의 근육이 움찔, 긴장하는 게 느껴졌다. 침을 꿀꺽 삼키는 그의 목덜미 가까이 입술을 가져갔다. 닿을 듯 말 듯 얕고 향긋한 숨결이 그를 자극했다.
"자기~ 그럼 내일 봐요."
순간 석현의 얼굴에 열기가 몰리며 일그러졌다. 그가 잡으려 손을 내밀었을 땐 이미 그녀는 후다닥 사장실을 뛰쳐나간 뒤였다.
"김선주!"
석현은 헉, 소리가 나올 만큼 놀랐다. 그녀를 향한 감정에 기분 좋은 두근거림은 있었지만 강렬한 충격은 없었다. 하지만 선주가 자기, 라는 말을 한 순간 석현은 심장이 툭 하고 떨어지는 느낌이 들었다. 마구 흔들어 놓고는 도망가 버린 여자지만 자꾸 그 말이 생각나 웃음이 피식피식 새어 나왔다. 아, 김선주. 당신이 정말 좋은 거 같아. 석현은 한참을 그렇게 웃고 있었다.

"과자는 먹고 싶은 걸로 두 개씩만 골라. 음료수 하나하고. 물은 언니가 넣을게."
"그냥 돈으로 줘도 돼. 요즘에 과자 가지고 오는 애들 없어."
"응. 가면 다 판단 말이야."
"그런 데는 비싸잖아. 그리고 이런 과자는 안 팔아."
도심 한가운데 있는 박물관으로 가는 현장학습이었다. 쌍주의 말대로 얼마든지 그곳에서 사 먹을 수는 있지만 선주는 고개를 저었다. 이렇게 챙겨 주는 게 마음이 편했다. 만약의 상황이라는 것도 있으니까.
"용돈도 줄 테니까 그냥 골라. 그리고 돈은 꼭 필요한 데만 써. 알았지?"

"알았어."

썩 내켜하지는 않지만 쌍주가 자기들이 좋아하는 과자를 두 개씩 골라 왔다. 고학년이 되더니 예전처럼 과자에 대한 욕심이 없다. 김밥을 쌀 재료와 도시락에 따로 넣어 줄 과일을 골랐다. 평소 먹을 반찬거리까지 사고 나니 짐이 꽤 되어 선주는 작은 짐을 쌍주가 들게 했다.

버스에서 내려 골목길에 들어서는데 낯선 차가 서 있었다. 최근 들어 거의 매일 그녀의 집을 방문했던 석현 때문에 저녁이면 늘 그의 차가 서 있던 곳이었다. 검은색으로 짙게 선팅이 된 승용차는 안이 아예 보이질 않았다. 커다란 고급 외제차에 쌍주가 관심을 보였다.

"어, 완전 좋은 외제차다."

"핏, 아저씨 차가 더 좋거든."

"그건 그렇지. 그래도 저 차도 좋잖아."

"뭐, 그건 그렇지만. 그런데 언니, 아저씨는 오늘 안 와?"

이젠 완전히 석현과 친해진 아이들이 그가 보고 싶은 모양이었다. 그리고 얼마 전에 갖고 싶은 게 있으면 뭐든 사 주겠다는 공약을 걸었기에, 여전히 폴더 폰을 쓰고 있는 쌍주는 선물로 스마트폰을 정한 후 그가 오기를 손꼽아 기다렸다.

"오늘은 안 오셔."

"아깝다. 참, 너 인터넷에 아이쮸 기사 나온 거 봤어?"

"헐, 그거 진짜라며?"

"응. 울 반 애들이 사진 보여 주더라."

쌍주의 화제가 이번에는 최근 스캔들이 터진 연예인으로 돌아서자 선주는 웃으며 뒤를 따라갔다. 검은색 승용차를 지나는 순간, 승용차의 문이 딸깍 하고 열렸다.

"김선주 양."

어둠 속에서 들려온 낯선 목소리에 선주와 쌍주가 동시에 움찔하며 돌아보았다. 열린 문으로 천천히 사람이 내리고 있었다. 처음에 그 사람을 알아보지 못했던 선주는 민정만 회장을 뒤늦게 알아보고 깜짝 놀랐다.

"어, 안, 안녕하세요."

"그래. 잘 지냈는가?"

"아, 네."

"동생들?"

"네. 해주, 미주라고 합니다. 해주, 미주 인사드려."

"안녕하세요."

"안녕하세요, 할아버지."

"언니, 그런데 누구야?"

인사를 하고는 미주가 옷자락을 당기며 속삭이듯 물었지만 목소리 조절에 실패해 결국 골목길에 크게 울렸다. 그 모습에 민 회장이 피식 웃음을 보인다. 석현과 선주에게 사람을 붙여 계속 주시하고 있었다. 선주가 집에 와서 보였던 행동이 마음에 든다고 해서 거짓 결혼을 용납할 생각은 전혀 없었다. 차라리 정략결혼이라면 몰라도, 애정 없는 결혼을 석현까지 하게 하고 싶지는 않았다.

최근 보고 받은 바에 의하면 연극이라고 하기엔 두 사람이 상당히 가까운 사이인 건 확실한 것 같았다. 냉랭한 손자가 진심으로 좋아하고, 결혼할 여자를 만난 건 안심이 됐다. 하지만 그런 손자와는 달리 외롭게 누워 있는 준건을 떠올리자 마음이 무거워졌다. 그가 죽기 전에 꼭 해결해야 할 일이다, 이건. 그러기 위해서는 선주의 도움이 필요했다.

"잠깐 시간 좀 내줄 수 있겠나?"

"아, 네. 잠시만 기다려 주시겠어요? 짐이 있어서. 금방 나오겠습니다."

"그래, 그럼. 해주, 미주라고 했나? 만나서 반가웠다."

"안녕히 가세요."

"할아버지, 안녕히 가세요."

골목길로 들어가는데 언니, 저 할아버지 누구야, 하는 호기심 어린 목소리가 다시 들렸다. 민 회장은 석현이 어째서 선주를 선택했는지 조금 이해가 갈 것도 같았다. 처음으로 자신을 온전히 감싸 주는 여자를 만난 그 기분을 말이다.

그들이 줄 수 없는 그런 진짜 가족. 선주가 그걸 석현에게 줄 수 있다는 걸 민 회장은 깨달았다. 씁쓸함이 신물처럼 올라왔다. 잘못 산 게지. 회한이 물밀 듯이 밀려왔다. 그는 멀어지는 아이들의 웃음소리를 들으며 그렇게 서 있었다.

"사장님 할아버지야."

"헐, 완전 할아버지네."

"꼭 닭튀김 할아버지처럼 생겼어."

"맞다. 나도 그거 생각했는데. 아저씨는 완전 다른데. 아저씨가 훨씬 잘생겼지?"

"응. 아저씬 연예인 해도 될 것 같아. 태민이보다는 별로지만."

"그건 당근이쥐."

어이구, 비교할 데를 비교해라. 어디 아이돌 따위를 민석현에 비교해! 사장님이 훨씬 낫지. 속으로 한 생각이지만 선주는 그런 자신이 어이가 없었다. 하지만 곧 민 회장이 밖에서 기다린다는 사실을 떠올리고 바짝 긴장했다. 무슨 일일까? 불안함이 스멀스멀 올라왔다.

"언니 잠깐 나갔다 올게."

"김밥은?"

"갔다 와서 쌀 거야. 오래 안 걸리니까 걱정 마."

"알았어. 잘 갔다 와."

골목길 앞에 민 회장이 여전히 서 있었다. 선주는 잰걸음으로 달려갔다. 민 회장이 꾸벅, 인사를 하는 그녀에게 타라는 손짓을 했다.

"자리 좀 옮기고 싶은데 그래도 되겠나?"

"네, 상관없습니다."

옆에 앉은 민 회장 때문에 긴장해서 선주는 어디로 가는지 살필 겨를도 없었다. 한가한 작은 골목길에 차가 정차했다. 오래된 한옥집 안으로 민 회장이 그녀를 안내했다. 기다리고 있었던 듯 나이 지긋한 여인이 두 사람을 맞았다.

작고 아늑한 방에서 민 회장과 단둘이 남게 되자 어색함에 선주는 어정쩡하게 서 있었다.

"편히 앉지."

"네."

"그래, 잘 지냈나? 지난번엔 우스운 꼴만 보였지."

지난번 인사를 드리러 갔을 때 민 회장 일가에 대한 인상이 결코 좋은 건 아니었다. 발끈해서 당돌하게 행동했던 자신도 그리 잘한 건 없지만, 석현을 대하는 집안사람들의 태도를 생각하면 지금도 화가 났다. 싫어도 어쩔 수 없이 부대끼며 살아야 할 사람들이지만, 가능하면 피하고 싶었다.

차에서 내린 민 회장을 보는 순간 가슴이 덜컥했던 건 자신들의 결혼이 순탄하게 진행되는 데 걸림돌이 되지 않을까 하는 걱정이 되어서였다. 혹시라도 반대를 할까 봐. 그녀가 민 회장과 싸워서 이길 수 있을까? 그들의 막강한 힘과 겨루기엔 그녀는 너무나 약한 존재였다. 하지만 그녀는 애써 태연한 척했다.

"아닙니다."

"그렇게 생각해 주니 고맙네."

"네."

"내, 아가씨한테 못 할 말은 했네만 마음에 두지 말았으면 해. 늙으면 의심이 많아지는 법이거든."

"……."

"어려운가?"

"아닙니다. 저한테 하실 말씀이 아니라 사장님께 하셔야 할 것 같아서요. 사장님이 오해한 채로 두면, 할아버님과의 사이는 항상 이 거리가 될 테니까요."

"그것도 알지."

한숨과 함께 약한 웃음이 나온다. 그리고는 뜬금없는 질문을 던진다.

"이 집 어떤가?"

"네?"

"이 집에 오면 난 마음이 편해. 종종 찾아온다네."

"아, 네."

"이 집, 내 작은댁에게 사 준 거라네."

작은댁? 이해를 못 한 선주의 어리둥절한 표정에 민 회장이 피식 웃었다.

"석현이 할머니는 보았지, 그날. 그런데 그 사람은 석현이 친할미는 아니야."

석현에게 이미 들은 일이었다.

"여긴 석현이 친할머니, 그러니까 준건의 어미가 지내던 곳이야."

"네."

"꼬였다면 그때부터 꼬인 거지. 준건이도, 석현이도."

무슨 일인지 조바심이 날 정도로 궁금해졌다. 단순히 대단한 집안의 가십이 궁금한 게 아니라 석현의 마음으로 들어가 볼 수 있는 기회처럼 느껴져 선주는 약간 초조해졌다.

"그놈하고는 어떤가?"

"네?"

"처음에 의심도 했네만 요즘 들어서는 아주 푹 빠진 모양이더군."

석현이 그녀의 안전을 위해서 주변에 사람을 둘 거라는 걸 얘기했을 땐 막연하기만 했었다. 하지만 민 회장의 말을 듣자 왠지 섬뜩하게 다가온다. 숨이 막힐 정도로 사방에서 조여 오는 시선들이 저도 모르는 새에 가까이 와 있는 걸. 민석현이라는 남자와 결혼하는 건 그런 속으로 들어가야 한다는 걸 선주는 이제야 겨우 깨달았다.

"연극이라도 그 정도면 내가 깜빡 속아 넘어갈 만큼 훌륭하더군."

"……"

"거짓만 아니라면 어떤 경우에도 아가씨와 석현이 사이에 끼어서 뭔가를 할 생각은 없네. 다만, 하나만 물어도 되겠나?"

"네."

"그 아이를 좋아하는가?"

뜻밖의 질문이지만 어조에 담긴 신중함에 선주는 고개를 퍼뜩 들었다. 어딘지 모르게 지친 듯한 민 회장의 표정에 그녀는 고개를 끄덕였다.

"네, 좋아합니다."

"그래?"

"굉장히 좋아합니다. 사장님이 가족들한테 받은 상처, 할 수만 있다면 제가 다 감싸 주고 싶을 만큼 좋아해요."

휴, 한숨을 쉬며 민 회장이 눈을 감는다. 한참 두 사람 사이에 침묵이 흘렀다. 선주는 민 회장이 다시 눈을 뜰 때까지 물끄러미 그를 바라보았다. 처음 만났을 때와는 달리 어딘지 모르게 쓸쓸해 보였다.

석현의 복잡한 가족 관계는 선주로서는 이해하기 어려웠다. 자신과 쌍주의 관계와 다르지 않은데. 그녀는 쌍주가 없다는 건 상상도 할 수 없는 일이었다. 왜 그들은 그게 되지 않는 걸까? 꼬인 관계를 풀어 가는 방향이 조금만 달랐다면 민석현이라는 사람이 그렇게 외롭지는 않았을 텐데, 하는 아쉬움이 생겼다.

민 회장이 눈을 뜨고도 한동안 선주를 보더니 다시 한숨을 쉬었다.
"선주 양한테 내가 부탁 하나만 해도 되겠나?"
"네?"
"석현이를 위한 거네. 그 아이가 앞으로 편하게 지낼 수 있도록 하나라도 해 주고 싶어서. 들어주면 안 되겠나?"

선주는 천천히 고개를 끄덕였다. 석현을 위한 일이라면 뭐든지 할 수 있다. 그게 뭐든지. 순간, 선주는 자신이 그를 단순히 좋아하는 게 아니라는 걸 깨달았다. 그를, 사랑했다. 금방 깨달은 그 사실에 선주는 멍해졌다. 그런 자신을 민 회장이 만족스러운 듯 바라보는 것도 모른 채.

금요일은 아침부터 비가 추적추적 내렸다.

새벽같이 일어나 쌍주를 위해 도시락을 싸 놓고 나오느라 자칫, 지각을 할 뻔했다. 회사에서도 플렉시블 디스플레이 기술에 제일 먼저 관심을 보였던 프랑스 J사의 임원들이 계약에 대한 협상을 위해 월요일에 입국한다 하여 그 준비로 정신이 없었다. 석현 역시 그 준비로 선주와 개인적인 얘기를 할 틈도 없었고, 퇴근 시간에는 서로 간단하게 인사만 하고 헤어진 탓에 선주는 민 회장과 만난 얘기를 그에게 할 수 없었다.

야근까지 하고 완전 지쳐서 돌아오니 현장학습에서 비를 맞은 해주가 열이 펄펄 끓었다. 밤에는 토하기까지 하는 바람에 결국 응급실엘 가야 했다.

다행히 토요일 아침에 해주의 컨디션이 나아졌다. 입원할 필요는 없다는 말에 집으로 돌아오니, 어느새 오후가 되어 있었다. 편도염이라 열이 더 날 수 있다고 해서 바짝 긴장했는데 해주는 안정을 되찾았다. 식사 후에 약을 먹여 재우고 나서야 겨우 정신이 들었다.

해주가 자는 동안 그녀도 쉴까 하는데 문득 민 회장의 부탁이 떠올랐다. 해주가 아픈 바람에 깊이 생각할 시간이 없었지만 계속 마음에 걸렸던 일이었다. 석현에게 먼저 말을 한다면 어떤 반응이 나올지 지금으로서는 자신이 없었다. 자신을 좋아해도 어느 정도의 선까지 받아 줄 수 있을지 말이다.

한동안 고민하다 그녀는 망설임을 접었다. 어쨌든 석현과 결혼을 하는 데는 꼭 뛰어넘어야 할 산이었다. 무조건 모른 척하고 있을 수는 없었다.

상태가 좋아진 해주는 한두 시간 정도는 미주와 두어도 별문제가 없어 보였다. 저녁을 차려 놓고 선주는 미주에게 신신당부를 했다.

"해주, 잘 보고 있어. 저녁은 챙겨 놨으니까 언니 늦으면 먼저 먹어. 그리고 무슨 일 있으면 바로 연락해, 알았지?"

"언니, 어디 가는데? 아저씨 만나러 가?"

"아니. 금방 갔다 올 데가 있어서."

"그래? 알았어, 그럼. 빨리 와."

미주의 말에 선주는 웃으며 집을 나섰다. 왠지 긴장이 되는 건 어쩔 수가 없다. 그녀는 버스에 오르기 전에 석현을 위한 일이라는 걸 다시 한 번 되새겼다.

프레젠테이션을 할 연구소 진 소장, 이찬우 실장, 그리고 기획팀과 마케팅팀의 장시간 마라톤 회의를 끝났을 때는 이미 저녁때가 다 되어서였다. 선주와 헤어진 건 어제 저녁인데, 마치 일주일은 못 본 것 같은 느낌이 들었다. 하루 못 본 것뿐인데 금단증상이 느껴질 정도였다.

같이 저녁이라도 먹으려고 전화를 했지만 계속 부재중으로 넘어갔다. 석현은 급한 마음에 선주의 집으로 바로 왔다. 골목길 앞에 차를 세우고 안으로 들어가 초인종을 누르고 초조한 마음으로 기다리는데 미주의 목소리가 들렸다.

"누구세요?"

"형부."

"헐!"

　미주의 말에 웃고 있는데 미주가 나왔다. 오늘은 어쩐 일인지 해주가 옆에 없었다. 해주가 없으니 이상한 생각이 들었다.

"안녕하세요."

"안녕. 언니는?"

"나갔어요."

"그래? 혼자 있는 건가, 그럼?"

"아니요. 해주하고요."

"해주는?"

"아파요. 지금 누워 있어요."

　아프다고? 석현은 눈살을 찌푸렸다. 아픈 해주를 두고 선주가 나갔다니 조금 이상한 생각이 들었다.

"어디가 아픈데?"

"감기예요."

"병원은 갔다 왔나?"

"밤에 응급실에 갔다 왔어요. 열 난 것도 내리고, 지금은 괜찮긴 해요. 그런데 아저씨는 왜 왔어요? 언니 없는데."

"들어가서 기다려도 될까?"

　석현의 말에 그제야 미주가 고개를 끄덕이며 안으로 들인다. 두 사람의 대화를 들었는지 아프다던 해주가 나오는데, 얼굴이 해쓱해 보인다.

"해주, 괜찮니?"

"네. 안녕하세요? 언니 없는데."

똑같은 소리다. 저녁 시간인데 도대체 어딜 간 거지? 석현은 한숨이 나왔다. 느긋하게 둘만의 시간을 갖고 싶었는데, 아쉬운 생각이 들었다.

"둘 다 밥은 먹었니?"

"아직이요. 언니가 밥은 챙겨 놓고 나갔어요. 혹시 늦어지면 먹으라고요."

"그랬나?"

아이들에게 맡겨 놓고 나갔다니 선주의 평소 행동과는 어울리지 않는다.

"해주야, 밥 먹을래? 배 안 고파?"

"별로."

"약 먹어야 하잖아? 언니 전화도 안 받아."

"그래? 그럼 같이 먹을까? 아저씨도 같이 먹어요."

그 말을 끝으로 주방으로 가는 미주의 뒤를 석현이 따라갔다.

"도와줄게."

"괜찮아요. 이 정도는 혼자해도 돼요."

"둘이 하면 더 빠르지 않겠어?"

작은 아이가 불을 만지는 게 불안해 석현이 직접 가스레인지 불을 켰다. 물론, 켜는 방법은 미주에게 배웠지만.

"이젠 밥만 푸면 돼요. 아저씨 거랑 우리 거."

"알았어."

국을 데우는 사이 밥통을 열고 밥을 푸는데 옆에서 보던 미주가 고개를 절레절레 저었다.

"에이. 그렇게 하면 아니, 아니, 아니 되오."

그건 또 무슨 신종 언어냐? 석현은 웃음을 참으며 묻는 듯한 시선을 던졌다.

"주걱으로 뒤집어야 밥이 고슬고슬 맛있게 된다고 언니가 그랬어요."

"아, 그래? 이렇게?"

"오케. 맞아요."

겨우 밥상을 차려 셋이 먹으려는데 초인종이 울렸다. 선주를 기대하며 후다닥 뛰어가는 미주를 뒤따라갔던 석현은 재형을 보고 어색하게 인사를 건넸다.

"안녕하셨습니까? 장인어른."

"아, 아. 왔나? 그런데 선주는?"

"언니 나갔어. 그런데 전화도 안 받아!"

미주가 입술을 내밀고 불만을 토로하자 재형이 인상을 썼다. 회사 일이 아니고는 좀처럼 집을 비우는 일이 없었고, 특히 아픈 아이가 있는데 집을 비울 큰딸이 아니었다. 걱정으로 재형의 미간이 찌푸려졌다.

결국 계속 전화를 받지 않는 선주를 두고 네 사람은 같이 식사를 했다.

재형이 극구 석현을 말렸지만 그는 미주 대신 자신이 설거지를 했다. 난생처음 해 보는 일에 뿌듯해하는데 옆에서 지켜보던 미주가 손가락을 들어 흔들었다.

"노, 노."

"왜? 또 무슨 문제 있나?"

"옷 다 젖었어요. 그렇게 물을 튀면 밑에도 다 젖어요. 그러니까 조심해야죠."

잔소리쟁이. 선주와 아주 판박이다. 주방을 정리하고 결국 또 오목과 알까기 대결에 들어갔다. 하지만 그것도 잠시, 해주는 약을 먹고 일찍 잠이 들었다. 미주 역시 해주가 없으니 재미가 없는지 방으로 들어가자 석현은 자리에서 일어섰다.

"무슨 일인지 모르겠군. 연락 없이 늦는 애가 아닌데."

걱정이 되는지 재형이 혼잣말을 했다. 석현도 걱정이 되었다. 도대체 무슨 일인지, 만나면 한 소리 해야겠다는 생각이 들었다.

"늦었는데 그만 가 보게나. 들어오면 전화하라고 하겠네."

"알겠습니다. 그럼, 다음에 뵙겠습니다."

석현은 골목길 앞에서 한참 동안 선주를 기다렸다. 계속 전화를 했지만 연락이 되질 않았다. 도대체 무슨 일일까? 슬슬 걱정을 넘어서 화가 난다. 한 시간이 다 되도록 선주가 나타나지 않자 그는 차에 시동을 걸었다.

골목길을 나와 신호를 받기 위해 기다리는데 보행신호에 걸린 건널목을 선주가 터벅터벅 걸어오고 있었다. 신기하게도 비슷한 또래의 여자들이 많았는데 유독 그녀가 눈에 번쩍 띄자 석현은 저절로 기분이 풀렸다. 건널목을 건너면 어차피 그가 차를 세운 곳을 지나가야 했다. 그는 선주가 자신의 차 옆을 스치는 순간 클랙슨을 울리며 운전석 창을 열었다.

"어이, 아가씨. 타지?"

그때까지도 석현의 차를 발견하지 못한 선주는 갑작스레 들린 능글맞은 음성에 화들짝 놀랐다. 석현이 장난스럽게 웃으며 손가락을 까딱거렸다. 잠시 멍해 있던 그녀는 반가운 마음에 조금 울컥해졌다. 우울했던 기분이 조금은 밝아진다.

"어서 타. 신호 바뀌겠어."

재촉하는 그의 말에 선주는 서둘러 조수석으로 돌아가 탔다. 곧바로 신호를 받고 차가 대로로 나서자 석현이 힐끗 쳐다본다.

"전화도 안 받고 어디 갔다 온 거야? 집에서도 걱정하던데."

"볼일이 있어서요. 언제 왔어요? 전화하지."

"계속 전화했거든, 이 아가씨야! 아픈 애 두고 나갔으면 후딱 들어와야지. 그래도 이 예비 서방님이 애들 밥 챙겨 주고, 설거지까지 했다는 거. 기특하지? 누군지 진짜 시집 잘 가는 거다."

장난스런 그의 말에도 선주는 입술만 슬쩍 올렸다 내렸다. 평소답지 않은 그 행동에 석현의 눈이 가늘어졌다.

"무슨 일이야?"

"사장님."

"또, 또. 운전 중이라 참는 줄 알아."

"잠깐 조용히 얘기할 수 있는 곳으로 가요. 할 얘기가 있어요. 되도록 사람 없는 곳으로 가요."

진지한 선주의 말에 그가 힐끗 봤지만 별다른 말은 없었다. 그가 선주를 데리고 간 곳은 룸이 있는 고급 바(bar)였다. 자주 오는 곳인지 그가 들어가자마자 바로 방으로 안내되었다. 석현이 뒤따라온 웨이터에게 주문을 하고는 문을 닫았다. 말없이 앉은 그녀의 옆에 앉았다.

"무슨 일 있었나?"

"사장님."

표정이 하도 심각해 사장님이라고 불러도 키스를 할 기분이 안 났다. 불러 놓고는 뭘 생각하는지 또 한참 뜸을 들인다. 주먹을 꽉 틀어쥔 채 입술을 깨물고 있었다. 석현이 바싹 다가가 앉자 겨우 고개를 든다. 어둑한 조명에 눈이 반짝이는 걸 보고 석현은 그녀가 울었다는 걸 알았다.

"김선주."

"……."

"말해."

"사장님."

떨리는 목소리와 함께 다시 고개를 숙이는 그녀의 행동에 그가 턱을 강하게 잡았다. 눈이 마주치자 선주가 입술을 깨물었다. 지금 김선주에게 키스할 이유는 차고도 넘쳤다. 계속 사장님이라고 부른 데다 입술까지 깨물었으니. 하지만 석현은 말없이 그녀를 내려다볼 뿐이었다.

"사장님."

"무슨 일이야?"

"사랑해요. 저 진짜 사장님을 사랑하는 것 같아요."

선주의 고백에 석현이 숨을 들이쉬었다. 그 고백이 그렇게 울 정도로 억울한 일인가? 진짜 사랑한다는데 석현은 저도 모르게 웃음이 났다. 걱정스럽던 마음이 풀어지며 다시 조급한 마음이 생겼다. 사랑이 뭔지는 모르겠지만 지금 그에게 절실한 건, 김선주와 조금 더 가까워지는 거라는 건 확실했다. 턱을 잡았던 손이 목덜미를 쓰다듬고 뒤통수로 돌아가 그녀의 얼굴을 당겼다. 얕은 숨결이 입술에, 뺨에 와 닿았다.

"저, 사장님 만났어요."

달콤한 그녀의 숨결에 급하게 키스를 하려는데 선주가 불쑥 말을 했다. 사장님을 만났다니? 그녀의 말을 이해하지 못한 석현이 눈살을 찌푸렸다. 선주가 뺨을 감싼 그의 손 위에 자신의 손을 올렸다.

"아버님, 그러니까 사장님 아버지요. 민준건 사장님."

순식간에 목덜미가 서늘해졌다. 석현이 몸을 뒤로 빼고 그녀를 노려보았다. 좀 전까지 다정했던 눈빛이 돌처럼 굳어지고, 얼음처럼 차가워졌다. 선주는 한기가 느껴져 제 팔로 스스로를 감싸 안았다. 그가 내뿜는 공기가 마치 바늘처럼 따갑게 그녀를 찔러 댔다. 견딜 수 없다고 느끼는데 감정이 묻어 있지 않은 차가운 목소리가 낯설게 울렸다.

"왜 당신이 그 사람을 만나?"

선주는 사라져 버린 그의 다정함이, 장난스러움이 그리워졌다. 그리고, 무서웠다. 그가 자신을 거부할까 봐. 그가 곁에 있어도 마치 찬바람이 부는 벌판에 혼자 서 있는 것처럼 몸이 떨려 왔다. 하지만 그런 선주를 보는 그의 눈에는 일말의 동정심조차 없어 그녀는 결국 눈을 감고 말았다.

❀　　❀　　❀

민 회장의 말을 듣고 한동안 망설였다. 석현의 평소 태도로 볼 때 어떠한 경우에도 준건을 볼 것 같지가 않았다.

하지만 오늘 그를 만나 알게 된 사실은 선주를 충격으로 몰아갔다. 간암이라고 했다. 3개월 선고를 받았다고.

어차피 희망이 없다고 생각한 준건은 이미 치료를 포기한 상태였다. 다만, 아들인 석현의 결혼식은 어떻게 해서든 보고 싶다는 결의는 있어 간신히 버티고 있는 실정이었다. 그렇게 버티다 민 회장이 선주를 찾아온 그날 쓰러져 입원을 한 모양이었다.

놀람과 동시에 당혹스러웠다. 석현과 준건 사이에서 어떻게 해야 할지 갈팡질팡이었다. 석현에게 어떻게 말을 꺼내야 할지, 또 무슨 말을 해야 할지. 준건 역시 석현이 알기를 원치 않는다고 하니 민 회장도 고민이 많았던 모양이다.

'내가 중간에 나서 봤자 더 사이만 악화될 것 같아서 자네한테라도 이렇게 부탁을 해야겠네. 석현이 놈 고집도 그렇고, 아비도 고집이 보통이라야지. 거기다 이번 일뿐 아니라 석현이 어미 일로도 내가 입이 열 개라도 할 말이 없네.'

석현의 생모에 대해서는 민 회장은 입을 다물었다. 다만, 지금 준건의 아내가 석현의 어머니가 아니라는 사실만 알려 줬을 뿐이었다. 이틀을 잠 못 이루고 고민하면서, 매일 석현의 얼굴을 볼 때마다 뭔가가 가슴을 쿡쿡 찌르는 것같이 괴로웠다. 차라리 바빠서, 얘기할 틈이 없는 게 낫다는 생각이 들 정도로.

그에게 아버지와 화해하라거나, 받아들이라거나 설득할 생각은 없었다. 다만, 적어도 오해는 풀었으면 했다. 오랜 시간 묵혀 둔 갈등을 조금이라도 풀었으면. 석현의 냉랭한 태도와는 달리 민 회장과 준건의 태도에서 손자를, 아들을 염려하는 마음이 느껴져 준건을 만나러 가기로 했던 것이다.

수서에 있는 S의료원 특실은 면회가 제한되어 있었지만 선주의 방문에는 아무런 제약이 없었다. 준건은 가명으로 입원을 하고 있었다. 그래서 공식적으로 선주가 방문한 건 조인국이라는 낯선 사람이었다.

입원실은 호텔처럼 거실과 침실이 따로 나뉘어져 있었다. 문 앞에 서 있던 경호원이 그녀의 방문을 알린 후에 비서로 보이는 여자가 나왔다. 그녀를 거실에 두고 침실로 사라졌던 비서가 잠시 뒤 다시 나타났다.

"들어가 보세요."

선주가 긴장된 마음을 숨기고 안으로 들어가니 준건이 침실에 있는 테이블 앞 의자에 앉아 있었다.

"아, 선주 씨. 어서 와."

웃고 있는 준건의 표정은 아픈 사람답지 않게 편안해 보였다. 다만, 창백하게 질린 얼굴색만은 숨길 수가 없는지 병색이 완연해 보이긴 했다. 선주는 정중히 인사를 하고는 준건의 맞은편으로 가서 앉았다.

"차 좀 마실 텐가?"

"아, 아닙니다. 몸은 괜찮으세요?"

"그래. 아버지께 얘기는 들었는데 진짜 찾아올 줄은 몰랐네. 석현이도 아냐?"

"아니요. 아직 사장님은 모르세요."

"흠, 그래? 그런데 무슨 일로?"

"얘기 듣고 싶어서요. 사장님이 가족들 일로 괴로워하는 거 알아요. 지난번 찾아뵀을 때도 솔직히 저런 가족이라면 저라도 싫겠다, 그런 생각했었어요. 그런데 할머님이나 어머님이라면 사장님처럼 저도 모른 척할 수 있겠어요. 할아버님 말씀대로 서로 가족으로 느끼지 않는 것 같아서요."

"그런가?"

"네. 그런데 사장님은 그게 아닌 것 같아서. 왜 사장님이 아버지를 미워하는지, 괴로워하는지 알고 싶어요."

선주의 말에 한참을 가만있던 준건이 갑자기 웃음을 보였다.

"거짓말인 줄 알았는데, 선주 씨는 정말 우리 석현이를 좋아하는군."

순간 얼굴이 붉어졌다. 지난번 민 회장을 만나면서 자신의 감정이 어찌해 볼 사이도 없이 깊어져 있는 걸 깨달았다. 민석현이라는 남자를 위해서라면 어떤 짓이라도 할 것 같다는 그 감정을 느끼는 순간, 제 마음의 실체를 확고하게 깨닫게 되었던 것이다. 고개를 숙이는 선주를 보고 준건의 웃음이 더 커진다.

"다행이네. 석현이 옆에 선주 씨가 있어서."

"사장님."

"아버님이라고 불러 줄 수 있나?"

미소 때문에 잔잔하게 주름이 간 눈가를 보니 왠지 눈앞의 사람이 석현에게 큰 상처를 줬다는 것이 믿기지가 않는다.

"왜? 싫은가?"

"아, 아닙니다. 하지만 사장님이 제가 아버님을 만나는 걸 끝내 거부하면 전 사장님을 따를 거예요. 전, 사장님을 사랑해요. 그래서 사장님이 괴로운 건 싫습니다. 사장님이 싫다면, 저도 어쩔 수가 없다는 거 이해해 주세요."

"그래."

다시 침묵이 흘렀다. 선주는 자신이 알고 싶어 했던 사실이 조금씩 무서워지고 있었다. 석현이 원하는 대로 그만의 가족으로, 그만의 편에 선 단 한 사람으로 그냥 있으면 되는 걸까? 하지만 그가 그녀가 알지 못하는 그늘을 가지고 괴로워하는 건 싫다. 민석현이라는 남자의 모든 걸 받아 주고 싶다. 늘 웃는 얼굴이 아니라도, 가끔은 싸우고 화를 내도 그런 모습까지 다 사랑하고 싶었다. 석현 역시 자신의 어떤 모습이라도 받아 줬으면 하는 바람처럼. 한숨을 쉬는데 준건이 그녀를 쳐다본다.

"석현이는, 사랑하는 여자와 잘 살았으면 좋겠다 바랐는데 그 사람이 김선주 씨라서 다행이야."

"얘기해 주세요."

"왜? 죽게 생겼으니 내가 불쌍해서? 그래서 마지막 가는 길에 아들 놈한테 용서라도 받게 하고 싶은가?"

"그런 건 아닙니다."

"그럼 석현이 때문에?"

"네. 사장님이 이대로 가시면 남은 사람은 어떻게 해요? 옆에서 또 지켜봐야 하는 사람은요? 그래서 그래요. 사장님이 아픈 게 싫습니다."

"그 아픈 게 싫은 사장님이 나였으면 좋겠군. 선주 씨 같은 사람이 옆에 있는 석현이가 조금 미울 정도네."

웃음을 띠고 있긴 해도 말을 꺼내기는 어려운지 계속 준건은 다른 소리를 했다. 웃음 뒤에 가끔씩 찾아오는 정적이 그의 그런 심정을 나타내는 것 같아 안타까웠다.

"석현이한테 들은 말은 없나?"

"네."

"그렇군. 석현이 입에서 그 말이 나올 리가 없지. 그 녀석은…… 나를 죽이고 싶을 거야. 석현이가 나한테 가지는 감정은 경멸뿐이야."

"……."

"내가 저를 생모한테서 뺏고, 그 때문에 생모가 죽었다고, 마지막까지 못 보게 했다고 생각하니까."

선주는 눈살을 찌푸렸다. 정말일까? 아들이 석현뿐이니 바깥에서 낳았다 해도 귀한 핏줄임에는 틀림없을 것이다. 그렇다고 어머니에게서 떨어뜨려 놓다니. 갑자기 쌍주가 떠오르는 건 역시 선주 자신도 아이들을 버리고 간 그 사람을 용서하기 힘든 까닭이었다. 이곳에 괜히 왔다는 생각이 들었다.

"한 대 칠 것 같은 표정이네?"

"아, 죄송합니다."

저도 모르게 험악한 표정이 되어 노려보고 있다는 걸 알았다.

"그 사람이 원했어. 아들한테는 약하고 초라해진 모습을 보이기 싫다고 하더군. 내가 상처만 준 사람이라, 마지막 그 부탁만은 무슨 일이 있어도 꼭 들어주고 싶었어. 결과적으로 석현이한테 상처를 주고 말았지만."

석현의 생모인 현애는 준건과는 대학 동창이었다. 파릇파릇한 신입생 환영회 때 만난 그녀는 마치 싱그러운 봄꽃 같았다. 집에서 늘 차가운 시선 속에 있었던 준건은 따뜻한 그녀에게 빠져들었고 두 사람은 금방 깊은 사이가 되었다.

하지만 준건의 위치가 문제였다. 무엇보다 민 회장은 작은댁에서 난 준건에게 힘을 실어 줄 며느리를 원했던 것이다. 평범한 집안의 여자였던 현애는, 그에게는 준건의 앞을 방해하는 요사스런 계집에 지나지 않았다.

원래 성격이 조용한 편이었던 준건도 이때만큼은 두 사람의 사이를 반대하는 아버지를 버리고 그녀를 선택할 각오까지 했었다. 그로서는 난생처음으로 해 보는 거친 반항이었다. 그러던 중 갑자기 현애가 아무 말 없이 사라졌다. 준건이 미친 듯이 찾았지만 아무 소용이 없었다. 결국, 그 일로 준건은 폐인이 되다시피 해서 유학길에 올랐고, 애정 없는 결혼을 했다. 주변에서 시키는 대로, 민 회장이 원하는 대로 로봇처럼 살았던 것이다.

아버지가 원하던 정략결혼 후에도 아이가 없는 건 준건이 철저하게 자신을 고립시킨 탓이 컸다. 그들이 시키는 대로 살긴 했어도 사랑에 있어서 그는 여전히 과거에 머물러 있었다. 결혼을 하고도 아내를 안을 수 없던 건 그의 그런 결벽증 탓이었다. 자연적으로 준건은 집안에서 말이 더 없어졌다. 현애가 사라진 이상 아무래도 좋았다.

그걸 못 참은 사람은 오히려 민 회장 본인이었다. 민 회장은 하나뿐인 아들이 작은댁의 아들이라는 이유만으로 집안에서 괄시를 받는 것이 싫었다. 그래서 아들만큼은 본댁에게서 아들을 얻어 그 아이가 정당한 후계자로 인정받길 기다렸지만 준건은 요지부동이었다. 민 회장이 제발, 아들 하나만 낳아 달라고 애원했을 때 준건은 단칼에 거절했다.

'저더러 그 여자를 안으라는 겁니까? 결혼시켰으면 된 거 아닙니까? 이 이상 저한테 기대는 갖지 마십시오. 죽을 때까지 아버지가 원하는 대로 살겠지만 그것만은 못 합니다. 그러니 이걸로 만족하시죠.'

두 사람의 그런 싸움은 오랜 시간을 끌었고 결국 민 회장이 무릎을 꿇었다. 누구라도 상관없으니 손자를 보게 해 달라고.

'그럼 주현애, 그 여자를 찾아 주십시오. 그 여자라면 생각해 보겠습니다.'

준건으로서는 민 회장을 죽도록 괴롭히고 싶은 마음이었겠지만, 자신의 핏줄에 대해 절실했던 민 회장은 결국 현애를 찾아냈다. 더 놀라웠던 건 이미 현애에게 아이가 있었던 것이다. 준건과 똑같은 얼굴을 한 여섯 살짜리 사내아이. 현애를 만나고 나서야 준건은 민 회장이 그녀에게 어떤 짓을 했는지 알 수 있었다. 아버지가 그녀를 협박하고, 집안을 풍비박산 냈다는 걸.

그 사실에 그는 미칠 것만 같았다. 이번만은 현애와 아이를 지키려 했다. 하지만 이혼이 여의치 않았고, 민 회장이 석현을 억지로 데려오려 했다. 그때만큼은 그도 분기탱천해 아버지에게 현애를 건드리면 다시는 자신을 볼 수 없을 거라는 협박까지 했다. 모든 것을 다 잃어도 현애와 석현의 곁에 있고 싶었다. 그런 그의 바람과 달리 현애가 갑자기 석현을 그에게 맡겼다.

나중에야 알게 됐지만 현애는 이미 그때 백혈병으로 투병을 하고 있었다. 게다가 그녀의 집안이 민 회장의 횡포로 풍비박산이 난 상태라 도울 사람도 없었다. 그런 그녀가 처음으로 그에게 한 부탁, 아니 요구가 바로 석현을 잘 키워 달라는 거였다.

현애의 그 요구만 아니었다면 석현을 데려오는 일은 결단코 없었을 것이다. 그녀가 원하는 대로 준건은 석현을 본가로 데려왔다. 어린 아들에 대한 애정과는 달리 아들을 보는 게 힘들었다.

무엇보다 하루가 다르게 상태가 나빠져 가는 현애를 그냥 둘 수 없어 그는 그녀가 투병 생활을 하는 내내 그녀 곁에 있었다. 바싹 마르고 창백한 얼굴로 석현을 보고 싶어 하면서도 엄마의 비참한 모습만큼은 아들에게 보여 주기 싫어하던 그녀였다. 그리고 자신이 죽었다는 사실도 아들이 모르길 바랐다.

'행복하게 키워 줘요.'

용서하겠다는 말은 없었다. 석현을 행복하게 키워 주면, 나중에 저 세상에서 만나서 그때 용서해 주겠다고 희미하게 웃던 그녀와의 약속을 준건은 결국 지키지 못하고 말았다. 그녀를 떠나보낸 후 그 역시도 절망에 찬 하루하루를 보냈다.

집으로 돌아와 석현의 얼굴을 보는 것이 고통이었다. 아들의 얼굴을 보면 끊임없이 현애가 생각났다. 죄책감과 함께 울분이 들끓었다.

그사이 석현은 어릴 적 자신과 똑같이 집에서 고립되어 혼자만의 생활을 하는 냉소적인 아이가 되어 있었다. 집안 모든 사람들에게 무관심으로, 침묵으로 일관했다. 마치 모든 걸 잊은 사람처럼 엄마도 찾지 않았고, 누구의 관심도 갈구하지 않았다. 사춘기가 되어 가며 점점 거칠어지는 석현이 집안사람들과 마찰을 일으키자 결국 민 회장이 석현의 거처를 본가의 별채로 옮긴 후로는 거의 준건과는 만날 일조차 없었다.

그러던 석현이 고등학생 때 처음으로 미친 듯이 준건에게 쫓아온 적이 있었다. 그때에야 준건은 석현이 계속 엄마를 그리워하며 찾고 있었다는 걸 깨달았다. 이미 오래전 싸늘한 주검이 된 사람을. 고등학생이 되어 현애를 찾으려 했던 석현이 생모의 죽음을 알게 되었던 것이다. 석현의 가슴에서 똘똘 뭉쳐 있던 깊은 배신감과 그동안 견뎌 왔던 모든 것이 그 밤에 폭발했다.

'어째서, 어떻게 그렇게 숨길 수가 있습니까?'

'그 사람 아픈 모습 보여 주기 싫었다. 네가 아플까 봐.'

'그걸 변명이라고 하는 겁니까? 지금? 제가 아플까 봐라구요? 그건 도대체 누가 판단한 겁니까? 왜 제가 어머니의 마지막 모습까지 보지 못하게 하신 겁니까?'

'넌 행복하게 자라길 바랐다. 그 사람도, 나도.'

'행복하게? 절 보세요. 제 어디가 행복하다는 겁니까? 이 집안에 절 버려 놓고 한 번이라도 돌아본 적은 있으세요?'

'미안하다. 석현아, 정말 미안…….'

'어차피 아버지라고 생각지도 않았으니 앞으로도 그렇게 살겠습니다.'

변명을 하고 싶었다. 하지만 석현이 어머니까지 증오하는 모습은 보고 싶지 않았다. 그때 석현의 상태라면 비참한 자신의 모습을 보이기 싫어했던 현애의 마음을 이해할 수 없었을 것이기에 더 말해 줄 수가 없었다.

'내가 어떤 심정으로 이곳에서 견뎌 왔는지 당신은 평생 알 수 없을 겁니다. 지금 이 순간부터 고아라고 생각하고 살겠습니다. 다만, 적어도 이 집에 들어온 이상 제가 가질 수 있는 건, 취할 수 있는 건 다 가질 겁니다. 그동안 저한테 했던 거 그대로 갚아 드리죠.'

얼음장처럼 차갑고 굳은 말을 끝으로 석현은 할머니나 준건의 아내에 대해서는 싸늘한 침묵과 무관심으로 대응했고, 준건에게는 증오를 가졌던 것이다. 더 이상 누구에게도 용서나 변명의 기회는 주어지지 않았다. 그나마 민 회장만은 그 일과 상관없다고 생각해서인지, 아니면 이 집안을 물려받고 싶은 욕심 때문인지 모르겠지만 깍듯이 대해 왔다.

"우는군."

준건의 얘기에 선주는 저도 모르게 눈물을 흘렸다. 준건 역시 눈가가 젖어 있었지만 때늦은 후회라는 걸 뼈저리게 느꼈다. 현애가 죽고 난 후에라도 석현을 돌아봤으면 이렇지는 않았을까? 적어도 엄마가 죽었다는 사실을 알렸으면 이보다는 나았을까? 아니, 아니다. 처음부터 석현을 데리고 오지 않았으면. 그것도 아니면 민 회장의 반대에도 불구하고 현애와 그가 같이 도망쳐 버렸다면.

머릿속에 늘 그 생각들이 가득했던 적이 있었다. 갑작스럽게 간암 진단을 받고 죽음을 앞에 두고 나서야 자신이 얼마나 이기적인지 깨달았다. 마지막으로 아들에게 아버지 노릇을 하고 싶어도 해 줄게 없다는 게 가장 슬펐다. 현애에게는 영영 용서받지 못할 인간이 되고 만 것이다. 당신을 만나면 난 뭐라고 변명하지?

"선주 씨도 이런 내가 우습지? 경멸스럽지? 난 그 애가 무슨 말을 하든 상관없어. 용서도 필요 없고. 그냥, 내가 없어도 그 애가 잘 살아 나가도록 터전만 마련해 주고 갈 거야. 그러니까 걱정 마. 그게 끝날 때까지는 죽지는 않을 거니까."

"너무하세요."

"알아. 그러니까 이제라도……."

"사장님도 자기밖에 모르시네요. 사장님이 아버지를 거부한다고 해서 병도 알리지 않고 그대로 돌아가시겠다고요? 그럼 사장님은 어떻게 되는 건데요? 결국 어머니의 임종도 지키지 못했던 사장님한테 똑같은 상처를 한 번 더 주시겠다는 거잖아요?"

"하지만 그 아이는 날 보고 싶어 하지 않잖나?"

"그래서 포기하시겠다고요? 그 집에 그대로 버린 것처럼 그렇게 다시 버리시겠다고요? 그럼 사장님은 앞으로도 지금처럼 똑같이 자신을 낳아 준 부모님을 원망하며 살아가게 되겠네요. 그걸 바라시는 거예요? 용서받고 싶지 않다고요? 그리고 마음대로 사장님을 위해서 모든 일을 다해 놓겠다고요? 사장님만 마음 편하면 그걸로 끝인가요?"

울면서 화를 내는 선주의 말에 준건이 멍한 표정을 짓는다.

"용서 비세요. 그래야 하는 거잖아요. 사장님한테 더 이상 상처 주지 마세요."

자리에서 벌떡 일어나는 선주의 행동에 준건이 화들짝 놀라 같이 일어섰다.

"김선주 씨!"

"아버님이라고 안 부를 거예요. 사장님이 용서하면 그때 부를게요. 전 사장님 사람이니까요, 사장님 가족이니까요. 제발 또다시 사장님을 버리지는 마세요."

"……."

선주는 그대로 준건의 병실을 뛰쳐나왔다. 그리고 나와 그녀는 병원 앞에서 한참을 울었다. 겨우 진정을 하고 버스를 타려고 기다리는 동안에도 멍해져 몇 대인가 놓치고 겨우 차에 오를 수 있었다. 석현이 너무 보고 싶었다. 그를 위로해 주고 싶은데 왠지 상처를 줄 것 같아 그게 더 두려웠다. 하지만, 이대로 두면 석현이 영영 빠져나오지 못할 늪에 빠져 버리고 말 것이다. 이번에는 아무도 그를 구해 주지 못할 그런 깊고 끝이 보이지 않는 수렁. 그래서 그녀는 아팠다. 그를 위한 답시고 그를 아프게 할 자신이 싫어서.

❀   ❀   ❀

"죄송해요."

주문한 술과 안주가 들어오고도 두 사람은 오랜 침묵 속에 있었다. 가슴을 얼릴 것 같은 차갑고 숨 막히는 침묵. 선주는 눈물을 닦고 석현을 올려다보았다. 그녀의 사과에도 석현은 차갑기만 했다.

"내 뒤에서 무슨 짓을 하고 다니는 거야?"

"사장님."

"대답해! 당신이 원하는 게 도대체 뭐야!"

"없어요, 그런 거!"

"그럼, 왜 그 사람을 만난 거야?"

"……."

"김선주."

"사장님이 편찮으세요. 그것도 아주 많이요."

그의 입술에 냉소 어린 비틀림이 나타난다.

"그래서? 아프니까 봐 달라고? 그 사람이 그렇게 부탁하던가?"

"시간이 많지 않아요, 사장님한테는. 그러니까 두 분이……."

"닥쳐! 분명히 얘기했을 텐데. 당신은 나하고 결혼하는 거야. 내 가족, 내 편이 되는 거라고! 그 사람이 아니라! 그 집안 누구도 당신과는 아무런 관계가 없다고 처음부터 분명히 못 박은 걸로 아는데. 그게 그렇게 이해하기 어려운 거였나?"

"알아요. 그렇게 할 거예요, 사장님이 원하시면. 하지만 사장님이 그게 아닌 거잖아요. 전 그래도 상관없는데 사장님이 안 되는 거니까. 그분이 아버지라서 그래선 안 되는 거잖아요."

갑자기 어깨가 잡히며 몸이 당겨졌다. 어깨를 움켜쥔 손아귀의 힘에 선주는 신음을 내뱉었다.

"나하고 결혼한다고 생각하니까 그 집안에서도 인정받고 싶어졌어? 나뿐만 아니라 그 집안에서 주는 것들까지 누리고 싶어졌나?"

"그렇게 말하지 마세요."

"그럼? 나를 사랑한다고 해서 나를 바꿔 보겠다고? 당신이 결혼한다고 했던 사람은 바로 나야. 비틀릴 대로 비틀린 개자식! 처음부터 감수할 일이었어. 결혼을 결심한 이상, 그 정도 각오도 없었던 건가?"

"사장님, 부탁이에요."

"김선주, 똑바로 들어. 나한테 이런 당신은 필요 없어. 나는 어떤 경우에도 내 편에 서서 나만 바라보는 그런 여자가 필요해. 사랑을 빌미로 날 설득할 생각은 하지 마. 그런 식의 영악함, 질색이야."

석현이 거칠게 그녀를 밀쳐 냈다. 커다란 잔에 얼음도 없이 양주를 따라 한 번에 벌컥벌컥 마셨다. 선주는 몸을 떨면서 그런 석현을 바라보았다.

"사장님."

그녀의 부름에도 석현은 돌아보지 않고 잔에 술을 따랐다. 그가 뿜어내는 냉기에 자신의 말이 그대로 튕겨져 나오는 것 같았다. 선주는 입술을 깨물었다.

"사장님한테 저는 뭐예요?"

"금방 말했을 텐데. 당신이 내 편이 아닌 이상 나한테는 필요 없는 존재라고."

"사장님이 원한 건 결국 사장님이 마음대로 움직일 수 있는 인형이었네요."

"뭐?"

술을 마시던 석현이 그녀를 돌아보았다. 울었던 것과 달리 선주는 창백하게 굳은 얼굴로 그를 쳐다보고 있었다.

"전 그냥 사장님 앞에서만 웃고, 기분 맞춰 주고, 즐겁게 해 주는 꼭두각시밖에 안 되는 건가요? 사장님은 있는 그대로, 미움이 가득한 자신도, 멋대로인 자신도 다 받아 주길 원하면서 난 그러면 안 된다는 거네요. 결국, 처음 사장님이 말했던 대로 이건 가짜 결혼이었어요."

"……."

"제가 아무것도 모르고, 그냥 사장님 말만 듣고, 좋아하고 생각 없이 살길 바라세요? 그런데 전요, 옆에서 아픈데도 귀 막고 못 들은 척, 눈 감고 안 보이는 척이 안 되거든요. 말 잘 듣는 인형과 결혼하고 싶다면 사람 잘못 골랐어요. 이제 제가 필요 없어졌으니 결혼도 없는 건가요, 그럼?"

화를 내며 일어선 선주를 보고 석현이 이를 악물었다.

"억지 부리지 마. 내가 아는 김선주로 돌아와. 이번 일은 그냥 없던 일로 할 테니."

"사장님이 아는 김선주가 뭔데요?"

"내 편, 내 가족! 나만 보고 웃는 여자! 몰라서 물어?"

"그럼 사장님은 누구 편인데요? 아무리 생각해도 제 편은 아닌 것 같아서요."

"김선주."

"사장님 사랑에는 멋대로인 저는 안 들어 있나 봐요. 그런데 어쩌죠? 그 멋대로에 오지랖 넓은 사람도 김선준데."

"건방 떨지 마."

"그런데 더 억울한 건 뭔지 아세요?"

"……."

"그런데도 전 사장님을 사랑한다는 거예요."

잠시 침묵이 흘렀다. '젠장' 하는 소리가 들리더니 석현이 자리에서 벌떡 일어섰다.

"그럼, 도대체 왜 이러는 거야? 난 당신만 있으면 된다고 했잖아! 그 사람들 다 필요 없다고, 당신만 내 편이 되어 주면 된다고, 내 가족이 되어 주면 된다고!"

떨리는 몸을 그가 아프도록 끌어안았다. 이대로 안기고 싶어. 그런데 그러면 영영 민석현은 껍데기만 남는다. 그가 품은 어둠은 늘 그대로일 테고, 언젠가는 두 사람 다 그것 때문에 지금보다 더 아플 것 같았다.

"사랑해요. 사장님이 좋아요."

"선주야, 그러니까 그만하자. 응? 난 당신만 있으면 돼. 그러니까 날 위한다면 그냥 나하고만 있어."

안은 팔에 힘이 더 들어갔지만 선주는 가만히 있었다. 그가 주는 온기가 좋아서. 석현의 숨결이 뺨에 와 닿으며 약한 알코올향이 느껴졌다.

"그래서 싫어요. 사장님이 아픈 게. 그걸 위로해 줄 수 없는 내가요. 그분 용서하라고 안 해요. 사장님이 용서 안 하면 나도 그 사람 안 볼게요. 하지만 이대로 보내면 사장님만 아파요. 나중에 사장님만 혼자 남으면 어떻게 견딜 거예요? 그러니까 제발……."

"그만둬!"

갑자기 몸이 뒤로 확 밀렸다. 때릴 듯 석현이 그녀를 노려보았다.

"내가 주는 것만 받아. 내가 줄 수 있는 것만! 내게 변하라고 종용하지도, 설득할 생각도 하지 마. 당신이 날 사랑한다면!"

이기적이고 일방적인 요구. 처음부터 그랬던 것처럼 그는 변한 게 없다. 그의 다정함은 표면적인 변화였는데 선주 자신이 착각했던 것이다. 그가 바라는 건 그저 따뜻한 여자처럼 보인 그녀가, 따뜻한 가족처럼 보인 자신의 가족들이 그의 손아귀에 들어오는 거라는 걸 선주는 깨달았다. 그녀는 고개를 저으며 뒤로 물러섰다.

"김선주."

그 행동에 석현이 손을 내밀었다. 하지만 선주는 그 손을 밀쳐 내고 그대로 방을 나왔다. 가슴의 통증이 사라지지 않는다. 차라리 그녀에게 다 버리라고 했다면 그랬을 수도 있을 것 같다. 그런데, 그가 아파서 죽을 것 같은 건 견디기가 힘들었다.

그리고 무엇보다 그가 자신을 사랑하지 않는다는 걸 선주는 깊이 깨달았다. 지금은 그가 없는 곳으로, 그가 자신을 찾을 수 없는 곳으로 도망가고 싶은 생각뿐이었다. 차츰 걸음이 빨라졌다. 선주는 도망치듯 그곳에서, 그에게서 벗어나고 있었다.

10.

 찰칵, 소리와 함께 사장실 문이 열리자 막 비서실 안으로 들어오던 두 남자의 주의가 그쪽을 향했다. 선주가 사장실을 정리하고 나오다 문 앞에 선 두 사람을 보고는 잠시 멈칫했다. 하지만 곧 당황한 표정을 숨기고 인사를 건넸다.
 "안녕하세요."
 "음."
 "좋은 아침. 선주 씨, 주말은 잘 보냈어?"
 말없이 사장실로 향하는 석현과 달리 찬우가 선주에게 환하게 웃으며 말을 건다.
 "무슨 좋은 일 있나 봐. 선보나? 어쨌든 오늘 스타일 굿. 선주 씨 화사한 거 보니까 오늘 일 잘 풀릴 것 같네."
 "감사합니다."
 별로 감사하진 않지만 선주는 억지로 웃는 낯을 했다. 토요일 밤 이

후로 한숨도 못 잔 탓에 얼굴이 엉망진창이었다. 그늘이 짙게 깔린 눈과 초췌한 얼굴로 석현을 대하기는 싫어 신경 써서 화장을 했다. 화장이라기보다는 거의 변장 수준이 되고 말았지만.

짙은 화장은 해 본 적이 없었는데 막상 결과물이 그리 나쁘게 생각되진 않았다. 빨간 립스틱과 몸에 딱 맞는 블랙 정장 차림의 그녀를 직원들이 힐끗거리는 게 느껴졌다. 기분은 최악이지만 칭찬하는 찬우의 말에 조금은 안심이 된다.

"그만 들어가지."

갑자기 들려온 낮고 굳은 목소리에 찬우가 선주에게 윙크를 하며 급히 석현의 뒤를 따라 들어간다. 하지만 선주는 굳은 석현의 뒷모습만 쳐다보았다. 그날 밤 이후 처음 보는 얼굴이었다. 그 역시도 편하게 보내지는 않았을 텐데 아침에 보는 얼굴은 여전히 깜짝 놀랄 정도로 잘생기고 힘이 있어 보인다.

다만, 그녀를 쳐다보는 눈이 마치 처음 이곳에 왔을 때처럼 차가울 뿐. 아니다. 오히려 그때보다 더 차고 무섭다. 그게 너무 싫어 미칠 것 같다. 다정한 눈으로, 장난스런 눈으로 다시 봐 줬으면.

선주는 닫힌 사장실의 문을 한참을 그렇게 바라보고 있었다.

석현은 찬우를 물끄러미 쳐다보았다. 선주의 화장이 평소보다 진해서 그도 놀라긴 했다. 게다가 그녀에게 화가 났는데도 여전히 예뻐 보인다는 게 더 그를 짜증나게 했다. 무슨 생각으로 그렇게 차려입고 나온 건지 석현으로서는 불만만 가득했다.

게다가 화사하니, 어쩌니 하면서 스스럼없이 선주는 대하는 찬우의 태도에 속이 뒤집어졌다. 욕설이 나오는 걸 간신히 참았다. 나중에 김선주가 나와 결혼한다는 사실을 알면 어떤 표정을 지을지 기대가 되는군. 그는 심술궂게 그런 생각을 하며 찬우를 노려보았다.

"사장님?"

보고를 하는데도 대답 없이 석현이 자신을 빤히 쳐다보자 찬우가 의아한 듯 불렀다. 그제야 그는 노려보던 시선을 거두고 정신을 차렸다.

"아, 응. 그래서 사람은 붙였나?"

"네. 공항에서부터 바로 2인 두 개 조로 붙여 두었습니다."

"최정아는?"

"현재까지는 그쪽하고 연관된 건지는 모르겠습니다. 별다른 움직임이 없어서. 아무래도 J사와 계약 전을 노리지 않겠습니까?"

"그렇겠지."

일요일 오후에 프랑스 J전자의 임원뿐만 아니라 신분을 속이고 중국에서 몰래 입국한 사람이 있었다. 장유린이라는 이름으로 입국한 이 사람은 산업스파이로 오랫동안 세계 각국에서 블랙리스트에 오른 인물이지만, 정확한 내력을 아는 사람은 없었다. 그동안 요리조리 생쥐처럼 잘 피해 다닌 덕에 높은 악명을 자랑했다.

그런 사람이 이 시기에 한국에 입국이라. 현재 가장 가치 있는 신기술은 역시 OLED 플렉시블 디스플레이일 것이다. 그동안 쭉 연구해 온 회사가 전 세계적으로 여러 군데가 있었고, 실제 개발은 되었지만 상용화되는 데 꽤 문제가 많았다. 그걸 처음 해낸 게 바로 동양전자였다.

장유린의 타깃이 동양전자인지는 모르겠지만, 적어도 가장 의심 가는 건 사실이었다. 게다가 최근 들어 정아가 기훈을 자주 만나는 게 포착되었다. 기훈이 연관되어 있다면 이 계약이 끝나기 전에 일을 저지를 가능성이 높았다. 할아버지가 단언한 대로 이 계약을 성공시키면 석현이 본사로 들어가 자리 잡는 데 상당히 유리한 고지에 서게 될 것이다. 배가 아픈 사촌으로서는 어떻게 해서든 막으려고 혈안이 되어 있겠지. 석현은 피식 웃음이 새어 나왔다.

"계약서에 사인하기 전까지는 어떤 불미스런 일도 없어야 하네."

"걱정 마십시오. 장유린과 최정아의 동선이 다 저희 손에 있습니다. 여차하면 바로 검찰 쪽도 나설 수 있도록 손을 써 두었고요."

"음."

빠릿빠릿하고 정확한 일 처리는 마음에 들지만 지금은 웃는 얼굴이 보기 싫었다. 석현은 심각하게 찬우를 데리고 본사로 가는 문제에 대해 고심했다. 찬우가 계속 선주의 곁에서 얼쩡대는 게 참을 수 없게 느껴진다. 특히 이런 상황에서는 더욱더.

자신이 필요 없으니 결혼도 없겠다고? 어림없는 소리. 김선주가 간과한 게 있다면 바로 그의 집착이었다. 자신도 미처 예상치 못했던 강한 집착. 선주와 결혼을 결심하고, 그녀가 자신의 편이 되어 주겠다고 한 순간부터 석현은 그녀를 놓을 생각이 추호도 없었다. 처음과 같은 관계라면 이성적인 판단이 가능했겠지만 자신의 여자가 된 지금은 비이성적이고 맹목적인 고집만 남아 있다.

그녀가 원하는 사랑은 못 주지만 그가 생각하는 사랑은 줄 수 있다. 선주를 자기의 보호 안에 놓고, 안전하게 지켜 주는 것. 그를 상처 주던 것들로부터 그녀 역시 지키는 것. 그녀가 할 일은 그냥 자신의 옆에만 있으면 되는 것이다. 석현은 그 생각을 하면서 찬우를 물끄러미 노려보았다.

"오후 회의에 김선주 씨도 참석해서 보좌하도록 해요."

찬우가 나가고 석현의 부름에 사장실로 들어가자마자 떨어진 지시였다. 이런 협상 회의가 차질 없이 진행되도록 하는 것도 선주의 업무 중에 하나였다. 다만, 이번 계약 건을 준비하면서 선주가 빠진 건 결혼을 생각해서 석현이 배려를 한 것이었다. 무엇보다 이미 완벽하게 준비되어 있는 상태라 더 이상 선주가 나서서 보좌할 것도 없었다. 왜 석현이 자신을 그 자리에 부르는지 그게 더 의아할 따름이었다.

"왜?"

한동안 대답이 없자 석현이 눈썹을 치켜떴다. 선주는 억지로 미소를 지었다.

"알겠습니다. 지시하신 대로 하겠습니다."

"그럼, 나가 봐요."

무시하듯 그녀에게서 시선을 거두고 곧바로 자신의 업무에 집중한다. 안절부절못하는 사람은 그녀뿐이었다.

"할 말 있나? 김선주 씨?"

우물쭈물 시간을 끄는 그녀의 행동에 고개도 들지 않고 냉랭하게 말을 한다. 선주는 입술을 깨물고 고개를 저었다.

"아닙니다. 나가 보겠습니다."

선주가 조용히 문을 닫고 나가자 석현이 고개를 들고는 닫힌 문을 쳐다보았다. 김선주, 당신을 어떻게 하지?

회의는 지루하고 길었다. 어차피 기술을 독점한다고 해도 그것을 다른 회사가 개발하는 건 시간문제였다. 먼저 선점한 사람이 이득을 취할 수 있는 모든 방법을 찾아 계약을 해야 할 것이다.

동양전자에서는 완제품 수출을 시작으로 서서히 몇 년에 걸쳐 기술 제휴까지 이어지는 계약을 제시했고, 반면 J전자 쪽은 기술 제휴를 원했다. 기술 제휴가 이루어지기까지의 그 몇 년이 어떻게 정해지느냐에 따라서 양쪽의 이익 구조가 달라질 것이다. 그래서 더 양보가 없었.

저녁 시간이 되어서야 결론 없이 1차 협상이 끝나고 석현은 J사 임원들과 저녁 식사를 위해 호텔로 자리를 옮기기로 했다.

"김선주 씨도 준비하고 나오지."

"네?"

직접적으로 손님 접대를 위한 자리에 선주가 동행한 적은 한 번도 없었다. 그녀가 하는 일은 사전 준비로 숙소나 식사를 위한 자리를 예약하는 정도였다. 그동안 석현이 단독으로 호스트 노릇을 했고 찬우가 옆에서 보좌를 해 왔던 것이다. 게다가 저녁 식사 이후의 또 다른 여흥은 석현 역시 전혀 관여하지 않았기 때문에 그 명령에 놀란 사람은 선주만이 아니었다. 찬우도 평소와는 다른 상사의 태도에 놀란 표정을 지었다.

"하지만……."

"업무의 연장이야. 그런 게 싫다면 일을 그만둬야지."

냉랭한 그 말에 선주는 입술을 깨물었다. 냉랭한 말을 쏟아 내면서도 계속 곁에 두려 하다니. 도대체 무슨 속셈인지 머리가 아파 온다.

"시간에 맞춰 호텔로 가겠습니다."

"그럴 필요 없고 내가 직접 에스코트하도록 하지. 집으로 가서 준비할 거면 차를 보내고."

"아, 아니에요. 제가 알아서……."

"그럼 제가 데리고 가겠습니다. 아무래도 선주 씨가 이런 일이 처음이라 부담스러워하는 것 같으니 제가 도와……."

곤란해하는 선주의 모습에 찬우가 나서자 석현의 얼굴이 순간 굳어졌다. 주먹이 나가는 걸 간신히 참고 석현은 찬우의 말을 막았다.

"아니. 이 실장은 먼저 호텔로 가 있어요. 김선주 씨는 내가 데리고 갈 테니."

낮지만 반박할 수 없는 단호한 음성에 찬우가 의아해하면서도 고개를 끄덕였다. 선주 역시 고개를 돌려 버리고 말았다. 지금은 그와 같이 있고 싶지가 않았다. 머리가 터질 것처럼 복잡했다. 이틀 내내 생각해도 나지 않은 결론이었지만 그와 결혼을 할 것인지, 말 것인지에 대한 결단이 필요했다.

마음 한구석에서 그가 주는 것만 받고 그를 위해서만 살라는 이기적인 목소리가 커지고 있었다. 석현이 자신에게 보여 주었던 그런 다정함이 거짓은 아니라는 걸 알지만 그녀가 원하는 건 그런 표면적인 다정함이 아니었다. 지금 그에게 그녀는 그저 자신이 좋아하는, 마음대로 할 수 있는 인형에 불과한 존재라는 걸 받아들일 마음의 준비가 필요했다. 찬우가 나가고 둘만 남자 불편한 침묵이 흘렀다.

"집으로 갈 건가?"

"그래야죠."

"중요한 자리야. 당신이 안주인으로서 역할을 제대로 할 수 있는 상태가 되길 바라. 앞으로도 이런 자리 자주 갖게 될 거야. 그러니 내 옆에 있으려면 최고가 되도록 해. 외적이든, 내적이든 모든 면에서. 당신 집에서 그런 준비가 가능할지는 확신이 안 서는군."

어딘지 모르게 무시하는 듯한 말에 선주는 입술을 깨물었다.

"그럼 전 가지 않는 게 낫겠네요. 아무래도 사장님의 기준에는 못 미칠 것 같으니까."

두 사람의 시선이 부딪혔다. 석현의 기준이 어떤 건지 그도, 그녀도 아는 사실이다. 석현이 자리에서 벌떡 일어나 다가온다.

"내가 주는 걸 가져. 그럼 다 해결돼."

"……."

"내가 줄 수 없는 걸로 우리 두 사람을 괴롭혀서 당신이 뭘 얻을 수 있지? 아니면 내가 거짓으로라도 당신 기분에 맞춰 아버지를 만나기를 바라는 건가? 거기서 뭘 얻겠다는 거야? 가식? 위선? 다 거짓말뿐인 걸 모르겠어? 당신이 말하는 사랑이 뭔지는 모르겠지만 난 적어도 거짓말은 안 해."

어지럽다. 선주는 자신을 때리는 그의 말에 잠시 비틀거렸다. 그 움직임에 석현이 손을 내밀어 어깨를 잡았다.

"당신을 원해, 김선주. 네가 필요해, 나한테는."

그녀는 반쯤 흐느끼며 고개를 숙였다. 이마에 그의 단단한 어깨가 닿는다. 이대로 안길 수만 있다면. 복잡해지기 전으로 돌아갈 수만 있다면. 선주는 자신이 한 일에 후회가 생겼다. 하지만 이미 알아 버린 이상 머리는 혼란스럽고 가슴은 아프기만 했다.

"그런 건 우리 사이에는 아무런 의미도 없는 건가? 내가 이미 버린 내 아버지, 내 과거를 왜 당신이 들쑤시려는지 나는 이해가 안 가. 사랑을 말하면서 그걸 무기로 삼는 당신 역시 받아들일 수 없고."

"사장님."

"하지만 난 당신을 놓을 생각은 없어. 이 일과 상관없이 우리 결혼은 진행될 거야. 나와 결혼하려면 앞으로 이런 자리는 익숙해지는 게 좋아. 당신이 못 맞추면 나라도 맞춰 가야지. 당신 역시 빨리 나한테 익숙해지길 바라. 난 당신을 괴롭힐 생각은 추호도 없으니까."

석현이 비틀거리는 그녀를 두고 그대로 사장실을 나가 버린다. 선주는 어지러운 머리로 그의 사라진 곳만 멍하니 바라보았다.

결국 젠의 숍으로 향했다. 반갑게 웃으며 다가오던 젠이 두 사람의 굳은 표정에 눈살을 찌푸렸다.

"두 사람, 무슨 일인지는 모르지만 사랑싸움은 다른 데 가서 해 줬으면 좋겠어. 안 그래도 외로운 솔로 염장 지르지 말고."

"접대 자리야. 적당히 알아서 꾸며 줘. 시간 없으니까 서둘러."

자신의 말에는 대꾸도 없이 자기 할 말만 하고 석현이 걸어가 버리자 젠이 인상을 썼다. 그러더니 물끄러미 서 있는 선주를 향해 시선을 돌렸다. 선주 역시 석현이 사라진 곳을 보고 있다 갑자기 얼굴을 들이미는 젠의 행동에 화들짝 놀랐다.

"뭐예요?"

"이번에는 타격이 좀 큰가 보네. 얼굴 엉망이야. 그리고 이 싸구려 덕지덕지 화장은 뭔데? 그렇게 일러 줬는데도 이 모양이라니. 역시 김선주 씨는 나한테 정면으로 승부해 오는 용기가 있어. 직업적 도전의식을 팍팍 일깨워 줘서 아주 마음에 들어."

"농담할 기분 아니에요."

"아직도 말 못 했나?"

"뭘요?"

"민석현을 좋아한다고. 그 녀석 반쯤 넘어온 것 같더니 왜 토라지셨을까? 워낙 감정이 없는 놈이라 이거라도 고맙네."

"넘겨짚지 마세요."

"그렇다면 그런가 보다 하는 게 또 내 스타일이잖아. 시간 없다니까 서둘러야지."

그리고는 선주를 파우더 룸으로 몰고 간다. 화장을 새로 하고 머리를 하는데 선주가 헤어디자이너 뒤에 서 있는 젠을 바라보았다.

"머리 잘라 줄 수 있어요?"

"응? 왜? 자르고 싶어?"

"네. 답답해서요."

눈을 가늘게 뜨고 선주를 보던 젠이 고개를 끄덕인다.

"심각하네. 뭐, 그래도 기분 전환하는데 나쁘지는 않아. 오늘은 시간이 없으니 드라이로 정리해 주겠지만 주말쯤에 파마하러 와. 그래야 관리하기 쉬울 거야."

"알았어요."

머리를 자르는 동안 선주는 눈을 감고 있었다. 다 됐다는 말에 눈을 떴다. 길었던 머리가 다 잘려 나가고 귀 밑까지 오는 찰랑찰랑한 단발머리가 되었다. 드라이로 컬을 넣어 자연스러운 물결처럼 부드럽게 흘러내린다. 자신이 아닌 것 같은 얼굴. 결국 석현이 원하는 건 이런 걸까? 그에게는 이런 게 진짜일지도 모른다는 생각이 들며 가슴이 욱신거렸다.

"오케이, 좋아. 그럼 옷 골라 놨으니까 입고 나가지."

피팅룸으로 들어가 어깨가 드러난 미니 블랙 실크드레스를 입었다. 하얀 가슴뿐 아니라 늘씬한 다리가 육감적으로 보였다. 지나치게 몸매가 드러나는 것 같아 어깨를 움츠리는데 젠이 고개를 저었다.

"노, 노. 숄 줄 테니까 제발 어깨 좀 펴요."

그가 얇은 실크 숄을 어깨 위로 올려 준다. 옷매무새를 다듬어 주고는 어깨 위에 놓인 손에 힘을 주며 그녀를 당겨 가까이 다가왔다. 갑작스런 그 행동에 놀란 선주가 몸을 뒤로 빼는데 그의 손에 힘이 들어갔다.

"무슨 짓이에요!"

"선물 줄게."

"네?"

젠의 긴 팔이 어깨를 감싸 안자 선주는 놀라서 그의 가슴을 밀어내려 했다. 남자라고 의식하지 않았는데 젠의 커다란 덩치에 감싸이자 열기가 훅 끼쳐 왔다. 갑작스레 가까워진 남자의 육체에 비명이 나오려는 순간 그녀 뒤에서 문이 열리는 소리가 들렸다.

"뭐하는 거야?"

잇새로 나온 듯한 목소리에 선주는 화들짝 놀랐다. 하지만 몸을 돌리고 싶어도 젠의 강한 힘에 잡혀 그럴 수가 없었다. 석현이 뿜어내는 차가운 공기가 등으로 고스란히 느껴졌다.

"기다려 봐. 금방 끝나."

뭐가 금방 끝나! 석현의 등장에도 아랑곳없이 젠이 선주의 귓가에 입술이 닿을 듯 가까이 대고 속삭이자 그녀는 저도 모르게 몸을 떨었다. 젠 때문이 아니라 자신을 찌를 듯한 침묵을 지키는 석현이 무서워서.

목을 쓰다듬은 손길에 어쩔 줄 몰라 하고 있는데 몸이 뒤로 확 당겨졌다. 그리고 어느새 석현이 그녀의 허리에 족쇄처럼 팔을 감았다. 그의 강한 힘에 허리가 아팠지만 화난 그의 표정에 선주는 아무 말도 못 하고 입술을 깨물었다. 얼굴이 붉게 상기된 그가 젠을 죽일 듯 노려본다. 순식간에 험악해진 공기에 젠이 두 손을 들어 손사래를 쳤다.

"워, 워. 릴렉스. 친구, 릴렉스하라니까."

"무슨 짓이야?"

"선물. 잘 어울리지?"

그 말에 내려다보니 목에 목걸이가 걸려 있다. 젠이 긴장한 채로 서 있는 두 사람을 보고 짓궂게 웃어 댔다.

"그나저나 오늘 내 작품 어때?"

석현이 노려보는 시선을 거두고 마지못한 듯 선주를 쳐다봤다. 짧아진 그녀의 머리에 그가 눈살을 찌푸려졌다. 하지만 아무 말도 하지 않은 채 뚫어지게 그녀를 보았다. 선주는 그의 시선을 피한 채 입술을 깨물었다. 한참 동안 무슨 생각인지 그녀를 보던 석현이 갑자기 몸을 돌렸다.

"그만 가지. 늦었어."

"아, 그 목걸이 돌려줘야 돼. 빌려 주는 거야. 선물로 주고 싶은데 내가 그 정도 능력은 안 돼서. 능력 있는 누군가 사 주면 몰라도. 어쨌든 선주 씨 다음에 봐. 두 사람 좋은 저녁 되고."

석현의 차가운 반응에는 아랑곳없이 젠은 계속 능글능글 웃어 댔다. 그는 친구가 대꾸 없이 선주를 끌고 나가고 나서야 웃음을 거뒀다. 두 사람 사이의 긴장감은 분명 좋은 거라고 생각했는데, 오늘은 또 묘하게 달라서 혼란스러웠다. 뭐, 사랑싸움에 자신이 끼어들 필요는 없겠지만. 그나저나 선주를 보니 맹랑했던 꼬맹이들이 떠올랐다. 은근히 중독성 있는 자매들이네. 그 생각을 하며 젠은 다시 키득거렸다.

"목걸이가 마음에 드나?"
차에 오르고도 한참을 말이 없다가 느닷없이 묻는 말에 선주는 당황했다. 표정만으로는 그녀를 한 대 칠 만큼 화가 난 것 같은데 말이다.
"아, 아니요."
사실은 제 목에 걸려 있어도 목걸이가 어떻게 생겼는지 볼 겨를도 없었다. 그러니 마음에 든다, 안 든다 할 거리도 안 된다.
"원한다면 가져."
"필요 없어요."
단박에 자르는 선주의 말에 석현이 힐끗 쳐다본다. 젠이 부려 놓은 마술 때문인지, 지금의 감정 상태 때문인지 알 수는 없지만 선주는 어딘지 모르게 상처 입은 듯 연약해 보였다.
"몸가짐 조심해. 말 나가면 당신이 아니라 나한테 민폐야."
보호본능을 일으키는 그녀의 모습이 심기를 자극하자 석현은 저도 모르게 퉁명스럽게 말을 내뱉었다. 짧게 잘린 머리가 어울리지 않는 건 아니지만, 마치 그녀가 자신을 잘라 낸 것 같아 보는 순간 간담이 서늘해졌다. 온전히 자신의 여자라고 생각했는데 자신에게서 빠져나가려는 그녀 때문에 감정이 주체가 되지 않는다.
친구의 장난인 걸 알면서도 젠의 품 안에 있던 선주를 본 순간 그대로 주먹이 날아갈 뻔했다. 그녀와 얘기하고, 그녀를 바라보는 모든 남자에게 지독한 질투심이 느껴졌다. 그런 자신이 어이가 없지만 선주가 눈앞에서 없으면 불안함이 몰려온다. 자신도 알 수 없었던 지독한 집착에 놀라면서도 어쩔 줄을 몰라 오히려 선주에게 화만 내고 있었다.

창백한 얼굴로 입술을 깨무는 그녀를 보고 마음이 약해지는데도 말이 엇나가는 건 그런 자신의 감정이 낯설어 통제를 못 한 이유였다. 그는 선주가 알아채지 못하게 한숨을 쉬고는 차창으로 시선을 돌렸다. 긴 저녁이 될 것 같았다.

저녁 식사 내내 마치 올가미에 걸린 기분이었다. 억지로 웃으며 다른 사람들과 간신히 대화를 이어 갔다. 하지만 순간순간 석현의 강렬한 시선이 그녀를 사로잡았다. 선주는 어서 이 시간이 끝나기를 속으로 빌었다. 처음에 그녀가 긴장을 풀게 도와주려고 가볍게 말을 걸던 찬우도 그의 날카로운 시선을 눈치챈 건지 나중에는 슬금슬금 피할 정도였다.

다행이라면 접대를 받는 바이어들은 눈치를 채지 못한 모양인지 선주에게 아름답다는 말을 연발했다. 형식적인 칭찬이지만 선주는 자신이 이런 자리에서 안주인 취급을 받는 게 어색해 계속 얼굴을 붉혔다. 겨우 긴 식사가 끝났다. 자리를 옮기려고 사람들이 일어섰을 땐 저도 모르게 안도의 한숨이 새어 나왔다. 바이어들과 작별 인사를 하고 두 사람이 먼저 자리를 떴다.

"알아서 갈게요."

"그 차림으로?"

"택시 타면 돼요."

"쓸데없는 소리."

석현이 더는 반박할 수 없게 못 박고 바로 그녀를 차에 태웠다. 집으로 가는 내내 두 사람은 침묵 속에 있었다. 골목길 앞에 차를 세우고 한참을 앉아 있었다. 그 침묵이 참을 수 없어져 선주가 먼저 입을 열었다.

"들어갈게요. 조심히 가세요."

"김선주."

"……."

"박 실장한테 택일 서두르라고 일러뒀어. 더 이상 미루고 싶지 않아. 박 실장하고 같이 가서 날짜 받도록 해."

그의 말에 선주가 움찔했다. 지금 기분으로는 그를 보는 것도 힘든데 결혼이라니. 하지만 선주는 거절의 말을 할 수가 없었다.

"시간, 조금만 더 주세요."

"무슨 시간? 당신이 거절할 시간? 아니면 도망칠 시간?"

그의 목소리가 거칠어진다. 거절할 수 있으면 벌써 했다. 하지만 선주 역시 그를 포기하고 싶지 않았다. 다만, 그의 곁에서 이미 알게 된 어둠 따위는 없는 것처럼 연극을 하고 살 건지, 끝까지 그를 설득할 건지 결정을 할 시간이 필요했다.

"꿈도 꾸지 마. 조만간 상견례 대신 약혼식 겸해서 그 집안사람들 보게 될 거야. 그게 당신이나 당신 가족들을 위해서 더 나을 거야. 거절할 생각은 꿈도 꾸지 마. 당신이 거절하면 내가 무슨 짓을 할지 나도 잘 모르겠으니까."

숨이 막히게 조여 온다. 그녀가 뒷걸음질 칠수록 석현은 더 초조해져 자꾸만 밀어붙이고 있었다.

"갈게요."

선주는 차에서 내려 돌아보지 않고 집으로 걸어갔다. 그녀가 대문 안으로 사라지고 난 후에도 한참 동안 석현의 차는 움직일 줄 모르고 그 자리에 있었다.

이튿날도 지루한 공방이 계속되었다. 어차피 조만간 결론이 나고 양쪽 다 한 발씩 물러나게 되겠지만 양쪽 회사 모두 유희를 즐기듯 밀고 당기기를 했다.

오후 협상이 끝나고 이틀 정도 접대를 위해 바이어들을 서울 관광시켜 주기로 했다. 그 일은 전적으로 찬우가 맡았기 때문에 석현도, 선주도 조금 시간이 비게 되었다. 퇴근 시간 즈음 석현이 그녀를 사무실로 불렀다.

"네?"

"오늘 박 실장한테 연락해 뒀어. 회사 앞에 와 있을 거야. 그리고 내일은 하루 쉬도록 해. 많이 피곤해 보여."

"사장님."

"그만 가 봐. 나도 곧 퇴근할 거야."

가기 싫다. 그가 자신을 안아 줬으면 하고 선주는 바랐지만 지금 석현이 안아 주면 왠지 찬바람만 쌩쌩 불 것 같았다. 그녀는 말없이 바깥으로 나왔다. 석현의 말대로 회사 앞에 지영이 기다리고 있었다.

"사모님, 잘 지내셨어요?"

"아, 네."

"결혼식 날짜 택일하는 데 아주 탁월한 곳이 있다고 해서 수소문해 뒀어요. 좀 있다 하는 집안은 다 그쪽에서 잡는다고 소문이 자자하더라고요. 뭐, 그런 거 없어도 두 분이야 잘 사시겠지만. 사장님이 서두르시는 거 보니까 정말 빨리 하고 싶으신 것 같더라고요."

민 회장의 집에서 지내는 내내 지영은 석현의 감정이 변하는 걸 잘 보지 못했다. 그저 고맙다는 정도가 그가 보인 최상의 반응이었는데, 요즘 석현을 보면 꼭 사춘기 사내애 같았다. 그 말을 하면 석현은 화를 내겠지만 적어도 지영이 느끼기엔 그랬다. 성급하고, 들떠 있었다. 자신이 주체하지 못할 감정의 소용돌이 속에 있는 사람처럼.

그래서 지영은 기분이 좋았다. 저도 모르게 어릴 적부터 봐 온 석현에게 정이 들었는지 그를 그렇게 만든 선주가 좋아졌다. 모친이 없다 하니 최선을 다해서 도와줄 생각이었다. 하지만 선주는 지영의 말에 웃음만 보이더니 말없이 따라나선다.

철학관에 도착하고서도 내내 말이 없었지만 날짜를 넣은 봉투를 받아서는 조심스럽게 가방 안에 챙겼다. 집에 도착해서 지영이 내려 줄 때까지 선주는 한 마디도 않다가 겨우 작별 인사만 건네고 힘없이 집으로 들어갔다. 그런 뒷모습을 지영은 눈살을 찌푸린 채 쳐다보았다.

석현의 말대로 하루를 쉬기로 했다. 며칠째 잠을 포기한 선주는 아침에 재형과 쌍주를 보내 놓고 한동안 넋을 빼고 있었다. 둘 중 한 사람이 포기하게 된다면 자기가 되겠지만 괴로운 기분만은 어떻게 해 볼 도리가 없다. 어느 순간, 그가 무너지게 되면 자기가 다 받아 줄 수 있을까. 문득 두려운 생각에 선주는 후다닥 자리에서 일어났다.

혼자 집에 있으니 가슴만 답답해졌다. 그녀는 젠을 찾아가기로 했다. 짧아진 머리는 젠의 말처럼 뻣뻣해져 조금씩 뻗쳤다. 파마를 한다는 핑계를 대면 그도 이상하게 여기진 않을 것이다. 젠이 좋은 건 아니지만, 그의 말에 맞춰 주다 보면 조금은 기분이 풀릴 것 같아서였다.

옷을 갈아입고 나오는데 대문 앞에 지영이 서 있었다. 갑자기 문이 벌컥 열리자 놀랐는지 눈이 동그래졌다.

"어머, 사모님."

"무슨……"

"엇갈릴 뻔했네요. 정말 다행이에요."

"무슨 일이세요?"

"받으세요. 사장님이 보내셨어요. 연수 원하시면 사람도 보내 주겠다고 너무 걱정 마시래요."

지영이 내민 작은 물건이 손안에 쏙 들어왔다. 손바닥에 놓인 자동차 키를 보는 순간 머릿속이 하얗게 변했다. 지영이 골목길 앞에 주차된 은색 아우디 SUV를 가리켰다.

"사장님께서 고심해서 골랐어요. 사모님이 초보라 안전이 제일이라고. 시승해 보니까 차체가 높아서 시야가 넓고 좋더라고요. 사고가 나더라도 일반 승용차보다는 훨씬 안전해요. 내부가 넓어서 가족분들하고 다니는데도 편하고, 운전이야 조금만 익숙해지면 금방 좋아지실 거예요."

싫다고 분명 거절했었고, 그걸 받아 줬다고 생각했다. 하지만 선주가 그가 숨기고 싶어 했던 걸 건드리자 거침없이 공격해 온다.

"타 보실래요? 제가 옆에서 봐……. 사모님!"

지영의 말이 끝나기도 전에 선주는 그대로 뛰어 대로로 가 택시를 잡았다. 회사로 가는 내내 몸이 부들부들 떨렸다. 거짓이라도, 모든 걸 다 주지 않아도 좋다고 생각하려 했는데 석현의 행동이 그녀를 참을 수 없게 했다. 그녀의 마음을 순식간에 싸구려로 전락시켰다. 그녀는 입술을 깨물며 초조함을 달래고 있었다.

"한성호텔에 방을 잡아 놨습니다. 저도 그쪽으로 바로 가겠습니다."
"알았어. 나도 바로 출발하겠네."

드디어 정아가 움직였다. 오전 업무를 끝내고 점심시간이 되자 갑자기 조퇴를 한 것이다. 자신이 감시당하고 있는 걸 아는 사람처럼 이곳저곳을 돌다가 결국 장유린이 있는 곳으로 움직인 모양이다.

전화를 끊고 석현은 자리에서 일어섰다. 장유린이나 정아를 잡고 싶은 게 아니다. 기훈이 같이 움직여 주기를 그는 은근히 바라고 있었다. 요즘 들어 폭발할 것 같은 분노를 자신의 앞길을 막으려는 사촌에게라도 퍼붓고 싶었다.

선주를 괴롭히는 것보다는 그게 더 자신을 위해서도 좋을 것 같다는 생각이 들자 그는 어이가 없어져 웃음이 나왔다. 김선주라는 이름을 떠올리는 것만으로도 뭔가 견딜 수 없는 기분이 된다. 그녀가 자신의 옆에 없다는 건 생각하기도 싫었다. 도망치지만 마, 김선주.

벗어 뒀던 양복 상의를 걸치는데, 갑자기 사장실 문이 쾅 하고 열렸다. 석현은 갑작스런 방문자에 눈살을 찌푸렸다. 달려왔는지 선주가 헝클어진 머리로 거친 숨을 내쉬며 서 있었다. 평소 회사에서와 달리 셔츠에 청바지 차림이다.

맙소사. 크게 숨을 내쉴 때마다 셔츠의 단추가 조금 팽팽해지는 게 보일 정도로 풍만한 가슴이 눈에 들어왔다. 요즘 선주를 보면 작은 몸짓, 표정 하나에도 욕망을 느끼고 만다. 하지만 석현은 그런 티를 내지 않고 흥분한 그녀에게로 다가갔다.

"오늘 쉬는 거 아니었나?"

"무슨 짓을 하는 거예요?"

"뭘?"

"그냥 기다려 주면 안 돼요?"

"알아듣게 얘기해."

"이거 뭐예요?"

선주가 불쑥 내민 걸 보고 그제야 석현은 고개를 끄덕였다.

"필요할 것 같아서. 좀 빠르긴 해도 언젠가는 사 줄 생각이었어. 곧 집도 옮길 거야."

"사장님!"

"알아. 당신이 원하지 않는다는 거. 하지만 이게 나아. 그러니까 받아들여."

울 듯이 입술을 깨무는 모습에 순간 마음이 약해진다. 예전처럼 안아 주고 싶은데 당장은 그럴 시간이 없었다. 그렇다고 화가 난 선주를 이대로 돌려보내기는 싫어 잠시 망설이던 그가 선주의 손을 잡아챘다.

"뭐예요?"

"지금은 얘기할 시간이 없어. 일단 나가지."

"네? 어디……."

"가면서 얘기해."

화를 내던 것도 잊고 선주는 그의 손에 끌려 나갔다. 엘리베이터를 타고 내려오는 내내, 회사 로비에서 직원들이 놀란 눈으로 두 사람을 힐끔거렸다. 두 사람의 모습이 다른 직원들에게 어떻게 비춰질지 깨달은 선주는 당황했지만, 석현은 그런 것에는 아랑곳없이 그녀를 잡은 손을 놓지 않았다. 로비 앞에 차가 대기하고 있었다. 얼떨결에 차에 오르자 운전기사가 놀란 듯 두 사람을 쳐다본다.

"최대한 빨리 도착할 수 있도록 해."

"알겠습니다."

차가 출발하고 잠시, 두 사람 사이에 침묵이 흘렀다. 선주는 입술을 깨문 채로 창밖을 보고 있었지만 신경은 온통 석현에게 가 있었다. 따지려고 왔는데 입도 못 떼 보고 끌려가는 자신이 한심해서 견딜 수가 없었다.

"김선주."

석현이 입을 여는데 휴대폰 벨소리가 울렸다. 그가 낮게 욕설을 중얼거렸지만 급한 전환지 바로 받았다.

"네. 응, 알았어. 잘 감시하고 무슨 일 있으면 바로 잡아채. 절대 실수가 있어서는 안 돼. 검찰 쪽은? 아, 알았네. 좀 있다 보지."

무슨 일일까? 검찰이라는 말에 선주가 놀란 눈으로 돌아보았다.

"나중에 얘기해. 지금은 아무래도 때가 안 좋은 것 같군."

그의 굳은 표정에 선주는 입을 다물었다. 중요한 업무를 방해할 생각은 없었다. 총알처럼 빠른 속도로 도착해서 내린 곳은 한성호텔이었다. 다른 사람의 눈에 띄지 않도록 곧장 엘리베이터를 탔다. 최상층에 도착해서 스위트룸에 들어가니 이미 찬우가 와서 기다리고 있었다. 석현의 뒤에 서 있는 선주를 보고 찬우가 놀란 얼굴을 했지만 곧 긴장된 얼굴로 보고를 했다.

"지금 막 장유린 방으로 들어갔답니다. 검찰 쪽도 곧 도착할 거고요."

"그럼 기다리면 되는 건가? 등장인물이 하나 빠져서 아쉽군."

결국 기훈은 나타나지 않았다. 정아를 잡으면 어떻게든 되겠지, 하는 생각이지만 그녀가 어떻게 나올지는 아무도 모를 일이다. 어쨌든 장유린을 잡은 것만으로도 한국 검찰의 위상에 큰 도움이 되긴 할 것이다.

초조하게 기다리는데 아래층에서 연락이 왔다. 마침 장유린의 방에서 나오는 정아를 감시하던 사람들이 잡은 것이다. 그 모습을 보고 도망치려던 장유린 역시 계단에서 잡혀 곧바로 정아와 함께 그들이 있는 스위트룸으로 끌려왔다.

석현을 본 정아가 놀란 표정을 짓자 그는 웃음이 나왔다. 똑똑한 여자라고 생각했는데 남자 때문에 이런 짓까지 하는 걸 보니 어이가 없었다. 반면에 선주는 평상시와 다르게 초췌한 모습으로 굳어 있는 정아를 보고 깜짝 놀랐다. 설명이 없어도 대충 어떤 상황인지 가늠이 갔다.

"이런 데서 보다니. 반갑다고 해야 하나?"

정아를 보고 비웃는 석현의 말에 그녀의 얼굴이 창백하게 질린다.

"누누이 경고했던 것 같은데. 이렇게 어리석은 줄은 몰랐어. 최 실장, 똑똑한 여자라고 생각했는데 말이야."

"전 사장님이 무슨 말씀하시는지 모르겠네요."

시치미를 떼는 정아를 보고 석현이 피식 웃는다. 찬우가 옆에 있다

갈색 봉투를 툭 던진다.

"뭐예요, 이게?"

"과학자가 호기심이 없으면 쓰나? 나 같으면 바로 열어 보겠는데."

웃으며 하는 말이지만 경멸이 들어 있다. 얼굴이 시뻘게진 정아가 봉투를 들어 안에서 사진을 꺼냈다. 그리고는 꺼낸 사진을 쥔 채 부들부들 떨기 시작했다.

"그 녀석이 시킨 건가? 인정하면 봐줄 수도 있어. 곧 검찰이 들이닥칠 거거든."

"전 몰라요. 사장님이 왜 이러시는지."

그 후로 석현의 어떤 질문에도 정아는 대답하지 않았다. 그사이 장유린의 방에서 정아가 건넨 USB를 찾은 직원이 올라왔다.

"그럼 이제 끝난 건가? 꽤 오랫동안 있어야 할 거야. 이런 일이 알려지면 다시 사회에 나와서도 당신이 설 자리는 없어. 잘 생각해, 변명의 기회를 줄 때. 당신이 잡혀도 아무렇지 않아 하는 남자를 위해서 이렇게까지 희생하다니, 보기보다 어리석군. 당신이 야망이 있는 여자길 바래. 겨우 돼먹지 못한 남자 하나를 위해서 당신의 재능을 썩히고 싶은 건가? 당신 정도라면 이것보다는 더 많이 바라야 하지 않겠어?"

이번엔 얼굴에 웃음기가 하나도 없다. 오싹할 정도로 냉랭하게 말하고 석현은 시선을 돌려 장유린을 쳐다봤다. 배가 불룩한, 평범한 인상을 가진 40대 초반의 남자다. 그림자 같은 인간이라. 외모만으로는 상상이 가질 않는다. 석현은 아무 말 없이 그런 남자를 경멸의 시선으로 쳐다보고는 몸을 돌렸다.

"검찰 오면 바로 알려 주도록. 난 잠시 침실에 있을게."

미처 찬우가 대답하기도 전에 석현은 선주의 팔을 잡아 침실 안으로 들어갔다. 그가 문을 닫는 순간 웅성거리는 바깥의 소음이 사라졌다. 마치 세상과 단절된 듯한 고요함이 두 사람 사이에 흘렀다. 그의 시선에 선주가 움찔했다. 그런 선주의 몸짓에 석현이 한숨을 내쉬었다.

"미안해, 상황이 이래서. 잠깐이라도 얘기할까?"

"아니요. 나중에 해요. 이런 상황에서 더 짐 보태고 싶지 않아요. 전 가 볼게요."

"잠시만 기다려. 검찰 오면 잠깐 얘기만 하고 끝낼 거야. 그러고 나서 얘기해. 그러니까 당신은 여기 있어."

"그럴 필요……."

똑똑, 노크 소리와 함께 문이 열리고 찬우가 고개를 들이민다.

"사장님, 검찰 도착했습니다."

"아, 알았어. 잠시만 기다려. 금방 끝나."

석현이 나가자 선주는 한숨을 푹 내쉬었다. 바보 같아. 일하는 사람한테 무슨 짓인지. 그동안 전혀 이상한 낌새를 채지 못했다. 연구소에 자주 들렀던 것도, 정아에게 평소와 같지 않은 태도를 취한 것도 이 때문이라는 걸 이제야 알았다. 그런데 정아와의 사이를 오해하다니. 자신이 우스우면서도 아무런 얘기도 해 주지 않은 석현이 조금 섭섭했다. 믿는다더니 역시 말뿐이었나 하는 생각이 들었다.

생각보다 얘기가 길어지는 모양이었다. 답답한 마음에 방 안을 서성이던 선주는 침대에 걸터앉았다. 석현과의 일 이후로 불면의 밤을 쭉 보낸 탓에 푹신한 매트리스에 앉자 몸이 저절로 기대졌다. 시간이 흐를수록 그에게 화난 마음보다는 초조한 마음이 더 강해졌다. 길어지는 두 사람 사이의 긴장감이 견디기가 힘들어졌다. 자꾸만 복잡해지는 마음에 선주는 한숨을 쉬며 눈을 감았다. 잠시 쉬는 거야, 잠시만.

뭔가 입술에 와 닿았다. 간질거리는 그 느낌에 선주는 손을 내저었다. 하지만 손이 잡히며 다시 입술에 뭔가가 와 닿았다. 조금 뜨겁고,

습하고, 부드러운 뭔가. 선주는 몸을 뒤척이며 눈을 떴다.

"사, 사장님."

그새 깜빡 잠이 들었는지 침대 한쪽에 웅크리고 누운 그녀 몸 위에 덮칠 듯이 석현이 기대어 있었다. 금방 정신이 번쩍 들어 그녀는 잡힌 손을 빼내고 그의 가슴팍을 밀었다.

"비켜 주세요."

"김선주."

다시 입술이 다가오고 몸이 매트리스 깊숙이 파묻혔다. 혀가 들어와 가지런한 치아를 훑고 그녀의 혀를 낚아챘다. 그를 밀어내기 위해 내밀었던 손이 옷깃을 꽉 잡자 석현이 더 깊숙이 파고들었다. 이제 그녀의 몸 위로 완전히 올라온 그 때문에 두 사람의 몸이 푹신한 침대 가운데로 푹 꺼져 들어갔다. 얼굴을 잡았던 석현의 손이 미끄러지듯 내려가 허리 아래로 들어갔다. 허리 부근을 쓰다듬던 손이 그녀를 불쑥 들어 올렸다. 순간 입술이 떨어지자 선주는 가쁜 숨을 몰아쉬며 몸을 떨었다.

"사, 사장님."

숨 가쁘게 자신을 부르는 소리에 석현은 미칠 것 같았다. 검찰과 얘기를 끝내고 들어오니 선주가 침대 귀퉁이에 엎드려 있었다. 피곤한지 어깨를 잡는데도 깨지 못했다. 깨어 있을 때는 그를 괴롭히던 말을 내뱉던 입술이 달콤한 숨결을 뿜어냈다.

잠든 선주의 옆에 걸터앉아 손가락으로 입술을 쓰다듬는데 그녀가 낮은 신음을 흘리며 몸을 돌렸다. 순간 풍만한 가슴이 눈에 들어왔다. 아이처럼 자는 모습도 그의 욕망을 자극했다.

그냥 입술만 훔치자 했는데 막상 그녀의 감촉을 느끼자 참을 수가 없었다. 그녀를 깨워 온전히 자신의 것으로 만들고 싶어졌다. 키스를 할수록 선주가 주는 부드러움을 놓치기가 싫었다. 이젠 무슨 일이 있어도 그녀를 놓지 못할 거라는 걸 그는 다시 한 번 깨달았다.

열기 어린 그의 눈빛에 선주가 움찔했다. 석현은 그 시선을 놓지 않은 채로 입술을 가까이 가져갔다. 두 사람의 거친 숨결이 엉켜들었다.

"김선주, 날 사랑한다고 말해. 내가 좋다고."

"사랑해요. 사장님이 좋아요."

자신의 목소리만큼 낮고 쉬어 있었다. 그와 똑같은 들뜬 욕망이 어른거린다. 살짝살짝 닿는 입술에 메마르고 빠른 숨결이 느껴졌다. 그녀가 풍기는 향기가 그를 미치게 했다.

"내 편이 되겠다고, 내 가족이 되겠다고 말해."

"사장님의 가족이 될게요. 사장님 편이 될게요."

지독한 떨림이 느껴지는 말이지만 석현은 순간 이성을 잃었다.

목이 뒤로 꺾이며 이번에는 더 깊게, 더 강하게 그의 혀가 안으로 들어왔다. 그녀는 정신을 차릴 수가 없었다. 지금까지의 부드럽고 다정한 키스가 아니다. 강한 소유욕을 담은 그의 키스는 거칠고 남성적이었다. 그런데 그것이 미치도록 가슴을 뛰게 했다.

그녀는 그의 팔이 아프도록 잡은 손에 힘을 주었다. 점점 더 깊이, 이보다 더 가까울 수 없을 것 같은데도 두 사람은 더 깊어지고 가까워졌다. 외설적일 만큼 혀가 뒤엉켜 자극적인 소리를 냈다. 선주는 가슴이 터질 것처럼 숨이 찼다. 비명이 나올 것 같았다.

입술을 지난 그의 입술이 목덜미에 닿았다. 혀가 핥는 느낌에 움찔하는데 그의 커다란 손이 흥분으로 들썩이는 가슴을 만졌다. 가슴의 정점이 그의 손가락에 눌리자 온몸으로 저릿한 감각이 퍼져 간다. 셔츠 단추가 터질 것처럼 가슴이 부풀어 오르자 선주는 저도 모르게 그를 밀어냈다. 이대로 두면 이성을 잃고 그에게 안기고 말 것 같았다.

"사, 사장님!"

"김선주."

"……."

"당신을 원해. 지금 당신이 필요해."

거친 손길만큼이나 열에 들뜬 탁한 목소리. 마주친 눈이 열기로 번들거린다. 너무 강렬해서 무서울 정도로. 선주는 겁이 났다. 저절로 몸이 움츠러들었다. 그걸 느낀 석현이 이를 악물고 아프도록 꽉 껴안았다. 정수리에 그의 턱이 닿았다. 선주는 석현의 옷깃을 잡은 채로 사시나무 떨듯 떨고 있었다.

"당신이 날 좀 봐주면 안 되나?"

"……."

"한 번만 양보해 주면 안 돼? 날 사랑하잖아? 응, 선주야. 당신이 말하는 사랑이 어떤 건지는 모르겠지만 난 김선주가 아니면 안 돼. 당신이 싫다고 말하면, 날 외면하면 미칠 것 같아."

찌르듯 가슴이 아팠다. 선주는 그의 품으로 파고들었다.

"사랑해요."

그녀의 말에 석현이 몸을 살짝 밀어 얼굴을 마주 댔다. 다시 입술이 닿고 욕망과 열기를 품은 눈이 강하게 부딪혀 왔다.

"이렇게 사장님이 절 원하는 게, 절 필요로 하는 게 미칠 정도로 좋고 꿈만 같아요. 믿기지 않을 정도로."

"……."

"그런데 저 욕심쟁이가 됐나 봐요. 사장님이 너무 잘해 줘서 이상해졌나 봐요."

"김선주."

"아파요. 사장님을 보면 가슴이 아파서 죽을 것 같아요. 사랑이 이렇게 아픈 건 줄 몰랐어요. 이렇게 좋은데도, 이렇게 같이 있고 싶은데도 아파서 어떻게 사장님을 봐야 할지 모르겠어요. 죄송해요."

마지막 말은 결국 흐느낌이 되었다. 순간 석현의 얼굴이 울 것처럼 일그러졌다. 울고 있는 그녀의 얼굴을 당겨 입을 맞춘다. 짧지만 강렬한 입맞춤이었다. 순식간에 끝났지만, 그녀의 모든 걸 흔들어 놓는다. 선주가 그를 잡기 위해 손을 내밀었을 땐 이미 석현이 방 안을 나간 후였다. 그녀는 침대에 얼굴을 묻고 큰소리로 울음을 터뜨리고 말았다.

11.

"언니, 아저씨 안 와?"

"바빠."

"피. 스마트폰 사 준다고 약속해 놓고."

"그러니까. 난 갤역시3 꼭 갖고 싶은데. 그거 완전 빠르대."

"난 아이뼈. 언니뿅하는 거 나도 하고 싶더라. 연주 거 잠깐 빌려서 해 봤는데 완전 재밌어. 우리 반에서 승현이가 일등이던데."

"그래? 우리 반에서는 성민이. 걔 40만 점 넘었대."

"헐, 대박."

"난 용파리하고 싶어. 우리 반 애들은 요새 다 그거 해."

"우리 반도 그거 많이 하더라. 그것도 되게 재미있겠더라."

"아, 아저씨가 빨리 와야 되는데. 언니, 그럼 아저씨한테 전화해서 언제 오는지 한번 물어봐."

"바쁘다고 했잖아."

실망한 쌍주가 풀이 팍 죽었다. 선주는 나오는 한숨을 간신히 눌렀다. 마음을 다잡기가 쉽지 않다. 당분간 그의 얼굴을 보고 싶지 않았다. 아니, 보고 싶어 죽을 것만 같았다. 하지만 호텔에서의 일 이후 석현은 완벽하게 그녀를 무시했다. 계약이 무사히 끝나고 주말이 될 때까지도 업무적인 일 이외의 두 사람은 한 마디도 하지 않았다. 다시 예전의 관계로 돌아간 것 같았다.

금요일에 퇴근을 하면서 인사를 했지만 석현은 고개조차 돌리지 않았다. 그 냉랭함에 선주는 불안하고 초조해지는 걸 느꼈다. 집에 처박혀 있는 것보다는 차라리 싸돌아다니는 게 나을 것 같아 쌍주를 데리고 서점에 온 길이었다. 곧 있을 쌍주의 중간고사 준비를 위해 문제지를 사야 했다. 그동안 석현과의 일 때문에 쌍주에게 소홀했던 것 같아 조금 미안해졌다. 문제지를 사고 나오자마자 쌍주가 다시 한 번 선주를 졸랐다.

"언니, 혹시 모르니까 한 번만 전화하면 안 돼?"

"어, 그래. 언니 전화 한 번만 해 봐. 이젠 일 끝났을지도 모르잖아."

아이들의 성화에 선주는 울컥하고 말았다.

"이제 그만해! 아저씨 바쁘다고 했잖아! 그리고 아무한테나 그런 물건 받으면 못 써!"

"아저씬 형부잖아. 왜 아무나야?"

순간 말문이 턱 막힌다.

"그래도 그런 거 함부로 받는 거 아니야. 다음부터 필요한 거 있으면 언니한테 말해."

"피, 말해도 사 주지도 않잖아. 언니 돈도 없으면서. 그래서 아저씨가 사 준다고……."

"그만하지 못해!"

평소답지 않게 화를 버럭 내는 언니의 모습에 쌍주가 놀라서 눈을 동그랗게 뜬다. 동생들에게 호통을 칠 때는 항상 심한 장난이나 위험한 행동을 했을 때였다. 평상시엔 가능한 쌍주가 기죽지 않도록 배려해 주던 그녀였다.

갑작스런 언니의 변화에 쌍주가 입을 다물자 선주는 자신의 행동이 후회가 됐다. 요즘 들어 엉망진창이다. 마음이 온통 엉켜 버려 아무것도 이성적으로 생각할 수가 없었다. 회사에서 자신을 외면하는 석현을 볼 때마다 도망치고 싶다는 생각이 들었다. 그러면서도 그의 옆에 있고 싶어 하는 자신이 미울 정도였다. 그녀는 심호흡을 하고 쌍주를 쳐다보았다.

"내가 사 줄게. 아저씨는 바쁘니까 이젠 못 와."

그 말만 하고 앞서 가는데 쌍주가 서로 눈길을 주고받았다. 뭔데, 도대체, 하는 미주의 입모양에 해주가 어깨를 으쓱한다. 벌써 저만치 앞서 가는 언니를 따라가기 위해 쌍주가 뛰어갔지만 선주는 돌아보지 않았다.

여전히 굳은 얼굴로 선주가 길가 핸드폰 가게로 들어가려 하자 쌍주가 기겁을 했다.

"언니, 우리 괜찮아."

"스마트 폰 갖고 싶다며? 사 줄게."

"아, 아니야. 그냥 그렇다는 거지. 진짜 필요 없어."

자신의 눈치를 보는 쌍주의 행동에 선주는 한숨을 쉬었다. 화가 난 게 아니었다. 다만, 아이들이 석현에게 그런 기대를 하는 게 싫었다. 우리하고는 먼 사람이야. 그렇게 얘기해도 아직 어린 쌍주는 못 알아듣겠지만. 선주는 억지로 미소를 지었다.

"언니, 화 안 났어."

"정말?"

"언니 지금 완전 무서워."

미주가 인상을 쓰며 몸까지 움츠리며 떠는 시늉을 하자 이번에는 진짜 웃음이 났다.

"진짜 화난 거 아니야. 사 주고 싶어서 그래. 그러니까 걱정 안 해도 돼."

"진짜?"

"응. 언니가 거짓말하는 거 봤어?"

"그건 아닌데. 그런데 언니, 아저씨랑 싸웠어?"

"나도 그 생각했는데. 진짜 싸운 거야?"

"아니야. 아저씨가 일이 많아서 바빠. 그래서 그런 거야. 들어가자."

"됐어. 다음에 살게."

"나도. 지금 당장 필요한 것도 아닌데 뭐. 그렇지, 미주야?"

"응. 언니뿡 그거 많이 하면 중독돼서 공부도 못 한다더라. 그리고 언니를 뿡망치로 때려서 괴롭히는 거라고 가족끼리 사이도 안 좋아진다고 나왔대."

"헐, 진짜? 대박."

해주와 미주의 말을 듣던 선주는 어이가 없어 웃음이 나왔다. 화가 났던 마음이, 짜증을 냈던 마음이 풀어지며 미안한 생각이 들었다. 쌍주가 옆에 있어서 다행이라는 생각이 문득 든다. 아이들을 버린 새엄마는 밉지만 그래도 자신 곁에 해주와 미주를 남겨 둔 건 정말 고마웠다.

석현에게도 그런 사람이 옆에 있었다면 좀 달라지지 않았을까? 그 냉골 같은 집안에서 여섯 살 때부터 혼자 지내야 했다니. 선주는 가슴이 아팠다. 그가 자신에게 집착하고 옭아매려 하는 게 이해가 된다. 월요일에 만나면 괜찮다고, 상관없다고 얘기해야겠다. 나도 사장님만 있으면 돼요. 자신에게 쌍주가 위로가 되어 준 것처럼, 자신도 석현에게 그런 사람이 되고 싶었다.

　서재 안에 무거운 침묵이 깔렸다. 석현은 선주와의 약혼식을 통보하러 할아버지를 찾았다. 하지만 예기치 않은 사람의 모습에 저도 모르게 멈칫했다. 선주에게 어떤 말을 했기에 그녀가 자신을 거부하는지 눈앞의 창백한 남자가 더욱 증오스러웠다.
　"그래서?"
　겨우 입을 연 사람은 민 회장이었다.
　"일단 겉보기라도 번듯해야 하지 않겠습니까? 할아버지께서 알아서 챙겨 주시면 이번 일은 일단 그냥 넘어가겠습니다."
　민 회장은 석현이 던진 봉투 안의 사진을 보고 한숨을 내쉬었다. 기훈이 관계된 걸 증명하지 못한다 하더라도 정아와 같이 있는 사진이 유출되면 온갖 억측이 난무할 것이다. 게다가 기훈의 정략결혼 이야기가 나오고 있는 상황이라 어떤 후폭풍을 일으킬지는 불 보듯 뻔했다.
　석현이 내건 조건은 기훈의 일을 덮는 대신 선주와의 약혼식에 가족들이 다 참석하는 것이었다. 어쨌든 대외적으로는 선주가 환영받는 결혼을 하는 것으로 보이게 하고 싶었고, 앞으로 그들이 그녀를 무시하지 못하도록 못을 박아 둘 생각이었다.
　자신이 탐탁지 못한 만큼 가족들은 치가 떨릴 정도로 싫겠지. 그 생각을 하자 석현은 비틀린 기쁨이 느껴졌다. 다만, 눈앞의 남자는 보고 싶지가 않았다. 최근 들어 선주 때문에 불편한 감정이 더 강해지고 있었다.
　"축하해 주는 척이라도 하게 하세요. 저한테는 어떻게 해도 상관없는데 제 여자한테까지 예의 없는 태도라면 앞으로 서로가 더 힘들어질 겁니다. 부탁이 아닙니다. 어떤 의민지는 알아서 생각하세요."
　그 말에 민 회장과 준건이 동시에 그를 돌아보았지만 석현은 모른 척했다.

"알았다."

다시 침묵. 석현은 불편한 침묵이 싫어 자리에서 훌쩍 일어섰다.

"용건은 끝났으니 그만 가 보겠습니다."

"석현아."

그를 부른 건 준건이었다. 석현의 입술이 비스듬히 올라가며 경멸의 표정이 떠오르자 준건의 얼굴이 어두워졌다.

"따로 김선주 씨하고 한번 자리를 만들었으면 싶은데."

그 말에 석현이 코웃음을 친다. 하지만 준건은 그런 아들을 가만히 올려다보았다. 선주의 말대로 용서를 빌어야 했다. 어차피 단둘이면 석현이 듣지 않을 건 뻔한 일이라 선주가 있었으면 했다. 분명 쿠션 역할을 해 줄 것이다. 비겁하지만 그렇게 해서라도 아들에게 용서를 빌고 싶었다. 죽기 전에 단 한 번이라도 석현이 진심을 담아 아버지라고 부르는 소리를 듣고 싶었다. 그럴 자격이 없는 걸 알면서도 말이다.

예전, 민 회장이 현애에게 한 일을 알고 미친 듯이 울부짖었던, 증오에 찼던 자신은 이제 없지만 준건은 그 울분이 완전히 사라지지 않은 걸 알았다. 핏줄로 이어진 어쩔 수 없는 부자관계가 그를 위축시키고 지금까지도 아프게 했다. 마음에 담아 두지 않았다고 해서 용서한 건 아니다.

준건은 석현과의 관계가 악화될수록 민 회장을 원망하는 마음이 커짐을 느꼈다. 선주의 말을 듣고 석현과 풀지 않으면 자신 역시 민 회장을 원망하며 죽어 갈 거라는 걸 깨달았다. 그동안 침묵 속에서 덮고 있던 위선이 드러나자 그는 고통스럽지만 이 모든 걸 해결하고 싶어졌다. 석현을 위해서, 자신을 위해서, 그리고 아버지인 민 회장을 위해서.

"민석현!"

자신의 말에 코웃음만 치고 대꾸 없이 나가려는 아들을 그가 다시 불러 세웠다.

"싫습니다. 약혼식, 결혼식 이외에 그쪽에서 김선주 만나는 일 없길 바랍니다. 다시 한 번 그 여자 흔들어 놓으면 저도 가만 안 있겠습니다."

"난 네 아버지야! 그쪽이 아니라!"

"아, 그러세요? 편찮으시다더니 몸만이 아니었나 봅니다. 뭔가 착각하고 계신 것 아닙니까?"

가슴을 찌른다. 석현이 내뱉는 말이 칼이 되어, 화살이 되어 가슴에 박혀 피가 줄줄 흐른다. 하지만 이대로 포기하면 그대로 석현에게 되돌아가 아들이 그 피를 흘리게 될 것이다. 용서를 바라지 않았다. 다만, 적어도 자신을 마주할 수 있는 그런 상태만 된다면 석현이 견디기가 더 쉬워질 것이다. 다행히 선주가 옆에 있으니 조금 아프더라도 잘 견뎌 나갈 것이다.

"날짜, 장소는 내가 정하마. 김선주 씨 통해서 알려 줄 테니 꼭 나오거라."

"그 여자 건드리지 마세요. 당신하고 말 섞는 것 자체가 불쾌합니다. 김선주는 저를 위한 여자예요. 제 거니까 당신이 휘저어 놓을 권리 없습니다."

그대로 석현이 바람처럼 서재를 나가자 무거운 침묵이 찾아왔다.

"괜찮냐?"

"아니요."

준건이 피곤한 듯 머리를 짚으며 하는 말에 민 회장이 놀랐다. 차가운 얼음 같은 석현과 달리 준건은 아무런 감정 없는 돌 같은 남자였다. 겉으로는 온화하지만 속이 텅 빈 그런 것. 준건을 볼 때마다 아무것도 없다는 것만 느껴졌다. 자신으로 인해 생긴 일이다. 민 회장은 한숨을 쉬었다.

"쉽게 석현이 마음을 열겠냐? 그리 오랫동안······."

"아버지."

아들을 위로하기 위해 말을 꺼내는데 준건이 평소 같지 않은 표정으로 입을 열었다. 민 회장은 무심결에 움찔했다. 언젠가 본 적이 있는 표정. 오래전 일이지만 아직도 준건이 처음이자 마지막으로 감정을 터뜨렸을 때의 얼굴. 현애를 찾고, 아버지인 자신이 한 일을 알았을 때 보았던 그 표정이 언뜻 보인다. 그때 이후로 준건은 화를 내거나, 서운함을 내색한 적이 한 번도 없었다. 민 회장은 문득 아들이 그에게 터뜨리지 못한 감정을 오랫동안 간직한 게 아닐까 하는 두려움이 생겼다.

"왜, 왜 그러냐?"

그래서 저도 모르게 말을 더듬고 말았다.

"우습게도 말입니다. 석현이의 저 감정이 저하고 같더군요. 전 아직도 아버지를 용서하지 않았습니다."

순간 두 사람을 감싼 공기가 차갑게 얼어붙었다. 미동도 없이 앉아 있던 준건이 평소와 같이 조용한 몸짓으로 일어나 서재를 나갈 때까지 민 회장은 손가락 하나 옴짝달싹 못하고 얼어붙은 채 그 뒷모습만 멍하니 바라보고 있었다.

석현에 대한 마음을 정하고 나니 차라리 마음이 편했다. 석현의 말처럼 그의 상황을 아주 몰랐던 것도 아니고, 그가 준건을 오해하고 있었다는 걸 안다고 해서 오랫동안 묵혀 둔 감정들이 일소에 해결되지는 않는다는 걸 인정하기로 했다.

석현의 생모 일을 떠나서 준건이 아들을 혼자 버려 둔 건 어떻게 생각해도 용서가 안 되는 일이었다. 처음부터 석현의 요구대로 그만의 가족, 그만의 편이 되어 주기로 한 일이었다. 아픔이 사라진 건 아니었지만 적어도 자기까지 나서서 그를 괴롭히고 싶지는 않았다.

월요일 아침 일찍 일어나 선주는 평소보다 더 몸차림에 신경을 썼다. 쌍주를 깨워 등교 준비를 시키고, 재형과 같이 집을 나서는데, 골목길 앞에 석현이 보내 준 자동차가 여전히 서 있었다.

"누가 이사 왔나?"

그 자동차를 본 재형이 눈살을 찌푸린다.

"골목길을 막으면 안 될 텐데. 누구 집 찬지 모르겠네."

재형의 혼잣말에 선주는 왠지 철렁하는 기분이 들었다. 석현이 사 주었다고 하려니 왠지 아빠가 싫어할 것 같았다. 언제까지 숨기고 있을 수 있는 일은 아니었다. 생각 같아서는 차를 돌려보내고 싶지만 그건 석현과 화해한 후에 가능한 일이다. 게다가 이미 틀어질 대로 틀어진 그가 풀리는 데 얼마나 걸릴지는 자신이 없었다.

"저, 아빠."

"응? 왜?"

"저 차요."

"아, 차 주인 아니? 어느 집이야?"

"우리…… 집이요."

"뭐?"

순간 재형의 얼굴이 잠시 멍해지더니 서서히 붉어졌다.

"죄송해요."

"……"

재형은 눈치를 살피는 딸의 태도에 속으로 쓴웃음을 지었다. 해 준 것 하나 없이 짐만 지워 준 딸인데, 사위가 그 딸에게 뭐든 다 해 줄 수 있는 사람이라면 좋아야 하는데 그는 이상하게 한숨만 나왔다. 석현의 위치에 맞춰 선주에게 물질적으로 조금이라도 뒷받침이 되고 싶었다. 하지만 지금 그의 능력으로는 불가능한 일이라 미안함이, 스스로의 초라함이 더 뼈저리게 느껴졌다.

"아빠."

"좋은 차더라. 연수는 받았니?"

"네? 아, 아니요. 운전할 자신 없어요. 돌려주려고요."

"왜? 우리하고는 처지가 다른 사람 아니냐? 우리 자존심이 세우는 것도 좋지만 남들 보는 눈에 오히려 민 서방이 남우세스럽지 않겠니? 그냥 받아 줘라."

"아빠, 죄송해요."

"아니다. 내가 해 줘야 하는데 민 서방한테 미안하고 면목이 없다. 사고 나지 않도록 조심하고, 연수 단단히 받아."

그리고는 재형이 걸음을 빨리했다. 아빠의 그 쓸쓸한 뒷모습에 선주는 눈이 아려 왔다. 석현이 가진 것보다 제가 가진 것이 훨씬 많다는 걸, 그리고 훨씬 좋다는 걸 깨달았다. 그리고 석현에게 그걸 똑같이 주고 싶었다.

선주가 서둘러 아빠의 뒤를 쫓아가 팔짱을 끼자 재형이 놀란 듯 얼굴을 붉히며 수줍게 웃었다. 선주는 재형을 잡은 팔에 힘을 꾹 주었다.

평소보다 30분쯤 늦게 석현은 회사에 도착했다. 어제 준건의 얘기를 듣고 심사가 잔뜩 뒤틀렸다. 선주를 보면 또 그 일이 떠올라 그녀를 괴롭히게 될 것 같아 일부러 천천히 움직였다. 고집스러울 정도로 강한 그 애증이 자신을 지금까지 그곳에서 버티게 해 준 힘이었다. 그런데 그걸 선주가, 준건이 자꾸만 파고들어 깨려 하자 그는 짜증이 났다.

아버지에 대한 기대 따윈 없지만 선주는 다르다. 어떤 상황에서도 그녀만은 자기 편이길 바랐다. 문득문득 호텔에서 자신을 보면 아프다던 선주의 말이 떠오르며 가슴이 욱신거렸다. 자신의 이기심을 위해 잡아 둔다면 그녀는 더 아파할 것이다.

그는 주말 내내 고민에 빠졌다. 준건이 선주를 걸고 나오는 이상 그 일에 대해 서로가 자유로울 수는 없었다. 처음으로 석현은 선주를 떠나보낼 수 있는가에 대해 고민했다. 다시 혼자로 돌아갈 수 있을까? 아무런 감정 내색 없이 초연해 보이지만 지독하게 외로운 사내로. 이미 감정의 충만함을 맛본 이상 어려운 일일 것이다.

하지만, 준건 때문에 두 사람의 대치 상태가 길어지고, 집착이 강해질수록 자신이 더 선주를 괴롭히게 될 것은 자명한 일이었다. 괴롭지만, 미치도록 싫지만 어쩌면 지금이 그녀를 놔줄 수 있는 마지막 기회일 수도 있었다.

그는 심각하게 그 일에 대해 고민했지만 머리만 더 복잡해질 뿐이었다. 그 이유로 선주를 보는 것이 불편했다. 사무실로 들어가기 전, 비서실 책상 앞에 앉아 있을 그녀를 떠올리자 한숨이 나왔다. 또 차갑게, 마치 아무 일 없었다는 듯이 그녀를 대해야 하는 것이 무엇보다 싫었다. 자기 때문에 아픈 그녀가, 또 자꾸만 아프게 할 자신이 싫어 석현은 그답지 않게 망설이다 사무실 안으로 들어갔다.

"아, 사장님. 주말 잘 보내셨습니까?"

기대했던 것과 달리 비서실에서 그를 반갑게 맞아 준 사람은 이찬우 실장이었다. 석현은 기대치 않은 사람의 모습에 눈살을 찌푸렸다. 좀 전까지 선주를 놓아줄 수도 있다고 생각했던 것과 달리 그녀가 보이지 않자 조급증이 생겼다.

"아, 응. 그런데 여기서 뭐하나?"

"아, 아침 회의 자료 준비 때문에요. 선주 씨가 못 나와서 제가 대신 가져왔습니다. 오늘 하루는 선주 씨 대신 비서실 이민영 씨가 업무를……."

"김선주가 못 나와?"

"아, 네. 교통사고 때문에 응급실에 있다고 전화가……. 사, 사장님?"

말이 끝나기 전에 갑자기 석현이 성큼 다가와 멱살을 잡듯이 옷깃을 잡아채자 찬우가 놀라서 버둥거렸다. 때마침 사장실을 정리하고 나오던 민영이 깜짝 놀라 두 사람을 쳐다봤다.

"교통사고라고?!"

"아, 네. 아침에 전화가 와서 응급실이라고……."

"어디야! 그 병원 어디냐고!"

버럭 소리를 지르는 그의 기세에 찬우가 오히려 놀라서 대답을 못 했다. 멱살을 잡은 손에 더 강하게 힘이 들어감을 느끼고 찬우가 더듬더듬 입을 열었다.

"한, 한국대 병원입니다. 사장님, 선주 씨가 다친……."

갑자기 졸렸던 목이 자유로워지며 찬우는 뒤로 풀썩 밀려났다. 그의 말이 끝나기도 전에 이미 석현은 사무실에서 사라지고 없었다.

"실장님, 괜찮으세요?"

그때까지 멍해 있던 민영이 후다닥 다가와 찬우의 안부를 물었다.

"사장님이 왜 김선주 씨 일에 저러시는 거죠?"

민영의 말에 두 사람의 시선이 마주쳤다.

"나도 그게 진짜 궁금하거든."

호텔에 선주와 같이 나타날 때부터 이상한 낌새가 있긴 했었다. 하지만 저 정도로 흥분한 상사의 모습은 그로서도 처음이라 당황스러웠다.

"설마 사장님하고 김선주 씨가……."

"어허! 함부로 말 퍼뜨리지 마. 오늘 여기서 본 일은 무조건 잊어,

알았어? 만약 이 일의 끄트머리라도 돌면 민영 씨한테 책임 물을 거야."

찬우의 말에 민영이 화들짝 놀라 고개를 끄덕이면서도 불만스러운 듯 입술을 삐죽였다. 사장님과 비서라. 꿈같은 얘기다. 선주 씨가 그렇게 매력적인 여자였던가? 좀 촌스럽지 않나?

선주의 모습을 떠올리며 민영은 괜히 심술이 났다. 기사로 치면 초대박 특종인데. 어쨌든 말 나가면 자신이 의심받을 게 뻔하니 당분간 입이 간지러워도 참아야 할 것 같았다. 그러다 문득 그녀는 찬우를 쳐다보았다.

"아, 그런데 김선주 씨. 교통사고예요? 많이 다쳤어요?"

"아니."

그 말만 하고 찬우가 사무실을 나가자 뒤에 남은 민영이 어깨를 으쓱했다. 어쨌든 상사가 없으니 오늘은 좀 한가할 것 같아 그녀는 흥미로운 이 가십거리에 집중하며 선주와 석현의 관계를 머릿속으로 분석해 나가고 있었다.

"다행히 머리 쪽은 괜찮대요. 그래도 다리는 인대가 늘어났다니 당분간 일은 쉬셔야겠어요."

선주의 말에 재형이 한숨을 쉬었다. 아침에 선주와 헤어지고 나서 마음이 무거워진 탓인지 이삿짐 트럭을 몰고 나가다 골목길에서 갑자기 튀어나온 자전거를 미처 발견하지 못해 벽에 부딪치고 말았다. 다행히 골목이라 속도가 많이 나지 않았고, 안전벨트도 제대로 하고 있어 다친 곳은 별로 없었지만 긴장해서 브레이크를 밟은 다리에 통증이 조금 있었다.

병원까지 올 생각은 아니었는데 주변에서 호들갑을 떠는 바람에 결국 응급실행으로 낙찰되었다. 몸이 흔들리며 머리가 살짝 핸들에 부딪힌 거라 큰 이상이 없는데도 소식을 듣고 허겁지겁 달려온 선주가 고집을 부려 CT를 찍어 보게 했다. 출근길에 사고 소식을 듣고 혼비백산 달려온 딸을 보니 더 미안한 마음이 들었다.

"왜 왔어? 그냥 엑스레이만 찍고 가면 되는데. 회사는 어떻게 하고 온 거야?"

"전화했어요. 아빠 빨리 나을 생각이나 하세요. 진짜 놀랐단 말이에요."

낫거나 말거나 딱히 다친 곳도 없는데 선주는 아까부터 계속 재형에게 잔소리를 퍼부었다.

"더 아픈 덴 없어요? 혹시 모르고 그냥 지나간……."

"난 괜찮다. 그만 집에 가야지."

"조금만 더 있다 가요. 링거액도 아직 남았고. 교통사고 나면 지금은 괜찮아도 나중에 통증 오는 경우도 꽤 많대요."

"그까짓 일에 무슨 교통사고. 그냥 살짝 쿵 한 건데."

"그래도 안 돼요. 아빠 혼자 몸 아닌 거 아시잖아요. 아빠 다치시면 나도, 혁주도, 쌍주도 못 살아요."

"……."

선주의 말에 재형이 한숨을 푹 내쉬었다.

"알았다. 그럼 잠깐만 더 누워 있다 가지, 뭐."

재형이 딸의 기분을 맞춰 주며 자리에 누웠다. 그 모습에 선주는 몰래 입술을 깨물었다. 아빠와 헤어져 버스에 올라 석현에게 어떻게 말을 할까 고민을 하는데 이삿짐센터에서 전화가 왔다. 아빠의 동료인데 사고가 났다고. 다행히 큰 사고가 아니라 다른 분들은 그대로 일을 가고 재형 혼자 병원으로 갔다는 뒷말은 귀에 들어오지도 않았다.

별일이 아니라는데도 가슴이 두근거리고, 병원에 도착해 재형을 보기 전까지는 무슨 일이 꼭 생길 것만 같았다. 게다가 재형의 전화가 계속 꺼져 있어 더 그런 불안감이 커져 갔다. 다행히 별다른 외상은 없고 브레이크를 밟았던 오른쪽 발목 인대만 살짝 늘어난 상태였다. 며칠만 쉬면 괜찮다는 말을 의사한테 들었는데도 놀란 가슴이 쉽게 진정되지를 않았다.

눈을 감고 누운 재형을 물끄러미 보다가 선주는 응급실 바깥으로 나갔다. 응급실 건물 옆쪽에 내원객들이 쉴 수 있도록 하늘정원이라는 작은 정원이 있었다. 하늘정원이라는 거창한 이름과는 어울리지 않게 턱없이 작지만 아이비 나무가 타고 올라간 그늘막이 있어 복잡한 마음을 가라앉히기는 좋을 것 같았다. 마침 아침 시간이라 사람도 없었다.

이럴 때 옆에 석현이 있어 주면 좋겠다는 생각이 문득 들었다. 싸우지만 않았다면 지금쯤 놀란 그녀를 안아 줄 것도 같은데. 갑자기 그가 보고 싶어진다. 아빠와 같이 집으로 돌아가면 아무래도 석현에게 먼저 전화를 해야겠다는 생각을 하며 벤치에서 일어나 몸을 돌리던 선주는 앗, 하고 작은 비명을 질렀다. 상상이 곧바로 현실이 된 것처럼 보고 싶은 얼굴이 눈앞에 있었다.

뭐라고 할 사이도 없이 남자가 성큼 다가와 거칠게 품으로 그녀를 끌어당겼다. 온몸이 짜부라질 것처럼 꽉 안은 팔에 힘이 들어가 있어 선주는 어깨가 아프고 숨이 막혔다. 그런데 좋았다. 이 남자가 주는 온기가, 그가 보여 주는 급박한 열기가 미칠 정도로 좋았다. 그동안 잠깐 사이지만 이걸 놓치고 있었다는 걸 깨닫자 그녀는 손을 들어 남자의 허리를 똑같이 꽉 껴안았다. 다시 놓지 않을 것처럼.

선주를 본 순간 정신을 차릴 수가 없었다. 아니, 교통사고를 당했다는 말을 들은 순간부터 그는 제정신이 아니었다. 김선주를 놓아줄 수도 있다고? 지나가던 개가 비웃고 갈 일이다. 계속 통화 중인 선주의 전화가 불길했다. 그 순간 선주가 원한다면 불길 속에 기름을 지고도 들어갈 수 있을 거라는 사실을 깨달았다. 처음으로 그녀가 없으면 자신은 아무것도 아니라는 걸, 김선주가 아니면 영원히 자신은 어둠 속에 남게 될 거라는 걸 그는 뼈저리게 느꼈다.

응급실에 도착해 허둥대며 선주를 찾는데 그런 환자는 없다고 했다. 거기서 또 쿵, 하고 가슴이 떨어지는데 재형의 이름이 칠판에 적힌 걸 발견했다. 그러자 또 가슴이 쿵 했다. 재형의 사고라면 선주 역시 아플 걸 알기에. 다행히도 재형은 겉보기엔 멀쩡했다. 갑자기 나타난 그를 보고 멋쩍은 듯 웃었다.

"인대만 늘어난 건데 왜 왔나? 바쁜 사람들, 괜히 방해해서 미안하네. 선주도, 자네도."

"그런 말씀 마십시오. 큰일 아니라니 다행입니다."

"어쨌든 고맙네. 선주는 잠깐 어디 나간 모양인데. 좀 기다리겠나?"

"아닙니다. 제가 찾아보겠습니다."

응급실을 나와 선주를 찾으러 화장실이며 휴게실, 로비까지 다 뒤지고 다녔지만 보이지 않았다. 점점 더 초조해졌다. 얼굴을 보고 확인을 해야 안심이 될 것 같았다. 그러다 정원에 혼자 멍하니 앉은 그녀를 보는 순간 가슴이 다시 쿵, 했다. 영영 돌이킬 수 없을 정도로 김선주한테 푹 빠졌다. 그걸 인정하기로 했다.

자신을 보고 아프다던 선주의 말처럼 그녀를 보는 순간 석현은 아팠다. 그 말의 의미가 어떤 건지 비로소 알 것 같았다. 너무 아픈데 미치도록 좋은 것. 그 아픔을 없애기 위해서면 어떤 짓이라도 할 수 있을 것 같은 것. 선주의 그 마음처럼 자신도 그렇다는 걸.

그녀에게 다가서기 전에 선주가 일어섰다. 돌아선 그녀가 그를 발견하고 깜짝 놀랐다. 석현은 저도 모르게 한달음에 달려가 그녀가 비명을 지를 정도로 꽉 껴안았다. 김선주, 다시는 놓지 않을 거야.

"사, 사장님. 아파요."

똑같이 석현을 안아 주더니 시간이 지나면서 불편해진 모양이다. 선주가 품에서 꼼지락댔다.

"잠깐만. 조금만 더 이렇게 있어."

팔의 힘을 살짝 풀긴 했지만 석현은 그녀를 놓지 않았다. 그의 말을 들은 선주도 더 이상 버둥대지 않고 다시 그의 허리에 팔을 두른다. 그녀의 정수리에 턱을 댄 채로 석현은 한참 동안 그녀의 몸을 느끼고 있었다.

정원으로 올라오는 사람들의 말소리가 들리자 겨우 몸을 뗐다. 하지만 몸만 뗐을 뿐 여전히 그녀의 손을 잡고 있었다. 게다가 그녀의 얼굴에 구멍이라도 낼 생각인지 뚫어지게 쳐다보는 바람에 선주의 얼굴이 빨개졌다.

"어떻게 알고 왔어요? 안 오셔도 되는데. 그냥 인대만 늘어난 거라……."

"김선주."

"네?"

"입 다물어."

"네? 무슨……."

"한 번만 더 이런 식으로 놀라게 하면 가만 안 둘 거야."

"네?"

"볼기짝 때려 줄 테니까 알아서 해."

퉁명스런 석현의 말에 선주가 입을 꽉 다물었다. 달려와서 안아 주길래 화가 풀린 줄 알았는데 하는 말이 거칠었다. 아직도 화가 덜 풀린 걸까?

"사장님."

"자꾸 입 열면 키스할 거야."

그 말에 놀란 건 선주뿐 아니라 정원을 올라와 그들 곁을 지나치던 사람들도 마찬가진지 힐끗 돌아본다. 선주가 얼굴이 빨개져 후다닥 그의 팔을 당겼다.

"여기 말고 다른 데 가서 얘기해요."

그들을 쳐다보는 사람들을 피해 재빨리 정원을 나왔다. 하지만 막상 나오고 보니 조용히 얘기할 데가 마땅치가 않았다. 이미 외래 진료가 시작된 시간이라 병원은 사람들로 넘쳐났다.

"차, 마실래요?"

선주가 응급실 앞 휴게실에서 말을 건네자 석현은 고개를 저었다.

"왜 왔어요? 전화하지 그랬어요."

"……."

"하긴, 나도 좀 놀라긴 했어요. 갑자기 교통사고라고 해서. 괜히 호들갑 떨었나 봐요. 회사로 전화했는데 못 들었어요?"

말이 없는 석현이 어색한지 선주가 웃으며 자꾸만 말을 건넨다. 사장님, 무슨 말 좀 해요! 정말 얼굴에 구멍이라도 낼 생각인가? 화끈하게 달아오른 뺨을 숨기지 못하고 선주는 시선을 피했다.

허둥대는 그녀를 보고도 석현은 계속 말이 없었다. 어쩔 줄 모르는데 석현이 주차장으로 향했다. 차에 타고 나서도 석현이 침묵을 지키자 결국 선주가 먼저 입을 열었다.

"사장님."

"……."

"죄송해요. 제가 괜한 일에 상관해서. 생각해 보니까……. 흡."

석현에게 얘기할 걸 밤새 생각했다. 하지만 막상 말로 하려니 어떻게 해야 할지 몰라 더듬거리는데, 갑자기 몸이 당겨지며 입술이 부딪혔다. 엇, 하고 놀라서 벌어진 입으로 바로 혀가 들어온다.

석현이 팔을 뻗어 조수석 옆의 작은 단추를 누르자 선주가 앉은 의자가 뒤로 딸깍 넘어갔다. 순식간에 선주는 그의 밑에 깔리고 말았다.

입 안을 점령한 혀가 마음대로 그녀를 맛보기 시작했다. 숨도 쉴 수도, 침을 삼킬 수도 없었다. 그녀가 미처 삼키지 못한 타액을 그가 마음껏 마셔 댄다.

선주는 그 아찔한 느낌에 어쩔 줄을 모르고 그의 옷깃만 잡고 있었다. 이곳이 누구든 들어올 수 있는 훤한 대낮의 주차장이라는 건 이미 머릿속에 없었다. 오로지 자신의 입술을 열고 들어온 남자만 존재할 뿐이었다. 사랑해요. 선주는 그의 목에 팔을 감아 더 가까이 당겨 안았다. 그를 더 가까이, 더 깊이 느끼고 싶은 생각뿐이다.

겨우 입술이 떨어졌을 때 두 사람 모두 단거리를 전속력으로 뛴 사람처럼 숨을 헐떡였다. 석현이 턱을 잡은 손으로 뺨을 쓰다듬었다.

"김선주."

"사장님."

"당신을 사랑해. 당신이 뭐라고 하든 다 들어주고 싶을 정도로 사랑한다는 걸 깨달았어. 당신이 나 때문에 아프면 나도 아프다는 걸. 내가 가진 문제 같은 건 그런 거에 비하면 아무것도 아니라는 걸. 당신이 원하면 아버지 만나서 얘기해 볼게."

"사장님."

고백을 받은 선주의 눈이 휘둥그레진다. 그것이 다시 그를 자극한다. 입술이 닿는데 선주가 급하게 그를 밀어냈다.

"다시 말해 봐요."

"아버지 만나서 얘기해 본다고. 하지만 기대는 하지 마."

"아니, 아니요. 처음에 했던 말이요. 사랑……한다는 말. 다시 해 주세요."

"사랑해. 김선주가 아니면 나는 죽은 거나 다름없는 사람이야. 다시 혼자였던 예전으로 돌아가고 싶지 않아. 선주야, 사랑한다."

선주의 눈에 물기가 어렸다. 하지만 곧 활짝 웃으며 그의 넥타이를 당겨 입을 맞춘다. 서투르지만 그녀의 마음이 그대로 느껴지는 그런 몸짓. 석현은 다시 깊숙이 입을 맞췄다.

"사랑해요. 사장님이 정말 좋아요."

눈물이 떨어져 두 사람 입 안으로 들어오자 석현이 고개를 들었다. 엉킨 숨결 사이로 서로의 향기가 진하게 섞여 있었다. 석현은 그녀의 뺨에 방울져 흘러내린 눈물을 입술로 훔쳐 주었다.

"다시는 아프게 하는 일 없을 거야. 미안해."

그 말에 선주가 팔을 목에 감아 매달리듯 그를 안았다.

"사랑해요. 그냥, 그 말만 해 주세요."

"사랑해, 사랑해, 사랑해. 김선주, 사랑해."

끊임없이 계속되는 속삭임. 선주는 귓가로 들려오는 감미로운 속삭임에, 뜨거운 숨결에 몸을 떨며 더욱더 강하게 그를 껴안았다.

"장인어른, 몸조리 잘하십시오."

"뭐, 몸조리랄 게 있어야. 어쨌든 조심히 가게."

"네. 나중에 뵙겠습니다."

석현이 선주와 재형을 집으로 데려다 주었다. 출근길에 그대로 뛰쳐나온 바람에 계속 찬우로부터 전화가 왔다. 선주는 아빠가 눕는 걸 확인한 후 골목길 앞까지 그를 배웅해 주었다.

"놀랐을 테니 오늘은 푹 쉬어. 저녁에 올게. 그때 다시 얘기해."

"알았어요. 사장님도 조심해서 가세요."

말간 얼굴로 선주가 손을 흔들었다. 석현이 웃으며 고개를 저었다. 흔드는 손을 잡아 깍지를 끼는 그의 행동에 선주가 놀라 눈이 동그래졌다.

"사장님!"

천천히 당겨져 몸이 완전히 밀착되자 선주가 주변을 둘러보며 버둥거렸다.

"사람들 봐요."

"사람 없는데?"

"어쨌든요. 여기 바깥이잖아요."

"흠, 그럼 안에서는 된다는 건가?"

"사장님!"

"농담이야. 저녁에 봐."

놀라서 기겁하는 그녀의 행동에 결국 석현이 한발 물러섰다. 출발하는 차 뒤에서 손을 흔들면서도 그녀는 석현이 자신을 찾아와 준 게 믿기지가 않았다. 자신을 위해 마주하기 싫은 사람까지 만나겠다니. 고집을 부린 자신이 미안해졌다.

쌍주가 학교에서 돌아와 바람처럼 한바탕 난리를 치고 다시 학원으로 가고 난 후 선주는 저녁 식사 준비를 위해 마트에 갔다. 오랜만에 다 같이 식사하는 거라 좀 신경이 쓰였다. 그리고 보니 좋아하는 음식이 뭔지 묻지도 않았던 것 같다. 다음에는 물어봐야겠다 하며 무거운 장바구니를 들고 골목길로 들어서는데 애물단지가 된 아우디 앞에 석현의 차가 서 있었다. 차문이 열리며 석현이 나왔다.

"어, 일찍 왔네요?"

가까이 온 그를 보고 선주가 놀라자 석현이 무거운 장바구니를 받아 든다.

"왜? 안 반가워? 다시 돌아가?"

"아니요! 완전 반갑거든요! 반가운데 생각보다 일찍 오셔서요. 땡땡이 친 거 아니에요?"

얼굴이 빨개져 자신의 말에 반박하는 그녀를 보고 그가 피식피식 웃는다. 장바구니 때문에 손을 잡지 못하는 대신 석현이 입술을 맞추자 선주가 어색해했다.

"들어가요. 먹고 싶은 거 있어요? 오늘 낙지볶음 할 건데. 쌍주가 좋아해요."

"나도 좋아해."

"다행이다. 그래도 다음엔 먹고 싶은 거 있으면 미리 말해 주세요. 준비할 때……."

"당신이 해 주는 건 뭐든 상관없어."

"그런 게 어디 있어요? 좋아하는 거 말해 주면 다음에 해 줄게요."

"음, 있긴 있는데."

"뭔데요?"

"김선주? 김선주가 제일 맛있어 보여, 나한테는."

순간 부끄러움으로 말문이 막힌 선주를 보고 석현이 입술을 들이밀었다. 선주는 손바닥으로 그를 밀어냈다.

"그만하세요. 누가 보면 어쩌려고……."

"안에 장인어른 계시잖아. 들어가기 전에 실컷 맛봐야지. 그동안 손도 못 대게 고집부려서 굶주렸거든."

헉. 선주가 움찔하자 그가 다시 웃으며 입술을 부딪쳤다. 이번에는 좀 길게. 입술을 떼는데 쪽, 소리가 난다. 그 소리에 선주의 얼굴이 더 붉어졌다. 예뻐 죽을 것 같다. 석현이 참지 못하고 다시 입술을 맞대었다.

"헐! 대박 19금."

"길에서 부끄럽지도 않냐? 완전 저질이야!"

갑자기 들린 목소리에 깜짝 놀란 두 사람이 후다닥 떨어졌다. 바로 뒤에서 쌍주가 어이없다는 듯 고개를 저으며 팔짱을 낀 채 쳐다보고 있었다. 이번에는 석현도 무안한지 광대뼈가 붉어졌다. 미주가 고개를 젓더니 해주의 손을 잡았다.

"야, 부끄러우니까 모른 척하고 가자."

"맞아, 맞아. 모른 척하자. 으악, 창피해."

그리고는 둘이 휙 하고 골목길을 걸어간다.

헉! 뭘 모른 척이야! 다 들리거든!

선주가 어이가 없어 쌍주의 뒷모습을 보는데 옆에서 이상한 소리가 났다. 석현이 벌게진 얼굴로 쌍주를 보고 있었다.

"사장님?"

갑자기 석현이 이마를 그녀의 어깨에 기대고는 큰 소리로 웃어 대기 시작했다. 자신의 몸이 흔들릴 정도로 큰 웃음. 멍하던 선주 역시 그 웃음에 같이 웃고 말았다. 당신이 웃음소리가 너무 좋아요. 가슴이 벅차도록. 그가 늘 자신의 곁에서 이렇게 웃기를. 선주는 웃는 석현을 보며 그렇게 속으로 빌었다.

12.

　차창으로 들어오는 초가을 바람이 선선한데도 선주는 식은땀을 흘리고 있었다. 뒤에서 떠드는 쌍주의 만담도 오늘은 귀에 들어오지 않았다. 손이 아플 정도로 핸들을 꽉 잡은 선주의 모습에 조수석에 앉은 석현이 한숨을 내쉬었다.
　"긴장 풀어. 어깨 펴고. 그러다 핸들하고 아주 합체하겠어."
　"알았어요."
　대답은 잘하면서도 선주는 여전히 핸들이 가슴에 닿을 정도로 몸을 바싹 당겨 앉아 있었다. 약혼식 전에 선물 받은 자동차 운전 연수를 받으라며 석현이 종용을 했다. 그래서 지난 주 내내 퇴근 후 두 시간씩 연수를 받았다.
　토요일 아침 일찍 석현이 들이닥쳐 그동안의 연수 성과를 보겠다는 말을 할 때까지는 그래도 나름 해 볼 만하겠다는 생각이 들기도 했다. 그래서 호기롭게 쌍주까지 태우고 두근거리는 마음으로 출발을 했는데, 목적지인 파주에 도착하기도 전에 울상이 된 채로 핸들을 끌어안다시피 하고 있는 모양새가 되었다.

"언니, 나 화장실 급해!"

"나도. 헐, 난 완전 급볼일임. 것도 큰 거. 언니, 휴게소 언제 가?"

쌍주의 말도 귀에 들어오지 않았다. 석현이 쌍주의 말에 웃으며 고개를 저었다.

"김선주, 차선 바꿀 수 있겠어? 2킬로만 더 가면 휴게소야. 거기서부터는 내가 운전할 테니까 이번엔 차선 바꿔 봐."

자유로에 들어선 후로 계속 직진만 줄기차게 하는 중이었다. 이번 휴게소를 놓치면 통일전망대까지 가게 생겼다. 석현은 긴장한 채로 굳어 있는 선주를 달랬다.

"지금 사이드미러 한 번 봐. 옆 차선에 뒤차 아직 멀었으니까 지금 바꿀 수 있을 거야. 해 봐."

"네, 네."

대답은 잘해 놓고 선주는 마네킹처럼 뻣뻣하게 굳은 채로 사이드미러를 힐끗 곁눈질을 했다. 뒤에 아무것도 없는데 화들짝 놀라 핸들을 잡은 손에 더 힘을 준다.

"왜?"

"안 보여요."

"그냥 차선 변경해."

"할 거예요, 잠깐만요."

절대 안 한다는 말은 하지 않는다. 다만 그 대답과 달리 계속 굳은 채로 곁눈질만 하고 정작 옮겨야 할 차선은 못 옮기고 있었다. 이래서 운전 연수는 전문가에게 받아야 하는구나 싶은 석현이었다.

답답한 마음에 잔소리를 하려는데 무슨 마음인지 갑자기 선주가 차선을 옮기려는 듯 가로 본능을 마음껏 뽐내며 옆 차선으로 차를 휙 틀자 빵, 하는 경적 소리가 미친 듯이 들려왔다. 놀란 석현이 핸들을 돌려 간신히 사고를 피했다. 옆 차선의 차가 창을 열더니 욕설을 마구 퍼부었다. 짜증이 난 석현이 차창을 열고 째려보자 곧바로 휭, 하고 지나쳐 갔다. 그는 한숨을 푹 쉬었다.

"어이구, 이 바보야! 지금 핸들을 돌리면 어떻게 해? 보고 해야지. 그리고 아까 멀리 있을 때 바꿔야지. 뒤차가 바로 옆인데 그대로 돌진하면 어떡하라고!"

"언니! 완전 깜짝 놀랐잖아!"

"헐, 대박. 언니, 완전 김 여사 같아!"

석현과 쌍주가 동시에 소리를 질러 대는 데다 아까의 충격으로 선주는 거의 멘탈붕괴 상태였다.

"지금 다시 사이드미러 봐. 뒤차가 멀리 보이지?"

"어, 네."

"그럼 지금 옮겨. 아니! 당신이 무슨 가로 본능 핸드폰이야?! 왜 차가 앞으로 안 가고 가로로 가냐? 미끄러지듯 스르륵 옮겨야지!"

눈물이 찔끔 날 정도로 석현이 소리를 지르자 결국 선주는 입술을 깨물고 말았다. 벌벌 떨며 겨우 차선을 바꾸고 휴게소에 들어갔다. 차에서 내리는데 다리가 후들거렸다. 차가 서자마자 쌍주는 이미 화장실로 뛰어나가 버린 후라 선주는 인상을 쓴 석현과 혼자 마주하게 되었다.

"죄송해요. 그래도 연수 받을 땐 괜찮았어요."

"믿어도 되나? 진짜 당신만큼 운동신경 없는 사람 처음 봐."

"초보라서 그래요."

"초보라고 다 그렇게 운전하면 너도, 나도 다 사고 나게! 정말 도로 위의 막장 김 여사 되고 싶어? 일주일간 연수 잘 받았다길래 정말 그런 줄 알았더니. 다음 주도 계속 받아."

"싫어요. 운전 안 해요. 그러게 처음부터 멋대로 차만 덜렁 사는 사람이 어디 있어요? 전 운전 못한다고 했잖아요."

아, 이게 아닌데. 선주는 입술을 깨물면서도 저도 모르게 반발심이 생겼다. 처음부터 자동차 문제는 자신이 분명히 거절한 일이었고, 반은 강제로 연수까지 받아 지난주 내내 녹초가 됐는데 주말에 일이 이렇게 꼬여 짜증이 났다. 거기다 빈말이라도 격려를 해 주면 좋겠는데 한심하다는 듯 보는 석현의 시선에 저도 모르게 울컥 화가 올라온다.

화해한 후 아침, 저녁 얼굴을 볼 때마다, 키스를 할 때마다 좋아서 죽을 것 같았는데 지금 석현은 한 대 때려 주고 싶을 만큼 그녀를 무시하는 것 같았다.

"사고 나지 말라고 충고하는 거잖아. 잘못한 건 인정하고 앞으로 잘해야지. 안 되면 다음주, 아니 한 달, 두 달이라도 계속 받아야지."

"누가 운전한대요? 안 해요!"

"김선주! 어디 가?!"

말이 끝나기도 전에 선주가 그대로 휴게소 화장실로 가 버리자 뒤에 덩그러니 남은 석현은 그녀의 뒷모습을 노려보았다.

"헐, 사랑싸움인가 봐."

"대박. 언니가 이겨."

어느새 돌아온 쌍주가 석현을 올려다보고 서 있었다.

"언제 왔냐?"

"지금이요. 그런데 왜 싸웠어요?"

"안 싸웠어. 배 안 고파?"

"고파요."

"뭐 좀 먹고 갈래?"

"언니는요?"

"김 여사님은 알아서 오겠지, 뭐."

자신의 말에 쌍주가 김 여사래, 하며 손뼉을 치며 좋아하는데도 석현은 웃을 수가 없었다. 지난주 도로연수에다, 약혼식 준비 때문에 정신없이 바빠 회사에서 얼굴을 보는 게 고작이었다. 그나마 오늘 드라이브를 가자고 한 것도 내일 약혼식 전에 잠깐이라도 둘이 시간을 보내고 싶은 마음에 제안한 거였다. 화를 내며 가던 그녀를 떠올리자 괜히 소리를 질렀나 하는 후회가 생겼다. 쌍주가 원하는 대로 패스트푸드점에서 햄버거를 사 먹이고 있는데 선주가 뚱한 표정으로 다가왔다.

"당신도 뭐 좀 먹지."

석현의 말에도 대꾸 없이 커피만 한 잔 시켜 가져와 다른 테이블에 덜렁 앉는다. 김선주, 이렇게 나오겠다고? 불끈 화가 올라왔다. 운전을 좀 심하게 해야지. 은근히 허당인 건 알았지만 운동신경이 이렇게 엉망일 줄은 생각도 못 했다.

쌍주가 언니의 행동에 서로 눈빛을 주고받는 걸 보고도 석현은 모른 척 음료만 마셨다. 아이들이 눈치를 보며 햄버거를 다 먹고 나자 다시 차에 올랐다. 이번에는 석현이 운전석에 앉았다. 두 사람의 가라앉은 분위기에 쌍주까지 어색한지 입을 다물었다.

임진각 가는 길에 코스모스가 흐드러지게 피어 있어 잠시 차를 세우고 구경을 했다. 소리를 지르며 좋아하는 쌍주의 뒤에서 두 사람은 한마디도 하지 않았다. 임진각에 도착해 아이들이 망원경으로 북한을 보고, 놀이기구를 타는 동안 두 사람은 휴게소에서 커피를 마셨.

"언제까지 화낼 거야?"

"화 안 났어요."

"그럼 왜 말 안 해?"

"……."

딱히 화가 계속 난 건 아닌데 시간이 지날수록 먼저 말을 건네는 게 조금 어색해서 선주는 말없이 있었던 것이다. 게다가 석현의 말투나 표정이 퉁명스러워 그녀는 말 걸기가 싫었다.

"사장님도 화났잖아요."

"화 안 났어."

"그런데 말투가 왜 그래요? 소리 지르고 비웃고 무시하고."

"내가?"

"네."

말을 하다 보니 왠지 서러워져 선주의 눈시울이 붉어졌다. 어휴, 정말. 완전히 자신의 약점을 잘 파악한 모양이었다. 그녀가 우는 모습을 다시 보고 싶지 않았다.

"진짜 화 안 났어. 아깐 놀라서 그랬던 거야."

"정말요?"

"그래."

석현이 몸을 굽혀 얼굴을 가까이하자 선주의 볼이 붉어졌다. 김선주의 이런 면이 좋아 미치겠다. 그런데 언제까지 화를 낼 수 있겠어. 석현은 손바닥으로 그녀의 뺨을 쓰다듬었다. 아기 뺨처럼 보드라운 피부에서 따뜻한 햇볕 때문인지 약한 열감이 느껴졌다. 고개를 숙여 뺨에 입을 맞추는데 선주가 움찔했다.

"사장님."

"사장님이라고 부르지 말라고 했지."

"버릇이 돼서 그래요. 하지 마세요. 사람들 봐요."

사람들이 많아도 구석진 곳이라 별달리 주의를 끌진 못하지만 선주는 석현을 밀어냈다. 더 가까이 오면 키스를 할 것 같아 두려웠다. 하지만 석현은 선주의 그런 반응이 재미있는지 일부러 더 몸을 붙여 온다.

"사, 사장님."

"당신이 날 원하는 게 좋아."

은근해진 말투에 선주가 시선을 피하다 화들짝 놀랐다. 바로 앞에서 쌍주가 팔짱을 낀 채 고개를 흔들며 서 있었다. 선주가 재빨리 그를 밀어내고 후다닥 몸을 비켰다. 빨개진 언니의 얼굴을 보고는 한심하다는 듯 쌍주가 한숨을 푹 쉬었다.

"와, 진짜! 초딩이냐? 금방 싸우고 금방 좋대."

"그러니까. 완전 창피하게 딱 붙어 앉았어."

석현이 쌍주의 말에 웃음을 터뜨렸다.

"처제들."

"헉."

"헐, 닭살."

여전히 처제라는 말에 쌍주가 몸을 떨며 거부반응을 보였지만 석현은 아랑곳없이 아이들을 볼 때마다 그렇게 불렀다.

"언니하고 난 결혼할 사이거든. 이게 정상이야."

"웩, 그런 게 어디 있어요? 사람들 앞에서 창피하게. 진짜 얼굴을 못 들고 다니겠어요."

"맞아, 맞아. 지금부터 우리하고 백 미터 떨어져서 다녀요."

"처제들도 커서 연애하면 이 마음을 알게 되겠지."

"우웩, 우린 연애 안 해요!"

"맞아. 우린 그런 거 안 할 거예요."

단정적인 쌍주의 말에 석현이 키득거렸다. 진짜, 말로 어떻게 너희를 이기냐? 상태를 보아하니 실컷 논 모양이다. 선주는 자리에서 일어났다.

"타고 싶은 만큼 실컷 탔어?"

"응. 별로 탈 게 없어. 하나도 안 무서워."

"맞아. 바이킹도 낮아서 재미없다."

"그래? 그럼 통일전망대랑 땅굴 보러 갈래?"

"와, 진짜 땅굴 있어?"

"있대."

"헐, 대박. 북한이 그쪽으로 쳐들어오면 어떻게 해?"

"그럴 일 없네요. 갈 거지?"

"응."

"나도."

통일전망대와 제3땅굴을 보고 애국심이 잔뜩 고취됐는지 돌아가는 내내 쌍주는 북한과 통일 얘기를 했다.

"헉, 전쟁 나면 혁주 오빠 어떡하냐? 나가서 싸워야 돼?"

"군인이니까 그렇겠지."

"헐, 그럼 우린 어떻게 해? 오빠 전쟁 나가면?"

"전쟁 날 일 없대도."

"난 오빠 따라갈 거야. 오빠하고 같이."

"나도, 나도."

아무리 전쟁 날 일이 없대도 쌍주의 호들갑은 계속되었다. 선주는 결국 고개를 젓고 말았다.

"그럴 일 없어. 그나저나 너희들 오빠한테 편지 썼어?"

"응. 우리 매주 쓰잖아. 오빠가 편지 한 통당 천 원씩 준다고 그랬거든. 그런데 지난번 휴가 나와서 치사하게 깎아 먹었어. 이번엔 절대 안 깎아 줄 거야. 그리고 오빤 답장도 잘 안 해."

"오빠 나라 지킨다고 바쁜 사람이잖아. 그러니까 기운 내라고 써 줘야지."

"뭐라고 써 보내는데?"

대화를 듣고 있던 석현이 궁금한 듯 묻자 쌍주가 어깨를 으쓱한다.

"그냥 잘 있다고요. 둘이 같이 써서 보내요."

"맞다. 이번엔 언니 결혼한다고 써서 보내 줬다. 그치?"

"응. 사장님하고 결혼한다고."

쌍주의 말에 선주의 얼굴이 일그러졌다. 조만간 면회라도 가서 얘 길 해야지, 하는 생각은 했었는데 쌍주가 먼저 선수를 친 모양이다. 쌍주의 평소 특성상 두어 줄로 압축, 요약해서 썼을 테니 혁주가 궁금 해서 속이 타 죽을 지경일 것이다.

"언니가 말하지 말랬잖아."

"언제? 아빠한테 얘기하지 말라고 그랬지. 그치, 해주야?"

"응. 아빠한테는 언니가 얘기한다고 그래서 혁주 오빠한테는 우리 가 알렸어."

으이그, 진짜. 선주가 고개를 젓자 석현이 피식 웃는다.

"잘됐네. 나중에 알리는 것보다 미리 말하는 게 낫지."

"다음 주쯤 면회 갈 생각이었거든요. 그래도 얼굴 보고 말해야죠."

"그래? 그럼 나도 같이 가야겠네."

"우리도요! 오빠 보고 싶다, 그치?"

"응. 혁주 오빠 보고 싶어. 우리도 데리고 가요."

결국 혁주의 면회를 다 같이 가기로 합의를 봤다. 돌아오는 길에 파 주출판단지에 들러 구경을 하고 저녁을 먹었다. 토요일 저녁이라 들어 오는 길이 꽉 막혔다. 하루 종일 노느라 피곤했던지 쌍주는 이미 뒷좌 석에서 꿈나라에 가 있었다.

집에 도착해 석현이 아이들을 방까지 안아다 주었다. 재형은 동료 들과 술이라도 한잔하는지 아직 귀가 전이었다. 차 대접을 거절하고 석현이 일어서자 선주는 골목길 앞까지 따라 나갔다.

"내일 피곤할 텐데 오전 중에는 좀 쉬어. 저녁에 시간 맞춰서 사람 을 보내든지, 내가 오든지 할게."

"알았어요. 사장님도 오늘 피곤하셨을 텐데 가서 푹 쉬세요."

"또 사장님이네. 이젠 슬슬 호칭 정리 좀 제대로 하지?"

"죄송해요. 버릇이라 잘 안 고쳐져요."

"그럼 오늘부터 고쳐. 아니면 지난번 얘기한 대로 사장님 소리 할 때마다 키스할 테니까."

진짜 키스를 할 것처럼 석현이 다가왔다. 놀란 선주가 뒤로 물러섰다.

"고칠게요. 고쳐요."

"음, 뭐라고 부를 건데? 지난번처럼 자기 어때? 난 그게 좋던데."

"나중에요. 늦었어요, 어서 가세요."

"김선주."

"사장……. 흡!"

사장님이라는 말이 끝나기도 전에 석현의 입술이 닿으며 혀가 들어왔다. 갑작스런 그의 침입에 선주가 비틀대며 벽에 기대섰다. 석현이 더 가까이 다가와 몸을 밀착시켰다. 골목길 안쪽이라 바깥에서는 보이지 않지만 그래도 버젓이 사람이 다니는 길이었다. 선주는 두 손으로 그의 가슴을 밀었다.

"하지 마세요. 사람들 오면 어떡하려고 그래요?"

"당신이 사장님이라고 부르니까 그런 거잖아. 그러니까 자기라고 불러 봐."

"사장님!"

다시 입술이 다가와 꾹 누른다. 이번엔 선주가 심하게 버둥거렸다.

"하, 하지 마세요. 누가 봐요."

"잠깐만. 잠깐만 선주야."

"그만해요."

혀가 엉키며 선주의 저항이 약해지고 키스에 응했다. 하지만 갑자기 석현의 몸이 떨어져 나가는 게 느껴졌다. 눈을 감고 있던 선주는 그의 행동에 눈을 떴다가 깜짝 놀랐다. 슬로우 모션처럼 뻑! 하는 소리와 함께 석현이 바닥으로 나뒹굴었다. 갑자기 당한 일이라 석현은 저항 한 번 못 해 보고 나가떨어졌다.

"사장님!"

선주 역시 비명을 지르며 석현을 향해 달려갔다. 그녀가 그를 부축하기 전에 커다란 그림자가 쓰러진 그의 멱살을 다시 잡았다. 누군지 생각할 겨를도 없이 선주는 눈앞의 괴한을 향해 난타를 했다. 커다란 덩치의 남자가 인상을 쓰며 고개를 돌리다 선주의 손에 뺨을 맞자 비틀거렸다.

"이 나쁜 놈아! 안 놔? 경찰 부를 거야!"

그사이 정신을 차린 석현이 자리에서 벌떡 일어나 자신을 공격한 남자의 멱살을 잡았다. 남자가 멱살이 잡힌 채로 눈을 껌벅이며 선주를 보고 기겁을 했다.

"누나? 헙!"

빡! 소리와 함께 이번엔 남자가 뒤로 나가떨어졌다. 선주가 비명을 질렀을 땐 이미 늦은 후였다.

"안 돼! 혁주야!"

석현이 날린 주먹을 거두지도 못하고 선주와 혁주를 번갈아 보았다.

"누나? 혁주?"

헉, 선주는 입술이 터진 채로 바닥에 주저앉은 혁주의 모습에 입을 딱 벌렸다. 혁주 역시 뜻밖의 상황에 놀랐는지 맞은 곳은 아랑곳없이 선주와 석현을 멍하니 바라보았다.

키가 크고 말이 없는 건 재형과 다를 바가 없었다. 다만, 군대에서의 훈련 때문인지 탄탄한 근육질의 몸에다 볕에 그을린 구릿빛 얼굴이 혁주를 더 강하게 보이게 했다. 조금 예민해 보이는 갸름한 얼굴이지만 단단한 몸집 때문에 전체적인 인상은 남자다웠다. 석현에게 맞아 터진 입술만 아니라면 꽤 잘생긴 얼굴이었다.

하지만 지금 인상을 구긴 채 거실에 앉은 동생 때문에 선주는 마음이 편하지 않았다. 혁주 역시 같은 모양인지 말없이 석현만 노려보고 있었다.

"어, 처남. 미안해."

"누구 마음대로 처남입니까?"

거친 혁주의 말에 이번에는 석현이 인상을 썼다. 안 그래도 쌍주의 뜬금없는 편지를 받고 어이가 없었던 혁주였다. 대대전술훈련이 끝나고 복귀했는데 쌍주의 편지가 도착해 있었다. 그 안에 쓰인 이해할 수 없는 내용에 그는 걱정이 됐다. 다행이라면 훈련 중 성적이 우수하여 포상 휴가를 바로 받았던 것이다.

군을 나와 곧장 집으로 향했지만 텅 비어 있어 잠깐 아버지께 인사만 드리고 친구를 만나고 오는 길이었다. 그런데 집 앞 골목길에서 웬 빌어먹을 놈이 싫다는 여자를 성추행하고 있는 게 아닌가? 대한민국의 건장한 현역군인으로서 그냥 지나칠 수 없어 끼어들었더니, 더 가관인 건 그 여자가 바로 자신의 누나인 선주에다 그 빌어먹을 놈이 누나와 결혼할 놈이란다.

혁주는 삐딱한 시선으로 석현을 노려보았다. 척 보기에도 평범해 보이지는 않는다. 뜬금없이 회사 사장과 결혼이라니, 혁주는 어이가 없었다. 어릴 때부터 철이 들기도 전에 빚쟁이들에게 쫓긴 경험은 일단 무슨 일에서든 사람을 의심의 눈초리로 보게 만들었다. 그래서 그는 사람에 대한 신뢰보다는 불신이 강한 사람이었다.

잘생긴 얼굴에 큰 키, 그리고 부와 권력이 준 당당함까지 갖춘 눈앞의 남자는 보통 사람의 기를 죽일 만큼 강해 보였지만 혁주는 물러서지 않았다. 오래전 아버지가 가족을 지킬 수 없었을 때 선주와 어린 여동생들과 같이 지내면서 느꼈던 아들이라는 책임감이 그를 더 강하게 만들어 주었던 것이다. 그래서 그는 석현이 주는 위압감 앞에서도 당당할 수 있었다. 혁주의 말에도 한참을 말없이 있던 석현이 입을 열었다.

"뭐, 처남이 싫으면 뭐라고 불러 주면 좋겠나? 어차피 가족이 될 사이니 이름으로 불러도 난 좋고. 처남이 형이라고 불러 주면 그것도 서로 편할 것 같군."

"싫은데요."

"왜?"

순간 말문이 막힌다. 딱히 이유는 없지만 그냥 저 잘난 남자한테 짓눌린 듯한 기분이 싫었다. 혁주의 험악한 분위기에 선주가 옆에서 안절부절못했다.

"혁주야."

"누나, 뭐하는 짓인데? 이게 말이 된다고 생각해?"

"말이 안 되는 건 뭐지? 처남."

침착하고 낮은 음성에 혁주가 오히려 당황할 정도다. 마치 한가한 잡담을 나누는 것처럼 여유롭기까지 한 그 태도에 혁주는 속에서 불이 났다.

"상식적으로 너무 차이가 나지 않습니까? 이런 상황에 혹해서 환상 가질 만큼 바보는 아닙니다. 갖고 노는 거면 다른 사람으로 골라요. 우리 누나 말고."

"처남이 뭘 근거로 그리 말하는지 모르겠군. 난 무슨 일이 있어도 김선주와 결혼할 생각이거든. 그리고 이건 누나의 선택이야. 그러니까 처남이 받아들여야지."

석현의 진심을 가늠하듯 혁주가 눈을 가늘게 뜨고 노려본다. 물러서지 않는 두 사람의 팽팽한 분위기에 선주는 한숨을 쉬었다.

"혁주야, 그만해. 얘기는 나하고 해."

"그건 내가 싫은데? 어쨌든 난 당신 남편이 될 사람이니까 이 상황에서는 내가 나서는 게 맞는 거 아닌가? 처남이 나에 대해 어떻게 느끼든 상관없어. 다만, 외적인 것만으로 판단하는 사람이 아니었으면 좋겠군. 처남이 뭐라 하든 간에 이 결혼, 나한테는 진심이야. 그건 누나도 마찬가지고."

"사장님."

석현의 말에 선주의 가슴이 먹먹해졌다. 처음 자신만의 가족이 필요하다던 그의 진심은 한 번도 변한 적이 없다는 걸 그녀는 다시 깨달았다. 자신 역시 그의 단 하나의 가족이 되어 주고 싶었다. 그래서 석현에게 진짜 가족을 만들어 주고 싶었다. 그와 자신의 아이들을 통해서.

혁주가 없다면 그를 안아 주고 싶은 심정이었다. 누군가를 이렇게 사랑하게 만들어 줘서 행복하다고, 고맙다고. 공감이 이렇게 깊은 만족감을 주는 건 줄 선주는 처음 알았다. 석현이 손을 꼭 잡자 둘을 보던 혁주가 인상을 썼다.

"헐, 또 시작이다. 닭살 부부."

"대박. 나 이러다가 닭 될 것 같아."

언제 깼는지 쌍주가 방문 앞에 서 있었다. 혁주가 그런 동생들을 돌아보았다. 그제야 혁주를 알아본 쌍주가 달려와 오빠에게 매달렸다.

"오빠!"

"언제 왔어?"

"쌍주, 저 사람 진짜 괜찮은 거 맞아?"

"아저씨? 응. 완전 좋은데. 언니한테 이상한 짓만 안 하면."

"나도. 근데 언니도 아저씨가 이상한 짓하는 거 좋아하지 않냐?"

헉. 혁주가 숨을 몰아쉬는 게 들렸다. 석현이 그 모습을 보고는 피식 웃었다. 그리고는 선주에게 나가자는 눈짓을 한다. 두 사람이 자리에서 일어서자 혁주가 의심의 눈길을 보냈다.

"나, 사장님 배웅하고 올게."

"같이 가. 나도 갈 거야. 골목길에서 이상한 짓해서 집안 망신시키는 건 막아야 할 것 아냐?"

"나도!"

"나도!"

석현이 인상을 쓰며 싫어하는데도 불구하고 결국 혁주와 쌍주가 따라나섰다. 그 때문에 골이 났는지 석현이 골목길 앞에 도착해서는 갑자기 혁주와 쌍주를 쳐다보았다.

"처남, 처제들."

"헐!"

"익숙해져라."

순간 선주의 입술에 석현의 입술이 닿았다. 세 사람의 시선에도 아랑곳없이 쪽 소리가 날 정도로 입을 맞춘 석현이 바람처럼 차에 오르자 골목길에 비명이 울려 퍼졌다.

"헐! 대박!"

"완전 야해! 아저씨 변태 같아!"

혁주도 어이가 없는지 고개를 절레절레 저었다. 하지만 선주는 행복한 기분으로 석현의 차를 향해 손을 흔들고 있었다.

헐레벌떡 가족들과 VIP병동으로 들어섰다. 병원의 다른 곳과 달리 최상층에 있는 그곳은 동떨어진 세계인 듯 조용하기만 해 순간 선주와 가족들은 멈칫했다. 상견례 겸 약혼식이 있을 호텔로 가는 중에 갑작스레 박지영 실장으로부터 연락을 받았다.

아침 일찍 석현과 통화했을 때만 해도 선주는 오늘 하루만은 주변의 복잡한 문제들과 상관없이 행복한 날이 되리라고 예상했다. 하지만 그런 기대감은 여지없이 깨지고 선주는 불안한 마음으로 병실로 향했다.

"어떻게 오셨나요?"

병동 입구에서 모델 같은 간호사가 막아서자 선주는 움찔했다. 그런 누나를 모습에 혁주가 나섰다.

"민준건 사장님 병실이 어디죠?"

"아, 잠시만요."

병동 앞 칠판에는 민준건 사장의 이름은 없었지만 간호사는 곧 어디론가 연락을 취했다. 좀 있다 박지영 실장이 병실 쪽에서 뛰어나왔다.

"사모님."

평소의 침착한 모습과는 다르게 상기되고 불안한 모습이었다. 그 바람에 선주 역시 불안함이 더 커졌다. 석현이 어떻게 하고 있는지 당장 봐야 안심이 될 것 같다.

"그 사람 어디 있어요?"

다급한 그녀의 말에 지영이 고개를 끄덕였다.

"가족분들은 대기실 있으니까 그쪽에 가 계세요. 간호사가 안내해 줄 거예요. 사모님은 저하고 같이 가세요."

떨떠름한 얼굴의 혁주가 인상을 썼고 재형은 한숨을 내쉬었다. 쌍주를 데리고 가족들이 대기실로 가는 동안 선주는 지영의 뒤를 따라갔다.

"어떻게 된 일이에요?"

"저도 아침에 연락을 받았습니다. 갑자기 의식을 잃으셨나 보더라고요."

의식을 잃었다니. 심장이 터질 것 같다. 석현의 그 아픔은 어쩌라는 건지. 적어도 준건이 건강해야 그가 자신의 곪은 상처를 어떻게든 치료해 볼 수 있을 텐데. 석현을 떠올리자 미칠 것만 같은 초조함이 느껴졌다.

빳빳하게 굳은 등이 지금 그의 심정을 말해 주고 있었다. 철렁 내려앉은 가슴이 그의 뒷모습에 더 아래로 곤두박질쳤다. 정중한 노크 소리에도 불구하고 문을 열어 준 사람을 제외하고 그녀에게 관심을 두는 사람은 없었다.

환자가 누운 침실의 문을 열어 놓은 채 응접실 소파에 앉은 사람들이 환자를 바라보고 있었다. 다만, 그것이 걱정의 눈빛이 아닌 게 문제였다. 중년을 넘겼지만 30대 못지않은 젊음을 유지한 두 여인과 한 여사의 표정은 차갑지만 어딘지 모르게 묘하게 들뜬 듯해 보였다. 민 회장은 침울하게 두 손을 모아 턱을 괸 채로 멍하게 앉아 아들을 바라보고 있다.

하지만 선주는 그런 사람들은 눈에 들어오지도 않았다. 다만, 등지고 앉은 남자의 눈빛을 보고 싶었다. 준건을 보며 앉아 있던 맨 앞쪽의 여자가 입을 삐죽이며 말을 했다.

"이럴 줄 알았다니까. 건강도 능력 아니야? 한 회사를 책임지고 있는 사람이 이런 일을 숨긴다는 게 말이 돼? 처음부터 어울리지 않는 자리였지, 뭐."

"그래서? 넌 어울려? 찬물도 위아래가 있어. 앞뒤 분간 못 하고 나서지 말고 잠자코 있어."

"어머, 언니! 말이 심하잖아? 하긴, 언니도 당장 옆에 사람이 없어서 어떻게 해? 그러니 시간 좀 끌고 싶은가 봐."

"뭐! 너 말 가려서 못 해? 남편 하나 믿고 덤비는 모양인데 그쪽도 요즘 사정 안 좋은 거 아니었어? 능력도 안 되는데 그렇게 확장을 해 대니. 이사회가 바보도 아니고. 우리 기훈이가 아직 경험이 없어서 그렇지, 잘만 보좌하면……."

"기훈이 사고 친 거 몰라? 회사 말아먹을 뻔했다던데. 언닌 사람 보는 눈이 없으면 귀라도 열고 살아야지……."

"조용히 못 해! 어디라고 함부로 입을 놀려!"

"아버지! 우리도 참을 만큼 참았어요. 누가 보면 우리가 바깥에서 낳은 자식인 줄 알겠어요."

"뭐? 그게 무슨 말버릇……."

"어디서 근본도 모르는 게 들어와서. 어떻게 하나도 아니고 둘이나……. 뭐야!"

순간 벌떡 일어서려던 석현의 귀가 막혔다. 작고 따뜻한 손이 귀를, 눈을 가린다. 익숙한 향이 느껴지고, 달콤한 숨결이 귓불에 느껴졌다.

"보지 마세요. 제 목소리만 들으세요. 옆에 있을게요."

고막을 파고들던 차가운 기운이 순식간에 사라진다. 시끄럽게 선주를 욕하는 소리가 들렸지만 그에게는 오로지 자신에게 닿은 손과 낮은 숨소리가 전부였다.

"뭐야! 뭐하는 짓이야?"

"여기가 어디라고 감히! 하긴, 본데없는 놈이 고른 여자가 오죽하겠냐마는 아주 하는 짓이 가관이네. 어디서 배워 먹은 버릇인지. 교양 없고 천박하게."

"그러게, 엄마한테 한 짓 듣고 어떤 물건인가 했더니. 어른들 못 알아보고 무슨 짓인지."

자신의 눈을 누른 손에 미세한 떨림이 지나가자 석현은 그 손을 잡아 내렸다. 그 손을 놓지 않고 그는 천천히 일어서 고모들을 내려다보았다. 피식, 웃음이 났다. 교양 없고 천박하게라. 지금 눈앞에서 그걸 몸소 실천하고 있는 사람들의 입에서 나올 말은 아니었다. 석현의 냉랭한 비웃음에 오히려 화가 났는지 두 여자의 표정이 일그러졌다.

"그만 나가거라."

지친 민 화장의 목소리에 한 여사와 석현의 고모들이 투덜대며 병실을 나갔다. 선주는 자신을 노려보고 나가는 사람들의 시선에도 꿋꿋

하게 서 있었다. 민 회장이 자리를 지키던 고용인들까지 내보내자 겨우 숨을 내뱉을 수 있었다.

문을 열고 들어선 순간 들린 말에 그녀는 석현을 향한 잔인한 가시를 막아 주고 싶다는 생각만 들었다. 교양이 없든 천박하든 상관없었다. 그저 그 순간에는 굳은 채로 앉아 있는 그의 등을 감싸 주고 싶은 생각뿐이었다. 꽉 잡힌 손이 아플 정도로 그가 힘을 주었다. 냉랭한 표정에도 불구하고 그의 마음이 어떻다는 걸 알려 주는 그 행동에 가슴이 아팠다. 아무것도 못해 주는 자신이 아쉬웠다.

"앉지. 좋은 날 미안하게 됐구만."

민 회장의 말에 선주는 고개를 숙여 인사를 건넸다. 그의 옆에 앉는 동안 석현은 말이 없었다. 무슨 생각인지 얼굴이 굳어 있었지만 그래도 그녀의 손을 끝까지 놓지 않아 선주는 조금 안심이 되었다.

"이걸로 상견례는 했다고 치세. 얼굴 봐 봤자 서로 좋은 일은 없을 것 같구만."

민 회장의 말에 선주는 부정하지 않고 고개만 살짝 숙여 보였다. 피곤한 듯한 민 회장마저 입을 다물자 세 사람 사이에 긴 침묵이 돌았다. 한참을 그러고 있는데 석현이 무겁게 입을 열었다.

"어떻게 하실 겁니까?"

"뭘?"

"바로 본사로 들어가고 싶습니다. 이런 식의 다툼, 종지부를 찍어야 하지 않겠습니까? 저기 누운 분을 위해서도 말입니다."

저기 누운 분. 여전히 분노를 품은 석현의 말에 민 회장의 표정이 더 어두워졌다.

'우습게도 말입니다. 석현이의 저 감정이 저하고 같더군요. 전 아직도 아버지를 용서하지 않았습니다.'

준건의 말처럼 자신을 찔러 왔다.

"알았다. 오늘 언론에 자료 배포하고, 바로 업무에 들어갈 수 있도록 처리하마."

"이사회는요?"

"어차피 내 사람이 많아. 오늘 만나서 지시해 놓으마. 네가 일하는데 거치적거리지는 않을 거다."

"고맙습니다."

"더 요구할 건 없냐?"

"결혼식 당기고 싶습니다. 제 취임식 끝나자마자 바로 하겠습니다."

석현의 그 말에 움찔하는 선주의 기색이 느껴졌지만 그는 모른 척했다. 민 회장 역시 고개를 끄덕이고는 병실을 나갔다. 이제 병실엔 의식 없이 누운 환자와 두 사람뿐이었다. 그제야 석현이 손을 놓고 그녀를 내려다보았다.

어두운 그 눈빛에 선주는 입술을 깨물었다. 그가 원했던 것이 어떤 건지 피부로 느껴진다. 그의 유일한 가족, 그만을 위한 여자. 이 순간 진짜 그런 여자가 되고 싶어졌다. 석현이 눈가에 물기가 어린 그녀를 보고 한숨을 내쉬었다.

"미안해. 오늘은 그만······."

갑자기 선주가 그의 가슴에 얼굴을 파묻었다. 얕은 숨결이 가슴에 느껴지더니 뭔가 찌르르하고 올라온다. 잠시 뒤 축축하게 가슴께가 젖어 들었다. 자신을 위해 울어 주는 여자. 그는 손을 들어 그녀의 머리를 쓸어내렸다. 지금 당장 그녀를 가지고 싶었다. 그녀가 자신의 뒤에서 모든 것을 가려 준 그 순간부터 석현은 줄곧 그 기분에 사로잡혀 있었다. 때와 장소에 어울리지는 않지만 그동안 느껴보지 못했던 격렬한 욕구가 생겨났다.

"울지 마. 내가 보고 싶은 건 당신이 날 위해 웃어 주는 거야."

그의 말에 선주가 품 안에서 고개를 저었다.

"화가 나서 그래요. 아까 그 사람들한테 실컷 욕을 퍼부어 주지 못해서. 억울하고 화가 나서. 사장님을 제대로 지키지 못해서, 사장님의 편에 제대로 서지 못해서요."

피식 웃음이 났다. 선주라면 충분히 그렇게 해 줄 것 같다. 자신을 위해서 싸우는 데 언제든 어디서든 주저함이 없겠지.

"기회는 얼마든지 있어. 기대할게."

웃음기 있는 그의 말에 겨우 선주가 고개를 들었다. 곱게 단장했던 얼굴이 눈물로 얼룩져 있었다. 틀어 올렸던 머리 역시 그의 손길에 흐트러졌지만 석현은 그 모습이 예뻤다.

자신을 내려다보는 석현의 시선에 선주는 간신히 정신을 차리고 몸을 떼려 했다. 하지만 그가 놓아주지 않았다.

한동안 그렇게 서 있던 두 사람은 침실에서 들린 낮은 기침 소리에 간신히 정신을 차렸다. 선주는 준건의 침대 곁으로 다가갔다. 선주를 본 준건이 희미하게 미소를 지었지만 그녀는 마주 웃어 주지 못했다.

"사장님, 정신이 드세요?"

"아, 응. 김선주 씨."

"네. 저 알아보시겠어요?"

"휴, 내가 또 미안한 짓을 했네. 약혼식은?"

"괜찮아요. 잘 끝났어요."

이럭저럭 서로 안면은 텄으니 원래의 목적이었던 상견례는 충분히 된 셈이다. 어쩌면 이보다 더 진흙탕이 될 수도 있었겠다 싶은 생각이 든 건, 아까 석현의 고모들이 보여 준 반응으로 충분했다. 그러니 약혼식이며 상견례에 대한 미련 같은 건 추호도 없었다.

"불편하신 덴 없으세요? 사람을 부를까요?"

선주의 질문에 힐끗 뒤를 본 준건이 고개를 끄덕였다. 무슨 생각을 하는지 알 수 없지만 석현이 물끄러미 쳐다보고 있었던 것이다.

"그래 주겠나?"

"네."

벨을 울리면 될 것을 힐끗 석현을 보고 한 준건의 말에 선주는 고개를 끄덕이고 돌아섰다. 방을 나가기 전 그녀는 한숨을 쉬고는 살짝 석현의 팔을 잡았다 놓았다. 잠시였지만 그런 그녀의 행동에 그가 고개를 희미하게 끄덕이자 선주는 조금 안심이 되었다. 지금은 그냥 옆에 자신이 있다는 걸 알아 주는 것만으로 만족했다.

"그 앞 의자에라도 앉거라."

"됐습니다."

"왜? 내 목까지 부러뜨리고 싶나?"

어색하고 경직된 분위기를 풀어 보려 한 준건의 농담에도 석현은 말없이 아버지를 노려보았다. 갑작스런 간성혼수상태에 빠졌다. 다행히 심하지 않아 응급으로 관장을 한 후에 의식이 금방 회복되긴 했지만 앞으로 이런 일이 얼마나 더 반복이 될지 준건은 두려워졌다.

할 수만 있다면 의사가 권유했던 간 이식을 해서 좀 더 시간을 연장하고 싶었다. 최대한 석현을 곁에서 지켜 주고 싶었다. 하지만 지금 석현에게 그는 그저 짐스런 존재일 뿐이었다. 어차피 이식을 한다고 해서 자신의 수명이 오래 연장되진 않겠지만 병을 알고 난 후부터 계속 그는 일 년이라도 더 살아서 아들과 제대로 된 부자의 관계를 맺고 싶은 염원뿐이었다.

"미안하다."

"……"

"너한테 해 줄 말이 이것밖에 없어. 미안해."

"치료를 왜 거부하시는 겁니까?"

"뭐?"

"절 더 괴롭히고 싶으신 겁니까? 어머니 일로는 부족하셨나 봅니다."

다시 비수를 꽂아 댄다. 준건은 가슴의 통증에 길게 숨을 뱉어 봤지만 소용이 없었다. 그걸 견디기엔 그는 너무 약해져 있었다.

"치료 받으시죠."

"뭐?"

"저한테 미안하다고요? 그럼 치료 받으시라구요."

"석현아."

"마음대로 버리지 마세요, 더는. 예전처럼 그렇게 버려지지 않겠습니다. 그러니까 할 수 있는 한 악착같이 살아남아서 저한테 용서를 비세요. 제가 아버지 용서하게 만들어 보란 말입니다."

긴 침묵이 두 사람을 감쌌다. 놀라서 자신을 바라보는 아버지에 아랑곳없이 석현이 퉁명스럽게 말을 이었다.

"쉽지 않을 겁니다. 어쩌면, 제가 아버지를 용서하지 않을 수도 있구요. 그러니 오래오래 제 곁에서 비세요. 제 원망 다 풀릴 때까지 돌아가시지 말란 말입니다. 이대로 또 버리시면 저 진짜 용서 안 합니다."

이를 악문 석현의 말에 준건의 눈시울이 빨개졌다. 부자 사이에 긴 침묵이 흘렀다. 석현은 아무 말도 못 하는 준건을 두고 조용히 병실을 나왔다. 용서와 별개로 아버지의 죽음은 절대로 보고 싶지 않았다. 자신의 말대로 오래 걸릴 일이지만 준건이 그걸 다 받아 준다면 언젠가는 아버지를 돌아볼 수도 있을 것 같았다.

병실 앞에서 선주가 그를 기다리고 있었다. 그녀의 걱정스런 얼굴을 본 순간, 그는 그 표정을 지우기 위해서라면 아버지를 진정으로 용서할 수 있을 거라는 걸 깨달았다. 그는 손을 내밀어 선주의 어깨를 꽉 잡아 당겨 안았다.

"괜찮으세요?"

"아, 음."

묻고 싶은 말이 많을 텐데 선주는 그저 고개를 끄덕이고는 입을 다물었다.

"잠깐 얘기할까?"

그의 말에 선주의 얼굴이 잠시 밝아지다 다시 흐려졌다. 두 사람은 가족들이 기다리는 대기실로 가지 않고 병원 로비에 있는 커피숍으로 들어갔다. 한쪽 구석에 자리를 잡고 앉는데 선주가 걱정스럽게 쳐다본다.

"왜?"

"아, 아니요. 기분은 괜찮아요?"

"괜찮을 리가 있겠어?"

"아! 죄송해요. 그, 그럼 커피라도 드실래요?"

무안해진 선주가 얼굴을 붉히자 석현이 고개를 저었다. 그가 일어서려는 그녀의 손목을 잡았다.

"앉아."

"네?"

"괜찮아. 당신이 걱정하는 만큼 아프지 않다고."

"……."

"용서는 안 되지만 얘기는 해 보자, 생각은 했어. 영영 평행 선상일지도 모르지만 한 번은 짚고 넘어가야 하는 거잖아. 도망갈 생각 없어. 대신……."

말을 끊고는 석현이 지그시 그녀를 바라보았다. 그가 웃으며 **뺨**을 가볍게 쓰다듬었다.

"대신 당신도 내 옆에서 도망가지 마."

순간 눈물이 핑 돌아 선주는 고개를 숙였다. 그런데도 석현은 **뺨**에서 손을 떼지 않고 그녀가 주는 부드러움을 느끼고 있었다.

가소롭다는 시선에도 쌍주는 흔들림 없이 눈앞의 여자를 노려보았다. 혁주와 재형이 잠깐 자리를 비운 터라 이 대치 상황에 어쩔 줄 모르는 사람은 박지영 실장 한 명뿐이었다.

준건의 병실에서 나온 다른 사람들은 그대로 돌아갔는데 뜻밖에 석현의 작은 고모인 민소영이 가족 대기실로 걸음을 한 것이다. 물론, 민 회장이 대기실에서 아들이 깨기를 기다리는 걸 알고 아버지와의 대면을 바랐던 건데 문제는 쌍주 앞에서 석현의 얘길 한 것이 화근이었다.

"설마 석현일 본사 부회장으로 부를 생각이세요?"

"왜? 난 처음부터 그럴 생각이었다. 그 애 정도의 능력이면 충분히 그룹을 장악하고도 남아. 그러니까 잔말 마라."

"아버지! 그게 말이 돼요? 걔가 그룹을 쥐면 우리가 어떻게 될지 모르세요? 정말 끝까지 이러시면 가만 안 있어요. 저도, 언니도! 우리도 참을 만큼 참았어요. 아버지의 그 아들에 대한 욕심 지긋지긋해요."

"아들이라서 그런 줄 아냐? 그런 넌 딸로서 나한테 원하는 게 뭐였냐? 아비로서의 애정을 절대 아니지."

"그 애정, 이미 민준건이 다 가져갔는데 무슨 수로 원해요? 절대 가만 안 있어요. 석현이 그놈한테 우리가 밀릴 것 같아요?"

"그만두지 못해! 넌 동양그룹에 어떤 권리도 없어. 이미 네가 받을 몫은 다 받아 나갔으니 아무리 그래도 어쩌지 못할 거다."

"그런 게 어디 있어요! 돼먹지 못한 그런 놈한테 회사를 맡기다니. 차라리 지나가던 개한테 맡기세요! 그 근본 없는 빌어먹을 놈이 우릴 버러지 취급하는 걸 당하고만······."

"뭐! 당장 그만······."

"아줌마! 나빠요!"

숨이 막혀 넘어갈 듯이 얼굴이 벌게져 소리를 지르던 민 회장은 갑자기 들려온 또랑또랑한 말소리에 말을 멈췄다. 좀 전까지 구석에 움츠리고 있던 아이 둘이 어느새 앞으로 나와 허리에 두 손을 얹고는 소영을 사납게 노려보고 있었다. 이전에 보았을 때처럼 오늘도 박지영 실장이 인사를 시키자 수줍게 고개만 숙이고 구석에 가 있어 잠깐 그 존재를 잊고 있었다. 그건 소영도 마찬가지라 갑자기 치고 들어온 애들의 말에 인상을 썼다.

"뭐니, 이것들은?"

"우린 사장 아저씨 처제예요."

"뭐?"

"사장 아저씨 처제라고요. 아저씨가 우리 형부예요!"

미주의 앙칼진 말에 소영이 코웃음을 쳤다. 자세히 보니 김선주라는 그 촌스런 계집과 닮은 것도 같다. 이제 초등학생 4학년이나 됐을까? 작고 까무잡잡한 아이가 자신을 노려보자 어이가 없었다. 그 옆에 선 언니인 듯 보이는 얼굴이 하얀 여자애는 그나마 인물은 좀 나았지만 노려보는 시선은 똑같았다.

"그래서?"

"우리 아저씨 돼먹지 못한 사람 아니에요!"

"맞아요. 얼마나 좋은데요."

"하! 어린것들이 벌써 돈 맛을 알았나 보네. 하긴 돈 주는데 누가 싫다고 하겠어. 거지 근성이 어디 가나?"

"우리 거지 아니에요. 그리고 거지보다 더 나쁜 게 이유 없이 남 욕하고 헐뜯는 거란 말이에요. 그런 건 사람을 죽일 수도 있어요. 악플이 얼마나 나쁜 건데요!"

"맞아! 그래서 연예인들도 막 자살하고 그러잖아요."

"뭐?"

"그리고 아줌마가 뭔데 우리 아저씨 욕해요?"

"나 너네 사장님 고모야! 어디서 건방지게……."

"헐, 고모래. 근데 고모가 뭐 그래요?"

"맞아, 맞아. 고모가 왜 욕해요? 조카를 사랑하는 게 고모지."

"맞아. 가족인데 왜 욕해요? 우리 언니가 가족은 서로 감싸 주고 지켜 주는 거랬단 말이에요. 다른 사람이 다 편 안 들어줘도 가족만은 믿고 기다려 주는 거라고. 그런데 뭐 가족이 그래요!"

"그러게. 고모가 조카한테 막 욕해. 헐, 스카다!"

"우와, 맞다. 그거 진짜 나쁜 삼촌이잖아. 왕 되려고 형도 죽이고, 심바도 죽이려고 하고. 진짜 똑같아. 완전 스카야!"

"뭐? 무슨 소리야! 도대체! 정신 나간……."

"푸흡."

갑자기 들려온 소리에 소영과 민 회장이 문 앞을 돌아보았다. 석현이 어깨를 떨며 벽을 짚고는 몸을 구부리고 있었다. 석현의 옆에 선주가 동그래진 눈으로 동생들을 쳐다보고 있었다. 불쾌해진 소영이 입을 열려는데 갑자기 석현이 큰 소리로 웃음을 터뜨렸다.

"푸하하하."

순간 소영이 입을 앙다물었다. 여기서 말을 하면 자신만 우스운 사람이 될 뿐이라는 걸 깨달은 그녀는 문 앞에 선 선주를 밀치고는 후다닥 바깥으로 나갔다. 그녀가 나가고도 한참 동안 석현의 웃음은 그칠 줄을 몰랐다.

준건이 깬 걸 알고 재형이 보고 싶어 했다. 결국 혼주끼리의 상견례 아닌 상견례를 하게 되었다. 창백한 얼굴에 아까보다는 혈색이 돌아와 있었다. 선주는 석현과 준건이 병실에서 무슨 얘길 했는지 궁금했지만 석현이 얘기할 때까지는 묻지 않기로 했다. 침대 옆에 재형과 혁주, 그리고 쌍주가 나란히 서서 인사를 하자 준건이 희미하게 미소를 지었다.

"반갑습니다. 사돈한테 이런 모습 먼저 보여 죄송스럽습니다."

"무슨 말씀을요. 그런 신경은 쓰지 마세요. 그나저나 몸은 좀 어떠신지?"

"이제 많이 좋아졌습니다. 좋은 날 망쳐서 그게 면목이 없습니다."

"그런 말씀 마시라니까요. 어쨌든 좋아졌다니 다행입니다."

어색하지만 진심 어린 말들이 오가고 잠시 침묵이 흘렀다. 준건이 호기심에 찬 눈으로 자신을 보는 쌍주의 모습에 웃었다.

"동생들인가?"

"네. 혁주, 미주, 해주예요. 둘은 쌍둥이구요. 인사드려, 사장님 아버님이셔."

"안녕하세요."

"안녕하세요."

고개만 끄덕이며 인사를 건넨 혁주와 달리 쌍주가 수줍게 인사하는 모습을 본 준건이 귀엽다는 듯 웃었다. 민 회장이 돌아가기 전에 그를 방문해 가족 대기실에서 있던 일을 얘기해 주었다. 석현을 위해 싸운 아이들은 보기만 해도 웃음이 났다. 자신을 쳐다보는 눈빛이 선주를 그대로 빼닮아 있었다.

'우리가 못한 걸 선주 양이 해 주더라. 너한테도, 석현이한테도 면목이 없다.'

그 말에 원망이 조금은 녹았다. 아니, 석현이 오래오래 곁에 살아남으라는 말을 한 순간부터 이미 민 회장에 대한 원망은 사라지고 있었다. 그걸 가능하게 한 사람이 선주라는 게 준건은 다행스럽고 고마웠다.

"그래, 예쁘구나."

헐, 하는 작은 소리가 들리더니 뭐가 웃긴지 아이들은 얼굴이 빨개져 키득키득 웃었다. 그런 동생들의 행동에 혁주가 고개를 저었다.

"그럼 몸조리 잘하십시오. 다음에는 건강한 모습으로 뵙시다."

재형의 말에 준건이 고개를 끄덕였다.

"고맙습니다."

"아이구, 그런 말씀……."

"정말 고맙습니다. 사돈이 제 사돈이 돼서 정말 좋습니다."

수줍음이 많은 재형의 얼굴이 빨개졌다. 아빠의 그 모습에 선주는 웃음이 났다.

"어, 저 그럼 쾌차 빨리 하시고 다음에 뵙죠. 푹 쉬시게 저흰 그만 가 보겠습니다."

허둥지둥 아이들이 인사를 끝내지도 않았는데 몸을 돌려 나가는 그 모습에 준건이 웃는 것도 모르고 재형은 서둘러 병실을 나갔다. 쌍주와 혁주도 인사를 하고 아빠를 따라 나갔다. 준건이 병실에 남은 두 사람을 쳐다보았다.

"너희들도 그만 가 보거라."

"괜찮으시겠어요?"

선주의 말에 준건이 고개를 끄덕였다. 아까 이후로 석현은 한 마디도 하지 않았지만 적어도 평소의 그 냉랭한 눈빛은 아니었다.

어차피 간병인과 준건의 개인 비서가 있으니 굳이 두 사람이 있을 필요는 없었다. 망설이는 선주와 달리 석현은 고개를 끄덕였다.

"내일 오겠습니다."

"아, 그래."

선선한 석현의 말에 오히려 놀란 사람은 준건이었다.

"무슨 일 있으면 연락 주세요. 저도 내일 들를게요."

두 사람이 작별 인사를 하고 나가자 준건은 눈을 감았다. 살고 싶어졌다. 이번에는 아들을, 석현을 버리지 않을 것이다. 무슨 일이 있어도.

13.

 생각보다 민 회장이 발 빠르게 움직였다. 이미 동양전자 쪽에서는 인수인계 준비를 마친 상태였고, 다음 주 있을 이사회에서 곧바로 석현의 동양그룹 사장 취임에 대한 안건을 논의하기로 하였다. 빠른 일의 진행에 정신이 없는 건 선주도 마찬가지였다. 형식적인 이사회가 끝나자마자 곧바로 결혼식을 잡았던 것이다.

 이미 회사 내부에서 말들이 나오고 있어 출근하는데 직원들이 자신을 힐끔거리는 게 느껴졌다. 한 주 내내 그 시선에 시달리고 준건이 아직 병원에 있어 퇴근 후에는 거기까지 들르다 보니 녹초가 될 것 같았다. 게다가 석현은 이미 동양그룹 본사 쪽으로 가 있는 상태라 그의 얼굴을 보지도 못해 조금 외로웠다. 물론 자주 전화는 주었지만 목소리만으로는 그에 대한 그리움이 좀처럼 가시지를 않았다. 그래서 퇴근 후에 집으로 오겠다는 전화를 받고 뛸 듯이 기뻤다.

 왠지 조금 쑥스러운 기분이 들었다. 한 닷새 정도의 짧은 격조지만 마치 오랫동안 보지 못한 것처럼 두근거렸다. 그래서 그를 본 순간 얼굴이 붉어지고 말았다. 그런 그녀의 얼굴에 석현은 기분이 좋은지 함박웃음을 지었다. 오랜만에 그를 본 쌍주도 그에게 매달리며 좋아했다. 혁주가 전날 귀대를 한 터라 쌍주가 우울해하고 있었는데 그를 보자 금방 되살아났다.

"아저씨!"

"헐, 진짜 오랜만."

"그래. 반갑다. 잘 지냈어?"

무슨 이산가족 상봉도 아니고 요란스런 그 행동에 선주는 고개를 저었다. 물론 그녀도 그에게 매달리고 싶었지만 말이다. 눈치 보지 않고 그에게 달려드는 쌍주가 은근히 부러웠다. 헉, 내가 쌍주를 질투하다니! 선주는 자신이 깨달은 사실에 입술을 깨물었다.

"왜? 당신은 안 반가워? 표정이 왜 그래?"

무슨 태평한 소리예요! 선주는 자신의 손을 잡은 그의 손에 힘을 꾹 주었다. 그 힘을 느낀 석현이 걱정스런 표정이 되자 조금 마음이 풀린다. 그에 관한 한 그녀는 한없는 욕심쟁이가 되었다.

"밥 다 됐어요. 애들하고 잠깐만 있어요. 금방 차려 올게요."

"장인어른은?"

"오늘 회식이에요. 우리끼리 식사하래요."

"흠, 그래? 도와줄까?"

"됐어요. 앉아 계세요."

"도와줄게."

"나도 도와줄 거야!"

"나도, 나도!"

석현의 말에 쌍주까지 나섰다. 하지만 그가 고개를 저었다.

"노, 노. 처제들은 방에 가서 숙제하고 있어. 저녁은 언니하고 이 멋진 형부가 멋지게 차려서 대령할게."

"헐! 또 시작이다."

"으악! 나 또 닭 되겠어!"

그러면서 푸드득거리는 흉내를 내며 쌍주가 방으로 뛰어갔다. 그 모습에 석현이 웃음을 터뜨렸다.

"어휴, 정말. 갈수록 왜 저러는지."

"왜? 눈치 빨라서 좋은데. 이제 우리 둘이 남은 건가?"

헐! 이번엔 선주가 아이들과 같은 소리를 냈다.

"무슨 소리예요? 밥 챙긴다고……."

"보고 싶었어, 김선주."

웃음기가 걷힌 목소리에 문득 선주가 움직임을 멈췄다. 진지한 얼굴로 석현이 그녀를 내려다보고 있었다. 다시 얼굴이 붉어졌지만 선주는 무심결에 그를 향해 손을 내밀었다. 석현이 그녀의 손을 당겨 안았다. 발개진 뺨을 쓰다듬고 입을 맞춘다. 그 접촉에 선주가 신음 소리를 내자 그의 입술이 휘었다.

"당신은 키스를 좋아해."

"엇, 아니……. 헛."

선주의 부정이 끝나기도 전에 입술이 열리고 그의 혀가 들어왔다. 좋았다. 더 이상 반박할 수 없을 정도로 마음이 들떴다. 선주는 그의 허리를 팔로 감아 더 가까이 다가갔다. 입술 사이로 그의 웃음이 느껴졌지만 오히려 그녀가 파고들었다. 부드럽고 열정적이다. 미칠 것처럼 좋은 느낌. 간신히 입술을 떼고 선주는 그의 품에 안겼다.

"빨리…… 결혼하고 싶다."

한숨처럼 나온 말에 선주 역시 고개를 끄덕였다.

"배고파! 우리 언제 밥 먹어?!"

"나도, 나도! 등이랑 배랑 딱 붙었어! 먹사모 회원이 굶어 죽게 생겼다아~ 말이 됨?"

갑자기 방문이 벌컥 열리며 쌍주가 뛰어나오는 바람에 두 사람은 후다닥 떨어졌다. 선주가 허둥지둥 주방으로 가고 거실엔 멍한 석현만 남아 있었다.

"어! 아저씨! 또 혼자 맛있는 거 먹었어요? 우와, 치사하다."

"맞아. 언니랑 아저씨 나쁘다. 시르다! 완전 시르다! 우리도 밥 줘요~"

석현은 쌍주의 성화에 입술을 문질렀다. 여전히 선주가 남긴 따뜻함이 느껴졌다. 그는 쌍주의 장난스러운 말에 킥킥대며 웃었다. 진짜, 가족이구나. 그의 웃음에 쌍주가 고개를 젓는 것도 아랑곳없이 석현은 계속 그렇게 웃고 있었다.

석현은 회식을 마치고 일찍 돌아온 재형과 가볍게 오목을 두었다. 물론 옆에서 쌍주가 편을 갈라 치열한 경기 양상을 보였지만 재형이 이긴 건 장인어른의 수줍은 의기양양함을 석현이 좋아한 이유였다.

밤이 늦어서야 그는 자리에서 일어섰다. 짧은 골목길이지만 그를 바래다주는 이 시간이 선주는 좋았다.

"다음 주에 이사회 끝나면 바로 취임식 있을 거야. 취임 전에 결혼식 올리고 싶어."

"네? 그렇게 빨리요?"

"응. 그래야 취임식 때 당신이 내 옆에 있을 수 있잖아."

"아, 네."

"일은 다음 주에 정리하도록 해. 이 실장한테 얘기해 놓을 테니까."

"알았어요."

"조금만 참아. 복잡한 일은 금방 끝날 테니까."

"네. 참, 저…… 사장님은 뵀어요?"

망설이는 선주의 질문에 석현이 고개를 저었다. 선주의 얼굴이 어두워진다. 지켜보자 했지만 여전히 석현의 마음은 그대로인 것 같아 그녀는 답답했다. 강요하고 싶진 않지만 혹시라도 그의 결심이 늦어질까 봐 그게 걱정이 됐다. 그녀의 걱정스런 표정에 석현이 머리를 쓰다듬으며 헝클었다.

"표정이 왜 그래?"

"아, 아니요. 피곤할 텐데 가서 푹 쉬세요."

잔소리가 하고 싶을 텐데 참는 선주를 보니 웃음이 났다. 그녀가 그에게 바라는 건 아버지와의 단순한 화해가 아니라는 걸 잘 알았다. 자신이 품은 마음의 찌꺼기를 말끔히 없애기를 바란다는 걸 석현은 지금에서야 이해가 갔다.

당신이 나를 걱정하고 사랑한다는 게 이렇게 기분 좋을 줄 몰랐어.

"내일 아침에 퇴원하신대. 일찍 갈까 생각 중인데 같이 갈 거야?"

"어, 네?"

'눈을 동그랗게 뜬 모습이 귀엽게 느껴지는 건 아무래도 콩깍지겠지.'

그 생각과 동시에 석현은 그녀의 뺨을 쓰다듬었다.

"바빴잖아. 나 대신 당신이 계속 와 줬다고 좋아하시더군. 같이 갈 거지?"

선주가 입술을 깨물며 고개를 끄덕인다.

"감격했어?"

"네. 사장님이 정말 좋아요."

"누구 사장님? 나? 아니면 아버지? 이젠 똑바로 하지?"

장난스런 말에 선주가 손을 꽉 잡았다.

"자기요. 나한텐 자기뿐이에요."

헐! 쌍주의 트레이드마크인 그 말이 이젠 그의 입에서도 나오기 시작했다. 늘 이렇게 자신에게 놀라움을 주는 여자라니. 그는 선주를 당겨 입을 맞추었다.

"나한테도 자기뿐이야. 얼른 같이 있고 싶다."

그의 말에 선주가 킥킥거린다. 그곳이 골목길이라는 걸 두 사람은 잊었다. 혁주의 말처럼 동네방네 두루두루 집안 망신을 시킬 수도 있다는 것도.

텅 빈 골목길 앞에서 두 사람은 서로의 마음을 오랫동안 나누었다.

다행히 준건의 회복은 빨랐다. 갑자기 나타났던 간성혼수는 말끔히 나았지만 언제든 다시 나타날 수 있는 증상이었다. 치료를 받겠다고 준건이 결심을 하자 민 회장이 아들을 위해 대한민국 최고의 의료진을 붙였다. 누렇던 안색이 조금 돌아온 걸 보고 선주는 안심이 되었다.

"어서 와요."

아들보다 오히려 선주를 반기는 준건의 모습에 석현은 무심결에 웃음이 났다. 한 주 내내 찾아온 덕분인지 두 사람이 상당히 가까워진 것 같았다. 선주를 향해 웃는 생소한 표정을 보고 석현은 깨달았다. 아버지 역시 그처럼 혼자였다는 걸. 자신과 똑같은 얼굴, 자신과 똑같은 삶을 아버지인 준건도 견뎌 왔다는 걸. 이제 그에게는 선주가 있지만 준건 곁에는 아무도 없었다.

"몸은 좀 어떠세요? 얼굴은 많이 좋아지셨어요."

"음. 선주 씨 덕분이지. 주말에도 나 때문에 이렇게 시간 뺏겨서 미안하네."

"당연히 와야죠. 퇴원하시면 치료는 어떻게 해요?"

"당분간은 약물 복용으로도 충분하다고 하네."

"네. 정말 다행이에요."

사실은 준건의 병실로 오기 전에 의사로부터 간이식에 대한 설명을 들었다. 뇌사자나 공여자가 없는 상황이라 오랜 시간이 걸릴지도 모른다고 생체 간이식에 대해 석현에게 얘기를 꺼냈던 것이다. 환자 쪽에서는 적극 반대지만 민 회장이 꼭 석현에게 전해 달라고 했던 모양이다. 그 말을 듣고 난 후 석현은 무슨 생각인지 계속 말이 없는 상태였다.

선주는 꼭 닮은 두 사람을 보며 한숨이 나오는 걸 간신히 참았다. 아직 두 사람 사이에 오해는 여전히 쌓여 있는 상태다. 그런데 이런 일까지 생기니 그녀로서도 뭐라고 말할 수 없었다.

그리고 조금 이기적인 생각인지는 모르지만 막상 석현이 수술을 하겠다 하면 자신의 마음이 편할 것 같지가 않았다. 준건이 아픈 것도 싫지만 석현이 수술대에 오른다는 사실만으로도 아찔한 생각이 들었다. 자신의 마음이 이런데 석현은 오죽할까 하는 생각이 들어 그녀는 자꾸만 한숨이 푹푹 새어 나오는 걸 겨우 참고 있었다.

퇴원 준비가 끝나고 준건의 비서와 간병인이 그를 데리고 나갈 때까지 석현과 선주는 병실에서 그와 같이 있었다. 준건을 보내고 두 사람도 병원을 나왔다.

"식사하고 들어가도 되지?"

오랜만에 둘만의 시간을 보내고 싶었다. 선주가 고개를 끄덕이는데 휴대폰이 울렸다. 발신번호를 확인하니 집이었다.

"여보……"

"언니! 우리 어떻게 해! 이상한 사람들이 막 와서 집을 둘러쌌어!"

"뭐?"

전화를 받자마자 미주가 소리를 질렀다. 전화를 받고 놀란 그녀를 보고 석현이 왜? 하고 입 모양으로 물었지만 선주도 상황을 모르기는 마찬가지였다.

"언니! 무서워!"

"우리 어떻게 해? 언니!"

수화기 저편에서 해주까지 소리를 질렀다. 도대체 무슨 일이 생긴 걸까? 걱정으로 그녀의 얼굴이 흐려졌다.

"왜 그래? 무슨 일이야? 아니, 언니가 바로 갈 테니까……."

어쩔 줄 모르는 그녀에게서 석현이 전화기를 뺏었다.

"처제, 무슨 일이야? 아니, 차근차근 얘기해 봐. 그래? 장인어른은? 알았어. 아니, 걱정 말고 기다리고 있어. 응. 무슨 일 있으면 바로 전화하고 내가 전화할 때까지 절대 열어 주지 마. 알았지? 응."

"무슨 일이래요?"

전화를 끊기도 전에 선주가 다급하게 물었다. 미주의 두서없는 얘길 정리하니 아무래도 기자들이 들이닥친 모양이다. 뭐, 회사 내부에서 소문은 있었어도 그 상대가 김선주라고 딱 밝혀진 건 없었는데 무슨 일인지 모르겠다.

"기자들인 것 같아."

"네? 기자들이 왜요?"

"아무래도 어디서 말이 새어 나간 것 같아."

"어떻게 해요, 그럼? 빨리 집으로……."

"김선주! 진정해. 지금 우리가 집으로 가면 더 시끄러워져. 이 실장 보내서 빼 올 거니까 걱정하지 말고 기다려. 그리고 장인어른은 직장에 계시니까 아직은 괜찮으실 거야. 바로 모시고 올 수 있도록 조치를 취해야지."

"어, 그럼 전 어떻게……."

그래도 안심이 안 되는지 선주가 입술을 깨물었다. 석현은 그녀의 손목을 잡아 쓸어 주었다.

"나하고 집에 가서 기다리지. 금방 끝나."

석현은 바로 찬우에게 전화를 걸었다. 일단 쌍주를 빼 오는 게 가장 큰 문제였다. 집을 포위하고 있을 정도라니. 최대한 빨리 쌍주를 빼내서 자신의 집으로 데려오라고 지시를 했다. 재형 역시 따로 사람을 보내도록 조치를 취했다. 선주의 가족들을 위한 집을 구하는 대로 옮길 생각이었는데 생각보다 빨리 알려지는 바람에 골치가 아팠다. 누군가 가족 중에 장난질을 친 모양이었다. 석현은 불안해하는 선주를 달래며 곧바로 자신의 아파트로 향했다.

 석현의 집이 처음인데도 그에 대한 설렘보다는 쌍주와 아빠에 대한 근심으로 선주는 제정신이 아니었다. 안절부절못하며 서성대는 그녀를 석현이 억지로 소파에 끌어다 앉혔지만 채 10분도 되지 않아 또 일어섰다.
 "김선주."
 "아, 죄송해요."
 퍼뜩 정신이 든 것처럼 대답을 해 놓고는 손톱을 물어뜯는다. 석현은 그녀의 손목을 꽉 잡았다.
 "진정하고 기다려. 큰일은 없을 거야."
 "그래도……."
 "아무래도 당신이 집중할 수 있는 일을 만들어 줘야겠네."
 "네?"
 "나한테 집중하라고. 김선주, 지금은 나한테 집중해."
 그제야 선주는 자신이 그의 집에서 단둘이 있다는 걸 깨달았다. 넓은 거실은 마치 잡지에 나오는 집처럼 깔끔하게 정리되어 있었다. 아이보리색 톤의 가구들이 마치 이제 막 세팅을 마친 세트장 같은 느낌을 주었다. 그런 멋진 인테리어는 눈에 들어오지도 않는다. 석현이 그녀의 곁에 바짝 다가와 있었던 것이다.
 "어, 사, 사장님. 저기요."
 "음?"
 숨이 턱 막혔다. 그가 선주를 더 가까이 당겨 뺨을 쓰다듬었다. 평상시 해 주던 다정한 행위가 오늘은 긴장감이 가득 찼다. 그가 뿜어내는 열기가 그대로 그녀에게 전해졌다. 어느새 쌍주에 대한 걱정이 아득히 사라졌다.

"어, 저, 저기요. 미주가 뭐라고……."

위험하다. 그것도 아주. 선주가 움찔 물러나 앉으려 했지만 곧바로 어깨가 잡혔다.

"미주가 뭐라고 했냐고?"

"아, 네. 아까 무섭다고……."

"우리 처제들이 그런 걸 겁낼 위인들은 아니잖아? 그냥 좀 놀란 모양이야. 곧 이 실장이 데리고 올 거야."

"아, 그, 그렇죠. 그, 그런데 사, 사장님 집이, 집이 참 좋네요."

"마음에 들어?"

"네? 네. 구, 구경해도 돼요?"

자꾸만 뺨을 쓰다듬으며 은근한 눈길을 보내는 그를 피해 선주가 벌떡 일어섰다. 후다닥 주방으로 달려가서는 뒤따라온 그의 눈치를 보며 건성건성 구경을 한다. 석현이 피식피식 웃었다.

"이, 이런 데서 밥 먹으면 더 맛있겠어요."

"그런가? 집에서 식사할 일이 거의 없어서. 다음에 당신이 해 주면 되겠군."

"어, 네? 그, 그래요. 아, 저긴 어디예요?"

어떻게 하는지 보려고 그가 능청스럽게 말하자 선주가 얼굴이 빨개져 도망치듯 주방을 나갔다. 바싹 붙은 그를 피해 복도 첫 번째 문을 벌컥 열었다. 정갈한 서재를 보고 그녀는 안도의 한숨을 내쉬었다.

"책이 많네요? 무슨 책을 주로 읽……."

일부러 책장에 붙어 책을 보는 척하는데 석현이 등 뒤에 딱 붙어 섰다. 선주는 무심결에 숨을 참았다.

"왜 흥미 있는 거라도 있어? 찾아 줘?"

"어, 아, 아니요. 여긴 좀 덥네요. 나갈까요?"

그의 팔 밑으로 쏙 빠져나가며 괜한 손부채질이다. 그 하는 양이 웃겨서 석현은 일부러 더 가까이 붙었다.

"난 잘 모르겠는데?"

"다른 데도 보여 주세요. 집이, 정말 멋져요. 더 보고 싶어요."

제대로 보지도 않고 하는 말이지만 짐짓 그는 고개를 끄덕였다. 옷방에 들어가서도 붙어 선 그를 피해 도망가더니 복도 끝에 있는 침실 문을 열고는 갑자기 움찔 멈춰 섰다.

"아, 이제 다 본 것 같아요. 차, 마실까요? 아파트가 넓어서 구경하는 것도 힘이……."

이번에도 문 양쪽을 잡고 선 그의 팔 사이로 빠져나가려는 그녀를 석현이 막아섰다. 얼굴이 빨개진 채로 선주가 시선을 피했다.

"목 말라요. 사장님, 저 더워서……."

"자기."

"네?"

"자기라고 부르기로 하지 않았나, 우리?"

"아, 네. 네. 그, 그렇죠. 그런데 저기, 저 목이……."

"침실은 마음에 들어?"

"어, 네? 네. 마, 마음에 들어요."

"잘 보고 얘기해 줘. 우리가 결혼해도 안 바꿔도 되겠어? 난 당신 취향을 존중할 생각이거든."

"좋, 좋아요, 엄청."

"정말?"

천천히 다가오는 그를 피해 선주가 움찔움찔 뒤로 물러섰다. 아까는 장난이라고 느꼈는데 지금은 진지한 표정이 되어 있었다. 조금 무서운 생각이 들었다. 어차피 결혼을 결심했고, 그를 사랑하지만 갑작스런 이 상황은 그녀를 당황케 했다. 마음의 준비가 안 됐다.

"어디가 구체적으로 마음에 들어?"

"아, 다, 다요."

"다? 다, 어디?"

다시 뒤로 한 발 물러나며 선주는 힐끗 뒤를 돌아보았다. 넓다란 침대가 전부인 침실이었다. 커튼을 쳐 놔서 어둑한 그곳의 분위기가 은밀한 느낌을 주자 그녀는 시선을 돌려 석현의 가슴을 뚫어지게 바라보았다.

"어디?"

뺨에 더욱 숨결이 느껴지며 귓불에 축축한 기운이 훅 끼쳐 왔다.

"침, 침대요."

"음. 침대가 마음에 들어?"

"어, 네. 사장님 이제 그만 나가는 게……. 헉!"

순간 몸이 붕 떴다. 어느새 등이 침대에 닿았다.

"사장님!"

"자기, 어떤지 직접 누워 보면 더 잘 알 수 있을 거야."

"무, 무슨……. 흡."

입술이 닿으며 목이 뒤로 꺾였다. 곧장 혀가 들어온다. 두려움과 함께 희미한 기대감이 올라왔다. 선주는 입술을 열어 그가 주는 느낌을 받아들였다. 두 사람의 혀가 엉키며 축축하고 자극적인 소리가 침실을 울렸다. 은밀한 공간에서 나누는 그 행위가 참을 수 없을 만큼 매혹적으로 느껴졌다.

"김선주."

"사장님."

"널, 원해. 세상 무엇보다도 더. 당신이 내 거라는 걸 알면서도 더 확실하게 낙인찍고 싶어. 내 거라는 걸 온몸으로 느끼고 싶어."

낮고 쉰 음성. 순식간에 공격해 오는 고백에 선주는 아찔해졌다. 정신을 잃을 것 같았다.

"사랑해요."

똑같이 쉰 목소리는 지독하게 떨려 알아듣기 힘들었지만 석현은 만족스럽게 고개를 끄덕였다. 다시 입술이 닿고 혀가 엉켰다. 그의 손이 옷 위로 가슴을 쓰다듬자 선주는 그의 입 안에 신음을 토해 냈다. 풍만한 그녀의 가슴을 커다란 그의 손이 가볍게 쥐었다. 주체할 수 없이 몸이 떨려 왔다.

마치 솜사탕처럼 보드라운 느낌이었다. 달콤한 향내에 석현은 마음이 급해져 선주의 셔츠를 급하게 열었다. 톡, 하고 윗단추 하나가 떨어져 나갔지만 아랑곳없이 그는 셔츠를 열어 그녀의 가슴골에 얼굴을 파묻었다. 향긋하고 따뜻했다. 코끝에 와 닿은 그 푹신한 느낌이 그의 욕망을 자극했다. 브래지어에 살짝 올리자 출렁하며 보드라운 가슴이 제 손안으로 들어온다.

헉, 하며 선주가 얕은 숨을 뱉어 냈다. 그녀가 어쩔 줄 모르고 고개를 흔드는 모습에 그는 조바심이 났다. 작은 분홍색 돌기를 보자 빨리 맛이 보고 싶어졌다. 그는 혀로 그 끝을 살짝 핥아보았다. 그녀의 가슴이 팽팽해졌다. 그는 손으로 그 보드라운 가슴을 꽉 쥐며 더 강하게 빨았다.

선주가 허공으로 손을 내밀어 휘저었다. 그는 그 손을 잡아채 손바닥에 입을 맞추었다. 상기된 표정으로 숨을 헐떡이며 자신의 아래 깔려 있는 그녀가 너무 아름다워 보였다. 자유로운 한 손으로 다시 가슴을 움켜쥐자 마주 잡은 손에 그녀가 힘을 주었다.

"사장님."

"그렇게 부르지 마. 지금 난 당신의 상사가 아니라 당신한테 푹 빠진 약한 남자일 뿐이니까."

입술을 깨물고 선주가 고개를 끄덕였다.

"석현 씨. 자기, 사랑해요."

"당신을 사랑해. 김선주. 이렇게 나한테 와 줘서 고마워."

그가 다시 고개를 숙여 가슴을 핥았다. 부드러운 그의 혀 놀림에 정신이 아득해진다. 곧바로 한 움큼 베어 물듯 입 안 가득 넣고는 아이처럼 빨아 댄다. 발끝까지 전율이 일고 몸이 저절로 활처럼 휘어졌다. 터져 나오는 신음을 참기 위해 선주는 자신의 손등을 깨물었다.

양쪽 가슴을 번갈아 그녀가 참을 수 없을 정도로 애무를 하고 나서야 석현이 고개를 들었다. 눈을 꼭 감은 채 숨을 들썩이며 애꿎은 손만 깨무는 그녀의 뺨을 석현이 부드럽게 쓰다듬었다. 선주는 간신히 눈을 떴다. 석현이 가볍게 입을 맞추었다. 떨림이 가시지 않는 그녀의 몸을 꼭 안아 주었다.

"괜찮아?"

"괜, 괜찮아요."

덜덜 떨면서 하는 말에 그가 피식 웃었다. 그녀를 향한 욕망으로 굳은 웃음이지만 그는 겁먹은 선주를 안심시켜 주었다.

"기다릴게. 오늘은 여기까지만."

"네?"

"더 하고 싶어?"

짓궂은 그의 말에 선주가 입술을 깨물었다. 그가 주는 낯선 감각은 열기와 동시에 두려움을 주었다. 그의 여자가 된다는 것에는 추호의 의심도 없었다. 다만 남녀 관계에 대해 그녀가 아는 사실은 책이나 영화를 통해서 배운 게 전부였다. 경험이 없는 자신이 그를 만족시킬 수 있을지 두려워졌다. 자신이 알지 못하는 또 다른 감각의 세계는 기대감과 함께 망설임을 주었다.

"언제라도 기다릴게. 당신이 준비될 때까지."

"고마워요. 그리고 미안해요, 기다리게 해서."

그가 웃으며 다시 입을 맞추었다.

"그러니까 신랑 잘 얻는 거라고."

차츰 떨림이 가시고 웃을 여유가 생겼다. 그대로 떨어지기 아쉬운 듯 그가 가볍게 입을 맞추었다. 숨결이 거칠어질 찰나에 딩동, 하고 초인종이 울리자 두 사람은 겨우 정신을 차렸다. 선주가 옷매무새를 다듬는 사이 석현이 현관으로 나갔다. 그녀가 거실로 갔을 때는 이미 쌍주가 들어와 호들갑을 떨고 있었다.

"완전 장난 아니었음! 학원 가려는데 어떤 이상한 아저씨가 갑자기 카메라를 막 갖다 대는 거야. 그치, 해주야?"

"응. 우리가 얼마나 놀랐는데. 그래서 바로 집으로 뛰어 들어갔어."

도망치는 데는 일가견이 있는 애들이라 금방 그 소동 속에서 빠져나온 모양이었다.

"계속 초인종 누르고. 진짜 경찰에 신고하고 싶었어!"

"맞아. 이씨, 우리가 연예인이냐? 웬 인터뷰래?"

쌍주의 말에 익숙한 두 사람과 달리 아이들을 데려온 찬우가 놀란 표정을 지었다. 안 그래도 김선주와 사장의 스캔들에 기가 찬데 데리고 오는 내내 왁자지껄한 아이들의 만담에 그는 혼이 쏙 빠질 지경이었다.

"그래도 잘했어. 언니한테 바로 연락해서."

"언니가 무슨 일 있음 바로 연락하라고 그랬잖아요. 언니 말 안 들으면 얼마나 무서운데요? 그치, 해주야?"

"응. 우리 언니 화나면 진짜 무서워요."

석현의 칭찬에 쌍주의 대답이 더 가관이다. 그는 피식 웃으며 찬우를 돌아봤다.

"장인어른은?"

헉, 장인어른! 평소와는 완전히 다른 상사의 태도에 찬우는 할 말을 잊었다. 이건 무슨 씻나락 까먹는 소리라냐?

"이 실장?"

"아, 네. 김재형 씨는 친구 집으로 가시겠다고 하셔서 사람만 붙여 두었습니다. 아무래도 여기로 오는 게 불편하신 모양입니다."

"그래, 그럼 내가 나중에 따로 전화 드리도록 하지."

"네."

"알았네. 수고했어. 이만 가 봐요."

호기심이 잔뜩 묻은 얼굴의 찬우를 내보내고 석현은 선주와 쌍주를 돌아보았다. 당분간은 여기서 지내야 할 것 같았다. 은근히 기대에 찬 그의 시선에 쌍주를 살피던 선주가 문득 고개를 들었다. 눈이 마주치자 그녀가 의아한 표정을 지었다. 그 순진함에 그는 속으로 웃음을 삼켰다.

석현이 제대로 식사를 해 보지 못한 주방에서 처음으로 제대로 된 식사를 하게 된 건 바로 그날이었다. 바깥으로 나가지 못하는 선주를 대신해 박지영 실장이 이것저것 장을 잔뜩 봐 왔다. 한 달 정도는 숨어 지내도 거뜬할 정도의 양에 선주는 기함을 했다.

"뭘 이렇게 많이 샀어요?"

"사장님이 오죽 호들갑이셔야죠. 당분간 여기서 안 나오셔도 되겠어요."

놀리는 말에도 석현은 어깨만 으쓱했다. 요즘 들어 달라진 그의 행동에 기분이 좋은 모양이었다. 지영이 그녀를 도와 같이 냉장고를 정리해 주었다. 지영은 식사를 하고 가라는 권유를 한사코 거절하고 그대로 돌아갔다. 쌍주가 스파게티를 먹고 싶어 해 선주는 스파게티와

샐러드를 만들었다. 때를 놓친 식사라 다들 맛있게 먹었다.

"입에는 맞아요?"

"음. 자기가 만든 건 다 좋다고 했잖아."

"헐! 자기래!"

"으왁! 나 오글거려서 미칠 것 같음!"

웩웩거리며 토하는 시늉을 하는 쌍주를 무시하고 석현은 선주의 손을 가볍게 잡았다.

"설거지는 내가 할게."

"됐어요. 제가 할게요."

"나 설거지 잘해. 그렇지, 미주?"

"뭐, 물만 안 튀기면요. 근데, 우리 좀 있음 사춘긴데 너무하신 거 아니에요?"

"맞아요."

"왜 너무해? 사춘기니까 바른 이성 관계의 표본을 보는 게 중요하지."

"네? 표본이요? 그게 뭔데요?"

"그러니까 언니하고 형부를 보고 배우라는 거지. 사랑한다면 우리처럼. 영화 제목 같지?"

"헐! 대박!"

쌍주가 소리를 지르며 몸서리를 쳤다. 까불거리는 아이들을 몰아내고 설거지를 하려는데 석현이 막으며 고무장갑을 꼈다.

"보고나 있어."

"괜찮다니까요."

"내가 할게. 대신 하고 나면 내가 원하는 거 하나 해 주기."

"그런 게 어디 있어요? 제가 시킨 것도 아닌데!"

"그런 게 여기 있어. 오케이?"

"헐!"

쌍주와 같은 반응을 보이는 선주에게 기습뽀뽀를 하고 석현이 어설픈 솜씨로 설거지를 끝냈다. 심심해하는 쌍주를 위해 게임기를 주고 두 사람은 테라스로 나가 차를 마셨다.

"이제 어떻게 하죠?"

"뭘?"

"당장 애들 학교도 그렇고, 저도 회사를 어떻게 가요?"

"애들은 사람 붙여서 보낼 테니 걱정 말고. 당신은 이 기회에 아예 쉬도록 해. 어차피 그만둘 거였는데 시기가 당겨진 것뿐이니까."

딱히 그만둘 생각은 없었는데 막상 듣고 보니 그래야 하나 하는 생각이 들었다. 인상을 쓴 그녀의 턱을 석현이 당겼다.

"왜?"

"아, 사직. 꼭 해야 해요?"

"그만두기 싫어?"

"모르겠어요. 생각해 본 적이 없어서."

"당신이 남아 있으면 더 시끄러울 거야. 일이 하고 싶으면 나중에 내가 본사로 가고 나서 그때 다시 생각해 보자. 어차피 내 비서였으니 남아 있다고 해도 계속 그 자리를 지키지는 못할 거야."

"네. 그런데 누굴까요?"

"안 봐도 뻔하지, 뭐. 차라리 난 잘됐다고 생각해. 결혼식 앞당기고 취임 전에 당신을 사람들에게 소개하는 것도 나쁘진 않다고 봐."

"떠들썩한 거 싫어요. 다른 사람들이 보면 딱 오해하기 좋은 상황이잖아요. 영악한 비서한테 꼬임을 당한 순진한 사장."

농담이지만 씁쓸함이 조금 묻어났다. 석현이 한숨을 내쉬었다.

"다른 사람들의 생각 따윈 신경 쓰지 마. 내가 알잖아. 당신의 진심."

"사장님."

"그런데 당신의 진심 중에 의심 가는 건 있어."

"네?"

"날 사장님이라고 부르는 당신의 진심은 뭘까?"

"무, 무슨······. 그건 버릇이라고······."

"내 짐작이 맞다면 이거?"

"사장······. 흡."

순간 몸이 당겨지며 입술이 부딪혔다. 조금 거칠다 싶었지만 곧바로 혀가 부드럽게 핥자 선주는 무심결에 신음 소리를 토해 냈다. 살짝 벌어진 입술 사이를 그의 혀가 거침없이 뚫고 들어왔다. 좀 전에 마신 홍차의 쌉싸름한 향이 그대로 느껴진다.

"하아, 사장님?"

"그렇게 부르면 더 의심하게 된다고."

입술을 대고 하는 말에 숨결이 엉키자 가슴 언저리에 간질거리는 느낌이 들었다. 몽롱해지는 정신에도 그의 입술만은 또렷하게 느껴졌다. 다시 키스가 시작되고 혀가 들어왔다. 가지런한 치아를 훑고 지나가는 그의 혀에 선주는 몸에 힘을 주고 버텼다. 안 그러면 그대로 쓰러져 버릴 것 같았다.

이 집에 오고 난 후, 그가 키스를 할 때마다 더욱더 그를 원하는 마음이 커져 갔다. 한동안 그녀의 애를 태우듯 입 안을 맛보던 석현이 입술을 뗐다. 그녀는 비틀거리며 주저앉고 말았다. 숨을 헐떡이는 그녀를 보고 그가 피식 웃었다.

"쌍주가 보겠어."

"사장님?"

"또 의심하게 만드는 저의가 뭐야?"

헉. 순간 눈빛이 또렷해지며 정신이 확 든 듯 그녀의 얼굴이 빨개졌다.

"그런 거 아니에요!"

"그런가? 김선주 씨?"

"사, 아니. 어쨌든 그런 거 아니거든요. 버릇이 돼서 그래요."

"당신이 단순한 버릇을 못 고칠 정도로 머리 나쁜 사람은 아니잖아? 변명이 된다고 생각해?"

아, 진짜. 가끔 저런 면은 얄밉다. 예전에 정아를 상대로 했던 그 능글맞음이 꼭 꾸민 것만은 아니라는 생각이 들었다. 그녀는 힘이 빠졌던 다리에 힘을 주고는 벌떡 일어섰다.

"뭐, 생각해 보니 그러네요. 오늘부터는 좀 고쳐야겠어요. 자기가 잘 가르쳐 줘요."

그녀가 그의 단단한 가슴을 손바닥으로 부드럽게 쓰다듬었다. 순간 석현의 눈이 동그래졌다. 거실에서 게임에 빠진 동생들에게로 후다닥 도망가는 그녀의 뒷모습에 그는 오래도록 웃고 말았다.

역시 예상대로 고모들이었다. 뭐, 다른 일이라면 기를 쓰고 그들에게 그 책임을 묻겠지만 지금 석현은 솔직히 고마운 감정이 더 강했다. 그 일로 인해서 선주의 존재가 드러나 일찍 결혼 발표를 하게 되었고, 할아버지 역시 경영권 승계를 위해 더 서두르게 되었던 것이다.

일요일엔 재형을 잠깐 찾아가 앞으로 가족들이 지낼 곳을 구하기 전까지 그의 집에 머물 것을 다시 권유했지만 소용이 없었다. 부담이 많이 되는지 자신은 친구 집에서 머물겠다고 고집을 부렸다. 하지만 쌍주는 아무래도 어리다 보니 일이 정리될 때까지는 언니와 있는 게 좋을 것 같다고 두 사람은 합의를 했다.

결혼을 하고도 같이 지내고 싶다는 석현의 제안 역시 재형은 거절했다. 신혼인 두 사람을 방해하고 싶지 않다고 하면서 아이들도, 자신들도 선주에게 더 이상 짐이 되고 싶지 않다고 했다. 재형의 그 뜻을 받아들이면서도 석현은 묘하게 서운한 기분이 들었다.

월요일에 쌍주의 등교를 걱정하는 선주를 안심시키기 위해 직접 아이들의 통학을 도울 경호원들을 그녀에게 소개시켰다. 그래도 안심이 안 되는지 일이 터지고 첫날엔 학교 앞까지 따라가기까지 했다. 생각보다 기자들이 집요하게 쫓지는 않아 선주는 곧 안심했다.

석현은 바쁜 와중에도 매 시간 선주에게 전화를 걸어서 안부를 확인했다. 오후에 그녀가 준건을 방문한다는 말을 듣고는 그는 조심하라고 당부를 하고는 전화를 끊었다. 그녀가 자신의 집에서 자기를 기다려 준다는 것이 묘한 느낌이 들면서도 기분이 좋았다. 어서 복잡한 일이 해결되고 마음껏 그녀와 같이 시간을 보내고 싶었다.

수요일에 있을 이사회 건으로 준비가 많아 조금 늦은 시간에 집에 도착했다. 딩동, 하고 초인종이 울리자마자 안에서 후다닥 뛰어나오는 아이들의 기척이 느껴졌다.

"누구세요!"

씩씩하다 못해 우렁차기까지 한 쌍주의 목소리에 석현은 웃음이 났다. 재형의 뜻대로 한 집에서 살지는 못해도 가까이서 자주 봐야 할 것 같았다. 병원서 기특했던 아이들이 자신에게는 어느새 선주만큼이나 가깝고 중요한 존재가 되어 있었다.

"형부."

"헐!"

버릇처럼 소리를 버럭 지르더니 금방 문을 벌컥 열었다. 학교는 잘 다녀온 모양인지 두 아이 모두 기분 좋은 표정이었다.

"다녀오셨어요?"

"안녕히 다녀오셨어요?"

쌍주의 인사말에 고개를 끄덕이며 머리를 헝클이자 아이들이 기겁을 한다. 부끄러워하는 모습이 선주와 꼭 닮았다.

"언니는?"

"아, 저녁 해요! 맛있는 거 해 준대요."

"갈비찜! 손님이 오셨으니까 특별히 하는 거예요. 우리 언니 갈비찜 맛있어요."

손님? 뜻밖의 말에 인상을 쓰는데 주방에서 웃음소리가 들렸다.

"누군데?"

"비밀이래요. 아저씨가 비밀로 하랬어요."

그리고는 후다닥 거실로 달려가 하던 게임에 열중한다. 비밀이라니? 이 집에 온 지 하루 만에 자신이 모르는 손님이 왔다고? 석현은 인상을 쓰고 옷도 갈아입지 않은 채 곧바로 주방으로 향했다.

"아, 쫌! 그만 좀 해요. 제가 한다고요!"

아까부터 계속 귀찮게 붙어서 도와주겠다는 젠 때문에 선주는 짜증이 났다. 갑자기 전화를 해서는 기사를 봤다고 안부 인사를 전하더니, 석현의 집이라는 말에 저녁에 부득부득 커다란 꽃다발까지 들고 나타났다.

물론, 석현의 가장 친한 친구이고, 자신에게도 큰! 도움을 준 사람이라 제대로 된 대접을 해 주고 싶었다. 그의 요청으로 갈비찜에 잡채, 이것저것 해 달라는 음식들을 준비하는데 계속 귀찮게 달라붙었다. 쌍주와 놀고 있으라고 해도 계속 선주 옆에서 떨어질 줄 몰랐다.

"우와, 김선주 씨. 내가 이래 봬도 자취 경력 20년인 사람이야. 무시하지 마."

"아, 네. 그러니까 좀 앉아 있어요. 정신 사나우니까."

"음. 그런데 하나 물어봐도 되나?"

"뭔데요?"

"김선주 씨는 석현이 어디가 좋아? 돈? 외모? 솔직히 성격은 별로 잖아. 객관적으로."

"뭐가 궁금한 건데요? 제가 사장님 돈 때문에 좋다고 하길 바라는 거예요?"

"오, 노. 설마. 나 석현이 베프야. 김선주라는 여자가 진짜 그렇다고 생각했으면 이렇게 오지도 않았지."

"그래서요?"

"석현이 어떻게 생각해? 솔직히 말하자면 여자들 겉으로야 비위 살살 맞춰도 속으로는 무슨 생각하는지 남자로서는 알기 어렵거든. 오죽하면 화성에서 온 남자, 금성에서 온 여자겠어."

어휴, 저절로 한숨이 푹 나왔다. 선주는 정리를 하던 그릇을 놓고 식탁 앞 의자에 앉았다. 젠이 곧바로 옆에 착 붙어 앉는다. 아무래도 이 사람은 사람과의 적정 거리를 유지하는 법을 모르는 것 같다. 스스럼없는 가벼움은 편하긴 해도 남자다 보니 훅 하고 끼쳐 오는 그 열기는 거부감이 생겼다.

"걱정하지 말라고 하면 어떨지 모르겠지만, 그쪽 생각처럼 저 그렇게 나쁜 사람 아니에요."

"나쁜 사람이라고 생각 안 해. 다만, 당신 생각이 궁금한 거지. 나하고 석현인 고등학생 때부터 친구야. 성질머리가 저래도 어쨌든 제일 친한 친구였어. 예민한 그놈이 위태하게 느껴져서 그런지 몰라도 늘 동생 같았거든. 여자라면 질색하던 놈이 갑자기 결혼한다고 여자를 데려왔다면 어떻게 할 거야?"

농담인 줄 알았는데 의외로 진지하다. 두 사람의 관계를 캐는 것이 그의 호기심을 충족시키기 위한 건 아니라는 걸 알고 선주는 고개를 끄덕였다.

"좋아해요, 많이."

"……."

"믿기지 않겠지만 사장님이 아무것도 없는 남자라도 그랬을 거예요, 난."

피식, 젠이 작은 웃음을 터뜨렸다. 뜻밖의 반응에 선주가 당황하는데 그가 손을 들어 머리를 헝클였다.

"예쁘네. 김선주 씨."

"무, 무슨……."

"머리 하러 와. 내가 더 예쁘게 만들어 줄게."

표현 방식이 독특하다. 결국 선주는 웃음이 났다. 고개를 끄덕이고 일어서는데 갑자기 몸이 뒤로 당겨졌다. 잡힌 팔이 아파 선주는 작은 비명을 지르며 돌아보았다. 석현이 잔뜩 굳은 얼굴로 노려보고 있었다.

"뭐해?"

잇새로 나온 말에 눈이 동그래진 선주와 달리 젠은 웃으며 어깨를 으쓱했다.

"요즘 바쁘다더니 생각보다 빨리 왔네? 우리 같이 식사 준비 중인데. 너도 씻고 나와."

누가 손님인지, 누가 주인인지 구분이 안 간다. 능글맞게 웃는 젠을 보니 속에서 불이 났다. 누구에게나 스스럼없는 사람인 건 안다. 선주에게도 친근하게 다가가 편하게 해 주려는 것도 알았다.

하지만, 그녀 옆에 앉아서 다정하게 얘기를 나누고, 머리를 쓰다듬는 모습은 싫었다. 친구인데도 신경에 거슬렸다. 그는 이를 악물었다. 선주를 잡은 손에도 힘을 줬는지 아, 하는 신음이 들렸다.

석현은 간신히 정신을 차리고 손에 힘을 뺐다. 음식을 하느라 상기된 얼굴로 자신을 올려다본다. 좀 전 젠이 만져 헝클어진 머리카락이 작고 둥근 뺨에 흐트러져 있었다. 그의 행동에 놀랐는지 동그랗게 뜬 눈도 미칠 정도로 자신을 자극했다. 더 이상은 못 참겠다. 그녀를 위해서 시간을 주고 싶었는데 참을성이 바닥을 드러냈다. 그는 다시 잡힌 손에 힘을 주었다.

"언니, 아직 멀었어?"

"배고파. 갈비찜! 먹고 싶다, 갈비찜!"

게임을 하던 쌍주가 주방으로 뛰어 들어오자 석현은 심호흡을 하며 뒤로 물러섰다. 하마터면 이 자리에서 그녀를 끌고 방으로 갈 뻔했다는 걸 깨달았다. 말없이 주방을 나가 자신의 방으로 들어간 그는 숨을 몰아쉬었다.

그녀를 사랑한다는 걸 깨달은 후부터 몸이, 마음이 제어가 되질 않는다. 차라리 주말에 그녀를 안았다면 나았을까? 오들오들 떨던 그녀를 차마 안을 수 없었던 건 선주에 대한 배려였지만, 지나고 나니 후회가 된다. 거칠게 넥타이를 당기는데 낮은 노크 소리가 들렸다. 문이 조심스럽게 열렸다.

"저, 들어가도 돼요?"

걱정스런 표정으로 선주가 멈칫거리며 들어왔다. 주방에서의 일로 놀란 모양이다.

"씻고 나갈게."

"저, 사장님."

오늘은 왠지 사장님이라는 말이 더 듣기가 싫었다. 사랑한다고 하면서 왠지 선주에게 남자로 다가가지 못하고 있는 것 같아서 옹졸해졌다.

"또 사장님인가?"

퉁명스런 말투에 선주가 입술을 깨물었다.

"회사에 무슨 문제 있어요?"

젠이 원래 장난을 잘 친다는 걸 석현도 잘 알고 있는 사실이다. 그러니 주방에서의 일에 민감하게 반응한 건 분명 회사 일 때문일 거라고 선주는 예상했다. 아무래도 본사에서의 일이 생각만큼 쉽지 않은 모양이다.

"아니. 그런 거 없어."

없다면서 여전히 불퉁한 반응에 선주는 인상을 썼다. 오늘 아침까지 아무 문제 없이 기분 좋게 출근한 그였다.

"저, 할 말 없어요?"

"응, 없어. 나 옷 갈아입을 건데 계속 있을 건가?"

넥타이를 풀어 버리고 셔츠 단추를 만지는 모습에 선주가 화들짝 놀랐다.

"아, 네. 그럼 씻고 나오세요. 저녁 준비는 다 됐어요."

입술을 깨물고 돌아서는 그녀를 보자 석현은 조금 마음이 약해졌다. 젠의 장난인 줄도 알고, 선주의 마음을 아는데도 기분이 쉬 풀리지 않는 건 순전히 욕구불만 때문일 것이다. 찰칵, 하고 문을 여는 선주에게 한걸음에 다가갔다.

"화가 나."

"네?"

문이 다시 닫히고 그녀가 놀란 눈으로 돌아보았다.

"당신이 다른 남자하고 얘기하고 웃고 즐거워하는 게."

선주가 혹 하고 숨을 들이쉬었다. 멍해졌던 얼굴이 홧홧하게 달아오른다.

"어, 저. 그런 게 아니에요. 젠 씨하고는……."

"알아. 아는데 내 기분이 그렇다고. 아무래도 내가 당신한테 더 빠진 모양이야. 당신이 옆에 있어도 갖지 못해서 그런 것 같아."

두 손으로 뺨을 감싸며 선주가 어쩔 줄 몰라 했다. 그 모습에 석현은 조금 기분이 풀렸다. 당황한 그녀를 당겨 안자 부끄러워하면서도 순순히 품으로 들어온다. 지금 키스를 하면 좋겠지만 그 뒤를 감당할 자신이 없었다. 그래서 그냥 꽉 안은 그 느낌만 즐기고 있었다. 한참을 그에게 안겨 있던 선주가 고개를 들었다.

"저도 그래요."

"뭐?"

"저도 사장, 아니 당신을 원해요. 안아 줬으면 하고 매일 바라요. 이기적인 거 아는데 당신이 바빠도 저한테만 온통 신경 써 주기를 바라게 돼요."

순간 이성의 끈이 뚝 하고 끊어졌다. 석현은 선주의 뺨을 두 손으로 감싸 올렸다. 입술이 닿고 곧바로 혀가 만났다. 강렬한 욕망을 품은 두 사람의 마음이 혀를 통해 이어졌다. 비스듬히 고개를 옆으로 숙여 그녀의 입술을 잡아먹을 듯 빨아 대고는 목구멍 깊숙이 혀를 집어넣어 맛을 본다. 선주 역시 그에 질세라 발뒤꿈치를 들고 그에게 매달렸다. 숨이 막혀 죽을 것 같은 상태가 되어서야 그가 겨우 입술을 뗐다. 그러고도 석현은 그녀에게 계속 짧은 입맞춤을 했다.

"김선주, 당신을 원해. 미칠 것 같다."

"사장님."

"그렇게 부르지 마."

"자기, 석현 씨."

다시 입술이 만나는데 누군가 문을 쿵쿵 두드렸다. 문에 기댄 상태라 그 진동이 고스란히 두 사람의 몸으로 전해졌다. 두 사람은 깜짝 놀라 몸을 바로 세웠다.

"뭐해! 손님 불러 놓고 굶겨 죽일 셈이야?"

"언니! 아저씨! 배고파요!"

"나도. 밥 줘!"

석현이 한숨을 쉬면서도 그녀를 안은 팔에 힘을 빼지 않았다.

"도망가고 싶다."

한숨 섞인 그의 말에 선주가 떨리는 웃음을 지었다.

"밤에, 올게요."

석현은 자신이 들은 말에 놀라 퍼뜩 선주를 내려다보았지만 이미 그녀는 고개를 돌려 문고리를 잡고 있었다. 뭐라고 할 새도 없이 그녀가 후다닥 문을 열고 나갔다. 뭐했냐고 닦달하는 젠과 쌍주의 말에 대꾸 없이 그녀가 도망간 모양인지 세 사람이 투덜대는 소리가 방 안까지 들려왔다. 김선주, 미치겠다.

휴, 하고 한숨을 쉬는데 노크도 없이 젠이 들어왔다. 상기된 그의 얼굴을 보고 친구가 피식 웃었다.

"옷 갈아입을 거다."

아까 선주에게 한 행동 때문에 심술이 난 석현의 말에도 아랑곳없이 젠이 침대로 가 털썩 주저앉았다.

"뭔 짓했어?"

"알 거 없잖아. 그런데 느닷없이 손님이라니. 어떻게 알았어?"

"신문 봤다. 꽁꽁 잘 숨긴 줄 알았더니."

"나도 그런 줄 알았지."

"저쪽이냐?"

"당연한 걸 뭘 물어?"

"그냥 두고 보려고?"

"당분간은. 자리 잡은 후에 차차 정리해야지. 지금 건드려 봤자 소용없어."

"김선주는 잘 견딜 것 같아? 보기엔 씩씩한데."

김선주라고 부르는 젠의 말에 그의 눈썹이 치켜 올라갔다.

"함부로 이름 부르지 마."

"왜? 난 김선주가 좋은데."

"조기동!"

"헉. 그 이름으로 부르지는 마라. 농담 좀 한 거치고는 대가가 너무 큰데?"

"더 심하게 해 줄 수도 있어. 마음대로 친한 척 이름 부르지 마."

굳은 목소리에 젠의 입술이 휘어졌다. 단단히 빠진 모양이다. 신문 기사를 본 순간 평소의 석현이라면 기세등등하게 칼날을 휘둘렀을 거라고 생각했는데 대수롭지 않게 행동하는 걸 보니 신기하기도 하고, 선주의 존재가 그를 변화시켰다니 놀랍기도 했다.

"오케이. 그건 접수하마. 근데 너 자신은 있어?"

"무슨 자신?"

피식 웃으며 젠이 침대에서 벌떡 일어나 그의 손을 잡고 뭔가를 꼭 쥐여 준다.

"이 형님이 널 위해 준비했다. 너보다는 이 형님이 여자를 더 잘 알잖냐? 혹시 궁금한 건 언제든 콜. 24시간 대기 타 주지."

"뭐?"

손바닥 안을 확인하기도 전에 젠이 큰 소리로 웃으며 나갔다. 석현은 손바닥 안에 놓인 작은 물건을 보고 인상을 썼다. 엉뚱한 놈.

쌍주와 젠의 조합은 상상 이상의 시끌벅적함을 만들어 냈다. 까불긴 해도 부끄러움이 많은 미주가 신이 났는지 학예회 때 선보일 춤까지 추는 바람에 더 어수선했다. 해주 역시 들뜨기는 마찬가지라 식사가 끝날 때까지 선주는 정신이 하나도 없었다. 게다가 아까 석현의 방에서 대담하게 밤에 가겠다는 말을 자신이 했다는 게 스스로도 믿기기가 않았다.

미쳤지, 겁도 없이. 아니 조신하지 못하다. 아니, 지금 시대가 어느 땐데! 여자도 자기 의사 확실히 표현해야지, 암! 아우, 그래도 부끄러운 건 부끄러운 거지.

시도 때도 없이 석현과 눈이 마주치는 바람에 선주는 나중에는 아예 얼굴이 선홍색이 되고 말았다. 그런 두 사람을 보고 뭐가 그리 웃긴지 젠은 계속 웃는 데다 나중엔 쌍주까지도 두 사람을 놀려 댔다.

닭살, 저질 커플이라고.

 정신없는 저녁 시간이 간신히 지나고 젠을 쫓듯이 보냈다. 쌍주도 숙제를 끝낸 후 곧바로 씻고 잠자리에 들었다. 주방을 정리하는데 석현이 도와주었다. 정리를 하는 내내 선주는 바짝 긴장한 상태였다. 마지막 와인 잔까지 씻어 정리하고도 머뭇거리는 그녀를 보고 석현이 웃었다.

"피곤하지?"

"네? 아, 아니요. 그냥 정신이 좀 없어서요. 좀 시끄러웠어야죠."

"하긴."

"어, 저. 이제 가서 쉬세요."

어색해서 목덜미로 손을 가져가 긁적이는 그녀를 보자 한숨이 나왔다.

"김선주."

"아, 네?"

"부담 갖지 마. 기다릴 수 있어. 어렵지만 참아 볼게."

"……네."

입술에 살짝 키스를 한 후 그가 주방을 나갔다. 선주는 한동안 그가 사라진 곳을 쳐다보았다. 그와 한 발 더 나가는 데 망설임은 없었다. 다만, 아직 남녀관계에 대해 잘 모르기 때문에 그게 걱정이 되었다. 뭘 어떻게 시작해야 할지.

 일단은 샤워부터 해야겠다. 결심한 이상 더 이상 미루고 싶지는 않았다. 안달하는 그가 좋지만 자신 역시 그에게 안달이 났다. 그녀는 크게 심호흡을 하고는 자신의 방으로 가 오랫동안 샤워를 하며 다시 마음을 다잡았다.

 후다닥 씻고 선주를 기다렸다. 아무래도 오늘은 시기상조인가? 어색하고 부끄러워하던 선주의 얼굴을 떠올리자 석현은 한숨이 터졌다.

뭐, 딱히 서운할 건 없다. 결혼을 앞당기면 이 기다림도 그리 길지는 않을 것이다. 그 생각을 하다 그는 아까 젠이 준 선물을 떠올리고는 침대에서 일어났다. 친구가 건넨 건 32기가짜리 USB였다. 그는 노트북을 가져와 USB를 꽂았다. 아무것도 없고 달랑 폴더 하나뿐이다.

신사의 은밀한 품격

헐. 무심결에 쌍주의 말버릇을 따라 하며 그는 폴더 안의 동영상을 클릭했다. 잠시 뒤 노트북 안에 나타난 온통 살빛의 화면에 그는 기겁을 했다. 미친! 놀라서 벌떡 일어서는데 노크 소리가 들렸다. 석현이 미처 동영상을 끄기도 전에 문이 살짝 열렸다. 안으로 들어온 사람은 상기된 표정의 선주였다. 그는 노트북을 쾅 하고 닫았다.

"어, 일하고 계셨어요?"

"아, 아니."

"방해했나 봐요. 그럼 일 계속……."

"기다려!"

그대로 돌아서 나가려는 선주를 석현이 재빨리 낚아챘다. 긴장했는지 빨간 얼굴로 올려다보는 눈이 조금 젖어 있다. 시선이 부딪히고 두 사람 모두 잠시 말을 잊었다.

"가지 마, 김선주."

낮은 그의 속삭임에 선주가 희미하게 고개를 끄덕였다. 그에게 손을 내밀어 안기려는데 갑자기 이상한 소리가 들렸다.

"아항, 좋아요. 거기! 아, 미칠 것 같아. 하앗, 응, 응."

선주의 몸이 굳어지며 그의 뒤를 돌아보았다. 석현 역시 그 소리에 놀라 몸이 굳어졌다.

조기둥! 이 망할 놈아!

14.

 골치가 지끈지끈 아파 왔다. 이사회는 생각보다 난항이었다. 기훈이 있어 큰 고모 쪽에서 움직일 줄 알았는데 작은 고모의 뒷공작이 더 먹힌 모양이다. 하지만 어차피 힘이 없는 이사들이 할 수 있는 일은 말로 상처를 주는 것 빼고는 없었다. 게다가 곧 그룹을 장악할 석현의 힘을 생각한다면 그것마저 함부로 내뱉기는 힘들 것이다.
 석현은 냉소 어린 표정으로 이사회 내내 제자리를 지켰다. 지금 그가 머리가 아픈 이유는 늙은 꼰대들의 같잖은 의뭉함이 아니었다. 이틀 전 놀란 선주가 그의 방을 뛰쳐나간 후로 눈을 마주치지 않는 바람에 미칠 지경이었다. 시간만 있다면 당장 젠을 찾아가 목이라도 조르고 싶은 심정이었다.
 "과반수 이상의 찬성으로 민석현 사장님이 동양그룹의 새로운 부회장으로 취임하는 데는 문제가 없다고 보여집니다만. 더 의견 있으신 분 있습니까?"

퍼뜩 들려온 말에 석현은 정신을 가다듬었다. 진행자가 정리를 하는 동안 그는 주변을 냉랭하게 둘러보았다. 그의 이름이 호명되고 새로운 동양그룹의 CEO로서 확실하게 자리매김을 하게 된 순간에도 그는 변화가 없었다.

"새로운 바람을 거부하면 결국 도태되기 마련입니다. 변화가 있다면 수용하고 바른 방향으로 같이 끌어가야죠. 여러분들이 절 도와서 해 주셔야 할 일입니다. 앞으로 서로에게 나침반이 되는 그런 동반자가 되길 바래 봅니다."

환영, 우려, 그리고 질시 섞인 박수가 터져 나왔다. 석현은 회의장을 나와 할아버지인 민 회장이 쓰던 회장실로 곧장 향했다. 이미 예정되어 있던 일이라 이미 책상의 명패에는 그의 이름이 새겨져 있었다. 직함만 부회장일 뿐 그는 이미 동양그룹의 실세였다. 민 회장이 회장실에서 그를 기다리고 있었다.

"잘 끝났냐?"

"네. 덕분에요."

"그래. 다행이다."

"어쨌든 감사드립니다. 실망시키는 일은 없을 겁니다."

"안다. ……그런데, 석현아."

"말씀하십시오."

"아비 말이다."

준건의 얘기가 나오자 다시 불편한 감정이 꿈틀 올라온다. 선주와의 약속대로, 그리고 아버지에게 말한 대로 준건을 계속 만나고는 있지만 아직 꽁꽁 언 마음이 풀린 건 아니다. 여전히 준건은 그에게는 복잡한 상대였다.

"수술, 해야 하지 않겠냐?"

그 생각을 하지 않은 건 아니다. 간이식 수술을 위해 준건에게 딱 맞는 공여자를 구하기가 쉽지 않을 것이다. 생체 간이식을 얘기한 의사의 의도는 가족들의 협조를 구했던 거라는 걸 석현도 잘 알고 있었다. 하지만 아들과 아버지 사이엔 이렇다 할 얘기는 오가지 않았다. 그런 상황이다 보니 석현은 아직 마음의 결정을 하지 않았다.

"어떻게 했으면 좋겠습니까?"

"석현아."

"주는 거 어렵지 않습니다. 제가 심적으로 불편하다 하더라도 아들이라는 이유로 어차피 주게 될 테죠. 하지만 아직까지 아무런 얘기도 듣지 못했습니다, 전."

"미안하구나."

"할아버지께서 미안하실 일은 아니죠."

"아니다. 이건 다 나 때문에 생긴 일이다."

"무슨 말씀이세요?"

"네 어미를 쫓은 사람이 나라는 말이다."

민 회장의 말에 석현이 눈을 가늘게 떴다. 준건의 수술을 미룰 생각은 없었다. 굳이 자신을 설득하기 위해 민 회장이 저런 말을 하지 않아도 말이다. 하지만 지금 민 회장의 표정을 보고 석현은 할아버지가 하는 말이 그동안 자신이 그토록 원했던 진실일 거라는 생각이 들었다. 그리고 그 진실이 생각보다 자신을 아프게 할 것 같아 그는 이를 악물었다.

"미안, 하구나."

"사실만 알려 주세요."

"내 욕심이었다. 준건이도, 네 어미도. 두 사람이 그렇게 된 건, 그리고 네가 이렇게 혼자가 된 건 다 내 탓이다. 내가 준건이에겐, 너에겐 더 큰 힘을 주고 싶었던 게."

석현은 그대로 입을 다물었다. 민 회장의 얘기를 듣는 내내 그는 무력감에 빠졌다. 준건이 빠졌던 것과 똑같은 무력감. 얘기가 끝나고도 한참 동안 말이 없는 손자를 보고 민 회장이 한숨을 쉬며 눈을 쓸어내렸다. 붉어진 그 눈시울은 석현에겐 더 이상 아무런 감정을 불러일으키지 않았다.

"석현아. 난 더 이상 욕심 부리는 건 없다. 준건이만 살아 준다면. 부탁이다."

"그게 제일 큰 욕심인 거 모르세요?"

냉랭한 그의 대답에 민 회장이 멈칫 숨을 몰아쉬었다. 창백한 할아버지의 얼굴에 석현은 그대로 회장실을 나왔다. 준건을 만나서 나머지 얘길 들어야 했다. 어쩔 수 없이 어머니를 떠나보냈다 하더라도 어째서 자신에게 그 죽음까지 숨긴 건지 직접 들어야 했다.

아버지의 집은 초등학교 때 그 집을 나온 후로 처음 방문하는 거였다. 텅 빈 상자같이 아무것도 없는 곳. 들어가니 창백한 얼굴로 준건이 그를 기다리고 있었다. 지난번 퇴원을 한 후 병세는 별다른 변화가 없었지만 살이 더 빠져 있었다. 서재로 들어가자 평소 자주 찾아온 아들처럼 차를 권한다.

"민들레 차다. 간에 좋다고 해서 마시는데 향도 꽤 좋더구나."

"왜 숨긴 겁니까?"

"뭘 말이냐?"

항상 텅 빈 것처럼 보인 건 진짜 텅 비어 버렸기 때문이라는 걸 석현은 아버지를 보는 순간 깨달았다. 어머니를 보낸 후 계속 그런 상태였다는 걸. 그가 보이는 평정심은 그저 공허감에 지나지 않았다.

"어머니 일 말입니다."

"……"

"할아버지께 들었습니다. 마지막까지 어머니 곁을 지키셨다구요."

"그래. 내가 그 사람한테 해 줄 수 있는 게 그때는 그것밖에 없었으니까."

"왜 저한테 숨긴 겁니까? 왜 저도 같이 지키게 하지 않은 겁니까?"

"미안하다."

"그런 말씀 필요 없습니다. 이유만 말하세요."

"석현아."

"이 시간 이후로 더 이상 이 일에 대해 언급할 생각 없습니다. 제가 알고 싶은 건 진실 그 이상은 아니니까 있는 그대로 말씀해 주세요. 나머지 판단은 제가 하겠습니다."

"그 사람이, 그 사람이 원하지 않았다. 아들에게만큼은 자기의 아픈 모습을, 초라한 모습을 보이고 싶지 않다고. 너만은 행복하게 지내기를 바랐다. 나한테 한 마지막 부탁도 그거였고. 그걸 내가 못 지킨 거야."

"왜 마음대로 결정하신 겁니까?"

"석현아."

"행복이라구요? 제가 어떤 심정일지 한 번이라도 생각해 보셨어요? 지금은 할아버지도, 아버지도, 심지어는 어머니도 다 원망스럽습니다. 아이의 행복을 마음대로 결정 지은 세 분이 너무 밉습니다."

"……."

"수술하세요. 제가 드리겠습니다. 아버지 살려 드리죠. 그게 어떤 건지 오래오래 되새기길 바랍니다."

바람처럼 서재를 나가는 석현을 준건은 안타깝게 바라보았다. 흐느낌이 새어 나왔다. 현애가 죽고 난 후 처음으로 그는 울었다. 그는 오랫동안 차가운 공간에서 혼자 남아 있었다.

"언니, 나 옷 사야 돼."

"무슨 옷?"

"우리 댄스 추는데 흰 티랑 검은 바지 입기로 했어. 나 검은색 바지 없잖아."

"아, 그러네."

요즘 학원을 못 가기 때문에 일찍 학교에서 돌아온 쌍주의 얘기를 듣고 선주는 고민에 빠졌다. 예전처럼 애들과 같이 아무렇지도 않게 나다닐 수가 없었다. 자유가 얼마나 좋은 건지 요즘 절실히 느꼈다.

여전히 학교로 찾아오는 기자들 때문에 쌍주는 수업만 듣고 재깍 집으로 실려 오는 실정이었다. 아빠도 전화를 해 보니 직장으로 기자들이 찾아와 일을 못 하고 있다고 하셨다. 계속 숨어 있을 수는 없지만 선뜻 나가기가 망설여졌다. 며칠째 아빠의 얼굴을 보지 못해 보고 싶어졌다. 잘 지내시나? 쌍주도 아빠가 보고 싶은지 며칠 전부터 보챘다.

"아빠도 보고 싶어. 몰래 나가면 안 돼? 변장하면 되잖아."

"아, 맞다. 변장하면 되겠다. 아빠도 변장하고 오라고 하면 되잖아."

"변장?"

"응. 연예인들도 선글라스 끼고, 모자 쓰고 다니잖아. 언니야, 우리 심심해. 맨날 이게 뭐야!"

"맞아. 애들도 우리보고 이상하대. 무슨 연예인이냐고. 창피하단 말이야."

"미안."

"아빠 보러 못 가? 옷도 못 사고? 어떻게 해!"

짜증을 내는 미주의 말에 선주는 한숨을 내쉬었다. 결국 박지영 실장에게 연락을 했다. 곧바로 달려온 지영이지만 바깥으로 나가는 데는 부정적이었다. 백화점은 못 가니 그나마 안전한 젠의 숍으로 행선지를 결정했다. 경호원이 붙었지만 운전은 지영이 직접 하고 따로 차로 따라와 다행히 별 불편함은 없었다. 가는 도중에 아버지와 만나고 싶었지만 계속 기자가 붙어 있다며 거절하셨다.

선주와 쌍주가 안으로 들어서자 젠이 평소보다 더 반갑게 맞아 준다.

"와, 어서 와. 쌍주, 그리고 김선, 주 씨."

이상한 데 포인트를 주며 말을 끄는 젠의 인사에 선주는 눈살을 찌푸렸다. 상쾌하지 않은 그 느낌에 찜찜함이 생겼지만 쌍주와 젠의 호들갑에 곧 그 기분을 잊었다.

"그래서 검은 바지가 필요하다고?"

"네! 것도 스키니로요."

"헐, 그게 가능해?"

또래보다 작고 말라서 딱 맞는 스키니 바지가 없었다. 젠의 솔직한 반응에 미주가 풀이 팍 죽었다.

"아, 쏴리. 내가 누구지?"

"누구긴요. 아저씨, 친구죠."

"헐, 진짜? 그럼 스키니 없다?"

"아, 위대한 젠 님이요. 완전 유명한 디자이너."

크크크, 하고 만족한 듯한 젠의 웃음소리에 선주는 고개를 저었다. 아이들과 젠이 떠드는 사이에 어디서 구했는지 점원이 검은색 바지를 잔뜩 안고 왔다. 마땅히 스키니라고 할 만한 사이즈가 없어 미주가 실망하자 젠이 의기양양한 표정을 지었다.

"이 위대한 젠 님을 못 믿어? 꼬맹아, 넌 네 언니를 보고도 그러냐?"

"그럼 스키니 만들어 줄 거예요?"

"당근이쥐. 대신 조건이 있어."

"뭔데요?"

"지금부터 오빠라고 불러. 그럼 세상에서 하나뿐인 스키니를 만들어 주지."

"헐!"

"헉, 대박. 오빠래!"

"스키니 싫어?"

짐짓 협박하듯 정색을 한 젠의 질문에 미주가 심각한 표정으로 고민에 빠졌다. 끙, 하는 신음 소리까지 내며 고뇌에 빠졌다. 그 표정에 젠이 입술을 깨물며 웃음을 참았다.

"뭐, 좋아요. 대신 마음에 안 들면 다시 물릴 거예요."

"오케이! 콜이다. 콜?"

"콜!"

"콜!"

미주의 바진데 해주도 같이 콜을 외쳤다. 옆에 있던 지영도 그런 세 사람의 말이 웃긴지 아까부터 계속 웃고만 있었다. 미주와 더불어 해주까지 치수를 재기 위해 직원을 불러 아이들을 보냈다. 지영까지 따라가고 나자 젠의 주의가 선주를 향했다.

"음, 온 김에 머리 하고 가는 게 어때?"

조금 길어서 그나마 길이 났지만 여전히 뻗치는 마찬가지였다. 어차피 석현이 바빠서 늦은 밤에나 퇴근할 테고, 지금 시작해도 저녁 시간을 넘기진 않을 것 같아 선주는 고개를 끄덕였다.

"자연스럽게 물결처럼 흘러내리게 하면 될 거야. 그런데……."

또 시작이다. 젠답지 않게 음흉하게 웃으며 말을 길게 끌자 그녀는 인상을 썼다.

"뭐예요?"

"석현이하고는 어때?"

"뭐가요?"

"아, 둘 사이가 착착 잘 진행되나 싶어서."

뭐가 착착 진행이라는 건지. 선주는 어이가 없어서 고개를 저었다.

"김선주 씨는 나한테 진짜 고마워해야 해. 석현이 그놈 어른 만들어 주겠다고 내가 얼마나 힘들었는지 알아 줬으면 좋겠어. 진짜 고심해서 고른 거야. 두 사람의 화합에 큰 도움이 되었기를 바래."

두 사람의 화합? 뭔 자다가 봉창 두드리는 소리지? 말 좀 알아듣게 얘기하시죠! 하지만 선주는 더 이상 말없이 고개만 끄덕였다. 석현과 그 밤 이후로 얼굴 보기가 민망했다. 결심을 하고 방으로 들어갔는데 갑자기 들려온 남녀의 헐떡임과 숨찬 속삭임에 도망쳐 나온 건 거의 본능적인 행동이었다. 다음 날 아침 석현과 마주한 순간부터 그녀는 얼굴이 빨개진 채로 시선을 피했다. 그 생각을 하자 한숨이 나왔다.

뭐라고 얘길 해야 하지? 도망쳐서 미안하다고? 아니면 그 소리는 뭐였어요?

계속 한숨을 푹푹 쉬는 선주를 보고 이번엔 젠이 인상을 썼다.

"왜, 무슨 문제 있어?"

"없어요."

"김선주 씨 그 한숨에 땅 꺼지게 생겼는데 없다고?"

"진짜 없어요."

진짜 여자 친구라도 있으면 묻고 싶었다. 남잔 다 그래?

"남잔 다 그래요?"

아무래도 젠에 대한 선입견이 아직도 사라지지 않았는지 선주는 그렇게 묻고 말았다. 젠이 이젠 여자 친구처럼 너무 편하다는 게 문제라면 문제였다.

"응? 뭐가?"

"아, 아니에요. 머리 빨리 해 주세요. 저녁 늦으면 안 되니까."

고개를 까우뚱하며 뭐냐고 묻는 젠을 무시하고 선주는 석현에 대한 생각에 빠져들었다.

연락이 안 된다. 너무 바빠서 연락할 시간이 없나? 쌍주가 잠이 들고 혼자서 기다리는데 열두 시가 넘어가자 걱정이 되기 시작했다. 이곳에 오고 난 후 석현은 회의 시간을 빼고는 거의 매 시간 전화를 했던 것이다. 그러고 보니 오늘은 오전 중에 받은 전화 한 통이 전부였다. 물론, 어색한 대화긴 해도 말이다. 전화는 계속 부재중 통화로 넘어갔다. 어쩔 수 없이 선주는 찬우에게 전화를 걸었다.

"이 실장님."

"어, 선주 씨! 웬일이야? 아, 죄송합니다. 웬일이십니까?"

반가워하던 음성에 당혹감이 깔리자 선주는 괜히 미안해졌다.

"편하게 대하세요."

"아, 어. 네. 그런데 무슨 일로?"

"혹시 사장님하고 같이 계세요?"

"사장님? 아니. 잠깐 개인적인 볼일이 있다고 먼저 퇴근하라고 해서 나왔는데. 아직 안 오셨나……요?"

"아, 예. 알았어요. 늦은 시간에 죄송해요."

"아니. 괜찮아, 괜찮습니다."

계속 어색해하는 찬우에게 더 캐물을 수도 없어 선주는 전화를 끊었다. 아직도 회사에 있는 걸까? 밤 12시가 넘은 시각에? 선주는 서둘러 옷을 갈아입고 바깥으로 살금살금 나왔다. 다행히 지키고 있는 사람들이 없어 그녀는 들키지 않고 큰길까지 나올 수 있었다.

택시를 잡기까지 한참이 걸렸지만 그래도 한 시가 되기 전에 동양그룹 본사 건물에 도착할 수 있었다. 아직 불이 켜진 사무실이 있는 걸 보니 야근을 하는 직원이 여태껏 있는 모양이다. 사무실로 들어가기 전 수위실에 붙들려 선주는 한참을 기다려야 했다. 정말 사무실에 있는 모양인지 전화를 한 수위가 직접 꼭대기 층까지 안내를 해 주었다.

"제가 알아서 들어갈게요."

문 앞까지 와서 수위를 돌려보내고 그녀는 노크를 했다. 어둠 속에서 유난히 크게 울린다. 불안한 마음으로 문을 여는데 육중한 느낌과 달리 스르륵 밀렸다. 석현이 책상 앞에 앉아 있었다. 그녀를 보고도 말이 없었다. 마치 처음 만났을 때처럼 표정이 딱딱하게 굳어 있었다.

"사장님?"

그녀가 불러도 한동안 말이 없던 그가 천천히 일어섰다. 선주는 그가 주는 생소한 느낌에 망설이다 앞으로 발을 내딛었다.

"여섯 살은……."

잠긴 음성이 흘러나오자 그녀는 문득 걸음을 멈추었다. 낯선 눈빛이 자신을 공허하게 쳐다본다.

"여섯 살은 뭔가를 기억하기엔 너무 어린 나이란 걸 아나?"

"……."

"어머니라고 해서 딱히 기억나는 건 없어. 내가 철이 들면서, 뭔가를 뚜렷하게 기억하기 시작하면서 느낀 거라고는 춥다는 것뿐이었으니까. 주변에 내 말을 들어 주는 사람이 한 사람도 없었어. 그래서일 거야. 어머니가 더 그립다고 느낀 건. 어쩌면 기억나지도 않는 따스함이 있을 거라고, 아니, 있었을 거라고 생각했던 건."

"사장님."

"그게 날 버티게 했다고 생각했는데. 아니었나 봐. 남은 건 이거 하나였어. 이 집에서 내가 얻어 낸 건."

그러더니 크리스털로 된 명패를 들어 보인다. 불빛 아래 차갑게 빛나는 그걸 보고 선주는 가슴이 철렁 내려앉았다. 집어 던질 듯 그 명패를 노려보던 석현이 이를 악물고 주먹을 쥔다.

"지금까지 난 뭘 위해 버틴 거지? 어머니를 버리고, 날 혼자 버려 둔 남자를 미워하는 마음으로? 날 거지처럼 쳐다보는 가족들에 대한 복수심으로? 그런데 진실이 뭔지 알아? 결국 난 부모에게 버림받은 후레자식이었던 거야. 내가 이걸 얻을 이유가 없었던 거야, 처음부터."

"사장님."

"행복하길 바랬다더군. 김선주, 웃긴 게 뭔지 알아? 난 행복이 뭔지 몰라. 여섯 살 때부터 싸우고, 터지고, 혼자 참는 것밖에 못 해서. 그런 게 뭔지 모른다고. 젠장!"

쾅 하고 명패를 들어 책상을 친 석현이 그녀에게서 몸을 돌렸다. 싫다. 그가 자신에게서 이렇게 몸을 돌리는 것이. 그의 눈이 보이지 않는 것이. 그의 마음이 먼 곳에 있는 것이. 선주는 한달음에 달려가 그의 허리에 팔을 둘렀다. 긴장으로 뻣뻣하게 굳은 석현의 몸이 느껴졌지만 그녀는 힘껏 껴안았다. 그의 등에 눈물이 흘러내린 뺨을 비벼댔다.

"제가 해 줄게요. 사장님 행복하게 해 줄게요. 이제부터 버티게 해 줄게요. 그러니까 저한테서 등 돌리지 말아요."

한참을 말없이 석현은 굳은 채로 서 있었다. 선주의 눈물로 등이 젖는데도 아랑곳없이 동상처럼 움직임이 없었다.

"항상 곁에 있을게요. 혼자 두지 않을게요. 사장님이 원하는 대로 사장님 편만, 사장님 가족만 될게요. 혼자서 이렇게 아파하지 않게 할 테니까 제발 저 좀 보세요."

영원처럼 길게 느껴진 시간 후에 석현이 자신을 안은 선주의 손을 잡았다. 그가 손을 풀려고 하자 그녀는 고개를 저었다.

"싫어요. 혼자 아프게 하지 않을 거예요."

울음이 섞였지만 결의에 찬 그 말에 석현이 피식 웃었다. 혼자라고 생각했는데 느닷없이 나타나 그를 사정없이 흔든다. 김선주는 그런 여자라는 걸 잊고 있었다. 있는 듯, 없는 듯 그랬는데 어느 순간 이 여자가 없으면 못 살 것 같은 그런 감정을 만들어 내고 자신을 혼란 속으로 밀어 넣었다. 그 혼란 속에서 그는 난생처음 따뜻함을, 행복함을 느꼈다는 걸 겨우 깨달았다.

"절대 안 떨어져요. 사장님이 뭐라고 해도 전 옆에 있을 거예요."

"김선주."

"마음대로 혼자 있지 마세요. 그대로 안 둬요. 사장님 혼자 안 둔다고요!"

"김선주."

"그러니까 저 떼어 내지 마세요. 이러고 있을 거예요."

"아픈데?"

"네?"

"배가 조여서 숨을 못 쉬겠다고."

웃음기 있는 석현의 음성에 선주가 눈을 깜박였다. 눈물이 후드득 떨어지는데도 놀랐는지 손을 풀고는 물러섰다. 울음을 참지 못하고 손으로 눈물을 훔치는 게 왠지 좋았다. 그를 위해 울어 주는 여자.

김선주라서 다행이라는 생각이 문득 들었다. 아무것도 남은 게 없다고 생각했는데 지금까지의 모든 걸 채우고도 넘치는 여자가 곁에 있다는 걸 이제야 깨닫다니. 어리석게도 잠시 잊고 있었다. 주먹으로 눈가를 훔치는 모습이 마치 쌍주 같아 보였다.

"김선주."

"사랑해요. 그러니까 혼자 있지 마세요. 제 옆에서 울어요. 제 옆에서 아파해요. 그럼 제가 다 닦아 줄게요. 달래 줄게요. 그러니까 이렇게 혼자 있지 말아요, 제발."

우는 사람이 누군데 닦아 주고 달래 준다는 건지. 석현은 나오는 웃음을 참고 선주의 손을 잡았다. 그렁그렁 눈물이 맺힌 눈으로 자신을 올려다보는 그녀의 열띤 표정이 순식간에 상처를 덮어 준다. 그가 눈물로 젖은 뺨을 닦아 주었다.

"사장님."

"미안해. 내가 깜빡했어. 이젠 내 가족이 있다는 걸."

선주의 커다란 눈에 다시 눈물방울이 뚝뚝 떨어지자 그는 그녀를 당겨 안았다.

"이렇게 와 줘서 고마워. 사랑해, 김선주. 내 편, 내 가족."

"흑."

선주가 그의 품속으로 들어왔다. 등을 흠뻑 젖게 하더니 이번엔 가슴도 젖게 할 모양인지 아까보다 더 크게, 더 많은 눈물을 흘린다. 그는 그녀의 머리카락에 입을 맞추며 진정이 될 때까지 등을 쓸어 주었다. 이 여자가 자기 옆에 있다는 것이 안심이 된다. 위로가 된다. 그는 울음이 잦아진 선주의 뺨을 감싸 눈을 마주쳤다. 시선이 마주치자 발갛게 퉁퉁 부은 눈에 다시 눈물이 맺힌다.

"사랑해."

우느라 마른 입술을 자신의 입술로, 혀로 축여 주었다. 색색거리는 숨소리와 함께 달콤한 선주만의 향기가 풍겨 온다. 석현은 선주의 허리로 팔을 둘러 자신에게로 바짝 당겨 몸을 붙였다. 이번에는 그녀의 입 안 깊숙이 혀를 집어넣고 마음껏 그녀를 맛보기 시작했다. 혀가 엉키며 온몸에 열기가 퍼져 간다. 짜릿함이 번져 간다. 이성이 사라지고 오로지 두 사람만 남았다. 서로를 강렬하게 원하는 연인만이 남았다.

셔츠를 열고 커다란 손이 들어와 가슴을 움켜쥐자 선주는 몸을 활처럼 휘었다. 그 바람에 그의 중심과 자신의 여성이 더 밀착되는 것도 모르고 선주는 석현이 주는 느낌에 빠져들었다. 가슴을 꽉 쥔 그의 손길에 발끝까지 짜릿함이 타고 내려갔다. 입 안을 헤집던 그의 입술이 목덜미를 타고 내려가 벌어진 셔츠 사이로 들어간다. 쇄골의 파인 곳을 찾아낸 그가 빨갛게 변할 정도로 그곳을 흡착하듯 빨아 대자 그녀는 그의 어깨를 꽉 잡았다.

"사, 사장님."

"당신을 원해."

가슴이 짓눌리며 유두가 서는 게 느껴질 만큼 그녀의 몸이 예민해졌다. 지금이라면 그와 같이 나누는 이런 것들이 무섭지 않다. 흥분에 몸이 떨릴 정도로 기대감이 커졌다.

"저도 원해요. 사장님을 갖고 싶어요."

대담한 그녀의 고백에 석현이 흠칫하더니 곧바로 입술을 겹쳤다. 아까보다 더 격렬한 그의 키스에 선주는 속절없이 떨었다. 격렬한 키스로 미처 삼키지 못한 타액이 흘러내리자 그가 혀로 핥아 주었다. 선주는 그 아찔한 감각에 신음을 토해 냈다.

"여기선 안 돼."

"네?"

"나가자."

갑자기 몸이 세워지며 석현이 옷을 여며 주었다. 정신을 차릴 새도 없이 어느새 주차장까지 내려가 차에 타고 있었다. 차를 출발시키기 전 다시 깊게 키스를 하고서 석현도 겨우 정신을 차렸다. 집으로 가는 내내 한 손은 그녀의 손과 깍지를 낀 상태였다.

겨우 아파트에 도착해 간신히 현관문을 열고 들어간 순간, 두 사람은 격렬하게 입을 맞추었다. 미친 것처럼 아무것도 생각할 수가 없었다. 선주는 그가 주는 느낌에 세상이 뒤집히는 것 같았다. 지금까지 알던 세상은 존재하지 않는 것처럼 오로지 석현만이 전부였다. 그의 입술, 그의 손, 그의 몸, 그리고 그의 키스.

급하게 서둘다 그만 쿵 하고 벽에 부딪히자 어둠 속에서 커다란 소리가 났다. 그 소리에 놀란 두 사람이 잠시 몸을 뗐다.

"쌍주는?"

속삭이는 긴장된 음성에 선주 역시 숨을 삼켰다.

"잠들었어요. 한 번 잠들면 업어 가도 몰라요."

숨죽인 그녀의 대답에 석현이 피식 웃었다.

"내가 얘기했나? 처제들을 진짜 잘 둔 것 같다고."

"했어요."

"그리고……"

"사장님!"

자꾸만 애를 태우는 석현을 보고 선주가 성마르게 부르자 그가 웃으며 번쩍 안아 들었다.

"아내도 잘 뒀지."

거실을 지나 방으로 가는 내내 석현이 키스를 퍼부었다. 선주는 두 팔로 그의 목을 안은 채로 매달려 있었다. 겨우 침실에 도착해서 곧장 침대에 그녀를 눕히고 석현이 그녀의 위로 올라왔다. 그녀의 얼굴을 감싸듯 안고는 깊숙이 키스를 해 온다. 선주 역시 손을 내밀어 그의 목을 감싸 안았다.

입술이 축축해질 정도로 격렬한 키스가 오갔다. 숨이 막혀 죽을 것 같았다. 숨을 헐떡이며 간신히 떨어지는데 셔츠를 열고 그의 손이 가슴으로 들어왔다. 브래지어 위로 드러난 보드라운 살결을 손가락으로 쓰다듬고는 곧바로 안으로 파고들었다.

"하아, 사장님."

"그렇게 부르지 마."

"석현 씨. 헉."

브래지어를 밀어 올리고 그의 손가락이 흥분으로 솟아오른 돌기를 당겼다. 선주는 몸을 활처럼 휘었다. 그의 단단한 남성이 생생하게 느껴졌다. 엄지와 집게로 돌리듯 유두를 잡아당기던 그가 이번에는 입술을 내려 혀로 살짝 핥아 본다. 하악, 하고 숨소리가 흘러나오는 걸 막기 위해 선주는 입술을 깨물었다. 마치 자신이 아닌 것처럼 멋대로 교성이 흘러나온다. 입을 틀어막는 그녀를 보고 석현이 입을 크게 벌려 마치 과일을 베어 물듯 가슴을 물었다. 억눌린 신음 소리가 다시 터져 나왔다.

"아, 안 돼요."

"뭐가? 이게?"

"아, 핫! 사, 사장님!"

혀로 가슴 전체를 빨더니 유두를 이로 잘근거리자 선주가 움찔거리며 몸을 뒤틀었다. 양쪽 가슴을 한참 지분거리며 선주를 미칠 정도로 만들고 나서야 그의 입술이 아래로 내려가기 시작했다. 입술과 손이 배를 지나 배꼽 주변을 핥더니 바지를 내리고 팬티 위로 향했다. 그녀는 손을 내밀어 석현의 팔을 잡았다.

"싫어?"

고개를 저으면서도 선주가 손을 놓지 않자 그가 다시 몸을 일으켜 키스를 했다. 정신이 아득해지는 키스에 그녀가 방심한 틈을 타 그의 손이 팬티 안으로 들어왔다. 갈라진 틈을 따라 내려온 손가락이 그녀의 예민한 돌기를 찾아 비벼 댔다.

키스가 깊어질수록 힘이 들어갔던 몸이 늘어지며 다리가 벌어졌다. 어느새 그녀는 알몸으로 그의 몸 아래에 깔려 있었다. 넓게 벌린 다리 사이로 거침없이 파고든 그의 손이 여성을 농락한다. 그의 침범에 어쩔 줄 모르면서도 그녀의 여성은 촉촉하게 젖어 준비가 됐음을 알렸다. 몸을 떠는 사이에 석현 역시 옷을 벗고는 그녀 앞에 있었다. 콘돔을 끼운 남성이 여성을 비비자 선주는 숨을 몰아쉬었다. 남성이 주는 자극이 머리끝으로, 발끝으로 짜릿한 전율을 전해 주었다.

"사, 사장님."

"날 잡아. 아플 거야."

고개를 끄덕이며 그의 손을 잡는데 남성이 진입을 시작했다. 처음으로 남성을 받아들이는 좁은 여성이 길을 열어 주기를 거부하며 경련을 일으킬 듯 조여들었다. 석현은 이를 악물고 참으며 선주가 자신의 남성을 받아들일 수 있도록 천천히 움직였다. 반쯤 들어가자 결국 비명이 터져 나왔다. 그는 몸을 숙여 눈물이 흐른 선주의 뺨을 쓸어 주었다.

"미안해. 잠시만 참아."

"괜찮아요. 사랑해요. 당신과 하나가 되고 싶어요. 하악."

순간 안으로 쑥 들어오는 그의 남성에 선주가 고통스런 비명을 토해 냈다.

"괜찮아?"

통증에 대답을 못 하는 선주의 모습에 석현이 움직임을 멈췄다. 자신을 꽉 조이는 그녀의 여성 때문에 미칠 지경이었지만 그의 아래에서 눈물을 흘리는 선주 때문에 차마 움직일 수가 없었다. 시간이 점점 지날수록 남성이 고통을 호소했다.

"선주야, 미안해."

본능이 결국 이성을 이겼다. 석현은 선주의 뺨에, 입술에 키스를 하며 몸을 움직이기 시작했다. 좁은 통로가 주는 쾌감에 남성이 질주를 시작했다. 마치 그를 빨아들일 것처럼 받아들인다. 고통스런 선주의 신음 소리가 커져 가는데도 석현은 제어가 되지 않았다. 그녀를 키스로 달래 주는 것이 고작이었다. 어느 순간 폭발적인 움직임과 함께 그도 거친 신음을 토해 냈다.

"다 왔어. 조금만."

거칠고 애타는 그의 음성에 선주 역시 신음을 내뱉을 뿐이었다. 그가 움직일 때마다 고통이 느껴졌다. 하지만 움직임이 길어지고 여성에 가하는 자극이 강해질수록 발끝까지 고통과 함께 전율이 전해졌다. 등줄기를 타고 기대치 않았던 흥분이 느껴졌다. 뭔가 가슴께를 간질거리는 그런 야릇한 쾌감. 한참을 그녀의 속을 헤집던 그가 어느 순간 몸이 뻣뻣해지며 동작을 멈췄다. 선주는 자신의 몸 위로 무너져 내리는 단단한 그의 몸을 당겨 안았다.

"사랑해요."

석현이 깊게 입맞춤을 해 온다. 아픔은 남았지만 상관없었다. 그의 몸짓이 주는 모든 게 자신을 깊이 품어 주는 것 같았다. 선주는 그를 더 강하게 안으며 눈을 감았다. 이 순간이 영원했으면.

움찔, 통증이 느껴졌다. 흥분했던 남성이 빠져나가는 느낌에 예민해진 여성이 통증을 호소했다. 어깨에 부드러운 입술이 닿자 선주는 간신히 눈을 떴다. 바로 눈앞에 석현이 있었다. 여전히 거친 숨을 토해 내는 그를 보고 그녀는 희미하게 미소를 지었다.

"괜찮아?"

"응, 네."

"정말?"

"네."

"고마워. 이렇게 나한테 와 줘서."

웃음이 난다. 몸을 섞는다는 게 이런 걸까? 부끄러움보다는 충만함이 느껴졌다. 그의 입술이 다정하게 얼굴과 어깨를 찍어 누른다. 그때마다 나는 소리가 부끄럽게 했다.

"하지 마세요."

"왜?"

"간지러워요."

그녀의 말에도 아랑곳없이 석현은 다시 키스를 퍼부었다. 몸을 뒤틀다 아래쪽에 느껴지는 통증에 선주가 신음을 뱉자 그제야 몸을 뗐다.

"많이 아파?"

"조금요."

"미안해. 아프게 해서."

"괜찮아요. 생각보다는 덜 아팠어요."

걱정스런 그의 표정을 풀어 주고 싶어 선주가 위로를 해 주었다.

"씻을까?"

"조금만 있다가요."

"그럼 나도 조금만 있다가."

뒤처리만 대충 하고 석현이 뒤에서 그녀를 껴안았다. 선주는 그의 품으로 들어갔다. 맨살에 와 닿은 따뜻한 체온이 좋았다. 어색하지만 떨어지기 싫었다.

"아, 참."

"왜?"

"그때 그거 뭐였어요?"

"음? 뭐?"

"그때 그 소리요."

순간 뒤에서 침묵이 흘렀다. 선주가 몸을 돌리자 석현이 심각한 표정으로 쳐다보고 있었다.

"오해하지 마. 나 그런 사람 아니야."

"누가 뭐라 그랬나요? 뭐였어요?"

"그건 기동이 그놈이……."

"젠 씨가 왜요?"

"어휴, 그런 게 있어. 난 절대 안 봤어."

"그래요? 그럼 어떻게 이런 걸 다 알아요?"

헛, 순간 말문이 막혔다. 경험이 많은 건 아니다. 유학 중에 두어 번 욕구를 풀었던 거였고, 그것도 그다지 썩 좋은 기분은 아니었다. 여성에 대한 혐오감과 자신에 대한 질책만 남은 관계였다. 하지만 선주와는 달랐다. 몸이 이어진 것 그대로 마음이 이어졌다. 혐오감이 아니라 충만함이 느껴졌다. 자신에게 속한 여자, 그녀에게 속한 자신이.

"그냥 아는 거야. 당신이니까. 전부 내 거니까. 마치 나처럼 다 아는 거야. 당신도 그렇잖아."

"은근슬쩍 넘어가려는 거 알아요."

"절대 아니라니까. 난 결백해. 내가 아는 여자는 김선주뿐이야. 당신은?"

"저도 그래요. 제가 아는 남자도 당신뿐이에요. 민석현, 자기 한 사람."

석현이 입술이 벌어지며 미소가 커졌다. 그가 다시 입술을 덮치는데도 선주는 가만히 있었다. 오랫동안 두 사람은 서로의 품에서 벗어나지 못하고 밤을 새웠다.

"일어나, 언니! 늦었단 말이야!"

"응?"

"어휴, 정말. 우리 지각하겠어."

귀청을 울리는 목소리에 선주는 간신히 눈을 떴다. 몸을 뒤척이다 익숙지 않은 통증에 그녀는 눈살을 찌푸렸다. 그러다 지난밤의 일을 떠올리고 퍼뜩 정신을 차렸다. 다행히 잠옷을 잘 챙겨 입고 있다. 게다가 누워 있는 곳은 바로 자신의 침실이었다. 아래에 느껴지는 통증만 아니라면 어제 일이 꿈인 줄 알았을 것이다.

"아, 몇 시야?"

"여덟 시 넘었어."

"뭐? 앗."

자리에서 벌떡 일어나다 선주는 통증에 신음을 토해 냈다. 언니의 비명에 쌍주가 놀라서 눈이 동그래졌다.

"언니, 어디 아파?"

"언니야! 진짜 아픈 거야?"

"아니야, 그런 거. 다 챙겼어?"

"응. 아저씨가 깨워 줬어. 그리고 아줌마가 밥도 해 줬고. 언니한테 꼭 인사하고 가라고 아저씨가 그랬거든."

"아, 그랬구나. 아저씨는?"

"아까, 아까 나갔어. 우리 깨우고."

본사에 들어갔으니 정리할 일이 한두 가지가 아닐 것이다. 밤새 그렇게 보내고 나갔다니 선주는 걱정이 됐다.

"언니, 진짜 아픈 거 아니야?"

"응. 좀 쉬면 괜찮아지는 거야. 오늘은 언니가 못 바래다주겠다. 아저씨들하고 갈 수 있지?"

"응. 걱정 마. 우리가 누군데. 그치, 해주야?"

"맞아. 언니는 누워 있어. 우리 학교 갔다 올 때까지."

"그래. 고맙다. 잘 갔다 와."

"넵. 학교 다녀오겠습니다."

둘이 똑같이 인사를 하고 후다닥 방을 뛰쳐나갔다. 선주는 침대에 다시 누웠다. 간밤에 석현이 옮겨 준 모양이다. 잠에 빠져 그런 줄도, 그가 나가는 줄도 몰랐다니. 한심한 생각이 들었다. 지켜 준다고 하면서 오히려 그에게 돌봄만 받고 말았다. 잠을 거의 못 잔 탓인지 다시 까무룩 잠이 들려는데 휴대폰이 울렸다.

"아직 못 일어났어?"

석현이었다. 잠긴 그녀의 목소리에 금방 걱정스럽게 물어온다. 미안해야 하는데 기분이 좋은 건 여자의 허영심일 것이다.

"일어났어요. 미안해요."

"뭐가?"

"저만 쉬어서요. 같이 나가서 일하고 싶다."

킥킥대는 웃음소리가 들려온다.

"난 같이 쉬고 싶은데?"

은근한 그의 목소리에 얼굴이 화끈거렸다. 옆에 그가 없는데도 부끄러워서 숨고 싶은 기분이었다. 낮은 한숨 소리처럼 그가 속삭인다.

"보고 싶다."

잠시 침묵이 흘렀다. 간절함이 느껴진다. 선주는 목이 막혀 입을 열 수가 없었다.

"사랑해."

이렇게 가슴을 울리는 말이었나? 눈에 눈물이 그렁그렁 맺혔다.

"저, 저도요."

더듬더듬 떨리는 그녀의 말에 낮은 웃음소리가 화답을 한다.

"제대로 해."

"사랑해요, 사장님."

"아직도 사장님이야?"

"사랑해요, 석현 씨."

잠시 말이 없었다.

"일찍 들어갈게."

"기다릴게요."

전화를 끊었다. 선주는 그가 전해 준 여운에 휴대폰을 가슴에 품었다. 차가운 기계일 뿐인데 그의 마음이 아직도 전해져 오는 것 같아 그녀는 오래도록 그 느낌을 잡고 있었다.

15.

 수술에 대해 알게 된 건 쌍주의 학예회가 있는 날이었다. 취임식 준비와 업무 파악에 정신이 없는 석현과 그동안 가족들이 살 집을 구하느라 역시 눈코 뜰 새 없이 바쁜 선주는 서로 얘기를 나눌 시간이 없었다. 게다가 학예회 다음 날이 바로 취임식이라 석현은 학예회에 참석할 수 없어 섭섭해했다.

 하지만 기대치 않게도, 그리고 기대할 생각도 전혀 없었는데 쌍주의 의상 협찬을 했다는 이유로 젠이 학예회에 나타났다. 물론, 아이들의 취향에 전혀 맞지 않는 화려한 수가 놓인 블랙 스키니로 쌍주로부터 오빠라는 인정은 받지 못했지만 쌍주는 학예회에 온 그를 요란하게 환영했다. 그동안 계속 만나 정이 들었는지 쌍주의 그 행동에 선주는 웃음이 났다.

 아버지 역시 시간을 내서 학교로 와 선주는 오랜만에 재형의 얼굴을 보고 반가웠다. 이사할 집을 구해 놓고도 재형의 기분을 생각해서 차마 얘기를 못 꺼내고 있는 중이었다. 학예회가 끝나고 같이 식사를 하면서 얘기를 할 생각이었다.

기대대로 미주는 춤을 잘 추었다. 가수 '싸군'의 '광남 스타일'에 맞춘 아이들의 귀여운 춤에 강당 안의 사람들이 박수를 치며 좋아했다. 그중에 유독 좋아하며 환호한 사람은 말할 것도 없이 젠이라, 사람들의 시선이 무대보다는 그들 쪽에 더 많이 머문 게 함정이었지만. 그냥 있어도 충분히 눈에 띄는데 요상한 환호성까지 질러 댄 젠 덕분에 옆에 앉은 선주와 재형만 얼굴을 붉혔다.

시끌벅적한 행사가 끝나고 아이들과 식사를 하러 갔다. 사람들의 시선을 피해서 젠이 편하게 식사를 할 수 있는 곳으로 데려가 주었다. 식사가 시작되기 전에 석현에게서 전화가 왔다.

"네."

"학예회 잘 끝났어?"

"네. 잘 끝났어요. 젠 씨가 와 줘서 애들이 많이 좋아하더라구요."

"그래? 다행이네. 아버님은?"

"오셨어요. 같이 점심 먹으러 왔어요."

"저녁에 집 보러 갈 거야?"

"네. 아버지께 보여 드려야죠."

걱정이 깃든 그 음성에 석현이 약하게 웃었다.

"가까운 곳이라 큰 부담감은 없으실 거야. 언제까지 따로 지낼 수도 없고. 애들도 불편해하니까."

그게 아니다. 그와 떨어지고 싶지 않은 그런 아쉬움이 있었다.

"네. 저 들어가야 돼요. 식사 맛있게 드세요."

"음. 당신도. 나중에 봐."

왠지 아쉬웠다. 그가 본사로 들어가고 나서는 같이 있을 시간이 부족했다. 가족들이 기상하기 전에 출근하고, 모두 잠자리에 들고 난 후에 퇴근을 했다. 그 잠깐의 짬이 그들이 얘기를 나눌 수 있는 시간의 전부였다. 예전처럼 그와 같은 공간에서 같이 얘기를 나누고, 일을 하던 때가 그리웠다. 어휴, 복에 겨운 투정이지.

"앗! 뭐예요!"

돌아서 안으로 들어가려던 선주는 뒤에 서 있는 커다란 그림자에 벌컥 소리를 질렀다. 벌렁대는 심장을 가라앉히기 위해 두 손으로 가슴을 누르는 행동에 젠이 피식 웃었다.

"어, 선주 씨. 어울리지 않게 너무 약한 척하는데?"

"깜짝 놀랐어요. 기척 좀 하세요."

"아, 미안, 미안. 그런데 석현이?"

"아, 네."

"생각보다 분위기 좋네. 난 또 수술 얘기 때문에 자기가 우울해할 줄 알았는데. 석현이 놈 뜻대로 따르기로 했나 봐?"

수술? 순간 가슴이 덜컥 내려앉았다. 예상 못 한 일은 아니다. 다만, 어느 정도 각오한 일임에도 불구하고 막상 얘기를 듣고 나니 어떻게 받아들여야 할지 선주는 혼란스러워졌다. 아, 아니다. 왜 이 얘기를 젠에게 들어야 하는지 그게 더 섭섭해졌다.

"한대요? 언제요?"

그래서인지 말이 퉁명스럽게 나왔다. 젠이 고개를 저었다.

"나도 잘은 몰라. 그냥 지나가는 소리로만 들어서. 몰랐나 보네."

아차, 싶었다. 당연히 알고 있으리라 여겼다. 선주의 생각을 알고 싶었는데 실수했나 보다.

"아, 애들 기다리겠다. 그만 들어갈까?"

당황한 젠이 허둥대며 들어가는 걸 선주는 물끄러미 쳐다보았다. 수술에 대해 언젠가는 서로 의논을 할 거라고 생각했다. 자신이 어떤 결정을 할 때 그를 가장 먼저 떠올리는 것처럼 그 역시도 그렇지 않을까 여겼던 건 자신의 헛된 희망이었을까? 서운함이 몰려왔다.

 식사를 하는 내내 그 생각이 머리를 떠나지 않았다. 가라앉은 기분이지만 쌍주와 아빠를 생각해서 기분을 맞춰 주다 보니 피곤해졌다. 겨우 식사 시간이 끝나고 젠과 헤어져 차에 올랐다.
 "난 따로 가마. 이젠 따라다니는 사람도 없고, 버스 타도 된다."
 "아빠, 같이 가실 데가 있어요."
 "어, 어디?"
 뭐라고 할까? 재형의 자존심을 상하게 하고 싶지 않았다. 경제적으로 풍족하진 않아도, 아빠가 그들에게 소홀한 적은 없었다. 빚 때문에 어쩔 수 없이 떠나 있긴 했어도 말이다. 그래서 석현의 제안을 선뜻 받아들이지 못하긴 선주도 마찬가지였다.
 그가 처음에 골랐던 고급 빌라를 거절하고 부암동 언덕길의 작은 마당이 있는 양옥집을 선택한 건 조금이나마 아빠의 기분을 생각해서였다. 석현이 불만스러워했지만 선주는 끝까지 고집을 굽히지 않았다. 하지만 이것마저도 조심스러웠다.
 "가 보시면 알아요."
 운전기사에 경호원까지 딸린 장황한 행차에 재형이 불편해하며 그들과 같이 차에 올랐다. 부암동 집은 언덕길 중간이라 계단 옆에 주차창이 있었다. 주차장 안에 차를 세우고 내리는데 재형이 어리둥절한 표정을 지었다.
 "들어가 보세요."
 주차장 계단을 통해 올라가자 작은 마당으로 나왔다. 선주는 머뭇거리는 재형을 집 안으로 밀었다. 이층으로 된 집은 가족들이 지내기엔 딱 좋을 만큼 넓었다. 게다가 작은 마당이지만 텃밭을 가꾸고 개를 한두 마리 키울 정도의 공간은 되었다. 집 안으로 들어가서도 재형은 불편한 표정이었다. 선주는 그 눈치만 보며 어색하게 웃었다.

"어떠세요?"

"뭐, 좋구나. 그런데 여기가 어디냐?"

"우리 집이에요."

"……"

"와, 우리 집? 언니, 진짜 우리 집이야?"

"으응."

"와, 좋다. 우리 이제 여기서 사는 거야? 구경하자."

"오키. 내 방 정해야지!"

"나도!"

뒤에 서 있던 쌍주가 그 말을 듣고 후다닥 이층으로 달려 올라갔다. 선주는 아빠를 돌아보았다. 표정이 어둡게 가라앉아 있었다. 그런 아빠의 표정에 선주는 미안해져 헛기침을 했다.

"죄송해요."

"어?"

"죄송해요, 아빠."

"아니다. 내가 미안하다. 너한테 이렇게……."

"아빠."

"부담스럽지? 나보다 네가 더 마음이 무거울 거 안다. 거절하면 네가 난처하겠냐?"

"아빠."

눈시울이 괜스레 붉어졌다. 그 모습에 재형이 한숨을 푹 쉬었다.

"좋구나. 그럼 빌리는 걸로 하자. 어차피 빚도 다 갚았고, 이번 일로 집도 옮길까 했다. 민 서방한테 빌리면 빚 독촉은 안 할 거 아니냐."

"죄송해요."

울먹이는 딸의 말에 재형이 피식 웃었다.
"집 구경이나 하자. 어디가 안방이냐?"
돌아서 방으로 들어가는 재형의 뒷모습을 선주는 한참을 바라보았다. 여전히 재형은 그녀에겐 최고의 아빠였다.

재형과 헤어져 잔뜩 들뜬 아이들과 집으로 돌아왔다. 저녁을 먹고 게임을 하는 쌍주를 두고 선주는 자신의 방으로 돌아왔다. 아빠의 일도 그렇고, 수술 때문에도 계속 마음이 무거웠다. 뭐, 예상을 못 했다면 제가 바보일 것이다. 오히려 그가 거절했다면 더 마음이 아팠을 수도 있다.
그런데 그런 큰 결정을 석현이 혼자 덜컥해 버렸다는 것이 마음에 걸렸다. 욕심쟁이. 석현이 자신에게 품은 마음이 어떤 건지 잘 알았다. 외롭게 자란 그가 자신을 사랑한다고 해서 스스럼없이 마음을 터놓기는 힘들 거라는 걸 알면서도 서운한 마음이 쉽게 가시질 않았다.
복잡한 생각에 빠져 있다 정신을 차리니 벌써 열 시가 넘은 시간이었다. 선주는 그때까지 게임에 빠진 쌍주를 서둘러 씻겨 재우고 자신도 씻었다. 이미 열두 시가 가까워져 있었다. 석현은 오늘도 늦을 모양인지 연락이 없었다. 거실 소파에 기대 선주는 그가 돌아오기를 기다렸다. 서운한 마음과는 달리 그가 보고 싶었다. 수술을 혼자 결정했던 그 마음이 걱정이 되어서.

목덜미에 간지러운 숨결이 와 닿았다. 선주는 그 느낌을 없애려고 손을 들어 자신에게 다가선 사람을 밀어냈다. 그러자 이번에는 귓가에 뜨거운 숨결이 닿는다.
"김선주."
낮은 속삭임과 함께 귓불에 소름이 돋을 정도로 촉촉하고 부드러운 뭔가가 와 닿았다. 그녀는 몸을 부르르 떨며 눈을 떴다. 너무 가까이 와 있어 초점을 맞추는 데 시간이 걸렸다. 그런데도 그라는 걸 알아차린 건 익숙한 청량감 있는 향취 때문이었다. 그녀를 두근거리게 하는 설레는 체취.

그의 두 손이 흘러내린 머리카락을 쓸어 올리며 뒷목덜미로 들어와 얼굴을 당겼다. 정신을 차릴 새도 없이 입술이 맞닿았다. 흐응, 하는 그녀의 신음 소리와 함께 그가 쿡 하고 웃으며 혀를 집어넣었다. 숨이 막혔다. 잠에 취해 늘어졌던 몸이 긴장하며 심장이 미친 듯이 뛰기 시작했다. 선주 역시 두 팔을 내밀어 그의 목을 감싸 당겼다.

몸이 번쩍 들리며 어느새 그의 무릎 위로 올라가 앉은 자세가 되었다. 벌어진 다리 사이로 흥분한 그가 느껴졌다. 허리를 잡은 단단한 손이 더 가까이 당겨 두 사람의 몸은 이제 더 이상의 빈틈이 없이 꽉 맞물린 상태가 되었다.

"하아, 하아."

숨이 막혀 어지러울 정도가 되어서야 겨우 선주는 그의 입술에서 풀려났다. 키스로 축축해진 입술을 그가 손가락으로 문질러 닦아 준다. 가볍게 소리가 날 정도로 다시 입술을 뺏는데 선주가 고개를 들었다. 하지만 여전히 그녀의 몸은 그의 품에 갇힌 채였다. 다리 사이 흥분의 증거 역시 그대로였다.

"이런 식의 환대라면 언제든 환영이야. 한 입에 꿀꺽할 수도 있을 것 같은데."

그의 말에 키스로 붉어졌던 선주의 얼굴이 더 빨개졌다. 집으로 들어와 소파에 기대 잠이 들어 있는 무방비 상태의 그녀를 본 순간, 정말 한 입에 꿀꺽 삼키고 싶은 심정이었다. 처음, 그녀를 안은 후로 이런 식의 깊은 접촉은 처음이었다. 시간이 없기도 했지만 첫 관계 후에 이틀 정도 앓았던 그녀 때문에 석현은 간신히 자신의 욕구를 눌러 참아 내고 있었다. 하지만 오늘처럼 순진한 얼굴로 잠에 빠진 그녀를 볼 때면 그의 인내 역시 한계를 느꼈다.

"바빴어요?"

"응."

"수고했어요."

왠지 기분이 뿌듯해졌다. 자신을 기다려 준 여자에게서 듣는 수고했다는 말. 석현은 피곤했던 몸과 마음이 개운해지는 기분이었다. 오늘따라 유난히 예뻐 보이는 그녀의 얼굴을 당겨 그는 다시 입술을 훔쳤다.

"오늘 학예회는 어땠어? 처제들 잘했나?"

"네. 젠 씨도 왔었어요."

"그래? 나도 가고 싶었는데."

"괜찮아요."

"집은? 장인어른 반응은 어떠셨어?"

"그냥요. 빚이라고 생각하시겠대요. 꼭 갚으시겠다고. 독촉은 안 하겠다면서 좋아하셨어요."

웃음이 쿡쿡 났다. 예상했던 대로다. 조용한 재형의 얼굴을 떠올리며 석현은 고개를 끄덕였다.

"당신은?"

"네?"

"오늘 어땠어?"

"어, 좋았어요."

"정말?"

"네. 엄청."

"좋았다고? 외롭지도 않고, 내가 보고 싶지도 않았다고?"

그제야 그의 말귀를 알아들은 선주가 눈꼬리를 둥글게 휘며 웃었다.

"전 독립적인 여자거든요. 누구 때문에 외롭거나 하진 않아요. 혼자서도 잘 노는 여자예요."

"혼자서도 잘 논다고?"

"네. 흡!"

갑자기 입술이 막혔다. 혀가 얽히고 숨결이 뒤엉켰다. 두 사람의 숨결이 거칠어지며 혀가 마찰하는 소리가 거실을 울렸다. 다시 풀려났을 땐 그녀가 흐릿해진 시선으로 그를 올려다보았다. 그가 주는 느낌으로 정신을 차릴 수가 없었다.

"혼자서도 잘 놀았어?"

"아니요."

"그럼?"

"보고 싶었어요. 매 순간, 매 시간."

그의 눈빛이 짙어졌다. 웃음이 사라지며 다시 키스가 이어졌다. 선주의 몸이 축 늘어질 때까지 그는 그녀를 놓지 않았다. 키스에서 풀려난 선주가 그의 가슴으로 파고들었다.

"쉬어야 하잖아요. 내일 취임식……."

"당신도 같이 갈 거야."

"네?"

"그냥 옆에만 있어."

석현의 말에 선주가 고개를 들었다. 그를 향한 욕망이 솔직하게 드러나 있었다.

"이제부터는 항상 당신이 내 곁에 있는 거잖아."

선주는 손을 내밀어 그의 뺨을 쓰다듬었다. 이기적인 남자 같으니. 웃음이 피식 나왔다.

"내 곁에는요?"

"내가 있는 거지."

"진짜요?"

"응. 날 의심하는거야?"

"의심하지 않게 해 줘요."

"무슨 소리야?"

그제야 석현이 웃음을 거두고 눈살을 찌푸렸다. 오히려 웃고 있는 선주를 의심하듯 쳐다본다.

"김선주."

"내가 웃는 걸로 보여요?"

뭔가 뜨끔해졌다. 생글거리며 하는 말인데 석현은 순간 긴장했다. 그녀와 떨어져 있던 그때처럼. 그는 몸을 곧추세우고 선주를 고쳐 안았다. 불편한지 그녀가 그의 무릎에서 내려오려 했다. 하지만 석현이 내려가지 못하도록 허리를 꽉 잡았다.

"무슨 일이야?"

"수술이요."

석현이 긴장을 풀고 한숨을 푹 쉬었다. 그가 내쉬는 숨이 뺨에 닿는 느낌이 좋았지만 선주는 인상을 썼다.

"어떻게 알았어?"

"그게 중요해요?"

"가끔 당신 엄청 까다로워진다는 거 알아?"

선주가 두 손으로 가슴을 밀어내려 하자 석현이 아예 두 팔로 꽉 껴안아 움직이지 못하게 했다.

"놔요."

"미안해."

화가 나서 한바탕 해 주고 싶었는데 오히려 눈물을 글썽이고 말았다. 그녀는 입술을 깨물며 그를 노려보았다.

"내가 왜 화났는지 알아요?"

"알아."

"알면서 왜 그랬어요?"

물끄러미 바라보는 시선이 복잡했다. 그 복잡함까지 받아들이고 싶은 그녀의 마음을 알면서도 석현은 선뜻 입을 열지 못했다. 자신의 가장 약한 부분을 비집고 들어오는 그녀에게 그 모습을 보이기 싫었다. 지켜야 할 사람은 자신인데 늘 선주가 더 강하고 단단하게 자신을 잡고 있는 것 같았다. 난생처음 느껴보는 약함이라 주저하게 만들었다.

"당신이 나를 지키는 걸까? 내가 당신을 지키는 걸까?"

"네?"

"당신한테 망설이는 내 모습, 약한 내 모습 보이고 싶지 않다는 건 변명일까?"

"……"

"아직도 원망은 남아 있어. 그런데 아버지가 돌아가시면 내가 엄청 후회가 될 것 같더군. 내가 하려는 건 그저 시간을 벌어 보려는 얄팍한 수일 뿐이야. 무슨 대단한 부자간의 정이 생긴 건 아니니까 당신한테 말 못 했던 거야. 당신이 실망할까 봐."

선주가 고개를 숙여 그의 어깨에 이마를 기댔다. 잠시 뒤 셔츠가 조금 젖는 게 느껴졌다. 그는 손으로 선주의 턱을 잡아 올렸다. 눈물로 젖은 얼굴을 보니 한숨만 나왔다.

"기대 같은 거 없어요."

"……"

"그냥 사장님이 있는 그대로 보여 주길 바래요. 약한 모습도, 비겁한 모습도. 내가 원하는 건 그냥 솔직한 당신이니까요."

먼저 입술을 맞춘 건 선주였다. 눈물이 입 안으로 흘러 들어와 찝찔한 맛이 느껴졌다. 하지만 석현은 그런 것에 아랑곳없이 더 깊이 키스를 했다. 그도 그녀와 똑같이 있는 그대로의 그녀를 원했다. 솔직한 눈으로 자신의 가족이 되어 주겠다던 그 모습 그대로의 김선주를. 긴 하루가 기다리고 있는 내일 따위는 잊고 두 사람은 서로에게 더 깊이, 더 강하게 침몰해 갔다.

긴장한 탓인지 손바닥에서 계속 땀이 배어 나왔다. 선주는 자신을 향한 시선을 느끼며 억지미소를 지어 봤지만 목 안까지 꽉 차오른 답답함은 사라지지 않았다. 유일하게 자신을 보고 웃은 사람은 준건뿐이었다. 살이 좀 빠졌지만 건강해 보였다.

그 옆엔 민 회장이 수심에 찬 눈으로 주변을 둘러보고 있었다. 냉랭한 기운을 내뿜는 딸들과 사위, 외손자들. 아픈 아들과 무표정한 손자까지. 어떤 마음일까? 순간, 선주와 눈이 마주치자 희미하게 감정이 일렁인다. 후회? 하지만 곧 거둬 버린 시선이라 선주는 확신은 할 수 없었지만 그 마음의 회한만은 어느 정도 이해가 갔다. 쌍주가, 혁주가, 아빠가 저렇게 변한다면 그녀는 견디기 힘들 것 같았다.

오전 회사에서 있었던 딱딱하고 형식적인 취임식이 약간의 기대감과 낯선 호기심을 품고 있었다면, 저녁 호텔에서 열린 취임 축하연에는 냉랭하고 불쾌한 기운이 흘렀다. 사람들이 민 회장 일가에 흐르는 그 분위기에 민감하게 반응하며 호기심 어린 눈으로 조심스럽게 살폈다.

하지만 그런 주변의 시선들에는 이미 익숙해진 건지, 아니면 개의치 않는지 석현도, 다른 가족들도 무심하기만 했다. 오히려 석현은 자신만만한 여유로움으로 자신에게 인사를 건네는 회사의 임원들에게 선주를 기쁘게 소개하고 있었다. 삐딱한 가족들의 시선은 완전히 무시한 채였다. 그곳에서 긴장해서 떨고 있는 사람은 선주뿐인 것 같았다.

오늘 그녀는 자연스럽게 틀어 올린 머리에 풍만한 몸매를 은은하게 드러낸 우아한 드레스 차림이었다. 젠이 심혈을 기울인 작품이라고 열변을 토한 참이었다. 그가 잘난 척해도 불만이 없을 정도로 오늘 선주는 아름다워 보였다.

상기된 표정에 어색한 웃음이지만 그 때문에 오히려 석현의 눈에는 섬세한 도자기처럼 연약해 보였다. 간밤에 자신의 품에 안겨 들었던 그녀를 떠올리자 몸에 힘이 들어갔다. 얌전한 드레스지만 풍만한 그녀의 가슴선을 아름답게 감쌌다. 어젯밤 뽀얗게 농익은 과일처럼 탐스럽던 모습이 떠오른다. 석현은 그녀를 잡은 손에 힘을 주었다. 그걸 느낀 그녀가 올려다본다.

"왜요?"

석현의 긴장된 시선과 마주치자 선주는 침을 삼켰다. 좀 전에 인사를 막 건네고 지나간 이사의 이름이 순식간에 뇌리에서 사라졌다. 저녁 내내 그 상태였다. 경계와 호기심의 시선에 잔뜩 얼어서. 그나마 자신을 끝까지 잡고 놓지 않는 석현 덕에 견디고 있었다. 그래서 그의 작은 변화를 더 민감하게 알아챘다. 마주친 눈에 그녀가 이해 못 할 열기가 가득 차 있다. 표면적인 여유로움과 달리 그도 이 자리가 불편한 걸까? 그녀는 저도 모르게 몸을 기울였다.

"피곤해요?"

피식, 그의 입술이 올라갔다. 하지만 눈은 긴장해서 여전히 굳은 채였다.

"사장님?"

갑자기 석현이 고개를 숙였다. 부드럽고 뜨거운 입술이 슬며시 귓불을 건드리자 몸이 부르르 떨렸다. 그때서야 선주는 그의 긴장감이 어디서 나온 건지 알아챘다.

"안고 싶어."

헉, 하고 숨을 들이쉬는데 낮고 쉰 웃음소리가 들려왔다. 사람들이 가득 찬 홀인데도 몸이 뜨거워지고 은밀한 공기의 파동이 파르르 느껴졌다. 그녀의 상태를 알아챈 석현이 잡은 손을 당겼다. 더 깊어지고 은밀해지는 시선.

"축하해."

반갑지 않은 목소리에 석현이 구부렸던 몸을 일으켰다. 순식간에 농밀해졌던 공기가 흩어지고 선주는 숨을 몰아쉬며 입술을 깨물었다. 하지만 눈앞에 서 있는 남자를 보고 석현과 선주 둘 다 인상을 찌푸렸다.

"방해했나?"

기현이었다. 저녁 내내 무시하더니 무슨 바람인지 천연덕스럽게 말을 걸어왔다. 사람들의 시선이 노골적으로 그들을 향해 있었다. 석현은 방해자가 기현이라는 걸 확인한 순간부터 불쾌한 표정이었다.

"이제 소원풀이 한 건가?"

"그건 두고 봐야지. 내 소원이 여기서 끝나겠어? 내가 좀 뒤끝이 심한 놈인 거 알잖아."

기현의 얼굴이 창백하게 굳어졌다. 하지만 곧바로 석현을 무시하고 이번엔 선주를 향했다.

"축하드립니다. 앞으로 잘 부탁드리죠."

정중하지만 비아냥거림이 섞여 있었다. 무시하려는데 기훈이 그녀의 손을 잡아챘다. 재빠른 움직임에 반응할 사이도 없이 그녀의 손을 잡아채 두 손으로 친밀하게 감싼다. 손을 빼려고 힘을 주었지만 소용이 없었다. 석현이 기훈의 손목을 움켜쥐었다.

"무슨 짓이야?"

"왜? 아름다운 제수씨한테 인사하는 건데. 앞으로 가깝게 지내죠, 우리. 이제 가족이 되는 거 아닙니까?"

석현이 주먹이 나가기 전에 기훈이 손을 놓고 뒤로 물러선다. 선주는 잡혔던 손을 비볐다. 불쾌함에 몸이 떨려 왔다.

"너 혼자 사는 세상 아니잖아? 대표 자리에 올랐다고 이 회사가 네 것이 되는 게 아니듯이."

"도전이라면 얼마든지 받아 주지. 하지만 편법은 용서 안 해. 내 여자, 내 가족. 건드려 봐. 어떻게 되는지 보여 줄 테니까. 조용히만 살아. 그럼 네가 원하는 한 귀퉁이 정도는 내어 줄지도 모르니까."

서릿발 같은 차가운 음성에 기훈이 이를 악물고 노려본다. 하지만 곧 몸을 휙 돌려 멀어졌다. 긴장해서 숨을 참고 있던 선주는 그제야 숨을 몰아쉬었다. 여전히 불쾌함이 남은 눈으로 석현이 그녀를 돌아본다. 그늘이 진 탓에 눈이 더 어둡게 보였다.

"미안해요. 갑작스럽게……."

"손, 씻고 와."

"네?"

"깨끗이. 저 자식이 만진 부분은 특히 깨끗하게 씻어."

맙소사. 선주는 입술을 깨물었다. 한숨이 나오는 걸 참고 그녀는 고개를 끄덕였다. 지금 반박해 봐야 석현의 성질만 돋울 뿐이라는 걸 누구보다 잘 알았다. 가족에 관한 한 그만큼 비이성적으로 반응하는 사람을 본 적이 없으니 말이다.

선주는 화장실로 갔다. 끈적끈적하게 남아 있는 느낌을 털어 내기 위해 손을 꼼꼼히 씻어 말렸다. 앞으로도 쭉 이런 식이겠지. 바늘로 발바닥을 쿡쿡 찌르는 것 같은 그런 긴장감이 느껴졌다. 석현과 준건의 문제만 해결하면 될 줄 알았는데. 그녀는 한숨을 푹 쉬었다.

"김선주 씨."

화장실에서 나왔는데 부드러운 음성이 그녀를 불렀다. 준건이 웃으며 서 있었다. 오전에 취임식에서 인사를 하고, 아까 연회장에 들어와 간단하게 한 목례가 전부였다. 석현이 여전히 준건에게 거리를 둔 탓이었다.

"사장님."

"괜찮나?"

석현과 기훈 사이에 있었던 일을 지켜본 모양이다. 선주는 고개를 끄덕였다.

"네. 몸은 좀 어떠세요?"

"보다시피 아직은 멀쩡하네. 잠깐 얘기 좀 할까?"

어차피 돌아가도 바늘방석일 테니 차라리 자신을 조금이라도 편하게 해 주는 준건과 있는 편이 나을 것 같았다. 두 사람은 축하연이 열리는 홀이 아닌 위층의 커피숍으로 올라갔다. 늦은 시간인데도 사람이 많았지만 다행히 사람들의 시선을 피해 구석진 곳을 찾을 수 있었다. 커피를 주문하고 그 커피가 나올 때까지도 두 사람은 침묵을 지켰다. 종업원이 가고 한참이 지나서야 준건이 한숨을 쉬며 입을 열었다.

"수술을…… 수술을 해야 할 것 같아."

"들었어요."

"면목이 없네."

안타까웠다. 고맙게, 어쩌면 너무나 기쁘게 받아야 할 선물일지도 몰랐다. 그런데 지금 준건의 표정은 회한에 가득 차 있었다. 선주는 아무 말도 할 수가 없었다.

"그래, 김선주 씨 생각은 어떤가? 내가 받을 자격이 있는 것 같나?"

"……."

"나약하고 나만 아는 이기적인 비겁쟁이라고 생각하는 거 알아. 하지만…… 조금만 더 살고 싶어졌다네. 석현이 옆에서. 선주 씨, 이게 내 욕심인가? 내 못돼 먹은 이기심인가?"

선주는 지금 준건의 마음이 이해가 가서 아팠다.

"왜 저한테 이런 말씀을 하세요? 사장님이 결정하셨다면 그게 뭐든 전 따를 거예요."

선주의 대답에 준건이 다시 웃었다.

"나한테도 김선주 씨 같은 여자가 있었거든. 그 여자를 위해서라면 뭐든 다 해 주고 싶을 정도로. 석현이한테 선주 씨가 그런 여자라, 그래서 자네의 동의를 얻고 싶어졌어."

석현의 어머니 얘기일 것이다. 평생 그 감옥 속에서 살아온 사람이었다. 선주는 입술을 깨물었다.

"날 살려 주겠다고 하면서 그게 어떤 건지 느껴보라고 하더군."

숨이 막힌다. 자신을 안았던 그 밤, 그의 심정을 이제야 알게 되었다. 오랫동안 느껴 왔던 그 증오심이 얼마나 부질없는 건지 한순간에 지탱하던 그 힘을 잃었던 그의 심정을. 시간을 벌려는 얄팍한 수라고 했던 그 마음을. 가슴 가운데가 저릿해졌다. 석현도, 준건도 오래된 이 관계로 인해 상처받고 있었다. 하지만 늘 그렇듯 선주는 석현의 편에 서기로 했다.

"사장님 말씀대로 건강해지세요. 얼른 나으셔서 오랫동안 사장님이 느꼈던 외로움, 배신감 보상해 주세요. 전 지금도, 앞으로도 민석현이라는 사람 편에 설 거라서 이 말밖에는 할 게 없습니다. 죄송해요."

준건이 미소를 짓는다. 어쩌면 그가 바라던 대답이 아니었을까? 선주는 눈물을 꾹 눌러 참았다.

"그렇게 얘기해 줘서 고마워. 김선주 씨가 석현이 옆에 있어서 다행이야."

결국 눈물이 뚝 하고 방울져 내렸다. 준건의 미소가 더 환해졌다.

"일어나야겠군."

커피숍 입구를 보며 하는 준건의 말에 돌아보니 석현이 험악한 얼굴로 서 있었다. 시선이 마주치자 성큼성큼 다가왔다. 준건이 자리에서 일어났다.

"고마웠네. 다음에 보지."

석현과 커피숍 중간에 마주선 준건이 손을 내밀어 아들의 어깨를 꽉 잡았다. 예전 같았으면 뿌리쳤을 손길인데 그는 가만히 있었다. 준건이 손을 내리고 나가고 나서야 그는 선주에게 다가와 옆에 앉았다.
"지금까지 여기 있었던 거야? 아버지하고?"
"네."
"한참 찾았어."
"미안해요."
"길을 잃어버린 줄 알았어. 여자 화장실까지 찾아갔었어."
"아……."
 눈이 마주쳤다. 강한 남자라고 생각했다. 너무 강하고 단단해서 흔들리지 않을 거라고. 하지만 지금 자신을 보는 눈에 불안함이 비쳤다. 석현이 꽉 틀어쥔 그녀의 손을 잡아 펴서 깍지를 꼈다.
"당신이 눈앞에 없으면 불안해. 다른 남자와 같이 있으면 화가 나. 심지어, 그 사람이 아버지라도."
 막혔던 숨이 터져 나왔다. 이곳이 다른 사람들의 시선에 노출된 공간이라는 걸 잊었다. 아까 잠시 느꼈던 긴장감이 두 사람 사이에서 활활 타오른다. 살갗이 따끔거릴 정도였다. 어쩔 줄 모르는데 석현이 손을 내밀어 손을 잡는다.
"아깐 미안했어. 기훈이 녀석이 당신을 만진 게 싫어서 괜히 짜증이 났던 거야."
"알아요. 나도 싫었어요."
"아버지하고 무슨 얘기했어?"
"수술이요."
"수술?"
"사장님께도 그런 여자가 있었대요. 그 여자를 위해서라면 뭐든 해주고 싶은 그런 여자요."

석현의 눈이 가늘어졌다. 어머니의 얘기라는 걸 그도 알았다. 선주는 자신을 꽉 잡은 손위로 다른 손을 겹쳐 올렸다.

"당신한테도 제가 그런 사람인가요?"

"그런 걸 왜 물어?"

"왜냐하면 사장님이 제 거라서, 사장님이 주려고 하는 그 작은 부분도 제 동의가 필요한 거였으면 해서요. 아버님이 제 허락을 구한 게 맞다고 해 주세요."

눈빛이 흔들렸다. 그가 잡은 손을 당겨 몸을 붙여 왔다. 맞닿은 몸에 열이 났다.

"맞아. 그런데 조건이 있어."

"네?"

"당신도 그래야 해. 당신의 모든 것도 내 거야 한다는 거 잊지 마. 심지어는 당신의 손을 잡는 것도 내 허락이 필요하다고 하다는 걸."

피식 웃음이 났다. 선주는 고개를 끄덕였다. 이제야 진짜가 되었다. 진짜 계약. 두 사람 사이의 영원한 계약.

'나하고 결혼하겠나?'

네, 하고 대답했던 그 순간부터 이미 거짓이 아니었지만 이 순간 완성이 된 것 같았다. 앞으로 골치 아픈 그의 가족 관계, 수술. 수많은 문제가 남아 있지만 선주는 상관없었다. 민석현, 이 남자의 존재만으로. 그저, 그걸로 족했다. 진짜 그를 손에 넣었으니까.

사람들이 있는 것에도 아랑곳없이 석현이 입술을 훔쳤지만 선주는 웃고 말았다.

에필로그

　준건의 수술은 철저히 비밀에 부쳐졌다. 하지만 이제 막 부임한 석현의 부재는 어쩔 수 없이 화제가 될 수밖에 없었다. 그래서 민 회장이 그들의 결혼을 서둘렀다. 두 사람의 의견이 들어가지 않은 시끄럽고 화려한 결혼. 선주가 꿈꿨던 소박한 결혼식은 아니지만 법적으로 그의 아내가 되는 게 좋았다.
　결혼식 후 두 사람의 신혼여행은 몰디브로 정해졌다고 언론에서 떠들었지만 사실은 대학로의 대학병원이었다. 신혼여행 일정에 맞춰 수술 날짜가 맞춰졌다. 준건은 이미 5일 전에 입원을 해서 수술 전 검사를 끝낸 상태였고, 결혼식에만 잠깐 얼굴을 보였다. 석현은 그 전 주에 미리 검사를 받았고 수술 전날 입원을 하기로 의사와 상의하여 결정했던 것이다.
　공항으로 가야 할 차는 방향을 바꿔 비밀리에 병원으로 향했다. 석현과 선주는 그들을 위해 마련한 최상층의 VIP룸에 들어갔다. 졸지에 신혼 첫날밤이 수술 전날이 되고 말았지만 그녀는 불평하지 않았다. 다만, 그곳을 벗어나지 못한다는 불편함은 있지만 마음은 편했다. 가족들도 모르는 일이라 그녀는 몰디브에 도착할 시간이 되어서야 전화를 해야 했다. 신나서 떠드는 쌍주에게 웃으며 얘기를 하고 끊는데 석현이 물끄러미 보고 있었다.

"왜요?"

"김선주, 솔직한 줄 알았는데 거짓말도 천연덕스럽게 잘하네?"

무안한지 그녀가 얼굴을 붉히며 그를 흘겨보았다. 킥킥대며 그가 화가 나 입이 튀어나온 선주를 당겼다.

"오늘 우리 신혼 첫날밤인 건 아나? 여보."

은근한 목소리에 선주가 인상을 쓰며 몸을 부르르 떨었다.

"으윽."

"뭐야, 그 반응은?"

"느끼해요."

"뭐가 느끼해? 당신도 불러 봐."

헉, 하며 선주가 몸을 피하려 했다. 그 모습이 웃겨 석현이 그녀를 품 안에 가둬 버렸다. 버둥대는 그녀의 목덜미까지 빨개져 있었다. 부끄러워하는 모습이 너무 예뻤다. 그는 피하는 그녀의 얼굴을 당겨 키스를 퍼부었다. 약간의 억울함이 생긴다. 신혼 첫날 신부를 눈앞에 두고도 참아야 하다니. 잠시 버둥대던 그녀가 나긋나긋해져 안겨 온다.

석현은 그녀의 허리를 잡고 번쩍 안아 무릎 위로 올렸다. 키스가 깊어지는데 침실로 통하는 문을 누군가 두드렸다. 처음엔 그 소리를 듣지 못했던 선주가 덜컥 열리는 문에 화들짝 놀라 그를 밀어냈다. 다행히 비서가 들어왔을 때 두 사람은 소파 양쪽에 앉아 있었다. 물론, 멀쩡한 상태는 아니었지만. 상기된 얼굴이 동시에 들어오는 사람을 향하자 비서가 순간 움찔했다.

"무슨 일이지?"

"아, 죄송합니다. 회장님 전화입니다."

석현의 표정이 굳어지며 자리에서 일어나 나갔다. 선주는 두근거리는 가슴을 간신히 진정시켰다. 이제 부부가 되었으니 별스런 일이 아닌데도 여전히 그가 만지면 정신을 차리기가 힘들었다. 게다가 그의 말처럼 오늘은 첫날밤이 아닌가? 물론, 일반적인 첫날밤이 되진 않겠지만.

여보, 라고 그가 불렀을 때 몸속에서 뭔가 근질근질한 느낌이 들었다. 그의 곁에 있는데도 실감이 나지 않았는데, 그렇게 불리자 조금 두 사람의 관계가 바뀐 듯한 기분이 들었다. 남편. 이상했다. 민석현이 자신의 남편이라니. 이제 항상 서로의 곁에 있는 게 당연하게 여겨지는 그런 관계. 얼굴이 화끈거렸다.

두 손으로 얼굴을 감싸 열을 식히려고 애쓰는데 문이 열렸다. 통화가 짧게 끝난 모양이다. 썩 유쾌해 보이지 않는 표정에 선주가 일어섰다.

"무슨 일 있어요?"

"아니."

"표정이 왜 그래요?"

"그냥."

고맙다는 짤막한 인사였다. 할아버지인 민 회장이 가장 걸려 하는 건 아들과 손자의 관계였다. 이 수술로 다 잘될 것처럼, 모든 게 해결된 것처럼 민 회장은 들떠 있었다.

딱히, 그런 감정이 없던 석현으로서는 오히려 그런 반응이 짜증스러웠다. 게다가 이 모든 일의 시작엔 할아버지인 민 회장이 있었다. 그래서 저도 모르게 이 수술 이외에 어떤 것도 기대치 말라는 차가운 말을 내뱉었던 것이다. 손자의 무뚝뚝한 태도에 민 회장이 조금 풀이 죽어 전화를 끊었다.

"그런데 왜……."

다른 사람이라면 이해해 주지 못할 일들인데 그녀가 옆에 있는 것만으로도 위안이 된다. 그는 선주를 당겨 안았다. 하필 내일이 수술이라는 것이 아쉬웠다.

"당신만 있으면 돼."

"사장님."

"남편한테 사장님이 뭐야?"

"아, 자기."

얼굴이 빨개져서도 그를 위로하듯 손을 내밀어 허리를 감아 왔다.

"잠시만 이렇게 있어. 다음에, 신혼여행 꼭 다시 가자."

그의 말에 갑자기 선주가 그를 밀어냈다.

"아, 우리 사진."

"사진?"

"네. 쌍주가 도착하자마자 사진 찍어서 보내라고 했는데. 어쩌죠?"

몰디브가 서울하고 같을 리가 없다. 고민하던 석현이 갑자기 그녀를 재촉했다.

"옷 갈아입어. 일단 나가지."

"네? 어딜……. 그러다가 기자라도 만나면……."

"그럴 일 없어. 제일 예쁜 걸로 입어."

서두르는 그 때문에 반박도 못 하고 그녀는 신혼여행을 위해 준비한 꽃무늬 원피스로 갈아입었다. 어디로 가나, 궁금증에 그의 손이 이끌려 갔다. 꼭대기 층이라 바로 옥상으로 향하는 계단이 복도 끝에 있었다. 비서에게 입단속을 시키고 석현은 그녀를 끌고 옥상으로 올라갔다. 탁 트인 하늘이 나타났다. 뉘엿뉘엿 져 가는 늦가을 볕이 뜨거웠다. 민소매 원피스 위에 입은 볼레로를 그가 벗겨 냈다.

"뭐예요?"

"몰디브 온 기분 내라고."

가슴이 파인 원피스라 부드러운 융기가 드러났다. 부끄러워하며 움츠리는 그녀를 안고 석현이 뺨에 입술을 댔다.

"수영복도 가져올 걸 그랬나?"

헉, 선주가 째려보자 키득거리며 웃는다.

"이리 와 봐."

다정하게 뺨을 대고 그가 들고 온 카메라로 사진을 찰칵 찍는다.

"뭐해요?"

"처제들한테 보낼 사진 찍는 거야. 하려면 제대로 해야지."

이번에는 그녀의 뺨에 입술을 대고 찍는다. 처음 머뭇거리던 선주도 점차로 재미있어졌다. 두 사람은 한참을 구름 한 점 없는 파란 하늘을 배경으로 열심히 사진을 찍어 댔다. 능청스러운 석현의 행동에 선주는 계속 웃었다. 그가 웃음을 참지 못하는 그녀를 안고 입술을 훔치며 찰칵, 하고 사진을 찍자 선주가 간신히 그를 밀어냈다.

웃음을 걷어 내지 못한 채 난간에 기대는 그녀를 석현이 물끄러미 바라본다. 카메라를 내려놓고 천천히 다가올 때까지도 선주는 변한 그의 분위기를 알지 못했다. 그가 뺨을 잡아 입술을 가져왔을 때에야 가벼웠던 분위기에 긴장이 어린 걸 깨달았다.

"어, 사장님."

"김선주."

미처 지우지 못한 미소에 희미한 떨림이 지나갔다. 입술이 부딪치며 그의 품 안으로 들어갔다. 급작스런 키스였지만 선주는 거절하지 않았다. 순간, 뜨거운 햇살마저도 재가 되어 버릴 만큼 두 사람 사이에 불꽃이 타오른다. 혀가 엉키고, 몸이 맞물리듯 겹쳐졌다. 풍만한 선주의 가슴이 그의 단단한 가슴에 눌리듯 부드럽게 부딪쳤다.

"사, 사장님."

간신히 입술이 떨어졌다. 어쩔 줄 모르는 선주의 젖은 입술을 그가 엄지손가락으로 비벼 준다. 화사하게 웃는 모습을 보자 끓어오르는 욕망을 참을 수가 없었다.

"나중에, 나중에 다 받을 거야. 제대로."

그가 주는 열기로, 뜨거운 햇살로 그녀의 뺨이 붉게 타오른다. 석현은 보드라운 그 입술에 다시 격렬한 입맞춤을 보냈다.

수술은 무사히 순조롭게 이루어졌다. 석현의 회복을 위해 넉넉히 잡은 한 달간의 신혼여행 기간 동안 두 사람은 병원에서 꼼짝하지 않았다. 수술 후 일주일이 지나고서 석현은 움직임에 별다른 제약을 받지 않게 되었고, 퇴원 즈음에는 입원했던 사람답지 않게 건강해 보였다. 준건 역시 석현이 퇴원할 즈음에는 무균실을 나와 순조로운 회복을 보여 곧 퇴원을 할 예정이었다.

병원에 있는 내내 첫 일주일을 제외하고 선주는 두 사람의 병실을 왔다 갔다 했다. 그것 때문에 석현이 몹시 짜증은 내긴 했지만 이제 시아버지가 된 준건을 선주로서는 내버려 둘 수가 없었다. 퇴원 전 두 사람은 준건의 병실에 들렀다. 한 달여간의 병원 생활 때문인지 창백하긴 했지만 얼굴빛은 맑았다.

홀가분해 보이는 얼굴. 아들로부터 새로운 생명을 받은 순간부터 준건은 다시 태어난 기분이었다. 늦었지만 다시 시작하고 싶었다. 핏줄이란 것이 우습게도 그랬다. 딱 자른다고 되는 게 아니었다. 그는 자신에게 주어진 시간 동안 석현의 마음을 풀기 위해 노력하기로 했다.

"오늘 퇴원한다고?"

"네."

"그래. 그동안 수고했다. 새아가, 너도 고생 많았다. 가자마자 일이 많을 텐데. 걱정이구나."

취임식 이후 바로 수술이 진행됐으니 쌓인 일이 많았다. 병원에서 비서를 통해 보고를 받으며 업무를 처리하기긴 해도 석현은 답답함을 느끼던 차였다. 완전하게 손아귀에 들어온 게 아니었다. 언제, 어디서든지 치고 들어올 수 있는 여지가 많았다. 그룹 임원들을 만나 자신의 자리를 공고히 하고, 가족들이 자신들의 위치에서 벗어나지 않도록 그가 힘을 키워야 했다. 아직은 민 회장이 뒤에서 받쳐 주고 있긴 하지만 얼마나 갈지는 아무도 모르는 일이다.

석현은 물끄러미 아버지를 바라보았다. 이제 와서 새삼 두 사람의 화해가 이루어진다고 해서 달라질 건 없었다. 오랜 가족들 간의 반목은 태생적으로 그가 지고 가야 할 짐이라는 생각이 문득 들었다. 아버지나 할아버지에 대한 원망으로 자신의 속을 갉아먹을 시간 따위는 더 이상 없다는 걸 깨달았다. 그에게는 새로운 가족이 생긴 것이다.

"아버님도 잘 요양하시고 나오세요."

웃으며 준건을 챙기는 선주를 힐끗 보며 석현은 그 생각을 했다. 이 여자를 위해서라면. 지금까지 싸워 온 것들보다 훨씬 더 지루한 싸움이 기다리고 있어도 무섭지 않다.

"그래. 퇴원하면 언제 같이 식사나 하자꾸나."

"그럼 몸조리 잘하십시오."

작별 인사를 하고 두 사람은 병원을 나왔다. 신혼집을 따로 구하지 않고 석현의 아파트를 그대로 사용하기로 했다. 처음 그곳에 들어올 때는 쌍주와 함께였는데 부암동으로 친정을 옮긴 뒤라 큰 아파트에 선주는 혼자 남게 되었다. 과로나 심한 운동을 피하라는 의사의 권유에 따라 석현이 일을 좀 줄이긴 했어도 선주가 혼자 있는 시간은 점차로 늘어났다.

　게다가 아직 부부 관계를 허락하지 않은 탓에 두 사람은 서로 다른 침실을 쓰고 있었다. 퇴원 후 돌아와 첫날밤을 보내고 석현이 결정한 일이라 선주는 딱히 반박을 할 수가 없었다. 오히려 그녀가 옆에 있어 괴롭다는데 할 말이 없었다.

　석현이 없는 낮 동안 선주는 부암동에 들러 친정집 살림을 정리하고 오후에는 준건을 방문했다. 건강한 모습으로 퇴원한 준건은 산책을 하거나 난을 치면서 요양을 했다. 그래도 선주가 찾아오는 걸 가장 좋아했다. 이젠 주말이면 석현도 가끔씩 아버지와 시간을 보내려고 노력을 했다. 그 모습만으로도 선주는 충분히 만족스러웠다.

　시아버지와 시간을 보내고 집으로 돌아오니 저녁 시간이었다. 아줌마와 함께 식사 준비를 끝내자마자 석현이 퇴근을 해서 돌아왔다. 완전히 회복됐다고는 해도 조금 피로함을 느끼는지 들어오는데 얼굴이 까칠했다. 걱정이 된 선주의 얼굴이 저절로 찌푸려졌다.

　"피곤해요?"

　"아, 응. 조금."

　가방을 받아 들며 그녀는 남편의 얼굴을 살폈다. 방으로 곧장 들어가서 옷을 벗고는 욕실로 들어간다. 욕실에서 나올 때까지 침실에서 기다리는데 나오자마자 침대에 벌렁 드러누웠다.

　"식사하고 자요."

　"조금만 쉴게."

　오히려 결혼하고 나서 더 대화가 없어진 기분이 든다. 눈을 감는 그를 보고 한숨을 쉬며 자리에서 일어섰다. 갑자기 석현이 눈을 번쩍 뜨고는 그녀를 당겨 무릎 위에 머리를 얹는다.

　"잠깐만 이러고 있자."

　그녀의 보드라운 허벅지 위에 머리를 얹고 곧바로 잠이 들었다. 선주는 잠이 든 그의 머리를 쓸어 주었다. 외로워. 차라리 불평하면 좋을 텐데. 결혼 후 석현은 부쩍 말이 없어졌다. 준건과는 느리지만 화해 아닌 화해를 했고 가족들과는 어쩔 수 없는 대치 상태가 계속되었다. 딱히 전과 달라지진 않았지만 더 이상 그런 일로 상처받지 않았다. 그런데 자신을 대하는 태도는 조금 무심해져 있어 그녀는 속이 상했다.

헝클어진 머리를 쓸어 올려 잠이 든 잘생긴 얼굴을 물끄러미 바라보았다. 반듯한 이마에 조각처럼 쭉 뻗은 콧날, 그리고 단호한 입매까지. 저절로 손이 그의 얼굴선을 따라 움직였다.

"하지 마."

갑자기 손목이 잡혔다. 눈도 뜨지 않고 석현이 아플 정도로 손에 힘을 주었다. 깜짝 놀라 그녀가 손을 빼려 했지만 놓아주지 않았다.

"자요. 전 나가 있을게요."

"나가지 마."

어쩌라는 건지. 한숨을 푹 쉬는데 그가 몸을 돌려 누웠다. 그의 얼굴이 그녀의 배 쪽으로 향했다. 그 바람에 그의 숨결이 얇은 원피스 천을 통해 배꼽 부분으로 전해져 선주는 움찔했다. 그 반응에 그가 눈을 떴다. 잠들었다고 생각했는데 눈에 열기가 아른거린다. 어, 하며 선주는 시선을 피하지도 못하고 그와 시선을 마주쳤다.

"김선주."

커다란 손이 허리 부근을 잡았다. 긴장 때문에 숨이 막힐 것 같은데 그 손길에 더 숨쉬기가 힘들어졌다.

"어, 네. 안 잤어요?"

분위기를 풀기 위해 웃으려 했지만 말끝이 떨렸다. 그녀의 긴장감을 느꼈는지 허리에 있던 손이 천천히 등을 쓸고 올라가 뒷덜미를 잡았다. 저절로 몸이 구부러졌다. 서서히 얼굴이 맞닿을 정도까지 당겨졌다.

"저, 저기······."

"김선주."

쉰 목소리가 자신을 부른다. 귀 뒤쪽의 맥박이 미친 듯이 날뛴다. 닿을 듯 말 듯 입술이 스치며 숨결이 뺨에 와 닿는다. 선주는 저도 모르게 숨을 참았다. 처음도 아닌데 마치 처음처럼 어지럽고 숨이 찼다.

촉촉한 입술이 가볍게 닿았다 떨어지는데 소리가 났다. 그 소리가 자극적이어서 그녀는 침을 꿀꺽 삼켰다. 떨림을 느낀 그가 커다란 손으로 감싼 그녀의 머리를 완전히 숙였다. 깊숙이 입술이, 혀가 만났다. 그녀는 두 손으로 그의 어깨를 꽉 잡은 채 속수무책으로 떨고 있었다.

"자, 자기."

"김선주, 널 원해."

수술 후 두 달 정도 의사가 부부 관계를 금지시켰다. 몸이 어느 정도 회복된 후에 하는 것이 좋겠다는 권유를 받아들여 지금까지 그녀를 멀리했었다. 퇴원 후 바로 업무에 복귀해 피곤함이 있었다. 하지만 오늘 병원에 들러 검사를 받고 간의 80퍼센트 이상이 재생되었다는 결과를 들었다.

각방을 쓴 건 집으로 돌아와 첫날밤 옆에 누운 그녀를 두고 도저히 잠을 이룰 수 없기 때문이었다. 그 때문에 짜증이 늘어가고, 오히려 무뚝뚝해졌던 것이다. 병원을 나와 선주에게 바로 전화를 할까 하다 깜짝 놀라게 해 주고 싶었다.

무덤덤한 척은 하는데 서운해하는 그녀의 모습을 보자 조금 안쓰럽기도 했다. 그래서 그녀의 무릎을 빌려 누워 자신의 그 마음을 전하고 싶었는데 보드라운 허벅지를 느끼자 참을 수 없는 욕구가 느껴졌다. 게다가 그녀의 손이 머리카락을 쓸어내리는 느낌이 마치 자신을 애무

하는 듯했다. 키스 때문인지, 그의 말 때문인지 선주의 얼굴이 달아올라 있다. 눈에는 열기와 함께 물기가 비친다.

"하지만 당분간은……."

"오늘 병원 갔다 왔어."

그가 말한 의미를 알아들은 모양이다. 빨개진 얼굴로 어색한 미소를 짓는다. 석현은 몸을 일으켰다. 동시에 선주를 밀어 침대로 눕혔다. 엇, 하며 그녀가 넘어지지 않으려고 그의 팔을 꽉 잡았지만 결국엔 푹신한 침대에 그대로 드러눕고 말았다. 긴 머리가 헝클어지며 넓게 퍼졌다. 매혹적인 그 자태에 석현은 몸을 숙여 입술을 훔쳤다. 혀가 엉켜들었다. 주춤하던 선주가 팔을 들어 그의 목덜미를 감싸 안는다. 호흡이, 몸이 섞여 들었다. 두 사람은 오랫동안 서로의 품에서 충만함을 느꼈다.

아침부터 몸이 좋지 않았다. 계절이 바뀌는 탓이라고 생각했는데 토요일 아침에는 결국 늦잠을 자고 말았다.

"자기, 이제 일어나지?"

귓불에 축축한 기운이 닿더니 오싹할 만큼 부드러운 감촉이 느껴져 선주는 진저리를 쳤다. 겨우 눈을 뜨는데 석현이 말짱한 얼굴로 내려다보고 있었다. 이제 완전히 회복된 석현은 기운이 넘쳐 보였다. 곧바로 일어나지 못하고 뒤척이는데 그가 두 팔을 겨드랑이로 넣어 끙차, 하는 소리까지 내며 앉힌다.

"어디 아파?"

"아니요. 그냥 피곤해서. 몇 시예요?"

"열 시 넘었어."

"아, 늦었다. 일찍 갈려고 했는데."

"어딜?"

"아버님 생신. 가서 음식 준비라도 도우려고 했거든요."

석현의 얼굴이 조금 굳어졌다. 이상하게 두 사람의 관계는 괜찮아진 것 같은데 선주가 준건을 자주 찾아가는 건 싫은 티를 냈다.

"당신이 왜 해? 아줌마가 알아서 할 텐데. 우린, 가서 식사나 하고 오면 돼."

"어휴, 그런 게 어디 있어요? 며느리가 생신상은 봐 드려야 하는데. 전화는 했어요?"

"아직."

"어서 해요. 나도 해야겠다."

무거운 몸을 일으켜 선주가 욕실로 갔다. 그 뒷모습을 물끄러미 보던 석현은 한숨을 쉬었다. 아버지에 대한 유감이 완전히 사라지진 않았다. 하지만 딱히, 원망하는 마음도 더는 없었다. 아버지와 어머니의 인생, 그리고 두 분 사이의 일들은 자신이 관여할 일이 아니라는 생각을 굳혔다.

그런데 이상하게 선주가 아버지한테 정성을 쏟는 건 싫었다. 쓸데없는 질투라는 걸 알면서도 그런 기분이 드는 건 어쩔 수가 없었다. 안부 전화를 하고, 선주와 같이 곧바로 아버지 댁으로 향했다. 그의 말대로 가족들이 다 모여 있었고, 식사 준비도 어느 호텔 못지않게 완벽했다.

민 회장이 건강해진 아들을 위해 준비한 자리였다. 여전히 준건과 석현을 싫어하지만 민 회장 일가는 권력에 민감한 집단이었다. 자신의 처지가 어떤지 본능적으로 파악하고 몸을 사릴 줄을 알았다. 처음 석현이 동양그룹 사장 자리에 앉을 때만 해도 적대적이던 친지들이 어느새 다들 그의 비위를 맞추고 있었다. 그걸 볼 때마다 승리감보다는 허무함이 몰려왔다.

조금 떠들썩한 식사 자리였다. 형식적이고 열없는 허례에 불과하다.

하지만 석현은 자신의 지위에 맞은 우아하고 담대한 태도를 시종일관 유지했다. 이제 어느 정도 이런 자리에 익숙해진 선주 역시 그의 옆에서 일순 자연스럽게 보이는 미소를 띠고 있었다. 다만, 그녀의 진심이 향한 건 준건뿐이었다. 건강해진 시아버지를 위해서 그녀는 진심 어린 축하를 보냈다.

시간이 지날수록 불편함이 심해졌다. 딱히 사람들 때문은 아니지만 속이 더부룩하고 참기가 힘들어진다. 그래서 정작 식사가 시작되었을 때 선주는 자리에서 일어서고 말았다. 인상을 찡그리고 나가는 그녀의 모습에 한 여사가 고개를 저었다. 그 눈빛이 말하는 의미를 잘 아는 석현이지만 모른 척 자신도 자리에서 일어섰다.

"무슨 일이냐?"

"몸이 좀 안 좋은 것 같습니다."

"그래? 어서 가 보거라."

준건이 걱정하며 서둘러 그를 보냈다. 선주를 찾은 곳은 거실이었다. 창백한 얼굴로 소파에 기대 있었다.

"어디 아파?"

"아, 왔어요? 안 와도 되는데."

"무슨 일이야? 갑자기 뛰쳐나가서 놀랐어."

"속이 좀 안 좋아서요. 체했나 봐."

식은땀으로 축축해진 이마를 그가 만져 준다. 시원한 그 감촉에 마음이 가라앉으며 기분이 풀어졌다.

"식사할 수 있겠어?"

"아무래도 힘들 것 같아. 미안해요. 당신은 가서 식사해요. 난 손님 방에서 좀 쉬고 있을게."

"혼자 있어도 돼?"

"괜찮다니까. 어서 가요. 아들이랑 며느리 둘 다 빠지면 아버님 섭섭해하세요."

으이그, 하며 석현이 그녀를 일으켜 직접 손님방 침대까지 부축해 주었다. 눕자마자 눈을 감는 그녀를 한참 동안 지켜보다 석현은 바깥으로 나갔다. 도우미를 불러 약을 부탁했다. 약을 받아 방으로 가니 이미 선주는 깊은 잠에 빠져 있었다. 한동안 자리를 뜨지 못하고 석현은 그녀의 곁을 지키고 있었다.

당신에게 무슨 일이 생기면 어쩌지? 왠지 견딜 수가 없을 것 같다. 그는 잠든 아내의 손을 꼭 잡아 보았다. 평소와 다르게 조금 차가운 느낌에 그는 자신의 온기를 전해 주려는 듯 무의식중에 비비고 있었다.

"언니!"
"으앗!"
쌍주의 아찔한 비명 소리와 함께 선주는 그 자리에서 핏, 하고 쓰러지고 말았다. 며칠 전부터 시작된 울렁거림과 현기증이었다. 친정에 들러 점심 식사를 준비하던 선주의 실신에 가족들이 우왕좌왕했다.

다행히 쌍주의 비명을 듣고 달려온 석현이 머리를 부딪치기 전에 그녀를 낚아채듯 안아 크게 다친 건 없었지만, 의식을 잃은 그녀 때문에 그는 식은땀이 날 정도로 놀랐다. 곧바로 차에 태워 병원으로 향했다. 뒤따라온 쌍주와 재형도 어쩔 줄을 모른다. 병원에 도착해 곧바로 특실로 옮겨질 때까지도 선주는 의식이 돌아오지 않았다.

"언니 죽으면 어떻게 해?"
"야! 말이 되는 소릴 해! 언니가 왜 죽어!"
"그래도⋯⋯. 언니야, 눈 좀 떠 봐."
해주의 말에 화를 내던 미주도 입을 삐죽이며 울먹였다. 그 모습에 재형이 쌍주의 어깨를 잡았다.

"언니, 쉬어야 하니까 우린 나가 있자."

"싫어. 나 언니 옆에 있을 거야."

"나도."

고집을 피우는 쌍주를 어쩌지 못하고 재형 역시 걱정스럽게 큰딸을 바라보았다. 평소 건강한 혈색과 달리 침대에 누운 선주는 진짜 환자처럼 보였다. 옆에 선 사위도 말을 안 할 뿐 어쩔 줄을 모른다. 잠시 뒤, 의사가 왔다. 환자 이력을 이리저리 물어보더니 응급으로 찍자던 CT를 조금 미루자고 한다. 혈액 검사와 소변 검사 결과를 보고 결정하겠다는 말에 석현은 조급증이 생겼다.

다행히 혈액을 뽑으러 인턴이 오기 전에 선주는 정신을 차렸다. 자신이 누워 있는 낯선 장소에 눈이 휘둥그레졌다. 쌍주가 울면서 매달리자 난감한 표정으로 석현을 올려다본다. 하지만 석현도 화가 나긴 마찬가지였다. 쓰러질 정도로 몸이 힘든데 아무 말이 없었다니. 장인과 처제들이 없었다면 버럭 소리라도 지르고 싶은 심정이었다.

"언니야, 죽으면 안 돼."

"언니 죽으면 나도 같이 죽을 거야. 언니야."

어휴, 하며 선주가 고개를 저었다.

"죽긴 누가 죽어? 둘 다 뚝 못 해?"

"히잉, 언니 갑자기 쓰러져서 얼마나 놀랐는데."

"응. 나 간 떨어지는 줄 알았음. 진심."

"알았어. 그런데 언니 이제 괜찮아. 그러니까 울지 마, 알았지?"

간신히 동생들을 달래고 선주는 침대에서 일어나 앉았다. 잠시 뒤 간호사가 들어와 다 하지 못한 검사에 대해 알려 주며 소변 컵을 내밀었다. 괜찮다는데도 석현이 그녀를 부축해 병실에 딸려 있는 화장실로 데려갔다.

"끝나면 불러."

어딘지 모르게 무뚝뚝한 말에 선주의 표정이 어두워졌다.

"미안해요. 신경 쓰이게 해서."

"그게 무슨……."

터져 나오는 화를 간신히 누르고 석현이 입을 꾹 다물었다. 울 것 같은 선주의 표정에 그는 한숨을 푹 내쉬었다. 더 화를 내면 울릴 것 같아 그는 화해를 청하듯 뺨을 쓸어 주었다.

"일단 검사부터 해."

문이 닫히고 선주는 잠시 변기 뚜껑 위에 앉았다. 몸이 이상하긴 해도 쓰러질 정도는 아니었다. 최근에 피곤했던 건 결혼식 이후로 제대로 쉬지 못한 탓이라고 생각했다. 그런데 아까는 갑자기 핑 돌며 정신을 차릴 수가 없었다. 석현이 화가 날 만하다는 생각이 들었다. 신경 쓸 일이 한두 가지가 아닌데.

간호사가 건네준 컵에 소변을 받아서 나가자 문 바로 앞에 석현이 기다리고 있었다. 왠지 조금 민망한 생각이 들었다. 간호사가 검체를 받아서 나가고, 이제는 안심한 쌍주를 재형이 점심 식사를 위해 데리고 나갔다. 둘만 남자 조금 어색한 침묵이 돌았다.

"미안해요."

"뭐가?"

"저까지 신경 쓰이게 해서. 그런데 저 진짜 아픈 건 아니에요. 아까는 현기증이……."

말이 끝나기 전에 긴 한숨 소리가 들렸다. 멈칫, 말을 멈추고 선주는 석현을 올려다봤다. 그가 침대에 기대 오며 커다란 손바닥으로 뺨을 감쌌다.

"어휴, 이 바보야. 내가 그래서 화난 것 같아?"

"그럼……."

"당신 아프면 난 못 견뎌. 나한테 당신은 유일한 가족이라는 거 잊었어?"

글썽글썽 맺힌 눈물이 흘러내렸다. 순식간에 화가 났던 마음이 사라졌다. 석현은 엄지손가락을 흘러내린 눈물을 비벼 닦아 주었다.

"언제까지고 내 옆에 있어 줄 거지? 내가 필요할 때면 언제, 어디서라도."

선주가 고개를 끄덕이며 눈물을 펑펑 쏟았다.

"김선주답지 않다, 이건."

장난스럽게 말하며 안아 주는데 노크 소리가 들리고 곧 의사가 들어왔다. 환자를 대하기엔 지나치게 밝은 얼굴에 석현은 눈살을 찌푸렸다. 곧바로 두 사람 앞으로 걸어온 의사가 하얀색 스틱을 내밀었다.

"축하합니다. 임신입니다."

퇴원을 해 집으로 돌아왔다. 그다지 잘 우는 편이 아닌데 자꾸 눈물이 나는 건 임신 때문에 호르몬의 변화가 생겨서인 모양이다. 가족들로 부터 축하 인사를 받는 것도 기쁘지 않았다. 석현이 인사를 받으면서 지은 애매한 표정을 생각하니 또 눈물이 올라왔다.

수술 후 부부 관계를 허락 받은 후, 첫날을 제외하고 석현은 철저하게 피임을 해 왔다. 가끔씩 왜 그럴까, 하는 의아함을 품긴 했었다. 아직 수줍음이 남아 묻지 못했지만 오늘 석현의 반응에 그가 아이를 원하지 않는다는 걸 선주는 확실히 깨달았다.

쉬어야 한다는 핑계로 선주는 곧바로 침대에 누웠다. 말없이 그녀가 쉴 수 있도록 자리만 봐 주고 석현은 방을 나갔다. 그 차가움에 선주는 흐느껴 울고 말았다.

쾅, 하고 열린 문에 서재에 있던 석현은 깜짝 놀라 고개를 들었다. 문 앞에 선주가 서 있었다. 자다가 일어난 모양인지 흐트러진 머리에 왠지 표정이 일그러져 있었다. 평소 같지 않은 모습에 그는 자리에서 벌떡 일어나 아내에게 다가갔다.

"무슨 일……."

"확실하게 말해요."

"뭐?"

"나쁜 놈, 이기적인 놈."

헉, 석현의 입이 딱 벌어졌다. 눈물이 그렁그렁해서는 마구 그에게 욕을 퍼붓는다.

"왜 나하고 결혼했어요?"

뜬금없는 질문에 기함할 지경이다. 화가 난 선주를 진정시키기 위해 석현이 손을 잡았다. 그녀가 뿌리치려고 했지만 소용이 없었다. 그의 팔에 끌려 선주는 소파에 앉혀졌다.

"이럴 거면 왜 나하고 결혼했어. 이 나쁜 놈아."

"김선주."

"나 혼자 낳아서 키울 거야. 당신 없어도 잘 키울 거예요."

어이가 없어서 웃음이 피식 나왔다. 그 웃음에 선주가 더 화가 났는지 때릴 것처럼 손을 들었다. 석현은 손목을 잡아 누르며 그녀에게 몸을 붙였다.

"왜 당신 혼자 우리 애를 키워?"

그녀가 입술을 깨물었다. 좀 전까지도 솔직히 고민은 있었다. 피임을 한 건 아직 부모가 될 자신이 없어서였다. 아버지와 자신처럼 그런 관계가 될까 두려웠다. 기쁜 마음보다 놀란 마음이 더 강해 표현을 못 했던 것이다. 후, 하고 한숨이 나오는 걸 참았다. 헝클어진 머리에 울어서 빨개진 얼굴, 퉁퉁 부은 눈이 자신을 노려보았다.

"당신 혼자 키우게 내가 놔둘 것 같아?"

"그럼 뺏어 가기라도 하겠다는 말이에요? 이 나쁜……. 정말 싫어."

"정말 내가 싫어? 내가 그렇게 나쁜 놈이야? 내 자식, 내가 키우겠다는데?"

"어……."

말문이 막힌 듯 그녀가 우물쭈물했다. 더 놀렸다가는 나중에 무슨 소리를 들을지 모르겠다. 석현은 흘러내린 눈물을 엄지손가락으로 닦아 주었다.

"어휴, 이 허당아. 순 헛똑똑이."

그제야 그의 장난을 깨달았는지 억울한 표정을 지었다.

"그런데 왜 그랬어요? 나, 진짜 심각했단 말이에요. 당신이, 우릴 싫어하는 줄 알고."

"말이 되는 소릴 해. 내가 어떻게 당신을 싫어해?"

"그럼 아기는요?"

"그건 솔직히 좀 생각해 봐야겠지만."

"뭐요?!"

"참아. 아기 때문이 아니고 나 때문이니까. 자신이 없어서 그래. 아직까지 아버지하고 제대로 화해도 못한 내가 좋은 아버지가 될 수 있을까, 그런 생각이 들어서."

"왜 그런 생각을 해요? 지금까지 잘해 왔잖아요."

"잘해 왔다고? 간 한쪽 떼어 줬다고? 난, 아직 할아버지도, 아버지도 용서하기 힘들어."

"알아요."

"그런데 뭘 잘해?"

"예전처럼 사람을 믿지 못하는 건 아니잖아요. 나를 볼 때, 쌍주를 볼 때, 그리고 아빠를 볼 때 당신이 우릴 완전히 믿고 맡겨 오는 걸 느껴요. 그러니까 잘하고 있는 거예요."

"들킨 건가?"

선주의 말에 피식 웃으며 그가 번쩍 안아 올려 무릎에 앉혔다. 그녀의 등과 그의 가슴이 겹쳐졌다. 그가 두 팔로 그녀의 배를 끌어안는다. 아직 티가 나지 않지만 기분이 묘했다. 그녀의 안에 자신의 애가 있다니. 그는 선주의 셔츠 안으로 손을 집어넣어 납작한 배를 쓰다듬었다. 그 감각에 그녀가 몸을 부르르 떨었다. 드러난 목덜미에 입술을 댄 채 오랫동안 그는 그 손길을 멈추지 않았다.

"고마워."

"그런 말 말아요."

"그런데 진짜 내가 싫었어?"

그가 말을 할 때마다 닿은 목덜미가 뜨끔거렸다. 선주는 몸을 움찔했다.

"정말 내가 미웠던 거야?"

"아, 아니에요. 그럴 리 없잖아요."

"그런데 그런 말을 해? 이 맹랑하신 분이 겁 없이. 나, 상처받았다."

가책이 느껴지는지 선주가 말을 하지 못한다. 어떤 경우에도 그에게 단 한 사람의 가족이 되기로 했던 그 결심을 순간 잊었었다. 그녀는 고개를 돌려 석현을 쳐다보았다. 목덜미에 입을 맞추던 그가 고개를 들어 그녀의 입술을 훔친다.

"사랑해요."

"그리고?"

"무슨 일이 있어도 당신 편이 될게요. 당신 가족이."

낮은 웃음소리. 석현이 깊숙이 키스를 해온다.

"언제까지고 당신은 유일한 내 편, 내 가족이야. 내가 당신한테 그렇듯이. 사랑해, 김선주."

"어, 아기는요?"

다시 키스를 하기 전 선주가 다급하게 물었다. 웃음이 풋, 하고 새어 나왔다.

"당연한 걸 뭘 물어?"

선주가 몸을 완전히 돌려 그의 무릎 위에 앉으며 두 팔로 안는다. 내 여자. 내 가족. 언제까지고 같이 갈 사람. 석현은 생생한 그 느낌을 마음껏 맛보며 오랫동안 아내를 안고 있었다.

— *The End*

이미테이션
Imitation 러브
LovE

1판 1쇄 찍음 2013년 7월 24일
1판 1쇄 펴냄 2013년 7월 29일

지은이 | 신양범재
펴낸이 | 정 필
펴낸곳 | 도서출판 **뿔미디어**

편집장 | 이재권
기획 · 편집 | 주종숙
편집디자인 | 이진선

출판등록 | 2002년 9월 11일 (제1081-1-132호)
주소 | 부천시 원미구 상3동 533-3 아트프라자 503호 (우)420-861
전화 | 032)651-6513 / 팩스 032)651-6094
E-mail | scarlets2012@hanmail.net
카페 | http://cafe.daum.net/scarletR

값 9,000원

ISBN 978-89-6775-422-8 03810

※파본은 구입하신 서점에서 교환하여 드립니다.

※이 책은 (도)뿔미디어를 통해 독점 계약되었습니다.
저작권법에 의해 보호를 받는 저작물이므로 무단 전재와 무단 복제를 엄금합니다.

THE ONE 더 원

_남궁현 장편 소설

더 원 (전 2권) 출간 예정 !

「사랑에 빠지는 순간은 예고 없이 찾아온다.」

살다 보면, 현실이 드라마보다 더 드라마 같을 때가 있다. 지금 이 순간처럼.
철없는 내 심장이 두근거리기 시작한다.
바보 같은 내 머리가 나에게만 들려주는 세레나데 같다고 착각한다. -백성현

이렇게 낯설고, 불편하고, 신경 거슬리는 감정이 절대, 사랑은 아닐 것이다.
지금 내가 느끼는 불안은 내 비즈니스 파트너에 대한 최소한의 관심, 걱정,
혹은 안면 있는 타인에 대한 지극히 기본적인 예의일 뿐이다.
그래야만 한다. -서준유

어차피 임시 아르바이트 자리라고 생각했다.
그럴듯하게 연기나 잘 해 보자고 생각했다.
여자에게 인색한 서준유를 홀린 이상한 여자라고,
그저 웃음이 예쁜 누나일 뿐이라고, 생각했다. 그랬다. -서재유

〈온리 원〉으로 얽힌 두 남자.
그녀의 진정한 〈더 원〉은 누구일까.

Scarlet
스칼렛

Scarlet
스칼렛